U0459729

珞 珈 语 言 文 学 丛 书

"现代汉诗"的眼光

—— 谈论新诗的一种方法

荣光启◎著

中国社会科学出版社

图书在版编目（CIP）数据

"现代汉诗"的眼光：谈论新诗的一种方法／荣光启著.—北京：
中国社会科学出版社，2015.5

ISBN 978 - 7 - 5161 - 6047 - 3

Ⅰ.①现… Ⅱ.①荣… Ⅲ.①新诗—诗歌研究—中国

Ⅳ.①I207.25

中国版本图书馆 CIP 数据核字（2015）第 085633 号

出 版 人　赵剑英
责任编辑　李炳青
责任校对　闫　萃
责任印制　李寡寡

出　　版　中国社会科学出版社
社　　址　北京鼓楼西大街甲 158 号
邮　　编　100720
网　　址　http://www.csspw.cn
发 行 部　010 - 84083685
门 市 部　010 - 84029450
经　　销　新华书店及其他书店

印　　刷　北京市大兴区新魏印刷厂
装　　订　廊坊市广阳区广增装订厂
版　　次　2015 年 5 月第 1 版
印　　次　2015 年 5 月第 1 次印刷

开　　本　710 × 1000　1/16
印　　张　20
插　　页　2
字　　数　338 千字
定　　价　68.00 元

凡购买中国社会科学出版社图书，如有质量问题请与本社联系调换
电话:010 - 84083683
版权所有　侵权必究

目　　录

导　言

诗歌本体的谈论

"诗歌"是一种特殊的"言说方式"（"说话方式"），在一切文类中，它的形式感是最突出的，它对语言、意象的要求是最严格的。诗歌言说"现实"经验、思想、意义，但它并不直接满足人的意义诉求，更不直接等同于"现实"，而是在具体的"语言"形态和特定的"形式"机制中间接呈现"经验"的现实。这样的话，当我们谈论诗歌的发生，有三个因素是不可避免的，即现实经验、语言符号和艺术形式。从"新诗"所在的历史时间看，与此相关的分别是：个体的现代性的现实境遇，汉语所必须面临的现代转换和诗歌传统形式与现代经验的冲突，由此我们将涉猎"新诗"的"现代"语境、"汉语"方式及"诗"的本体特征。

事实上这是一种以诗之本体为核心的谈论方式，强调的是诗之为诗的东西。从这个角度，本书虽然也认同"新诗"与古典诗歌的差别，但还是认为用这一概念并不能较好地谈论晚清以来中国诗歌问题的复杂性。"新诗"是与"旧诗"相对的，这一命名无法指涉诗歌的本质和价值；在诗歌的写作实践中，"新"和"旧"的因素、现代和传统的东西，并不是意识形态中的对立关系，而是转化、交换关系；"新"的诗不见得是"好"的诗，"旧"诗的方法未见得就不能在"新"诗里使用。

从语言角度，"新诗"的语言——"白话"也在传统和西方"文法"的多方"对话"中发展成为较为成熟的现代汉语。

从形式角度，"新诗"的体式"自由诗"也不能被绝对化，不加分辨地崇尚"新诗应该是自由诗"[1]，无视诗歌所必需的情感的内在节奏、声

---

① 　冯文炳：《新诗应该是自由诗》，冯文炳（废名）：《谈新诗》，人民文学出版社 1984 年版。

音美学，而是应该在经验和语言、诗行之间寻找节奏的美妙平衡，建设真正"现代"的"诗形"。

　　若是从经验、语言和形式三方互动的角度来看待现代诗歌，我们应该能触及晚清以来中国诗歌的许多重要问题，就不至于偏执于其中一方把诗歌的问题简单化。故此，本书愿以现代汉语诗歌（简称"现代汉诗"）的眼光①来看待"新诗"、来面对 20 世纪中国诗歌的问题，力求关于诗歌"发生"的辨析紧紧抓住"现代"（现代经验）、"汉语"（现代语言）、"诗歌"（现代人的情感与形式）三个要素，强调对诗歌本体特征的自觉的意识。

　　以"现代汉诗"的概念来与 20 世纪中国诗歌"本体"特征做全面"对话"的文本资料，据本文有限的了解，目前学界已有民间诗刊《现代汉诗》②；学术著作有美国加州大学戴维斯分校教授奚密的《从边缘出发——现代汉诗的另类传统》③ 和国内诗歌研究专家王光明先生的《现代汉诗的百年演变》④ 以及王光明主编的一部论文集⑤。而从"新诗的发生"角度来考察现代诗歌作为一种文类到底是如何确定的，目前尚只有一部优秀的博士论文——北京大学教师、当代中国一位优秀的诗人和批评家姜涛所著的《"新诗集"与新诗的发生研究》⑥。

　　不过，民间诗刊《现代汉诗》主要是诗歌创作文本，是诗歌写作的具体探索，至于对"现代汉诗"这一概念的完整认识和自觉意识似乎还很欠缺。而奚密教授在著述中有"现代汉诗"的提法，但从她的行文可以看出，其"现代汉诗"一词也可以用"20 世纪中国诗歌"、"中国现当

---

　　① 这一概念的提出与具体论证详见王光明《中国新诗的本体反思》（《中国社会科学》1998 年第 4 期）及王光明《现代汉诗的百年演变》（河北人民出版社 2003 年版）的"导言"部分。

　　② 大型诗刊《现代汉诗》是 20 世纪 90 年代中国诗坛一份颇有影响的民刊，1991 年 1 月创刊，创刊号在北京印行，至 1995 年底，共出 9 册。由芒克、唐晓渡等人发起，各地诗人参与。在此发表过作品的诗人有欧阳江河、于坚、西川、王家新、翟永明、张曙光、朱朱、小海、肖开愚等一批中国当代最优秀的诗人。

　　③ ［美］奚密（Michelle Yeh）：《从边缘出发——现代汉诗的另类传统》，广东人民出版社 2000 年版。

　　④ 王光明：《现代汉诗的百年演变》，河北人民出版社 2003 年版。

　　⑤ 现代汉诗百年演变课题组编：《现代汉诗：反思与求索》，作家出版社 1998 年版。

　　⑥ 北京大学 2002 届博士学位论文，现代文学研究专家、北京大学中文系教授温儒敏先生指导。2005 年 4 月收入洪子诚主编的《新诗研究丛书》，由北京大学出版社出版。

代诗歌"等概念来代替，没有体现使用这一概念时所必需的对"诗歌和现代性话语及情境、现代语言相互缠杂状态"的自觉意识。并且，此书的价值不在于其谈论了"现代汉诗"，而在于谈论了现代中国诗歌的一个重要特征——"边缘"性①。姜涛的著作，从社会学、接受美学的角度，来谈论社会阅读空间和读者的某种诗歌"阅读程式"的形成与"新诗"作为一种新的诗歌文类确立之关系，论文挖掘了大量民初至五四时期的诗歌文本、论争方面的资料，也吸纳了较新的西方文艺理论（如［美］乔纳森·卡勒的《结构主义诗学》等），确实深入地探讨了 20 世纪中国诗歌的早期形态——"新诗"的发生，给当前学界的现当代文学研究带来许多宝贵的启示。

真正将"现代汉诗"视为一种特定的诗歌形态、作为一种对诗歌"本体"的自觉意识来谈论 20 世纪中国诗歌，且论及其"发生"的，是国内的诗歌研究专家王光明先生。在其代表性的著作《现代汉诗的百年演变》中，王光明以"现代汉诗"诗学理念为出发点，谈论了大致从 1898—1998 年这一百年的诗歌演变历程。他将从晚清的"诗界革命"（1898 年前后）到五四时期（1923 年左右）这一时期称为新诗的"破坏时期"；从 20 年代开始，延续到 40 年代的诗歌在"诗形"和"诗质"方面双向寻求的时期，被称为"建设时期"；而从 20 世纪 50 年代到 80 年代，现代汉诗在内地、台湾和香港得到了不同程度的发展，这一时期可以称为"分化期或多元探索的时期"。尤其是他对"晚清"的论述对笔者深有启发，使笔者对现代汉诗"发生"的考察延伸到晚清、1898 年以前。

在人们的印象中，晚清诗歌似乎缺乏诗歌的审美性，只是一种过渡时期的产物而已。但王光明在此追究：为什么"必须过渡"？具体怎样"过渡"？留意晚清诗歌的人都会注意到，"诗界革命"的同人们从一开始就没有人提出要反对那与"新语句"和"新意境"极不相称的"旧风格"（或"古人之风格"）。"以旧风格含新意境"。唯"新"的"诗界革命"话语似乎在此显出极大的矛盾：为什么其他都可以"新"，唯有"风格"

---

①　这部著作"采用'边缘'作为一诠释批判性观念来探讨现代汉诗发展的脉络，触及诗史上几个重要的运动和争议同时提供一理论架构来分析现代汉诗的现代本质，包括美学和哲学特征。'边缘'的意义指向是双重的：它既意味着诗歌传统中心地位的丧失，暗示潜在的认同危机，同时也象征征新的空间的获得，使诗得以与主话语展开批判性的对话"。奚密（Michelle Yeh）：《从边缘出发——现代汉诗的另类传统》，第 1 页。

不可以？为什么诗人们从不怀疑：诗歌的"新"，难道与作为诗歌整体特征的"风格"无关？为什么就没有人想触动这一最明显的矛盾物或撼动不了？这个症结主要在于王光明所说的中国诗歌"古典形式符号的物化"。"晚清诗歌最大的特点是以内容和语言的物质性打破了古典诗歌内容与形式的封闭性，是一种物质性的反叛。"[①]"它醒目地彰显了古典诗歌体制与现代语言经验的矛盾与紧张"[②]。晚清诗歌与现代性经验的表达、与现代语言的紧张关系表明了中国古典诗歌里的"权势的结构"及其束缚力量。虽然晚清诗人没有真正在诗歌内部找到解决的方案。但接下来胡适一代人正是从他们那里受到启发，胡适、陈独秀们就是以突破这"权势的结构"为起点，从语言、形式入手，以那不符合"结构"的、根本不能入诗的白话文（白话文事实上是一种说话方式，不求炼字、用典、韵律等）入诗，以自由诗的形式，在几经"尝试"与批评责难之后终于获得初步成功。在对晚清诗歌的述说中我们看到了王光明对待诗歌历史的开放性（不"锁定"历史、轻易忽略它、评判它）和对诗歌"本体"的关注（着力于谈论诗歌文类的自身特征）。

王光明紧紧抓住现代经验（现代性语境、个体体验），诗歌文类特征（诗歌的情感、想象方式、形式问题），现代汉语、现代语言三个方面的问题，考察这些问题与具体的诗歌写作的碰撞，揭示现代性、诗歌、语言三者历时和共时的"权力"交叉与"利益"交换。他极力避免将开放的问题历史化、将亟待阐释的文本经典化、将"流动"的主体予以定性，而是力求开放探求的过程。在重新述说中国现代诗歌的百年历程、在辨析"现代经验"、"现代汉语"、"诗歌本体要求"三者互动关系的诗性言说之中，王光明尝试了一种可以称为"现代汉诗"的诗歌本体话语的建构。这种在"三方互动"中谈论诗歌的话语建构方式虽不能确立诗歌的本质，但确实给我们提供了一条切近诗歌本体的有效路径。这一话语在诗歌研究和诗歌创作中的实践，对于培养辨识现代诗歌的纯正艺术直觉，培养现代诗歌写作在语言、形式、经验转换的自觉意识，具有非常实际的指导作用。

---

① 王光明：《现代汉诗的百年演变》，第24页。
② 同上书，第33页。

　　毫不讳言，本书的写作受这一诗学理念影响至深。本书的源头在王光明先生的著作《现代汉诗的百年演变》，而本书的准备则在拙作《"现代汉诗"的发生：晚清至五四》（中国社会科学出版社 2015 年版），可以说，本书由它们衍生。

第 一 章

基本理论　经验、语言与形式的互动生成果效：
评价新诗的"标准"

　　一首诗的好坏的"标准"问题首先在于对"何为诗"的本体认识上的分歧，无"标准"，自然亦无评价"何为好诗"之"尺度"。新诗其实是一种现代汉语诗歌，我们至少可以从"现代汉诗"这一概念的角度来谈论，现代汉诗的本体是经验、语言和形式三者互动、纠缠和克服的一种状态，由此，我们至少可以获得个体经验的深度、现代汉语的自觉和诗歌形式意识等必要的谈论尺度。

一　辨析："标准"与"尺度"

　　评价一首现代汉语诗歌的好坏的标准，自新诗诞生起就在不断变化。沈从文在《我们怎么样去读新诗》一文中曾谈到，新诗的革命虽创自"第一期诗人"（"尝试时期"，1917—1921 年或 1922 年），但"新诗的标准"，却在"第二期"（"创作时期"，1922—1926 年）的徐志摩、闻一多、朱光潜等人的作品中算是"完成"。"中国新诗的成绩，似应以这时为最好。"① 但"新月派"的标准显然不能囊括新诗发生时的蓬勃生机，郭沫若和李金发的诗，稍前或稍后，都"不受这一时期新诗的标准所拘束"，一个是浪漫主义的夸张与激情，另一个属文白夹杂的生涩的象征主

---

　　① 沈从文：《我们怎么样去读新诗》，《沈从文文集》第 12 卷，花城出版社、生活·读书·新知三联书店香港分店 1984 年版，第 97 页。

义，都以自己的想象方式和语言风格改变了新诗的既有标准。随着经验、语言和形式在不同历史语境中的变化，具体的写作将呈现出新的诗歌形态，新的诗歌形态也在不断修正既有的标准。可以说，诗歌的标准无疑是一道移动的边界，永远是一个充满活力的话题，对写作的校正和作品的欣赏无疑大有裨益。所以在这个意义上，在这个价值失范、多数领域陷入无序状态的时代，那些力挺某种诗歌标准的批评家是值得颂扬的，也许他们的主张不尽正确，他们的建议也不一定被接纳为"标准"，但他们的论述一定能激起人们对现存诗歌认识和评价体系的修正。

　　我们先辨识一下文学上的"标准"这个概念。朱自清先生20世纪40年代曾谈到"文学的标准与尺度"问题："我们说'标准'，有两个意思。一是不自觉的，一是自觉的。不自觉的是我们接受的传统的种种标准。我们应用这些标准衡量种种事物种种人，但是对这些标准本身并不怀疑，并不衡量，只照样接受下来，作为生活的方便。自觉的是我们修正了的传统的种种标准，以及采用的外来的种种标准。这种种自觉的标准，在开始出现的时候大概多少经过我们的衡量；而这种衡量是配合着生活的需要的。"朱自清由此"称不自觉的种种标准为'标准'，改称种种自觉的标准为'尺度'"①。这种区分对当代新诗评价的工作应该也是必要的：从"传统"意义上的"标准"的角度，当代新诗当然是"诗"，传统意义上"诗言志"、"诗缘情"的发生机制和"赋、比、兴"等艺术手法仍是有效的，应该算那种"不自觉的""接受的传统的种种标准"。此"标准"仍是我们评价当代新诗的一个基础。不过，从当代诗歌写作的复杂性与丰富性和我们对之的期待来看，这个"标准"也应只能算"基础"。重要的是那些被称为"自觉的"配合着实际需要而产生的对"传统的种种标准"和"外来的种种标准"进行修正而产生的"尺度"。如果说"标准"关乎的是"什么是诗"这一本体性的问题的话，"尺度"应是针对"什么是好诗"这一评价性的问题的不同方法。看来"尺度"似乎比"标准"更重要。

　　当代诗坛其实一直想明确到底什么是好诗这个问题，2002年《诗刊》下半月刊整年都有关于"新诗标准问题"的讨论、2004年10月《江汉大

---

　　① 朱自清：《文学的标准与尺度》，《朱自清全集》第3卷，江苏教育出版社1988年版，第130页。

学学报》有关于新诗标准问题的专栏、《天涯》主编批评家李少君先生也一直在呼吁新诗要树立标准……但今天看来,一切努力似乎收效甚微。也许,当代新诗的根本问题不在于在评价"什么是好诗"的尺度上大家意见不一,而是在"什么是诗"这一本体性的问题上分歧严重,人们对"何为诗"都没有一个相对的"标准",何谈评价诗歌好坏的尺度?

二 当代诗歌:本体认识无"标准"

2005 年 7 月在海南岛西南原始森林尖峰岭召开的雷平阳、潘维诗歌研讨会上,诗人臧棣和批评家徐敬亚曾给我们上演了一场关于何为"好诗"的"尖峰"对决。与雷平阳《澜沧江在云南兰坪县境内的三十三条支流》一诗和潘维的诗作有关,臧棣与批评家徐敬亚的针锋相对很有意味——

> 徐敬亚:……雷平阳与潘维的诗歌各有自己的特点,两个人的状态也不同,潘维过于迷恋语言、语感。其实与人生比,语言不算什么。潘维有自己特别的优雅、安静、精细。雷平阳的诗,非常质朴,写出了生命……
>
> 臧棣:动不动谈什么生命个性,在我看来,这样来评价诗歌,是用古典标准评价现代,用八十年代评价九十年代……
>
> 徐敬亚:……我不赞同文化批评(笔者注:指潘维的诗歌写作方式),文化批评是错误的。何谓好诗,不难判断,一首有生命质感的诗歌就是好诗。
>
> 臧棣:每个人的生命质感是不一样的,为什么你看出来的生命质感才是唯一的,有的诗歌的生命质感也许你没看出来。
>
> 徐敬亚:你的诗歌里就没有生命,你的诗代表文化。
>
> 臧棣:文化本身就有生命,文化永远有生命,要不怎么那么长久。
>
> 徐敬亚:你的诗歌蔑视生命。
>
> 臧棣:我从不蔑视自己的生命。
>
> 徐敬亚:你的诗里看不出有生命。

臧棣：你怎么知道我的诗歌里没有生命，每个人的生命质量不一样，你看不出来是你的问题。[①]

当徐敬亚以"生命"、个性这样的词汇来评价诗歌时，臧棣认为这样做是以"古典标准"来评价现代诗，以 80 年代的诗歌标准来评价 90 年代诗歌。在他们的针锋相对与反唇相讥中，我们看到了当代诗歌标准内部的严重分歧。徐敬亚一直崇尚的是诗歌以语言切入现实、反映生命真实的那种触动人心的直接性，而臧棣从 90 年代以来中国知识分子知识型构的变化出发，更体恤不同个体的不同生存方式、对"现实"的不同认识，他由此也更愿意在诗歌中展开"现实"的虚构性与想象性，以繁复的语言和机智的想象呈现诗歌写作本身的趣味性和可能性，他的诗也因此被很多人认为是可鄙的"知识分子写作"的典范。

在徐敬亚那里，好诗的标准是语言能个性化地、简约化地言说现实，他对"诗歌"的"简明定义"是"用最少的翅膀飞翔"——"作为最本质意义上的诗，是生命冲动中原发的闪电……"[②] 在他那里，诗是现实的衍生物，现实是一个实体，诗只要能分享它就行了。"诗与现实的同一性被认为是理所当然的。在这样的欣赏习惯里，诗就如同是伸向现实的一把筛子。而诗的好坏，则关系到筛子眼选多大的才算合适，以及晃动筛子时手腕的控制力量。人们似乎很愿意相信，从筛子眼中滤下的东西是诗歌的垃圾，而那些经由反复颠动最终留在筛子里的东西是诗歌的精华。或者说，那些渐渐在筛眼上安静下来的东西，才是对现实经验的新的组合。"[③]好诗的标准是诗如何以最少的语言最有效地把现实赎买出来，让人震惊而愉悦，这也是一种常见的写作经济学。

而在臧棣那里，现实本身是值得怀疑的，随着 80 年代那个宏伟的想象共同体的被解构，90 年代的知识分子与朦胧诗一代人不同，开始怀疑现实的虚构性，同时，随着政治权势向经济、文化权势等领域的转移，他们对抗政治、文化权势的热情也转向于语言的运作中，写作是一种政治实践，在语言的"弄虚作假"中解构不同的话语权势。由此，臧棣的好诗

---

① 《尖峰岭诗歌研讨会纪要》，《诗刊》下半月刊 2005 年第 10 期。
② 见《特区文学》2005 年第 11 期《读诗·批评家联席阅读》栏目"十面埋伏"。
③ 臧棣：《听任诗的内在引领》，《特区文学》2005 年第 4 期。

标准与徐敬亚截然相反，他认为诗不是以最少的翅膀飞翔、以最少的语言言说现实，一首好诗的意义在于它在多大程度上创造出一种可能的现实："诗，主要的，不是用来反映我们在报纸上和电视上所看到的现实的。也不是回应我们在大街上的遭遇的，诗是对现实的发明。从诗的特性来看，我们也可以说，诗人的最主要的工作就是创造诗的现实。何谓诗的现实？简单地说来，它就是对称于我们的存在的诗意空间。这一诗意空间最显著的、也是最可感的特征就是它不拘泥于任何实体。"① 诗在虚构另一种需要智力和想象力才能达到的现实，意义不再容易解读，但在对智力和想象力的考验之后，也会收获别样的愉悦。

当代诗歌的许多分歧之根本也许就在这里：由于在诗与现实之关系这一知识型构（范式）上差别甚大，人们对诗歌的评价标准也就不可能统一。对"何为诗"的认识标准不一，自然也会带来评价好诗的尺度的不同。当我们把诗定义为生命意识的呈现、灵魂的挖掘，其实忽略了诗其实不仅是语言写成的，还是因为有诗之形式（那诗之所以为诗的东西）才成立的。但当代诗歌写作者和批评家似乎大多热衷于诗歌反映现实的真实性、深刻性为尺度，不要说无视诗之形式的重要性，连看起来想象细密、叙述曲折、意象繁复的诗作都不能忍受。王光明曾竭力推荐陈东东诗作《蟾蜍》，认为此诗"不是负有社会使命感、以启蒙和布道为己任的诗歌，它捕捉的是个人生命某个瞬间的感受意绪。这种感受意绪往往是某种朦胧的情感和意念，被诗人的慧心所捕捉，并通过语言技巧转化为诗的情境和旋律。它是抽象的、朦胧的、缥缈的，就像人的灵魂，或者梦的进行，空灵得难以塑形，但正由于此，诗人的想象能乘着它的节奏翩翩飞翔——有心的读者，不妨留意一下某种抽象的心情被赋予的丰富性和美妙的旋律感，它给我们的，不是主题，不是思想，而是感动与遐想"②。这种完全沉浸于个人朦胧意绪、以繁复的语言和意象呈现繁复的内心的诗作其实也在修改着人们对好诗的认识标准，诗是不是必须有那种"生命冲动中原发的闪电"、有一种直击人心的"内容"？有一种诗歌"抽象得没有内容，是否可能包含了更多的内容？诗歌的意义是否应该把散文说得清楚的'内容'留给散文，而散文的无法抵达之地，则正是诗歌的用武之地"？

---

① 臧棣：《听任诗的内在引领》，《特区文学》2005 年第 4 期。
② 见《特区文学》2005 年第 11 期《读诗·批评家联席阅读》栏目"十面埋伏"。

但此种对诗歌的认识显然不能为更愿意在诗歌中直取"内容"的人所接受，它显然"过于迷恋语言、语感"，它得到的反馈自然是批评家的严厉反驳，《蟾蜍》一诗被认为简直是"一次越绕越麻烦的冥想，一种人造塑料般的诗歌倾向"，这样的写作"真是浪费天才啊"！① 正在这里这位批评家为诗歌作出了那个著名的"简明定义"。关于"什么是诗"的标准也必然带来评价上的政治实践：它将宣判什么样的写作是有效的，什么样的作品是好的。

三 "现代汉诗"：对新诗的一种谈论方式

那么，到底什么是"诗"？对现代汉语诗歌应如何认识如何谈论？评价它的尺度应是哪些？在本书看来，诗是一种特殊的言说方式，在一切文类中，它的形式感是最突出的，它对语言、意象的要求是最严格的。诗歌言说"现实"经验、思想、意义，但它并不直接满足人的意义诉求，更不直接等同于"现实"，而是在具体的"语言"形态和特定的"形式"机制中间接呈现"经验"的现实。当我们谈论诗歌的发生，有三个因素是不可避免的，即现实经验、语言符号和艺术形式。从"新诗"所在的历史时间看，与此相关的分别是：个体的现代性现实境遇和生命感受，汉语所必须面临的现代转换和诗歌传统形式与现代经验的冲突。

基本上是被胡适《谈新诗》一文所确定的名称——"新诗"，实际上是与"旧诗"相对而成立的，这一命名也遮掩了诗歌的本质和价值，新的诗并不就是好的诗，有些"旧诗"给我们的感动照样很多，诗的新旧与好坏无关，诗有诗的本质。在诗歌的写作实践中，"新"和"旧"的因素、现代和传统的东西，并不是意识形态中的对立关系，而是转化、交换关系；"新"的诗不见得是"好"的诗，"旧"诗的方法未见得就不能在"新"诗里使用。也许，把"新诗"称为"现代汉语诗歌"（简称"现代汉诗"）更能体现出把握自晚清以来发生剧变的中国诗歌的历史意识和本体意识。

从语言角度，现代汉诗的语言——"白话"在传统句法和西方文法

---

① 见《特区文学》2005 年第 11 期《读诗·批评家联席阅读》栏目"十面埋伏"。

的多方对话中发展成为渐渐成熟的现代汉语。从形式角度,新诗的体式"自由诗"也不能被绝对化,不加分辨地崇尚"新诗应该是自由诗"①,无视诗歌所必需的情感的内在节奏、声音美学,而是应该在经验和语言、诗行之间寻找节奏的美妙平衡,建设真正"现代"的"诗形"。可以说,现代汉诗的本体乃是一种现代经验、现代汉语和诗歌形式三者互动的状态,意义和韵味乃是在三者相互作用而生成的。现代汉诗的意义生成必得在经验、语言和形式的复杂互动中考察,单纯地谈论任何一个因素都是偏执。经验、语言和形式应是我们谈论新诗的三个必要尺度。

当代诗歌的问题正是人们在认识标准上的狭隘与评价尺度上的单一。现代汉诗的图示应该是经验—语言、语言—形式、形式—经验三组命题之间的互动平衡,应是一个三角形的图示,每一组不仅自身相互寻求也和其他两组相互牵连、密不可分。当我们仅仅把诗定义为生命冲动的原发性呈现、灵魂和意识的挖掘,其实只顾及了这三角形的一个边的一个属性:个体经验的语言诉求,语言在独特的个体经验中的被塑造、被充盈。经验的尺度肯定是重要的,"新诗重在精神"、诗是生命冲动的原发闪电、是生命个性的想象性表达、是存在意识的深度显现等命题都是对的,但如此认识现代汉诗还不够,还必须有用"现代汉语"写诗的自觉认识和关乎诗之所以为诗的形式之维。

四 深度个体言说:经验的尺度

即使是从经验的尺度,我们也看到当代诗歌问题的严重,太多平面化的言说模式,普遍崇尚以物质性的客观展现代替诗人的深度思忖,缺乏深入的生命想象与对生存的深思。人们太迷恋、相信日常生活的经验,不要说对神圣之物或永恒之物的向往,甚至对神圣之物或永恒之物的揶揄与疑惑、彷徨与辨析,似乎都是这个时代的诗歌禁忌。那些执着于书写个体生命在历史、生存中的深广之思的人,往往遭到嘲笑。爱尔兰诗人叶芝(William Butler Yeats, 1865—1939)的名作《当你老了》几十年来都让

---

① 冯文炳:《新诗应该是自由诗》,冯文炳(废名):《谈新诗》,人民文学出版社 1984年版。

许多中国人深深感动："当你老了，头白了，睡思昏沉，/炉火旁打盹，请取下这部诗歌，/慢慢读，回想你过去眼神的柔和，/回想它们昔日浓重的阴影；/多少人爱你青春欢畅的时辰，/爱慕你的美丽，假意或者真心，/只有一个人爱你那朝圣者的灵魂，/爱你衰老了的脸上痛苦的皱纹；/垂下头来，在红光闪耀的炉子旁，/凄然地轻轻诉说那爱情的消逝，/在头顶的山上它缓缓踱着步子，/在一群星星中间隐藏着脸庞。"（袁可嘉译）但赵丽华却欲以另一首《当你老了》来解构它："当你老了/我也老了/我什么也不能给你/如果我现在还不能给你的话"，赵丽华对叶芝诗《当你老了》的评点是：诗歌是"直指人心"的东西，谁今天还（像叶芝）这样写，谁就是虚伪、矫情。

赵的说法颇令人奇怪：今天中国谁如果像叶芝那样深情地、允诺地写作谁就是虚伪、矫情？她真的如此了解这个时代？人们对爱、对生命的思想、经验都和她一样？赵丽华的诗作与言语其实反映出赵丽华这一代人对生命对爱情的看法：那就是，唯有青春之际我们才能相互给予，爱情与肉体、青春有关。这其实是把爱的超越性局限于情欲（flesh）之爱、把生命的意义局限于肉体（Body）的感受。他们这一代人，在某种文化教育的浸润下，不知不觉远离了永生之念，崇尚当下，紧握肉体，并以此为确信的真理。其实对于生命作如是想，这样的人生经验也未免太狭隘了。这样的写作者，叫人们如何指望当代诗歌中得见令人震惊的深度生存经验？

当人们把现代诗的经验定位于日常的、肉体的、在场的经验之时，诗歌的经验之维一定是单向度的，而那些在历史场景中描述个体的复杂经验的诗作和诗人一定会遭到唾弃。最典型的例子是"下半身诗人"对王家新、西川和欧阳江河等人的攻讦。沈浩波等人在谈到《1999中国新诗年鉴》时说："比如说王家新，名声这么大，但实际上他写的诗是非常糟糕，根本是一种文学青年式的东西，很虚假，他那种情绪完全是刻意作出来的，他写痛苦就是一种'我痛苦啊我痛苦'的姿态，一直在告诉别人。真正的艺术是不会这样做的。再比如说西川，他自己觉得自己还不错，评价徐志摩，说徐志摩是一位三流诗人，但是假如比较西川的文本和徐志摩的文本的话，那就可以说西川是一位八流诗人了。因为徐志摩的诗和西川的诗，人们所熟知的都是那些很唯美很优雅的东西，而唯美和优雅是靠不住的，如果把这些东西剔除掉，剩下来的诗歌一拼的话，我们会发现，徐志摩的诗在当时是具有时代意义的，放在今天来看，也是有血有肉，而西川的诗没血没肉，没有生气，什么都没有，就只是设置那种玄奥的迷障，完全是一种中世纪修士的声音，没有任何时代感，那你西川，如果严格来说，就是一个四流诗人，甚至干脆就是八流诗人，如果放到当前诗坛上来比的话，西川其实根本不行。"① 王家新、西川和欧阳江河等人无疑是贯穿从 80 年代至 90 年代至 21 世纪的当代中国最优秀的诗人，他们的写作呈现出深刻的历史经验和个人痛楚，在时代的历史变动中展现一个知识分子想象现实和批判现实的能力与才华。但那些"单向度的人"却一再以诋毁他们为乐。

五　对"现代汉语"的自觉：语言的尺度

诗歌写作者有责任反映个体生命在历史变动中的深度生存经验，这是评价当代诗歌的一个重要尺度。在经验的尺度之外，我们还应注意诗的语言维度。诗是语言的艺术实践，海德格尔说语言是存在的家，语言在"原初"的意义上就是诗意的，不是诗人在说话，而是语言在说话。可见，了解我们所使用的语言对诗歌写作多么重要。但当代诗人对自己所使用的汉语形态普遍缺乏自觉意识。

当我们将"新诗"更名为现代汉语诗歌时，往往能听到诗人对于"汉语诗歌"、"汉诗"的不同声音。一种是极为鄙夷这个说法，认为中国人写诗，能不用"汉语"？把好好的"中国诗"说成是"汉语诗歌"、"汉诗"岂不多此一举？另一种意见是：一些诗人针对中国诗歌在当下呈现出的语言和形式上的混乱与无序，殚精竭虑要作出最纯粹的"汉语诗歌"，他们确实也写出了语言和形式皆非常漂亮的"汉诗"。另外还有一种意见认为汉语是"母语"，是世界上最美、最伟大的语言，写"汉语"诗歌，亦是诗歌领域里的意识形态的斗争，是誓与那些"与西方接轨"的"知识分子"们斗争到底。

对于汉语的这些认识其实都存在问题，汉语是汉族的共同语，不错，但以"母语"的称谓来限定它，认为它是不可更改的，彻底拒绝西方语

---

① 沈浩波、侯马、李红旗：《对当代中国新诗一些具体话题的讨论》，2007 - 08 - 14 02：36，时代诗歌网，网址：http：//chinesepoetry. org/phpbb/viewtopic. php？t = 3170。

言形式的"侵入",这既是对汉语认识的简单化,也是对汉语发展的极端保守主义。现代汉语从一开始就不是"纯粹"的,今天仍然不是"纯粹"的,"纯粹"是否为一种语言的目标?现代汉语起源于中国书面语中接近口语的"白话",是五四一代人为更新言说方式的一种策略,从白话文运动出发,汉语为脱离文言的窠臼,能够成为与现代性思想意识相接的语言通道,不仅吸纳文言文中大量合宜的词汇,更大程度上接纳了西方语言在文法结构上的特征,今天的"汉语",本身就是一种不成熟、不"纯粹"的语言形态。但也正是这样一种不成熟、不"纯粹"的形态赋予了整个文学写作、诗歌写作以崇高的使命,需要诗歌写作来产生、检验汉语的纯度和质地。将中国现代诗歌称为一种"汉语诗歌",乃是强调诗歌写作的语言意识,语言不是随手可用的写作工具,它本身也是需要在写作中锤炼、生成的。无论是坚持汉语为"母语",死死抵挡西方语言,还是信誓旦旦要写出最纯粹的"汉语诗歌"的态度,都是对"汉语"理解的简单化或对这种有悠久历史的古老语言在现代境遇的开放性认识不够。

但更多人还是如是思维:"经过近百年的努力,现代汉语已经完全成熟……作为一个用现代汉语写作的人,它写的不是现代汉语,又会是什么呢?只不过有人写得清楚,就被说成是'口语'。相反,有的人写得不清楚,难道我们就应该说它是'书面语'吗?所以我说,'口语诗'作为一种风格被提出,是一个阴谋。这个阴谋被写得不好的人用来混淆是非。这个阴谋,是'知识分子写作'对纯粹的、现代汉语的写作所立的圈套。"①事实并不是"口语"和"书面语"对立那么简单。汉语在中国古典文学—中国现当代文学—近现代西方文学,古代汉语—现代汉语—英语文法的多重脉络中,在语言的层面对汉语的历史性、复杂性和丰富性若有一定的了解的话,会带来诗歌想象力的自由和表现力的丰富。适当的语言选择会带来诗歌文本丰富的互文性、趣味性和审美共鸣。

徐志摩的诗为什么会得到像余光中这样的语文大家的称赞?因为徐志摩很好地在汉语中运用了西文的文法结构,产生出奇妙的诗篇。但今人对徐志摩的认识往往如同80后的韩寒,对汉语诗歌的语言亦近乎无知。韩寒曾讥讽道,"徐志摩那批人,接受了国外的新东西,因为国外的字母没办法,不可能四个字母对着四个字母写,他们就学着国外诗歌写新诗。但

---

① 杨黎:《关于"口语诗"》,《诗潮》2005年9—10月号。

我觉得恰恰抛弃了中文最大的优势和魅力。你说《再别康桥》，'轻轻地
我走了……'这好么？还可以，但是真的那么好么？你说徐志摩有才华，
他真那么有才华么？"① 但事实上徐志摩的《再别康桥》就是有你意想不
到的"好"。汉语的说法一般是"我轻轻地走了"，但徐志摩将英语
Quitely I went away 借用过来，打破常规，将汉语中的副词也置于句前，
出现了"轻轻的我走了……"这种貌不惊人但极有效果（突出了"我走"
之时的微妙状态）的汉语诗句。同样的句式还有"沉默是今晚的康桥"，
也是巧妙地借用了英文的倒装语法。

　　戴望舒名作《雨巷》的备受推崇也不是他在现代语境中重复古典意
境以适应上海的小资情调那么简单。这首诗除了美妙的音节之外，其值得
称道的地方是精通法文、深谙旧诗的戴望舒把此前崇尚法国象征主义的新
诗的语言、意象置于古典—现代的脉络与互文的语境当中。戴望舒的写作
表明了现代中国诗人驾驭法国象征主义的成熟，他将"杏花春雨江南"
的古典意境与现代青年的历史境遇、个人记忆及城市生活感觉、梦幻结合
在一起，从此使在李金发手上令人费解的法国象征主义在汉语语境中变得
通达、优美。他以一种"返回"的方式使现代主义在汉语诗歌呈现出一
种新境界。可以说，在语言的维度，了解汉语的历史和当下状态是非常必
要的，这将使我们能更好地欣赏现代汉诗，而对自己所使用的语言的自
觉，也会有益于我们的写作。

六　诗之本体的意识：形式的尺度

　　人的灵魂的挖掘与意识的呈现，情感、经验上的个性化，甚至语言的
独特个性，都不是诗歌的本质，都只是诗歌写作的必要前提，因为这些也
是其他文学类型的目标与特征。那诗的独特性在哪儿？难道就在于其他文
类可以不分行，诗歌还是要分一下行？用诗来言说的必要性究竟在哪儿？
朱光潜曾这样评价新诗："形式可以说就是诗的灵魂，做一首诗实在就是
赋予一个形式与情趣，'没有形式的诗'实在是一个自相矛盾的名词。许

---

　　① 《韩寒质疑徐志摩才华：期待有人好好骂我》，2006 – 11 – 02 07：48：03，重庆时报，
网址：http://news.163.com/06/1102/07/2UTJ4NS900011229.html。

多新诗人的失败都在不能创造形式，换句话说，不能把握住他所想表现的情趣所应有的声音节奏，这就不啻说他不能做诗。"① 谈论现代汉诗，我们绝不可遗漏诗歌形式的尺度。

尽管今天很多人以为新诗在"形式"上全无形式、真的是绝对的"自由"诗，但事实上，新诗自"新月派"以来有许多诗歌大家都在作着纠正自由诗缺乏形式感的尝试，他们不愿作为现代汉语诗歌的新诗完全变成西方诗歌之翻译体、欲使新诗在现代的汉语形态中仍有自己的节奏和形式，使新诗不仅"现代"，而且有"汉语"的品质，而且是"诗"。这种寻求新的形式秩序的传统可以说是新诗在自由诗写作传统之外的另一种传统，朱自清曾说这个传统的序列上依次是陆志韦、徐志摩、闻一多、梁宗岱、卞之琳、冯至等人②。现代汉诗的形式秩序的建立，其首先任务是找到汉语说话节奏的基本单位（类似于西洋诗的"音步"foot）并建构典型化的诗行，在这个方向上很多诗人都作出了自己的探索，如陆志韦的"拍"，饶孟侃的"拍子"，闻一多的"音尺"，罗念生的"音步"，陈勺水的"逗"，孙大雨的"音组"，梁宗岱的"停顿"，朱光潜到何其芳、卞之琳的"顿"，林庚的"半逗律"等。

但新诗今天的状况是令人担忧的，当代诗歌不仅普遍缺乏形式的建构，诗人缺乏形式意识的自觉，更可怕的是，对形式的误解（以为新诗的形式秩序的寻求是以一种格律、模型来束缚自由诗）以及由此导致的对形式秩序寻求的话语压制愈发严重。2007 年年底有人翻出季羡林先生说新诗是"一个失败"的旧账，很多人根本不思考季老何以发出这番感叹，就纷纷发帖谩骂。"新诗还没有找到自己的形式。既然叫诗，必有自己的形式。虽然目前的新诗在形式方面有无限的自由性，但是诗是带着枷锁的舞蹈，古今中外莫不如此。除掉枷锁，仅凭一点诗意——有时连诗意都没有——怎么能称之为诗呢？汉文是富于含蓄性和模糊性的语言，最适宜于诗歌创作，到了新诗，这些优点就不见了。总之，我认为，五四以后，在各种文体之中，诗歌是最不成功的。"③ 其实，季羡林的意思根本

① 朱光潜：《给一位写新诗的青年朋友》，朱光潜：《诗论》，安徽教育出版社 1997 年版，第 250—253 页。

② 参阅朱自清《诗的形式》，《新诗杂话》，作家书屋 1947 年版。

③ 季羡林：《我对散文的认识》，季羡林研究所编：《季羡林谈写作》，第 25—26 页，此文作于"2000 年 10 月 14 日"。

不在剿灭新诗,他对新诗的核心思想一直是:诗要有自己的形式,新诗唯有寻求到合适的形式,才能"重振诗风":

> 五四运动前后产生的新诗,现在应总结一下。诗总应该有自己的形式。新中国建立之初,与冯至常在一起,议论过诗与散文的区别。我以为散文要流利,诗总是有停顿的。中国白话诗的形式,有过几次努力,比如闻一多、林庚、卞之琳都为创造新诗的形式努力过。诗的节奏,无非抑扬顿挫,念起来不平板才算诗。白话诗形式的创造,徐志摩、戴望舒也很有成绩,《雨巷》写得好。但是,翻译外国的史诗,我国白话诗没有现成的形式。古代的韵书,现代也不能套用,因为语言本身有了变化。我们要重整诗风。诗不会灭亡,也不应灭亡。不能说诗的读者少,只是白话诗眼下读者少。所以要重振诗风。①

很显然,季羡林对新诗的态度和卞之琳、林庚等大诗人是一路的,从这段话看,他对新诗的认识相对精深。他的话很值得当代诗人反省,而不是谩骂。

现代汉诗的形式之必要性在哪里?诗,因为它是"诗",就必须有一定的形式特征,否则它和散文、小说等其他文类区别甚微。这形式体现在字句的斟酌、诗行诗节的建设,也体现在诗歌内在的情感、语调的节奏等因素上。从诗歌本体来讲,一定的形式和韵律,作为艺术作品的结构,它是"有意味的",它将使作者控制情感与意义的运行速度,使诗的旋律呈现出有规则的变化,对于读者来说,他可以有规律地不断期待和寻觅意义与触动的降临。美国诗人詹姆斯·赖特认为:"讲究形式更多是会解放想象力,而不是限制想象力。讲究形式的人,通常在各方面重复自己的机会很少;而不讲究形式的诗人,总是很容易重复自己,因为他的精力已大部分用于'发明'每一首诗的形式。"另一位美国诗人弗洛斯特说,"写自由诗就像打网球没有挂网"。② 缺乏形式对想象力的约束,不仅想象力会进入放纵的状态,好诗和坏诗之间的界限也变得模糊。闻一多那番"戴

---

① 《季羡林谈〈季羡林文集〉》,《人民日报》(海外版)1999年4月22日。
② 两位外国诗人的看法转引自黄灿然《自序:倾向光明,倾向善》,《游泳池畔的冥想》,中国工人出版社2000年版,第3页。

着镣铐跳舞"的话也许在这些意义上理解更为合适。也有学者认为，对于诗歌而言，真正的"美"，"就是对形式的忍耐和忍耐中的反抗，你只有接受束缚并在束缚中反抗、冲破这种束缚，诗的力量才能有效地被传达出来，而这种力量才是诗美的最高体现"。[①]

现代汉诗的"形式"当然不是古典的格律，也不是一劳永逸的某种规范，而是诗歌写作的潜在向度，是对想象之表达的约束与引导，是写作中以语言胜过复杂的情感、经验的一种努力。其实，没有了特定的形式之审美公约，现代诗的写作不是变得容易了，而是困难了——

　　形式仿佛是诗人与读者之间一架公有的桥梁，拆去之后，一切传达的责任就都是作者的了……旧诗的读者和作者间的关系是极其密切的。他们相互了解。写诗的人不用时时想着别人懂不懂的问题。读诗的人，在另一方面，很容易的设想自己是写诗的，而从诗中得到最大量的愉快。这些利益是新诗所没有的。所以现在写新诗的人应该慎重地考虑一下，为了担负重大的责任自己的能力够不够。我们现在写诗和古人不同了，没有先人费尽脑汁给我们预备好了形式和规律。句法和题材的选择都随你便……可是，想起来也奇怪，越是自由，写作的人越要小心。我们现在写诗并不是个人娱乐的事，而是将来整个一个传统的奠基石。我们的笔不留神出越了一点轨道，将来整个中国诗的方向或许会因之而有所改变……[②]

若将文学写作视为自我慰藉与心灵交流的话，我们还是要思虑情感的节奏、诗歌的声音问题。特定的形式寻求还是非常重要的。也许我们缺乏将写诗视为"将来整个一个传统的奠基石"这样的责任心，但既然写诗，即使是玩玩，也应该玩得漂亮。当代诗坛一些优秀的诗人如西川、肖开愚、张枣、多多、陈东东、黄灿然、于坚、臧棣等，其实都是形式感很强的诗人，尽管他们对诗歌形式的看法不尽一致。应该说，在诗歌写作中，

① 王富仁：《闻一多诗论（代序）》，王富仁主编：《闻一多名作欣赏》，中国和平出版社1993年版，第25页。

② 吴兴华：《现在的新诗》，初刊于北平《燕京文学》第3卷第2期（署名"钦江"，1941年11月10日出版），参见解志熙辑校《吴兴华佚文八篇》，《新诗评论》2007年第1辑，北京大学出版社2007年版，第47—48页。

有无对形式的自觉，有无经验、语言和形式三方互动、纠缠克服的张力感，所产生出的诗篇是差别甚大、优劣易辨的。

当然，经验、语言和形式的谈论尺度并不是单一的，在写作中，三者是互动、纠缠的，那么在阅读与评价中，我们也必须考察三者之间的关系，看看一首诗在现代汉诗的历史脉络当中言说了怎样深刻而动人的经验、锤炼出怎样生动而丰富的语言及呈现出怎样新鲜、合宜又充满意味的形式。

七 当下汉语诗坛的状况

当下的汉语诗坛有一个很有趣的现象：一方面，许多曾经的诗歌爱好者抱怨这个时代是否还有人在写诗、诗歌是否已经消失。因为从公众的文化层面，很难再听到作为一种文学类型和艺术形式的"诗"的声音。诗人曾经具有的类似于文化明星的身份在今天已不再可能。另一方面，一个真正拿起笔来写诗的人，会知道诗人在今天其实朋友遍天下，写诗的、自称诗人的实在太多。不说一些改头换面的正式出版的诗刊，也不说数不胜数的民间刊物，只要你随便上一个诗歌网站，就知道有多少"诗人"在展示自己的作品和诗观；而任何一个网站的"友情链接"，都会让你惊讶今天的中国竟然如此诗派林立、诗坛竟然如此热闹。①

"只有写诗的人才了解今天的诗坛状况"、"写诗的比读诗的多"，在笔者看来，这些常见的嘲讽与其说是对当代诗歌的批评，还不如说道出了基本的常识。笔者相信诗歌写作是一件需要有点专业素质的事情，如果一个根本不懂诗的人也可以对诗坛指手画脚的话，那诗歌可能又回到了类似"十七年"时期的"政治抒情诗"时代。一个不写或不懂诗的人凭什么能力来了解诗坛？"读诗的还没有写诗的多"——这也很正常，不是每个人写的诗都有人读，只有那些好诗才有更多的读者。让写诗、读诗首先成为

---

① 这一现象在古典诗词的写作方面同样如此。除了诸多相关网站之外，很多省市都有自己的诗词协会、楹联协会等组织。这些组织并没有因为文学在当代失去曾经有过的轰动效应而消失。在这个时代，一个人若自称是"诗人"，不排除别人会以为他（她）在写旧体诗词的可能。由于本书谈论的是"现代"意义上的汉语诗歌（一般称为"新诗"），暂不论及古典诗词写作在当下的状况。

诗人这个"圈子"之内的事，也许更加合理。

笔者这里并没有将诗歌写作神圣化的意思，而是强调我们应当在特定的历史语境下来认识当代诗歌。从"文化大革命"到"朦胧诗"，当代诗歌逐渐从集体主义的话语模式恢复到以人性为主题的个人主义话语基点。而"第三代"诗人，则是在这种个人主义话语的基础上思虑汉语诗歌的本体问题，在语言、文化、诗歌形式各个方面展开了应用的探索。在1989年这一特殊的历史交界点之后，随着中国知识分子对历史对自身境况的反思，随着1993年前后中国经济—文化的成功转型（甚至有学者将这一年的文化景象称为"灿烂的迷乱"），20世纪80年代以来作为一种凝聚机制的关乎"民族、国家、政治、文化"等宏大命题的想象共同体日渐分崩离析。文学，这一特殊的精神生产，曾经主要依靠作为意识形态的一种推论实践来确立主题、获得意义，在20世纪90年代，开始退回到文学自身，回归写作者的心灵，回到每个生存个体必须面对的日常生活境遇。诗歌写作在这一境遇中也面临转型，不止一位写作者发出要"重新做一个诗人"的感叹。"朦胧诗"的写作，还是一种与某种明显的政治、文化"权势"对抗的写作。而"第三代"诗歌写作中某种激进的语言、形式实验和回到"原初"、成就"大诗"的冲动，则有着脱离具体历史语境将诗歌写作纯粹化的形而上学色彩，以至于有论者认为"朦胧诗"之后的汉语诗歌写作有"写作"大于"诗歌"的倾向，"从传统意义上的写诗活动裂变为以诗歌为对象的写作本身"①。而90年代以来那些仍然执着于诗歌写作的诗人似乎要本分和踏实得多。与那种"对抗"的写作相比，他们似乎更愿意与时代、自我"对话"；与那种矢志追求真理的写作相比，他们似乎更愿意在感觉和想象中寻求心灵的慰藉；与那种意象化、情绪化色彩极为浓重的语言风格相比，他们宁愿信赖朴素的口语来叙述生活，在平实的风格中显示出深刻的生活洞见。这样说，并不是说90年代的诗人们放弃了文学言说自我和揭示生存真相的基本职能，而是表明他们大都意识到，作为刺激写作发生的政治、文化"权势"，在当下已不如过去那样明显，而是转移到各样冠冕堂皇的"话语"当中。诗人要做的也许是在以感觉和想象为基本机制的语言运作中，通过言说自我和世界来反

---

① 臧棣：《后朦胧诗：作为一种写作的诗歌》，《中国新诗·理论卷》，成都科技大学出版社1994年版。

抗这个时代各种隐蔽的"话语"权力。诗人不必再以斗士、战士或英雄的姿态反抗时代、社会，其本职工作可能是在"语言"修习中呈现出与时代的"语言"相异的个人话语。

在 20 世纪 90 年代以来的文化转型的历史语境中，和小说、各种散文、影像文化相比，诗确实遭到了公众话语的冷落。但对于诗歌写作本身来说，这未必不是一件好事，诗歌写作可以由此切实回到"个人"，回到一种文学写作应有的自然状态（出于内心需要，谁都可以写，写什么都可以）。当时代、社会不再对诗歌写作提供意义订单和价值承诺，诗人的写作只能是个人单独地面对自我与世界，作品的问世，除了自我心灵得到一定的慰藉，除了自认为在写作中又进一步认识了自我与世界[①]，很难说还有更值得期待的价值，此时的写作将如何进行？写作面对的是无限虚空中的自我，这一景象也在考验着写作者，是无奈地默认意义的虚无继而高举享乐主义原则，还是在虚无的煎熬中继续意义的探寻？也许正是在这种境况中，写作算是回到了它的本位：心灵的困苦唯有通过写作才能缓解。写作此时不依附任何他物，完全出自心灵的需要。

这是从写作的角度，而从时代的角度，这个时代固然是一个因终极价值追求不明确而显得极为无聊的时代，诗似乎面对无物之阵，缺乏激动人心之物。但同时，这个时代也由于终极价值的消隐而产生了价值立场多元化的文化奇观，因此呈现出惊人的喧嚣和迷乱。正如一位著名的诗评家所说，这是一个"丰富而又贫乏的年代"[②]。但对于诗歌，我们又何尝不可以说这是一个"贫乏而又丰富的年代"？这个时代也可以为诗歌写作提供足够多的表象和经验。不过，更进一步说，对于那些优秀的诗人而言，任何时代可能都是一样的。诗，并不在乎那个时代在思想、文化上的"丰富"、"贫乏"与否，诗人"所从事的工作只不过是把人类的行动转化成为诗歌"。"诗人制作诗歌"正如"蜜蜂制作蜂蜜"一样，"他只管制

---

① 一个人只有深入了解"自己"才能了解"世界"。余华在他的小说《活着》中文版单行本的序言里曾说："一位真正的作家永远只为内心写作，只有内心才会真实地告诉他，他的自私、他的高尚多么突出。内心让他真实地了解自己，一旦了解了自己也就了解了世界。"余华：《我能否相信自己》，人民日报出版社 1998 年版，第 143 页。

② 谢冕：《丰富而又贫乏的年代——关于当前诗歌的随想》，《文学评论》1998 年第 1 期。

作。"① 诗人对自我和世界的言说是一种想象性的言说、经验化的言说，诗人将个人的经验"转化"成为特定的语言和形式，使这种关于经验的言说在特定的语言和形式中产生出其他文类难以言说的意味，从而满足人的心灵更隐秘的需求。一个诗人的优秀之处正在于他对时代的经验在语言、形式上的"转化"与高质量的文本的"制作"。

八 当代汉语诗歌写作的"自由"与限度

当下的汉语诗坛，所处的正是这样一种"个人主义时代"。诗歌写作脱离了意识形态化的历史场景，自身也剥离了许多这一文类难以承担的价值期许。诗歌写作不仅不再被视为神圣、崇高之事，而且这一文类本身所具有的难度也被忽视。② 诗歌写作获得了空前的自由。这"自由"除了指当代诗歌在新的历史时期获得了一个新的话语空间之外，也指写"诗"这一并不"自由"的事情，在当下被视为轻易之事。诗可以"自由"地抒发性灵，诗人也可以不顾及这一文类的基本规则而"自由"地写作。

由于诗歌不再依靠公众关注的时代题材来展开想象，诗人抒发的往往也只是个人化的情感、经验，诗歌必然会失去公众的普遍关注。时代也很难出现具有轰动效应的公认的"好"诗或杰出的诗人。这种境况难免使一些在思维上未能转型的读者感叹"诗歌之死"。但由于诗歌坚守的是个人化的立场，由于这种写作更深更细致地呈现出个体心灵的内在状况，必然能引起另外许多个体心灵深处的共鸣。真正的诗人，"能用强烈的个人经验，表达一种普遍真理；并保持其经验的独特性，目的使之成为一个普遍的象征"③。用当代一位著名诗人的话说，写作是一种"献给无限的少

---

① ［英］T. S. 艾略特：《莎士比亚和塞内加斯多葛派哲学》，《艾略特文学论文集》，李赋宁译，百花洲文艺出版社 1994 年版，第 161、165 页。

② 1998 年前后，似乎一夜之间，诗坛出现了无数追求对生活不作任何深度描述的口语化的诗作。以至于许多人不免怀疑："这也是诗？"诗歌回到自身之后，真正回到"人的心灵的一种需要"的层次，但对很多缺乏诗歌本体意识的写作者而言，他们只会使诗的品质越来越低，使这种心灵的需要成为欲望的消费，使诗沦为情感、经验的口语化的浅薄陈述。随着围绕《1998 中国诗歌年鉴》的那场论争的升级，当代诗歌写作中某种浅薄的"民间"做派愈演愈烈。

③ ［英］T. S. 艾略特：《叶芝》，王恩衷编译：《艾略特诗学文集》，国际文化出版公司 1989 年版，第 167 页。

数人"的事业①。一个写诗的人,一个深入自我和人类心灵的人,必然知道这个世界上有多少人是自己的同类,他会因为那些与自己在暗中相和的心灵而倍感欣慰,虽曰"少数",但毕竟"无限"。这个时代,也许只有写诗者才知道诗坛的实际情景(唯有诗人自己制造的"诗坛"才算合理)。只有写诗者本人才会对诗歌充满信心,并私下里愿意将这种言说灵魂的手艺传遍世界。

我们的诗人目前对诗歌写作的真实状况还缺乏足够的自觉,还是依靠个人的才情(感觉、经验、思想等)天才式的创作,诗作的评价体系还不稳定,过多依赖朋友小圈子的相互鼓励。无数的人只注重诗歌言说自我的心灵,而如何建设诗歌、如何通过自己的写作为汉语诗歌提供一些建设性的方案则少人关注。所以笔者说当代诗坛许多诗群都是在享受诗歌,甚至利用诗歌。当然,对此也没有必要一味指责。这其中既有特定历史时代造成的诗人对汉语诗歌普遍缺乏"历史意识"②的问题,也有诗人自身的能力和职责意识问题。

事实上,汉语诗歌并非像许多诗人所认为的那样,天经地义的就该是自由诗。而且,自由诗根本就不是绝对的自由,自由诗仍然需要节奏、韵律和诗型方面的探寻与建设。现代汉语诗歌不仅是感觉和经验的"现代",更是语言和形式的"现代",而且,"现代"的意思也并不就是现代主义就是"新"。许多古典诗词我们今天读来仍然感触良多。好诗是没有时间、没有诗体界限的,更不是以"新诗""旧诗"来划分的。这就意味

---

① 王家新:《知识分子写作,或曰"献给无限的少数人"》,王家新、孙文波编:《中国诗歌九十年代备忘录》,人民文学出版社 2000 年版。

② 英国诗人、批评家艾略特(T. S. Eliot, 1888—1965)就认为:"对于任何一个超过二十五岁仍想继续写诗的人来说,我们可以说这种历史意识是绝不可少的。这种历史意识包括一种感觉,即不仅感觉到过去的过去性,而且也感觉到他的现在性。这种历史意识迫使一个人写作时不仅对他自己一代了如指掌,而且感觉到从荷马开始的全部欧洲文学,以及在这个大范围中他自己国家的全部文学,构成一个同时存在的整体,组成一个同时存在的体系。这种历史意识既意识到什么是超时间的,也意识到什么是有时间性的,而且还意识到超时间的和有时间性的东西是结合在一起的。有了这种历史意识,一个作家便成为传统的了。这种历史意识同时也使一个作家最强烈地意识到他自己的历史地位和他自己的当代价值。从来没有任何诗人,或从事任何一门艺术的艺术家,他本人就已具备完整的意义……当一件新的艺术品被创作出来时,一切早于它的艺术品都同时受到了某种影响。现存的不朽作品联合起来形成一个完美的体系。由于新的(真正新的)艺术品加入到他们的行列中,这个完美的体系就会发生一些修改……"[英]T. S. 艾略特:《传统与个人才能》,《艾略特文学论文集》,李赋宁译,百花洲文艺出版社 1994 年版,第 2—3 页。

着我们的诗人要以"历史意识"来认识我们的汉语，现代汉语的不成熟不纯粹和古代汉语的精练与程式化都值得我们重视化腐朽为神奇。而诗歌作为一种形式感最强的语言艺术，并不是我们刻意追求形式，而是情感、经验的言说在合宜的形式中会得到更好的表达效果。对于现代汉语诗歌而言，即使要求人们追求"格律"仍然不为过，因为20世纪初闻一多就指出现代诗的格律其实就是"节奏"①。一首诗的行文造句分节，考虑情感、意绪在语言上的"节奏"是很重要的。甚至对现代诗而言，"节奏"是它的灵魂。美国诗人弗洛斯特曾说："写自由诗就像打网球没有挂网。"② 缺乏形式对想象力的约束，不仅想象力会进入放纵的状态，好诗和坏诗之间的界限也变得模糊。

　　新诗的语言方式主要参照了西方语言（主要是英语）的文法结构，在形式上也借鉴了西方的诗歌。在今天，曾经生活在至少两种语言环境（汉语和英语等其他语种）中的像黄灿然、多多、肖开愚、张枣等真正算得上杰出的汉语诗人，在诗的形式上要求极为严格。可以说，如果我们不满足于在自己的小圈子里自娱自乐的话，如果我们真的想在汉语诗歌的历史序列中成为一个优秀的写作者的话，我们就必须意识到诗歌写作是经验、语言和形式三者之间美妙互动的事，语言上的要求和形式上的约束是必要的，如果没有这点常识，要写好一首诗几乎不可能。可惜，我们今天大多数诗人，只在感觉、经验的层面上追求个人情绪、思想的独特，这种写作极易沦落为极端现代主义式的个人感觉、意识展示，使诗歌成为一种难懂的"先锋"艺术。遗憾的是，我们今天很多人对一首诗对一个诗人的评价，往往都是从情感、经验的角度，思想深刻、感觉独特是最佳的标准。殊不知，这些只是一首好诗的基本要素，而仅有这些要素是远远不够的。

　　这个时代确实不是一个伟大的时代。这个时代平庸得似乎诗意全无。但正是在这样一个时代，诗人回到了自己的位置，我们不能企求借着时代的光芒照亮自己的才情和诗篇，就只能一点一滴凝聚自身的情怀、境界、眼力、才华、技艺……自己照亮自己，写自我慰藉之诗。倘若个人化的内

---

① 闻一多：《诗的格律》，《闻一多全集》第三卷，丁集，开明书店1948年版，第245页。

② 转引自黄灿然《自序：倾向光明，倾向善》，《游泳池畔的冥想》，中国工人出版社2000年版，第3页。

心言语真的能反映出一点儿时代的真实图景，给时代一点点"照耀"，那当然是幸事。诗歌写作不是像一些人所认为的那样更放松了、更容易了，而是对作者的考验更多、更大了。

在我们这个时代，许多人继续误将自由诗的"自由"绝对化，口语化也就罢了，还极端地自由和随意，并以此为"创新"，甚至还以"先锋"自我标榜。许多人以为借着网络或民刊的传播，成为"诗人"实在是件容易的事。确实，这个"自由"得让我们非常空虚的时代，我们确实有太多的情感、"思想"需要倾诉需要获得别人的认同，我们非常渴望借助诗歌获得难以寻觅的自我慰藉。诗歌的主要功能确实是"抒情"，这些都没有错，但无奈诗歌自有其形式和功能，诗歌其实能实现其他文类所不能实现的功能。如果我们在诗歌中要的仅仅是情感、经验、思想和想象的"清楚"表达，如果诗的形式是可以忽略的话，那我们在各种文类中独独高举诗歌旗帜的理由是什么？它和分行的散文区别在哪里，仅仅因为诗歌的语言"翅膀"少吗？如果我们能思考这些问题，现代汉语诗歌的写作在今天也许会有新的境界和成绩。在这个将自由诗的"自由"被误解的时代，也许我们要听听 T. S. 艾略特的劝告："对一个要写好诗的人来说，没有一种诗是自由的。谁也不会比我更有理由知道，许许多多拙劣的散文在自由诗的名义下写了出来。"① 我们的许多诗作是不是在自由诗的名义下写出来的散文？

现代汉语诗歌写作必得在现代汉语、现代经验和诗这一特殊文类的形式三者之间的矛盾纠缠中展开。客观地说，要写出一首好诗，没有对这种矛盾的克服是很难获得的。诗人应当有在经验、语言和形式的互动中展开想象的自觉意识。当下的汉语诗歌写作，既有作为一种心灵表达方式的诗歌写作层面上的"自由"，也有诗歌作为一种特殊文类的自身的"限度"。诗人们要想真正提高自己的写作水平，当在这些方面有自觉意识并在这个方向上努力。

---

① ［英］T. S. 艾略特：《艾略特诗学文集》，王恩衷编译，第 186 页。

第 二 章

从"新诗"到"现代汉诗":王光明的诗歌批评之旅

"现代汉诗"这一概念,20 世纪 80 年代即有人提出。90 年代以来不仅出现过以此为名的民间诗歌刊物①。海内外从事新诗研究的学者有的也在著述中使用这一概念。② 但他们在使用这一概念时,或缺乏某种必需的对"诗歌和现代性话语及情境、现代语言相互缠杂状态"的自觉意识,或未对这种命名(从"新诗"到"现代汉诗")的更替作自觉地、系统地论证。真正从这一自觉意识将"现代汉诗"视为一种特定的诗歌形态来作理论辨析的,从经验、语言和形式三方互动的角度来把握 20 世纪汉语诗歌的本体特征的,乃是国内的学者王光明。

从正式提出以"现代汉诗"对"新诗"作重新命名③,到这一新的

---

① 据子岸《90 年代诗歌纪事》:"1991 年……2 月……由芒克、唐晓渡等人发起,各地诗人参与的大型诗刊《现代汉诗》创刊号在北京印行(至 1995 年底,共出 9 卷)。"王家新、孙文波编:《中国诗歌九十年代备忘录》,人民文学出版社 2000 年版,第 366—367 页。据西川《民刊:中国诗歌小传统》一文:"1989 年是中国政治、经济、文化的一个分水岭。古典式的社会思想冲突结束,商品经济到来。在这种情况下,口语写作迅速失效,许多诗人陷入彷徨。诗人们对一种强大的精神存在的期盼迎来了一些全国性的民间诗刊的创立,其中首推《现代汉诗》。《现代汉诗》由芒克、唐晓渡统领,在全国各地轮流编辑。《现代汉诗》颁发过两次空头奖项,一次在 1992 年,获奖者为孟浪,第二次在 1994 年,获奖者为西川。"见刘春编选《扬子鳄》第 3 期,2002 年 4 月,第 20 页。

② 譬如,美国加州大学戴维斯分校的奚密教授(Michelle Yeh)也在著述中以"现代汉诗"代替传统的"新诗"概念,奚密教授对 20 世纪中国诗歌的"汉语"、"现代"等质素有深入、独到的认识,但从她的行文看,其"现代汉诗"一词似乎也可以用"20 世纪中国(中文)诗"、"现代诗"等概念来代替。见奚密《从边缘出发——现代汉诗的另类传统》,广东人民出版社2000 年版。

③ 当时的历史情境是在武夷山召开的"现代汉诗国际学术研讨会"(1997 年 7 月 26 日至30 日)。

命名被学界和诗界①广泛接受，王光明是作为一种诗歌认识的"现代汉诗"之理念的自觉倡导者与理论建设者。这里所谈论的正是：作为 90 年代以来一位卓有建树的批评家与新诗理论家——王光明的批评之旅与学术转型，以及"现代汉诗"诗学理念之确立的历史逻辑与诗学内涵。

一　批评的起点："面向新诗的问题"

本书中的"本体"之意不应理解为形而上学意义上的诗歌的"本原"，而是指诗歌作为一种特定的文学类型其特定的"存在"。对于诗歌这一"存在"，同样有一个诗歌"是什么"的问题。诗歌的本体话语的建构即一种探寻诗歌本质特征的思想及其言说。诗歌"是什么"这一问题是对诗歌的本体论的认识，它区别于诗歌"做什么"的功能性的问题。长期以来，中国现代诗歌由于历史的、现实的诸多原因，得到的更多是功能性的认识。而在中国现代诗歌的本体论的认识方面，人们通常或由于对诗歌的感受能力不足而欲言又止，或着力强调诗歌的时代功用而将诗歌的语言、形式诸方面的问题视为次要的东西。诗歌"是什么"一方面似乎是个自明的问题；另一方面又极为暧昧不清。

在这个学术背景下，我们来谈论王光明的诗歌批评，其特色与意义容易变得明朗。从对王光明的著述的全面考察中，我们很清晰地看到：王光明的诗歌研究在学术目标上是在探讨"诗歌到底是什么"的问题，他一直在试图建构一种关于诗歌的"本体话语"，这是他学术的本体论维度；而在方法论维度上，王光明坚持的是一种"提问题"的修辞学，从问题出发，开放历史，探讨问题，并不一定解决问题，留下的是一个不断追问诗歌之本质和意义的"踪迹"。"诗学"（Poetics）一词来自西方，其广义指"文艺理论"；狭义上是亚里士多德式的"专论诗艺"，也可以是对"诗性文本"（不独是诗歌）的一种言说。将王光明关于诗歌的言说称为

---

① 以"现代汉诗"为题或与此相关的著述自然不胜枚举。21 世纪以来诗界有影响的民刊有《新汉诗》（2003 年创刊，迄今出版 6 期）等，正式出版发行的诗刊有《汉诗》["第一季"于 2008 年 3 月由武汉出版社出版，迄今已出版至 2014 年第 4 季（总 28 卷），王光明为该刊顾问] 等，有的综合性文学刊物诗歌栏目即以"现代汉诗"称之。

"问题诗学"是强调他的学术研究的"问题"意识和"问题"路径。

有意思的是，在他的一部诗歌论文自选集①的出版过程中，他对该文集的原初命名即为"面向问题的过程"。遗憾的是，出版社的意见是这样的书名"太虚"，最后更名为"面向新诗的问题"。这个改书名的事件非常类似于1969年米兰·昆德拉在出版他的小说《抒情时代》时的情景，由于出版商脸上不安的神情，昆德拉在最后一刻更换了一个意思直白一点的名字——"生活在别处"。本文的丰富性是不因具体名目而限定的，在复杂的现代历史语境中，"生活在别处"后来竟然被解读成了20世纪的超级隐喻。"面向新诗的问题"不是一个隐喻，而是王光明诗歌批评的真实起点，也是他整个学术研究至今的鲜明特征："从最具体的学问做起，从基本材料入手……提出和澄清一两个有意义的问题。"② 他的诗歌理论是一种以"问题"为核心的诗学。

阅读王光明早期的诗歌著述，我们有一个很明显的感受是：这里有踏踏实实的关于"诗歌到底是什么"、"诗歌该怎么读"、"如何面对一首诗"等基本问题。作者的诗歌研究，某种意义上是其"生命中的乡愁"的"延续"和"补偿"③，他是以生命中丰富的情感体验来读诗、说诗，这样，他的诗歌理论也就很容易为读者所接受，并且能在这里快捷地领悟到诗歌中许多基本的东西。《"新诗"与"旧诗"》、《诗歌情感论》、《诗歌想象论》、《诗歌意象论》、《诗歌语言论》、《诗歌构思论》、《诗歌阅读论》等一系列发表于1992—1993年的诗歌论文④，可以说是他关于诗歌本体话语的初步建构。从诗歌与话语权力的关系、本文的审美结构、创作主体、读者的接受各个方面，王光明几乎在做着"要说服别人先说服自己"的诗歌理论的"启蒙"工作。这些论题虽不能详尽诗歌的内涵，但是在一步步接近诗歌的本质。

这些问题看起来都是诗歌基本的方面，但是认真追究起来往往晦暗不清。譬如，"新诗"与"旧诗"到底区别在哪里？该如何面对一首现代

---

① 王光明：《面向新诗的问题》，学苑出版社2002年版。

② 王光明：《从批评到学术——我的九十年代》（代序），《文学批评的两地视野》，北京大学出版社2002年版，第5页。

③ 王光明：《现代汉诗的百年演变》，河北人民出版社2003年版，第724页。

④ 这些有系统性的诗歌论文均收入王光明诗歌研究论文自选集《面向新诗的问题》，学苑出版社2002年版。

诗？王光明的解答既明确又不损害问题本身的丰富性。"新诗"与"旧诗"的分别主要在体制即格律与自由、士大夫情趣与现代精神、诗歌的感觉与运思方式、语言等方面。而怎样读诗呢？朱光潜先生曾说："……要养成纯正的文学趣味，我们最好从读诗入手。"[①] 王光明也提倡读诗要"培养纯正直觉"[②]。怎样培养呢？多读诗、读好诗，并且只能是依靠我们的经验、心灵去感受诗。"最简单、轻便的办法是：面对一首诗，看它能不能感动我们，能不能调动我们类似的经验和感受，是不是比我们的生活感受更新鲜、更深刻、更有想象力。"[③] 但是在尚不成熟的艺术直觉之外，还需我们的思考和判断，我们可以依次问三个问题："首先问它是不是诗，符合不符合诗的基本要求；其次问它是好诗还是平庸的诗；最后进一步问是一般的诗还是伟大的诗。"是不是诗似乎容易辨认，什么才是好诗呢？王光明认为好诗至少应该有两个条件："（一）一首好诗总要给读者带来新的感受，新的发现，新的情感，或新的意象和想象，新的构思角度和语言风格；它还要给诗的传统带来点新的贡献；或新的题材，或新的感受和想象方式，或新的表现形式与技巧……（二）光有新意还不够，还要有思想情感和表现形式的完好统一。就是说，诗中的意思与情感，必须取得意象、情境、形式、节奏、语言的有力合作，和谐融合在一个有机整体中。"[④] 也许这些清晰、实用的诗歌理论我们现在看起来显得通俗易懂，但是回顾当时的诗歌研究，试图认真澄清现代诗歌的基本问题的学人实在寥寥无几。大多数人在解释这个时代的诗歌说了什么（诗之思想内容）；或者，诗歌怎样地适应或反拨了这个时代（诗之功能）。人们恰恰忽视了诗之根本，这门关于语词、特定的形式的独特文类和别的文类的真正界限在哪里？我们只能通过寻求差异性、在与"他者"的关系中、在它的本质规定中来考察事物的特性。如果诗歌"是什么"的问题我们不清楚，我们怎么能确定诗歌"能说什么？""能做什么？"

---

① 王光明：《面向新诗的问题》，学苑出版社 2002 年版，第 391 页。
② 同上。
③ 同上书，第 393 页。
④ 王光明：《面向新诗的问题》，第 395—396 页。

二 本体话语:中国现代诗的"艰难的指向"

1993 年 6 月,由北京大学教授、著名诗评家谢冕先生主编的"二十世纪中国文学丛书"问世,这套丛书站在世纪的交接点和时代的转型期,对 20 世纪中国文学作全面的审视和反思,其批评视野、理论厚度、思想特色对学界的中国文学研究一直影响至今。诗歌批评方面的著作除谢冕先生的《新世纪的太阳——20 世纪中国诗潮》之外,即王光明的《艰难的指向——"新诗潮"与二十世纪中国现代诗》。

其实此前的王光明在 20 世纪中国文化、小说、诗歌、散文诗各方面,均已表现出浓厚的兴趣和学术潜力。还在他大学毕业那一年,他的一篇论散文家何为的文章就曾获得好评。① 王光明的《散文诗的世界》是中国第一部散文诗理论专著②。从历史到现状,从理论到创作,从宏观到微观,对散文诗的起源、发展、艺术特征、美学价值、作家、文本各个方面,王光明在散文诗研究领域做了一项前人未做的工作,有意思的是,这样一本值得嘉许的学术专著反引来他的老师、著名的文艺理论家孙绍振先生的抱怨——他深感王光明在文化、小说评论③方面的资质,觉得在这样一个文化、美学正"热"的时代他却花时间去研究一个"冷"的领域太不值得了。但王光明并不后悔,尽管后来有人误以为他是一位"专攻散文诗"的学者。这本书的写作,使王光明在寻找适合自己的学术领域、建构有独特性的诗学话语方面,得到了很好的尝试,积累了宝贵的经验,为后面的道路做了有益的准备。从《艰难的指向》开始,王光明的学术兴趣已主要在中国现代诗歌方面,着力思考诗歌内在的问题。《艰难的指向》是一部极有思想洞见又不乏批评激情的诗歌研究著作。"艰难的指向","指向"什么?为什么是"艰难"的?

---

① 该文题为《何为散文的艺术特色》,发表于 1979 年,后收入王光明《灵魂的探险》,海峡文艺出版社 1991 年版。令何为先生大为惊讶——清新又不失老道的批评文章使何为先生以为作者是个上了年纪的人。其实作者不过是个二十岁出头的年轻人。

② 王光明:《散文诗的世界》,长江文艺出版社 1987 年版。

③ 王光明的一些论张洁、张贤亮等小说家,论黄子平、南帆等文化评论家的文章,收于其论文集《灵魂的探险》,海峡文艺出版社 1991 年版。

在这部以整个 20 世纪中国现代诗歌为背景、主要陈述朦胧诗（新诗潮）的诗学意义的著作中，王光明在论到朦胧诗的代表诗人之一——舒婷时写道："她的诗标示了我国新诗从集体经验——→个人经验——→现代诗歌经验的艰难指向。"①

不仅是新诗潮，整个 20 世纪中国诗歌的基本指向都有这样的特征。"中国新诗近百年的历程，虽然迂回曲折，情况相当复杂，但宏观把握，可以说大致经历了三个阶段：形式革命的阶段、功能革命的阶段、追求现代本体诗歌的阶段。"② 形式革命的阶段主要指自由诗运动。以文言文代替白话文成为诗歌的语言之后，五四初期的浪漫主义诗人和现实主义诗人的抒情观念上还未摆脱古典诗歌抒情言志的传统，诗歌基本上还属于功能性的写作：浪漫主义写作表现激情，无法找到与情感对应的语言、形式媒介，往往情感过剩；现实主义写作叙事说理，缺少形象化的艺术经营，往往理念抽象、意义平白。面对这一情形，20 世纪二三十年代对新诗革命的"再革命"，表面上是形式革命的进一步深化，实际上是在改革诗歌的"功能"。"他们根据诗人心智的两重功用，感受的与创造的，把感受、经验作为诗的素材与出发基地，主张通过心智的创造性参与，在心与物的复合中产生意象，并通过意象与语言关系的创造性组织，把个人的经验、感受、激情与信念等素材，经由语言机制的抗拒而偏离，转换成诗歌的'内容'与语言空间，——这时候，实际上已指向了诗歌本体的追求阶段，诗，宣告了作为新的'语言现实'的独立存在。"③

整个 20 世纪中国诗歌的最终"指向"即此"诗歌本体"。但是这一指向的历程是"艰难"的，中间经历了无数的波折与苦难重重的反抗。以新诗潮为例，早期的朦胧诗人的写作面临着三重困境，即中国诗歌在几十年的国家化、人民化的演变之后发展到极端之时，所出现的三个严重的问题："抒情主体的国家定位、诗歌情境的抽象化、个人话语空间的缺失"，为了克服这些问题，相对于当代诗歌，他们努力做到了："首先是撤出国家文化中心地带的边缘取向和面向民间社会的自力追求，保证了作

---

① 王光明：《艰难的指向——"新诗潮"与二十世纪中国现代诗》，时代文艺出版社 1993 年版，第 118 页。

② 同上书，第 228 页。

③ 同上书，第 230 页。

为主体的思想和人格的独立性；其次是通过抒情主题的个人定位，使诗从抽象的情境回到了具体的个人话语情境。"① 也许他们的诗歌创作由于几乎从本真的经验出发，本质上是浪漫主义的，在整个新诗阵中并不觉得怎么令人满意，但是，他们的作为，既促进了新时期诗歌与现代诗歌精神的相通，又直接启示了接下来的"新生代"诗人，他们的经验在新生代诗人的写作中得到更充分的展开。

新诗潮的最终指向即"诗的本体世界"，这也是新生代诗人的根本指向。新生代诗人在自我的分裂、自我与世界的相遇／冲突等方面的表现，比朦胧诗人更极端也更丰富，"正是这种不断裂变和生成的自我，成了他们指向自足的诗歌本体世界的驱力，同时又保证了这个本体世界有较坚实的精神和生命内涵"。② 如果说在朦胧诗人那里，诗歌的本体还是一个笼统的整体理想，那么在新生代诗人这里，他们则将诗歌的本体建设落实在"语言"这一层面上③，虽然他们的语言试验和诗学建构并不成功，他们的主张和创作都有很多问题，但在诗歌本体话语的指向上，是中国诗歌的一个进步。

王光明以新诗潮为切入点，对 20 世纪中国现代诗歌的整体把握是相当独到而准确的。可以看出，王光明认为：在诗歌的整体话语建构上，中国现代诗在 20 世纪经历了一个从民族—国家话语到个人话语再到诗歌本体话语的"艰难"历程；在诗歌的内在精神上，中国现代诗经历了一个从写集体经验到个人经验，再到"现代"经验（新生代诗人的诗歌经验也可以说是一种"后现代"经验）的转变。《艰难的指向》让我们看到了一个参与时代进程的知识分子对中国诗歌的理想与期望：从创作主体角度，他希望写作者能远离国家的中心和主流意识形态，趋向"边缘"和民间社会，确保主体的思想和人格的独立性；从本文角度说，他希望诗歌能摆脱功能的缠累，进入本体意义上的建设；从社会、历史与本文的关系上说，诗歌力求能表现复杂、丰富的现代经验。

所以王光明最后不无感伤地说，新诗潮的"纯诗"追求看起来与 20 世纪 30 年代中期新诗的"诗是诗"的追求似乎是一次久违的呼应与重

---

① 王光明：《艰难的指向——"新诗潮"与二十世纪中国现代诗》，第 231 页。

② 同上书，第 225 页。

③ 同上书，第 226 页。

逢,"但与其把它看成是历史的回归,不如认为是本体论诗歌起点的重临……在这个诗意贫乏的时代,展现了诗歌重建的希望与可能。"① 这是一个批评家在诗意匮乏的时代的努力。他以一个诗评家自己的言说回应了荷尔德林在诗歌中提出的"在贫困年代里诗人何为"?② 这一让人难堪的问题。

三   批评的转型:"从基本问题出发"

"本体"的诗歌既是 20 世纪中国诗人在创作上的追求,也是王光明作为一个诗歌研究者的理论话语建构的目标。《艰难的指向》的写作是一次对诗歌"是什么"这一本体话语的建构实践,借着整个中国现代诗背景中的"新诗潮",王光明探讨了中国诗人在 20 世纪对诗歌本体的艰难寻思,也暗示了自己的诗歌理想。这部著作很有反响,海内外现代汉语诗歌研究界的学者有颇高的评价。但客观地说,这部著作给人的遗憾也是显而易见的。中国现代诗的指向是"本体诗歌",但本体诗歌是什么或是怎样呢?写作谨防"抒情主体的国家定位、诗歌情境的抽象化、个人话语空间的缺失"这些大的弊病,中国现代诗从民族—国家话语回归到个人话语再到诗歌本体话语、诗歌的内在精神从写集体经验回归到个人经验再到"现代"经验——这些都只是接近诗歌本体的可能性,为一种本体的诗歌的实现提供了起码的外在条件,至于什么是诗歌的本体,它应该从哪些具体方面来谈论,仍是个晦暗的问题。

写作《艰难的指向》其目标是为当时的诗歌批评提供一种新的理论参照,当时的诗歌批评要么停留在诗歌与社会、历史的功能性的关系上,要么也是一种更"纯粹"的诗歌状态的想望,想叙述一种关乎诗歌本体的话语而语焉不详,批评对于诗歌本身是"失语"的。王光明本体话语的诗歌指向,对民族—国家话语权力下的诗歌话语是一种反抗,是对诗歌乃个人情感、经验之表达这一功能性话语的反抗,甚至也是对诗歌界的失语状态的一种反抗。然而,他的本体诗歌话语的矛盾性也是明显的,他到

---

① 王光明:《艰难的指向——"新诗潮"与二十世纪中国现代诗》,第231—232页。

② [德]海德格尔:《荷尔德林诗的阐释》,孙周兴译,商务印书馆2000年版,第54页。

达了"指向"，却还没有澄清这"指向"的内涵，所以他只能屡屡谈及诗歌的本体话语，在"语言"等诗歌基本要素上久久盘旋，最后仍不得其门而入，写作这本书，其最后剩下的意义更多是——给人们留下了"诗歌的本体到底是什么"的巨大悬念。

几年之后，王光明就对颇受好评的《艰难的指向》自我反思："这本书出版后似乎有些影响，也引起海外汉诗学者的注意，但我自己认为学术意义非常有限，不过是观照问题的立场和角度有所调整，强调了诗歌写作个人的出发点而已。而自己最萦绕于心的诗歌本体意义上的反思，却处处显得力不从心，因此最终还是未能跳出'社会文化批评'的魔圈。"① 荷兰著名的汉学家柯雷（Maghiel Van Crevel，1963—　）在他的中国诗歌研究著作中热情评价《艰难的指向》，认为这本书体现了作者"社会文化批评的智慧"②，这是很令王光明尴尬的事：其时他已经在为自己无法摆脱传统的社会学的批评而苦恼。

这本书的写作的出发点是企图以一种关乎本体的话语来批判从意识形态出发的诗歌批评，通过思索诗歌内在的问题来反思意识形态，但现在由于自己的本体话语的含混不清，写作再度沦落为以一种意识形态反抗另一种意识形态，"诗歌是什么"的问题仍被晾在一边。王光明由此认识到一个深刻的问题："边缘立场和'价值中立'如果不能得到学理上的支持，最终不过是毫无意义的空谈。"③

对知识分子"边缘立场"的思索由来已久。王光明是一个能够将学术与个体生命体悟相通、互动的学者。生命的体悟使他能真实、细致地逼近研究对象，学术研究的对象与目标上的"问题"与危机又反过来促使他对自己的知识分子身份产生严峻的思考。早在 20 世纪 80 年代中期"文化问题的讨论"极为火热的时候，他已经在冷静地思考"现代知识分子的时代困惑"及其出路的问题④。对知识分子"边缘立场"的思考与认同早在此时已经发生。在那篇对他个人极为重要、同时对考察中国现代知识

---

① 王光明：《从批评到学术——我的九十年代》（代序），《文学批评的两地视野》，北京大学出版社 2002 年版，第 5—6 页。

② 同上书，第 6 页。

③ 同上。

④ 王光明：《知识分子的事业格式与角色认同》，《面向新诗的问题》，学苑出版社 2002 年版，第 419 页。

分子的精神历史和在今时代的处境也很有意义的论文——《知识分子的
事业格式与角色认同》中，王光明表达了他个人对中国现代知识分子当
下困境的思考，认为他们的困惑"实际上来自两个方面。一方面是中国
传统文化的潜在影响，另一方面是旧文化价值体系崩溃所引起的内心失
重"。① 传统儒家的文化——心理结构使中国的知识分子在事业格局、价
值观念上没有独立的追求，读书最终乃是为"治国平天下"，内在仍然是
一种要为国家、社会"做点什么"的"士大夫"情结。19 世纪末以来，
随着科举制度的解体，西方文化价值观念在中国的广泛传播，知识分子所
习惯的事业格式和共同价值体系面临着危机，当他们在传统的事业之路
上与既有文化价值体系脱轨之后，不免有郁达夫所言的"零余者"的
迷惘感。他们一方面对社会、历史的黑暗极为不满；另一方面又渴望为
社会和民众做些什么，他们此时的心态已经完全"不清楚'能够做些
什么'。"

　　由于在思想上知识分子还"深受着传统的政治——文化一体化的影
响"，虽然我们的政体已经更新，生活已经显得很时尚，但我们的"社会
文化转型并未完成，知识分子的心智还很不健全，并未有一个与现代社会
相适应的社会文化价值体系作为事业选择和方法选择的基本参照"。② 传
统文化的凝聚力业已丧失，新的文化亟待重建，在这个迷惘的时刻，在这
个破碎的文化空间，王光明认为，现代知识分子恰当的身份认同应当是：
"不必非跟政治权力联系在一起，也不必始终把自己的价值视为社会的中
心价值。"知识分子所能做的："是在思想和语言的领域里工作，是通过
化解语言中权力结构的方式，维护全面的人性，保持理性的反思精神。"③

　　王光明对现代知识分子的事业格局的反思和对自身的角色定位，对
"边缘立场"的认同，对"政治—文化一体化"学术模式的警惕，为他接
下来的文学批评奠定了基本的立场和思想上的独立性，也为他的批评能对
复杂的历史现实关系、问题能够作出有力的清理、回应提供了可能的保
证。20 世纪 80 年代后期，文学逐渐失去轰动效应，读者的热情也日渐消

① 王光明：《知识分子的事业格式与角色认同》，《面向新诗的问题》，学苑出版社 2002 年
版，第 419 页。
② 同上书，第 419—420 页。
③ 同上书，第 420—421 页。

退,过去那些与文学批评演对手戏的反抗对象如今不再重要,文学批评开始陷入尴尬的境地,它既不能成为迎合中产阶级趣味的小品文,也不能再作外强中干的匕首、投枪,面前几乎是"无物之阵"——但也许只有这时,文学批评才面临着真正的考验,因为它必须依靠"从自身提取动力并依靠自身的价值观来支撑"。我们必须思考:"当附加的外在价值逐渐剥离,文学批评须以自身的价值与方法直接面对复杂的文学现象的时候,我们的文学批评能否经得起短兵相接?……"文学批评恰恰需要这样的"立场"和"能力"。

相比文学批评,学术研究的情况更为严峻。知识分子必须思忖:"……在这个急功近利的时代,能否抗拒种种诱惑,以思想、学问的价值为价值……如何在'理论过剩'和'理论贫乏'的矛盾语境中保持吸纳与反思的平衡?如何在急切摆脱习惯思维方式的同时,对文化时尚持反省态度,坚持在偏侧的时代说出真实?……"[①] 诗歌的问题也许更为复杂,回到诗歌的内在问题,显然又是必须回到诗歌"是什么"、新诗又"是什么"的原地,一回到这个原地,我们发现,在诗歌本体的问题上,我们思想的脚步似乎并没有迈出多远。

考察中国现代学术史与国学、家学和公学之关系,王光明发现,他们这一辈学人中,好多人一方面"对学术传统和学术规范一无所知"[②];另一方面由于先天缺陷,家学、私学(有特色的学风、学派的培养与传承)谈不上,我们没有经史子集的扎实根底;公学(规范化的国家教育体制内的人才培养)也极不完善;西学呢?真正凭阅读西方理论著作原文、第一手资料来说话的能有几人?我们还剩下什么?唯有"文化大革命"和"上山下乡"等独特的人生经历和生存体验换来的怀疑精神和批判激情,但是这些既能成为建设性的力量,也可以成为破坏性的因素。现在我们能干什么?唯有踏踏实实,"从最具体的学问做起,从基本材料入手,或许能提出和澄清一两个有意义的问题"。[③]

在这里,王光明身上作为一个知识分子的独特人格开始显露,处在一

---

① 王光明:《从批评到学术——我的九十年代》(代序),《文学批评的两地视野》,第10—11 页。

② 同上书,第4 页。

③ 同上。

个特定的时代，"我"必须思考："我""能"做什么？他必须超出自己的研究领域，来思考"文化"的问题、知识分子生存处境与生存方式的问题、知识分子存在的合理性问题，尽管他不喜欢参与热闹的文化大讨论。他从整个文化背景出发开始反思，认识到他们这一代知识分子应该怎样"站位"的问题——历史和时代决定了"我们"绝不再是社会、精神文化的中心，振臂一呼应者云集的英雄，"我们"要承认自己的"边缘"处境。他从自身出发，从家学、私学、公学、西学多种文化处境中个体生存的具体情况出发，思考自身的"能力"的限度问题——先天的"缺陷"使"我们"绝不是纵横捭阖的文化英雄，"我们"真正能够谈论的问题也许很少，真正能解决的问题就更少，所以，需要的确实是一种耐得住"寂寞"的精神，真正以"以思想、学问的价值为价值……"

在对自身的不满和对批评的缺陷的反思当中，王光明完成了自己作为一个现代知识分子的事业格局与角色认同的转型：价值立场从"中心"到"边缘"；学术目标从"政治—文化"到具体问题；自我身份从批评家到学术研究者。他认真区分批评与学术的对象、职能，寻求自己在学术上的最佳切入点："一般的批评和个案分析当然可以根据自己的趣味作出选择，但学术研究在选择时至少要考虑到复杂多元的存在，不能只见树木不见森林。而倘若对这种复杂多元性、运动变化性了解越多，就越会理解：由于20世纪中国新诗并未成熟，中国新诗学本身是一种问题学。换句话说，对于新诗研究的学术性考验，首先是能否在复杂、多元、变化的诗歌现象中提出真正的诗学问题，然后是，对问题作怎样的阐述。"[①]

四 本体反思：从"新诗"到"现代汉诗"

王光明提出了怎样的"真正的诗学问题"？他在诗歌研究上的"最佳切入点"是什么？

"就诗歌的基本问题而言，最值得注意的恐怕是它的言说方式，即它

---

① 王光明：《从批评到学术——我的九十年代》（代序），《文学批评的两地视野》，第11页。

的结构和形式，而结构与形式的探讨又离不开语言问题的探讨……"① 还是"如何切近诗歌本体"的问题。将如何切入诗歌本体的问题落实到语言、结构、形式等方面，其实也是王光明一贯的诗学沉思。只是这几年，在他个人的文艺视野得以开阔、大量的阅读（中西文学、文化理论，甚至许多古代的诗话、词话等）以好好装备自己之后，这些问题他思索得更深入、更切实了。从《艰难的指向》那种倾向于社会文化批判的意识形态批评到后来王光明更提倡的专注于语言、形式等文本的审美结构的诗歌本体的话语建构，作为批评家或者学者的王光明，一是完成了学术目标的转变（非意识形态批判，而是专心研究问题），二是完成了思想的对象和方法的转变。这种转变的前后差异几乎是萨特（Jean-Paul Sartre，1905—1980）的文学观和罗兰·巴尔特（Roland Barthes，1915—1980）的文学观之间的差异。

1949 年法国思想家萨特在他的文论专著中回答了一个人们十分关心的问题："什么是文学"以及"为何写作"？萨特说："写作是某种要求自由的方式……保卫自由……那是一个理想价值保卫者的问题呢……还是一个具体的日常自由的问题？"② 萨特的文学观非常符合"文化大革命"后一代的中国知识分子，文学就是一种争取自由、反抗权势的言语活动。而近 30 年后，20 世纪法国另一位著名的思想家罗兰·巴尔特，在巴黎法兰西学院所作的就职讲演中，对于自由、权势、文学的看法几乎是对萨特的文学观的断然否决。巴尔特说："有人期待我们知识分子会寻找机会致力于反抗权势，但是我们真正的战斗却在别的地方……"在哪里呢？在语言当中。因为"权势于其中寄寓的东西就是语言"。为什么这样说呢？因为"语言（langage）是一种立法，语法结构则是一种法规（code）。我们见不到存在于语言结构中的权势，因为我们忘记了整个语言结构是一种分类现象，而所有的分类都是压制性的：秩序既意味着分配又意味着威胁。雅克布逊曾经指出过，一个习语与其说按照它允许去说的来定义，不如说

---

① 王光明：《从批评到学术——我的九十年代》（代序），《文学批评的两地视野》，第 12 页。

② ［法］萨特：《为何写作》，伍蠡甫主编《现代西方文论选》，上海译文出版社 1983 年版，第 213—214 页。

是按它迫使人说的来定义"。①

巴尔特的文学观看起来令人惊讶："如果我们说自由不只是指逃避权势的能力，同时尤其是指不使别人屈从自己的能力，那么这种自由就只能存在于语言之外。遗憾的是人类语言没有外部，'它禁止旁听'……对我们这些既非信仰的骑士又非超人的凡夫俗子来说，唯一可能的选择仍然是（如果我可以这样说的话）用语言来弄虚作假和对语言弄虚作假。这种有益的弄虚作假，这种躲躲闪闪，这种辉煌的欺骗使我们得以在权势之外来理解语言，在语言永久革命的光辉灿烂之中来理解语言。我愿意把这种弄虚作假（trichevie）称作文学。"②

王光明深谙罗兰·巴尔特的符号学原理和独特的批评文风，他对巴尔特的权势寄寓在语言之中的理论极为赞同。他对诗歌的本体形态的思考从"语言"出发，这也符合中国现代诗的历史。"实际上，本（20）世纪初中国的诗歌革命是与语言革命同时发生的，它的发展也始终与现代汉语规范的不稳定相关联，处于写作的目的过于明确而语言背景却比较模糊的矛盾中。"③ 由此，王光明认为这是新诗不成熟和新诗理论体系尚未建立的主要原因。

20世纪的中国现代诗歌即从一场剧烈的语言革命中诞生。以胡适、陈独秀为代表的改革者将延续几千年的旧体诗彻底变革成"新诗"。"新诗"在语言上以白话文代替过去的文言文，早期又叫"白话诗"；在形式上以自由诗代替过去的格律体，又叫"自由诗"。这里既反映了历史和时代的合理要求，也包含着改革者对"语言"的特定认识和中国诗歌寻求现代性过程中的问题。"白话诗"时期追求的是"白话"，"新诗"时期追求的是"新"，两个时期诗歌追求的重点都在诗歌本体的价值尺度之外。

五四一代人诗歌变革的最初动机是诗歌能表现新的时代精神，诗歌变革是作为建构现代民族国家的有机组成部分的。随着白话文的胜利，至1919年，"白话诗"的提法逐渐为"新诗"所取代。的确，新诗承担了

---

① ［法］罗兰·巴尔特：《符号学原理——结构主义文学理论文选》，生活·读书·新知三联书店1988年版，第4页。

② 同上书，第6页。

③ 王光明：《从批评到学术——我的九十年代》，《文学批评的两地视野》，第12页。

破除桎梏人性的陈套、表现个性、运输新思想新精神的历史使命。这种新精神的张扬在郭沫若的诗集《女神》中达到最高峰。不幸的是，"自我"、"个性"、"反抗"……这些"被西方浪漫主义鼓胀起来的浮泛情感，在诗的社会价值方面被作为标准的'时代精神'，在诗的功能方面被当作'本质'接受下来，感情与'自我'几乎成了诗的同义词，'工具'和'运输'的观念被内在化和体制化了"①。对语言的片面认识，再加上建设一个民族—国家的现代性目标的急功近利心态，两者相互呼应、强化，"语言革命认识上的局限为个性主义时代的功能化诗歌及其理念的形成提供了基础，而功能化诗歌话语权威的确立，又使当年的偏颇演化为历史的积淀"。这样，"语言变革和'时代精神'的共同作用"，形成了一种奇特的"'新诗'的逻辑"——"诗歌就是抒发（或表现）感情的，情感的核心就是'自我'，而区别于'旧文学'的新'自我'不仅精神上是解放的、自由的，而且在形式上也是不应有约束的"。②

新诗这样的逻辑在导致体制化的诗歌观念："必须以'白话'做表现工具，内容必须反映'时代精神'，形式以自由诗为主体。"这个体制化的过程逐渐演变出一种"唯'新'是举的历史情结"，其最大特点就是对"自我精神"的膜拜。在新诗的现代性寻求中，这种情结一方面导致了诗歌对新现实的膜拜，诗歌直接参与20世纪中国革命的进程，最终诗歌革命和革命诗歌不分；另一方面是诗人对"现代化"的简单理解，缺乏从自身经验和母语文化经验对西方意识形态、语言形式和表现策略的反思，在西方现代主义思潮影响下，片面追求意识的复杂性和表达的复杂性。这两种现象，前者导致的是诗人个体"在将自我提升为产生意义和价值的社会经验层面时，泯灭独立性和美感方面的追求"，后者导致的则是"汉语诗歌的失真"。前者使诗歌远离了人生，后者则使诗歌远离了艺术。带来如此严重的问题的"'新诗'的逻辑"明显是不符合诗歌本体的"逻辑"的，因为新诗因之既失去了真实的现代经验方面的内涵，又丧失了现代汉语的语言魅力。

"唯'新'是举的历史情结"使我们必须追问："新诗"到底是名词

---

① 王光明：《中国新诗的本体反思》，原载《中国社会科学》1998年第4期。参见王光明《面向新诗的问题》，学苑出版社2002年版，第11页。

② 王光明：《中国新诗的本体反思》，《中国社会科学》1998年第4期。

还是动词？是"新的诗"还是"使诗歌不断是'新'的"？综观 20 世纪的中国诗歌，"新诗"的意义似乎更在后者，诗歌一直以追求表现新现实、新思想、新形式在掩饰对诗歌本体的必要寻思。

"新诗"这个命名本身就存在一系列问题："从理论上看，'新诗'是与'旧诗'相对的概念，不能标示诗的本质和价值；从实践的历史看，'新'与'旧'、现代与传统，已不像五四当年那样誓不两立、互相排斥，而是异同互勘、吸纳转化、寻求'变通'；从诗歌写作活动的语言背景看，'白话'也在跟传统和西方（主要经由翻译的影响）文法的多向'对话'中发展成了相对成熟的现代汉语。"①

"诗的活动领域是语言。因此，诗的本质必得从语言之本质那里理解。然后我们清晰地看到：诗乃是对存在和万物之本质的创建性命名——绝不是任意的道说，而是那首先让万物进入敞开域的道说，我们进而就在日常用语中谈论和处理所有这些事物。所以，诗从来不是把语言当作一种现成的材料来接受，相反，是诗本身才使语言成为可能。诗乃是一个历史性民族的原语言（Ursprache）。这样，我们就不得不反过来要从诗的本质那里来理解语言的本质。"② 海德格尔的哲思启示我们：诗的本质与语言的本质是合一的。要探究"本体"的诗，汉语的诗与诗的汉语必须要联系起来一并考察。王光明意识到，当前诗歌研究"重要的工作是从现代汉语出发，并不断回到现代汉语的解构和建构双重互动的诗歌实践中去，顾及外在形式与内在形式的共同追求，寻找最切近现代汉语特质的形式和表现策略，让诗歌的创作规则及手段在诗歌文类（它可能是多种的）的意义上稳定下来，建立起诗人与读者的共同桥梁"。③ 我们完全有必要开始反思"新诗"概念存在的合理性和必要性；也完全有必要质疑传统的含混的"现代诗（歌）"（是现代的诗歌还是现代主义的诗歌？）概念。要建构诗歌的本体话语，语言的维度是必不可少的。必须在"现代诗歌"的中间切入"汉语"这一"本质"的维度。至此，一个新的现代中国诗歌的形态概念——"现代汉语诗歌"（简称"现代汉诗"）从历史的重重

---

① 王光明：《中国新诗的本体反思》，原载《中国社会科学》1998 年第 4 期。参见王光明《面向新诗的问题》，学苑出版社 2002 年版，第 22 页。

② ［德］海德格尔：《荷尔德林诗的阐释》，孙周兴译，商务印书馆 2000 年版，第 47 页。

③ 王光明：《中国新诗的本体反思》，《中国社会科学》1998 年第 4 期。

迷雾、个体的层层思虑中破茧而出。这一概念强调现代性语境中中国特定的诗歌体式的形成过程中现代经验（意识形态与个体经验）、现代汉语（特定的语言、符号）、诗歌本质特征三者之间的互动关系，考察它们在特定的历史情境中相互交换了什么、排斥什么、建构了什么、呈现出什么样的诗歌形态、带来了什么问题、启发了什么样的思考和期待。"这不是一个具体的诗歌文类概念，或许它仍是过渡性、临时性的概念，但这个诗歌形态学概念有利于我们面对现代经验与现代语言的真实，纠正新诗发展过程中的历史偏颇"①。

可以说，王光明在写作《艰难的指向》时，在建构诗歌的本体话语时突出了"现代经验"，而在5年之后，他在对整个中国现代诗作"本体反思"时，则以对诗的语言自觉接近了对诗的本体的重新认识，在话语建构时突出的是"现代汉语"。他的诗歌批评的起始，便是寻求诗歌的本体形态而解析"问题"，从诗的本体之思出发。从20世纪80年代到90年代末，他的学术终于走过了一个类似螺旋的上升轨迹："本体之思——现代经验——现代汉语——现代汉诗（诗之本体形态的命名）。"

这个新的诗歌概念，不是为了争取学术高地，博取学术名声一味地求新求异，以获取某一领域的命名权、优先权，而是中国现代诗歌长期以来的历史困境和批评家自觉的解困努力使之自然凸显。王光明诗歌批评的最终指向一直是诗歌的本体话语的建构，笔者以为，"现代汉诗"这一全新形态的诗歌概念是这一话语建构实践过程中的必然收获，是王光明对"新诗"的本体反思的必然收获。

五　建构现代汉语诗歌的本体话语——
《现代汉诗的百年演变》之意义

从晚清黄遵宪、梁启超等人的"新诗"再到胡适的"新诗"，新诗到20世纪末，已有百年的演变历程。"现代汉诗"虽只是一个概念，但它却从根本上质疑了几乎沿用了百年的"新诗"概念的合法性。它对"新

---

① 王光明：《中国新诗的本体反思》，原载《中国社会科学》1998年第4期。参见王光明《面向新诗的问题》，学苑出版社2002年版，第23页。

诗",看似釜底抽薪,实则赋予其新的历史内涵。它们同样都在面对"诗"本质的东西,只是观物的立场、尺度不一样。学术视角的变化,必然引出对学术研究对象的重新观照。确立了对"中国新诗的本体反思"视角①,王光明接下来的工作便是对新诗整体的再谈论,"想把'新诗'的讨论具体化,拟用'现代汉诗'这一文类概念与 20 世纪的中国诗歌现象展开重新对话。"在对新诗的重新观照中发现问题、深究问题、从诗歌的基本问题出发,"梳理它与现代语境、现代语言的复杂纠缠"。② 他试图促使学界思考:新诗"近百年的上下求索,有何文学史意义?在中国社会转型的过程中,它怎样学习新语言、寻找新世界,是否完成了象征体系和文类秩序的重建?能否作为一个环节体现中国诗歌传统的延续?"③ 于是王光明有了新近建构面世的一座新的诗学大厦——《现代汉诗的百年演变》(河北人民出版社 2003 年 10 月第 1 版,以下简称《演变》)。

(一) 诗歌史新的书写格局

1. 确立新的谈论方式

700 多页的《演变》不能说是王光明学术历程的总结之作,但绝对是他学术生命中的一次巅峰体验。在这里,他对生存的丰富体验、对诗歌本体形态的沉思得到了充分的释放和表达。全书近 55 万字的篇幅,但并不让人感觉枯燥、繁杂,因为其中既有学理上的尖锐的"问题",又有以个体生存经验来体味诗歌的细密、微妙的"文学的意思"。很多我们熟悉的诗歌在王光明的重新解读中,被发掘出令人喜悦的新意味。而一些被王光明挖掘出的新材料,在"现代汉诗"的视野观照有了新的光辉。在具体论述中,他紧紧抓住现代经验(现代性语境、个体体验),诗歌文类特征(诗歌的情感、想象方式、形式问题),现代汉语、现代语言 3 个方面的问题,考察这些问题与具体的诗歌写作的碰撞,揭示现代性、诗歌、语言三者历时和共时的"权力"交叉与"利益"交换。他再一次深化他的"问题诗学",避免将开放的问题历史化、将亟待阐释的文本经典化、将

---

① 王光明:《中国新诗的本体反思》,《中国社会科学》1998 年第 4 期。

② 王光明:《现代汉诗的百年演变》,河北人民出版社 2003 年版,第 4 页。

③ 同上书,第 3 页。

"流动"的主体予以定性，而是力求开放探求的过程。在重新述说中国现代诗歌的百年历程、在辨析"现代经验"、"现代汉语"、"诗歌本体要求"三者互动关系的诗性言说之中，王光明完成了一种可以称为"现代汉诗"的诗歌本体话语的建构。这一话语建构不是诗歌本质的确立，但给我们显示出如何切近诗歌本体的最佳路径。这一话语在诗歌研究和诗歌创作中的实践，对于培养识辨现代诗歌的纯正艺术直觉，培养现代诗歌写作在语言、形式、经验转换的自觉意识，具有非常实际的指导作用。

既然谈论的时间跨度是"百年"，就有"史"的意味，但《演变》区别于一般的诗歌史。将从晚清至今的中国诗歌称为"现代汉诗"，并以此来统摄对整个百年新诗的谈论，乃一种针对已有诗歌史的新的书写格局。在时间上，由于"现代汉诗"的视角，作者对新诗的谈论上溯到晚清，下至 20 世纪末。在当前国内外的关于中国现代、近代文学的教材、研究专著中，对于诗歌史的划分通常是依赖于思想史的，而且是革命的政治思想史。1917 年或 1919 年以来的中国诗歌，被称为"新诗"，与"古典"的"旧诗"相对。而对于 1917 年以前至鸦片战争的中国诗歌，则干脆以"近代诗歌"一刀切。对于晚清的诗歌的研究和对于五四初期诗歌的研究，要么是被分开的，一个是近代文学，另一个是现代文学；要么是孤立的，忽略它们在诗歌变革内在理路上的联系。这些干脆的划分与其说带来了诗歌发展史的明晰，不如说遮蔽了其中的问题："新诗"这一名词并不是五四时期才出现，对于诗歌实验的冲动，梁启超等人也并非不比五四的诗人们激越，为什么"新诗"史就不能从晚清，非得从五四开端？即使"新诗"运动从五四开始，若没有一个前期的由量变到质变的"蓄势"过程，没有晚清诸诗人尤其是"诗界革命"诸干将在理论和创作上的准备，当胡适发起"白话诗"运动时，从受启到发动再到应者云集，也许是另一番局面。从 1898—1998 年，中国诗歌从它的现代性目标，到由此目标引发的诗歌问题；从它的诗歌本体上的追求，到这一追求过程中的经验传承，其间的百年是不能以"近代"、"现代"、"当代"为时段来划分的。即使是看起来在诗歌本体追求上似乎完全"断裂"、诗歌功能性成为超级神话的内地 20 世纪 50—70 年代，其诗歌状况如果我们联系王光明对"'新诗'的逻辑"、"'新诗'的唯新情结"[1] 的分析，就知道这种

---

[1] 参见王光明《中国新诗的本体反思》，《中国社会科学》1998 年第 4 期。

"断裂"恰恰在五四时期就埋下了伏笔。

　　2. 现代性境遇：时间创伤与空间隔离

　　从语言的使用空间角度，王光明立足于现代汉语的维度，将台湾地区和香港地区的诗歌也纳入现代汉诗的版图。其实当代的诗歌研究也奇怪，明明都是用现代汉语写诗，也明明产生了许多优秀诗人，但很多诗歌史、文学史著作，对台港诗歌或者不闻不问，或者只作文学现象、作家、作品的罗列、介绍而不深究。即使不从意识形态的角度，从对诗歌本身的问题关注（"他们"和"我们"有什么差异、"他们"是如何发展的等问题）的角度，我们不关注台港诗歌状况的态度对于中国现代诗歌本体话语的建设，也是不负责任的。其实这里还有一个问题，由于缺乏一种能将两岸（大陆、台湾）三地（内地与台港）诗歌整合在一起产生"对话"的理论话语，缺乏对这方面的资料的挖掘，很多人只能对其是望洋兴叹。但王光明在这方面开拓前人未涉及的地域——在两岸三地的诗歌空间中展开汉语诗歌的对话。王光明曾经在香港做过访问学者，查阅了大量在内地无法得见的台港文学的珍贵资料。不过，最关键的因素，也是王光明的出色之处，是他紧紧抓住了冷战意识形态与诗歌的结合点——时间与空间的现代性来谈论诗歌。

　　冷战意识形态对台港文化的影响是无法忽视的事实。但它是如何与诗歌发生关系的？冷战意识形态使台港在空间上与内地隔离，在历史记忆、时间上与中华传统文化断裂。台港与母体（"祖国"）与母语（汉语、"中华文化"）之间的关系，在空间上是"孤独"的，在时间上有着"创伤记忆"。按照齐格蒙特·鲍曼（Zygmunt Bauman）的理论：现代性的一个关键特性就是"时间和空间之间的变动关系"，"当时间和空间从生活实践中分离出来，当它们彼此分离，并且容易从理论上来解释为个别的、相互独立的行为类型和策略类型的时，现代性就出现了。当它们不是如此，就像它们在前现代的漫长岁月里一样，生活经历各个相互缠结并因此几乎难以区分的方面，就会以一种稳定的、明显牢不可破的一一对应关系连接在一起。在现代性中，时间具有历史，这是因为它的承载能力（carrying capacity）在永恒扩张——即空间（空间是时间单位允许经过、穿过、覆盖，或者占领的东西）上的延伸。一旦穿过空间的运动速度（它不像明显的不容变更的空间，既不能延长，也不能缩短）成了人的智慧、想象力和应变能力的体现，时间也就获得了历史"①。"时间"上的断裂感与"空间"上"孤绝"造成了港台诗歌丰富的现代性。诗歌的"现代经验"、"汉语"、"本体要求"三方面在此现代性中得到了远比内地丰富的探索。

当代中国诗学与政治意识形态的紧张关系，也表现在台湾 20 世纪50—70 年代的诗歌现象中。诗歌受冷战时代的意识形态影响，逐渐走向充当意识形态功能器官的极端体制化，并最终遭到被质询和被解构的命运，但不同的是，"内地的诗歌因简单顺应新时代的观念，追求个人与时代、诗与政治的统一，经由政治抒情诗和新民歌的体制化过程，最终引来'朦胧诗'的反拨；而台湾的主流诗歌，在 50 年代至 60 年代，是现代主义风光一时，追求艺术的抗衡性和超越性，但后来也出现体制化的倾向，在 70 年代受到'乡土文学'思潮的激烈抗争。"台湾诗歌在 50—70 年代大致有如下特征，"一方面，是自觉或不自觉地放弃城市知识分子的价值立场，对自由诗和民歌进行政治化的改造，使之服务于当代的意识形态进程；另一方面，是在仰赖美国的语境中，利用'移植'现代西方文化的合法性，以现代主义诗歌的文本策略作个人抗衡与自疗，抚慰无根之伤和放逐之痛。"② 台湾的诗人，在一种"边缘"的处境中寻求"新诗"发展的可能性，以"诗的纯粹性"来清理政治对文艺的影响。他们中间也有诗学论争，但由于相近的边缘立场和对艺术独立性的寻求，这些论争（如纪弦与覃子豪、"先锋主义"和"新古典主义"、洛夫与余光中之间的论争）在一定程度上保证了诗歌生态的平衡，促进了诗歌在本体形态上的追寻。

台湾诗人五六十年代的文化处境是极为尴尬而痛苦的，据美籍华裔诗人、文艺理论家叶维廉（1937—　）回忆："……抗战胜利还没有透一口气，狂暴的内战又把中国人狠狠的隔离，亲离子散凡 40 年，饱受双重的错位。被迫离开大陆母体而南渡台湾的作家们，在'初渡'之际，顿觉被逐离母体空间及文化，永绝家园，而在'现在'和'未来'之间焦虑、游疑与彷徨；'现在'是中国文化可能全面被毁的开始，'未来'是无可量度的恐惧。五六十年代在台的诗人感到一种解体的废然绝望。他们既承受着五四以来文化虚位之痛，复伤情于无力把眼前渺无实质支离破碎的空

---

① ［英］齐格蒙特·鲍曼：《流动的现代性》，欧阳景根译，上海三联书店 2002 年版，第13 页。

② 王光明：《现代汉诗的百年演变》，河北人民出版社 2003 年版，第 419 页。

间凝合为一种有意义的整体……面对中国文化在游移不定里可能带来的全面瓦解,诗人们转向内心求索,找寻一个新的'存在理由',试图通过创造来建立一个价值统一的世界,哪怕是美学的世界!来弥补那渺无实质的破碎的中国空间与文化,来抗衡正在解体的现实。"① 空间和时间(文化历史)上的"双重的错位",使台湾诗歌呈现出一种宝贵的特质:"对诗歌文本的高度重视和语言形式实验的充分展开:诗人们在与母体隔绝的孤岛上致力于诗歌之岛的建造。""空间"上的与母体隔离,诗人的"边界"(边缘)立场使台湾诗歌获得了一个与母语极为亲密的纯粹的实验空间;在时间上的"望乡"情愁使台湾诗歌获得了历史和文化的深度。王光明将此时的台湾诗歌诗意地描述为"岛屿中'岛屿'"。②

在当代的诗歌格局中,内地、台湾和香港的诗歌大致有这样的特征:"如果说,大陆的诗歌创作以诗与意识形态的纠缠迎拒为特色,台湾的诗歌处于现代主义与本土主义的张力场中,那么,香港诗歌最引人注目之点,该是其城市书写和想象。"王光明对 20 世纪 50 年代以来香港诗歌内在经验的走向同样有一个诗意而准确的描述:"从'望乡'到'望城'。"

香港的诗人同样处在一种时间上的断裂感和空间上的隔离感当中。他们以浪子和过客的身份从内地流落至香港,一下子进入了一种陌生的历史地域,由于找不到语词,诗歌的意象体系大部分还是乡村式的。所以早期的香港诗人普遍有一种"乡愁";随着诗人对城市的熟悉,现代城市的令人难以承受的真实性显现出来,诗人开始批判城市,流露出一种"城愁"。"从'乡愁'到'城愁'",诗人们的思想意识也在进步,他们进一步意识到城市的虚构性,城市不过是"人为的形式"、"意识的现实化的产物"而已,于是,诗人开始了与城市的"疏离",力图揭示城市的"不真实",书写城市的文化想象机制和人本身的破碎感。这样,人与城市的关系也在不断变化,由最初的客旅心态、对抗到现在的"对话",对城市复杂的多元文化景观的认同。认同不是臣服,乃是追求一种"人与物、话语与话语互为开放的对话的意趣",像梁秉钧(1948—),就是香港诗人中的优秀代表,他的诗作,"避开了感时忧国诗人'大叙述'的欲望

---

① 叶维廉:《出站入站:错位、郁结、文化争战——我在五六十年代的诗思》,《诗探索》2003 年第 1—2 辑,第 194—195 页。

② 王光明:《现代汉诗的百年演变》,第 444—445 页。

与焦虑，能够留住一份自由、从容和优雅，面对天天照面的日常生活，能够挽留住具体情境中'随物宛转'和'与心徘徊'的发现与感动"。梁秉钧与城市的对话式写作，启示了城市诗歌应当将"后现代语境中统一把握多元城市的不可能性，转变为个人文化想象和自我建构的可实践性"。①由于让诗歌写作完成从"现实的诗歌"到"诗歌的现实"的转化。

和台湾的诗歌相比，香港的诗歌在克服（忘却）最初的"时间"创伤之后，渐渐完成了对"空间"的适应，直至最终与"空间"和解，在一种新的"空间"里建构自身。香港的诗歌是一种"空间"的诗歌，空间里有人在后现代语境中的"时间"破碎、重叠、错乱之感。与城市"对话"，展现出城市与个体生存的复杂性与虚构性，从对现代城市经验的出色书写角度，对于当代中国诗歌的版图，香港诗歌应当要"回归"。在现代"汉语"诗歌的话语范围内，台湾诗歌也应当被"统一"。王光明花很大的篇幅来谈论台港的诗歌，让人惊讶，也让人惊喜。这是《演变》里精彩的一笔。

3. 力求只关注诗歌"本体"的问题

从时间上，王光明对百年诗歌的历史分期的界定，粗看起来，让人颇感意外，甚至感到粗糙，缺乏合理性。他将从晚清的"诗界革命"（1898年前后）到五四时期（1923年左右）这一时期称为新诗的"破坏时期"；从20世纪20年代开始，延续到40年代的诗歌在"诗形"和"诗质"方面双向的寻求的时期，被称为"建设时期"；而从20世纪50年代到80年代，现代汉诗在内地、台湾、香港得到了不同程度的发展，这一时期可以称为"分化期或多元探索的时期"。

对各个时期的具体的论述，看起来是明显的分配不均。一般的文学史一笔带过的晚清至五四这一时期的诗歌演变，在《演变》中却得到了较为细致的分析。一些不可略过的大诗人、主要的诗歌流派在这里却没有给予足够的篇幅。像郭沫若这样的被称为"开一代诗风的新中国预言诗人"②，在书中并没有专门章节来谈论他。而长期被人们深深遗忘的诗人林以亮（1919年）、吴兴华（1921—1966）倒是有专章专节的介绍。大

---

① 王光明：《现代汉诗的百年演变》，第513—514页。

② 钱理群语。见钱理群等《中国现代文学三十年》，上海文艺出版社1987年版，第138页。

诗人艾青在王光明的笔下似乎并没有充分论述,特别是当代文学时期的艾青,其诗歌成就并没有被给予很高的评价。而著名的诗歌流派"七月派",则被以寥寥数语打发。

不过,王光明本来所写的就不是纪念碑式的文学史,他所作的乃是现代汉诗百年演变历程中的"问题史"、问题展开的过程。他追求的不是叙述篇幅、评价人物的公正与否,而是谈论问题分析问题的有效性。从文学史的角度,《演变》一定是会受人指责的,但若从关心百年汉语诗歌发展过程中重要"问题"的衍变的角度,我们一定不得不承认:这是一部真正在谈论"诗"的诗歌著作。

历史地位很高的诗人、名气很大的诗人、很重要的诗歌流派,他们的诗不一定为诗歌的发展提供了有价值的经验、启示或问题,我们不一定非得顾及历史的全面而勉强滥用篇幅。王光明在《演变》中力图只谈论关乎诗歌本身的问题,他要做的就是一种指向诗歌本体的话语建构。

以"现实主义"、"浪漫主义"、"现代主义"这种思潮/创作方法的思路来谈论诗歌解决不了诗歌内在的问题,更难以厘清诗歌与复杂的历史、现实关系的纠缠。这样谈论诗歌的方式有将问题简单化的倾向。艾青不是什么"现实主义"诗人,也不是主要以城市和学院为背景的纯粹的现代主义诗人,艾青"是一个接受了现代的自由、民主思想,以及象征主义诗歌的感受与想象方法影响的现代中国抒情诗人。他的诗,典型地体现了中国社会在现代转型的过程中,一个乡村青年被现代城市洪流裹挟进城市社会后,对于中国土地和人民的命运的关怀。在转型期中国社会城市与乡村对峙的张力场中,相对于城市成长的诗人,他是乡村的儿子,思想情感是站在最广大的农人一边的;而相对于传统中国乡村的子民,他又受过城市之光的照耀,有着现代的思想、眼光和表达方式。这是一种矛盾……"艾青思想上的矛盾性决定了其诗作内在的张力,他的诗确实"提升了中国现代诗的境界和力度"。但艾青的好诗多写于 20 世纪 30 年代中后期,此后,随着诗人心中"矛盾性"的减弱,"社会历史关怀超过了诗歌艺术的关怀,观念压倒感觉,'事实'代替了想象,加上他过于钟情'诗的散文美',单纯依靠感觉和技巧,拒绝形式上的约束,作品的美感也就显得粗糙和琐碎了。"[1]

---

[1] 王光明:《现代汉诗的百年演变》,第 305—307 页。

同样，不专门谈论郭沫若也是有理由的。郭沫若确实是新诗史上重要的诗人，他的《女神》确实开拓出一种新的浪漫主义诗风，拓展了新诗的情境和想象力。但若不把郭沫若的《女神》与新诗最初的价值尺度——"纯真底自我表现"的基本原则的确立、与诗就是抒发"自我"情感且在形式也是不受约束的"新诗的'逻辑'"联系起来，似乎很难具备"历史感"地来谈论郭沫若这样一位重要诗人，因为很明显，新诗的危险逻辑及其直接导致的"唯新情结"，是与郭沫若的写作密切相关的。正是这样的自由诗的理念导致了新诗只求内容上"新"，以内容上的物质性来弥补形式上的极度美感的空缺，致使诗歌离"本体"状态越来越远。也是从"本体"的角度看问题，"七月派"确实反映出一定的历史真实，但在现代诗歌的经验的语言整合上，并没有提供出新鲜的东西，所以简略。

为什么要大谈"晚清"？在人们的印象中，晚清诗歌似乎缺乏诗歌的审美性，没什么好说的，只是一种过渡时期的产物而已。但王光明在此追究的是：为什么"必须过渡"？具体怎样"过渡"？

留意晚清诗歌的人都会注意到，"诗界革命"的同人们从一开始就没有人提出要反对那与"新语句"和"新意境"极不相称的"旧风格"（或"古人之风格"）。"以旧风格含新意境"。唯"新"的"诗界革命"话语似乎在此显出极大的矛盾：为什么其他都可以"新"，唯有"风格"不可以？为什么诗人们从不怀疑：诗歌的"新"，难道与作为诗歌整体特征的"风格"无关？为什么就没有人想触动这一最明显的矛盾物？

这个症结首先在于王光明所说的中国诗歌"古典形式符号的物化"。[①]

中国诗歌在唐代发展至巅峰，五言到七言的变化，大大增强了诗歌对经验和想象的接纳能力，另外，恰当的格律及其起承转合的结构，又提供了诗歌语言的转换机制。但是，律诗成熟之后，给中国诗歌带来了自造藩篱、自我复制的危机。唐之后宋人"以文为诗"，是一种以现实经验、增加"内容"的方式对形式的反抗。晚清的"诗界革命"，其实也是一样，不动诗歌的格与律，只是增加"新名词、新意境"。都是在"内容"上做文章。

现代语言学的创始人索绪尔（Ferdinand De Saussure，1857—1913）

---

① 王光明：《现代汉诗的百年演变》，第 24 页。

的语言论认为：语言是一个系统，是一个庞大的结构。语言是用声音表达思想的符号系统，符号是用以表示者［能指］和被表示者［所指］的结合。能指和所指的结合是随意性的。所指的区分和能指的区别是靠差异性完成的。和语言系统相对的是言语，言语是语言的体现，语言［langue］和言语［parole］总称为 langage。言语是个人的、从属的，语言是社会的、主要的。诗歌同样是一种语言的活动。在语言的各种形式关系中，有两个是最基本的，一个是联想关系（是语言的纵轴、选择轴、语境坐标、隐喻轴、相似性）；一个是组合关系（是语言的横轴、逻辑坐标、转喻轴、毗连性）。前者是共时性的；是后者是历时性的。①

明白诗歌是一种语言活动之后，我们知道，中国诗歌"古典形式符号的物化"在实质上可能是诗歌形成了一种固定的"结构"，那些规则、格律正是这结构的"功能"。"功能"的作用是让什么样的语言，应该在什么样的位置上、发挥什么样的作用。这样，诗歌就失去了个人化的特征，成了类似于"语言"的结构，而个体的欲望、情感表达，成了"言语的活动"，不管诗歌怎么变，那结构不能变，变的只是"言语"。"结构"的功能始终在压制言语活动的个性化特征。这也是晚清诗人在"旧风格"中苦苦寻求而诗歌仍然不"新"的一个原因。这人们死死不肯舍去的"旧风格"正是中国诗歌千百年来所形成的固定"结构"。

"晚清诗歌最大的特点是以内容和语言的物质性打破了古典诗歌内容与形式的封闭性，是一种物质性的反叛。"② "它醒目地彰显了古典诗歌体制与现代语言经验的矛盾与紧张"。③ 晚清诗歌与现代性经验的表达、与现代语言的紧张关系表明了中国古典诗歌里的"权势的结构"及其束缚力量。虽然晚清诗人没有真正在诗歌内部找到解决的方案。但接下来胡适一代人正是从他们那里受到启发，胡适、陈独秀们就是以突破这"结构"为起点，从语言、形式入手，拿那不符合"结构"的、根本不能入诗的白话文（白话文事实上是一种说话方式，不求炼字、用典、韵律等）入诗，以自由诗的形式，在几经"尝试"与批评责难之后终于获得初步

---

① 参阅［瑞士］费尔迪南·德·索绪尔《普通语言学教程》，商务印书馆1980年版；结构主义语言学理论家雅可布逊（Roman Jakobson）的《语言学与诗学》。

② 王光明：《现代汉诗的百年演变》，第33页。

③ 同上书，第61页。

成功。

晚清到五四时期的诗歌仍然有许多问题可以研究。将这一时期称为新诗的"破坏期",实际上是对新诗的肯定与再思。"在一座座宏伟庄严的历史纪念碑前,挑战延续千年的诗歌趣味和写作习惯,开辟新的诗歌场地,这是何等艰难的工作!"① 尽管带来了语言形式上的"欧化"和诗歌观念的浪漫化倾向,但它的贡献是巨大的,它"开放了中国诗歌的语言、形式体系,接纳了西方诗歌的精神和艺术资源",中国诗歌从此走出古典诗歌的权势结构,进入一个自由、开放的空间。

(二)"诗形"与"诗质":诗歌的本体之维

1. 诗歌"本体"维度的双向寻求

由此我们可以看到,王光明的言述基本上是关乎诗歌本身的。从结构、语言、形式、个体经验的表达机制等属于诗歌本体的方面来追究现代诗的问题。而对于"现代诗歌的本体建设是如何展开的"这一问题,王光明提出了两个重要的理论命题:"诗形"与"诗质"。关于现代诗歌的"形式秩序"和"诗质"的寻求,是王光明的诗歌本体话语的重要维度,在他的言述中,这两个维度一直贯穿始终。

以"形"与"质"来界定诗歌的本体维度,在"新诗"史上似乎并不新鲜。20 世纪 20 年代初宗白华先生就曾这样来划分"诗的内容":"我想诗的内容可分为两部分,就是'形'同'质'。诗的定义可以说是:'用一种美的文字……音律的绘画的文字……表写人的情绪中的意境。'这能表写的、适当的文字就是诗的'形',那所表写的'意境',就是诗的'质'。换一句话说:诗的'形'就是诗中的音节和词句的构造;诗的'质'就是诗人的感情情绪。"② 宗白华先生对新诗"形"与"质"的划分其高明的地方,在于将它们均视为诗的"内容",均是一首好诗所必须完成的东西,而不是谁是目标、谁是工具。但由于时代的局限和个人的志趣转向,在诗"形"的语言学奥义、节奏、韵律等方面,宗先生没有深入探讨;而对于诗"质",百年现代汉诗的演变,已将其"质"的寻求的

---

① 王光明:《现代汉诗的百年演变》,第 11 页。

② 宗白华:《新诗略谈》,《少年中国》1920 年第 1 卷第 8 期。

复杂性显现出来，非"意境"、"感情情绪"所能言表。在王光明这里，现代汉诗的"诗质"，则要复杂得多。他立足于诗歌本体向度和现代性的语境，阐明现代"诗质"不仅包括现代诗歌对现代性个体经验、新的感觉方式和想象方式的寻求，也包括现代诗歌要求外在形式能够"灵魂化"、使现代语言与现代性的复杂经验能够融洽无间的诗学追求。现代"诗质"的复杂性与丰富性在王光明的述说中得到了充分的呈现。

从晚清的"诗界革命"、1898 年左右到"新诗"初期、1923 年左右（朱自清先生在《新诗》一文中所言"新诗的中衰"），"新诗"的这一"破坏时期"主要还是在语言、形式、自我的解放阶段，尚未进入建设诗歌想象世界的艺术的阶段。中国诗歌比较自觉地从本体立场出发探讨自己的文类特征还是从 20 年代开始并延续到 40 年代的"诗形"和"诗质"的双向寻求。

2. 诗歌"形式"上的艺术自觉

正是在这两个方面王光明显示出他对诗歌的独特理解。在"诗形"方面，谈论起格律、节奏、用韵、音节、音组等现代人已经陌生的诗歌形式方面知识，王光明俨然一个古代文学的研究者，对诗歌的这些"古老"而必须，又遭人遗忘的形式问题谈论得很是"地道"。对诗歌思想情感的深入和对诗歌形式细节的体味，使他的诗歌解读能让人进入诗歌内部更深。像他对冯至的十四行诗的解读，我们通常只是试图去把握诗歌的意思，而他所作的还有诗歌的形式和这些"意思"的关系是什么？也就是更进一步地考察意思产生的形式机制。对于新月派闻一多等人、卞之琳、冯至等的诗作，王光明所作的形式分析，细致而有趣。譬如对于《十四行集》的第 23 首，王光明有这样解释："这首诗的体式是意大利体的变体，分为 4433 四个诗节，诗行大致按四个音步组建，韵式为 ABAB ACAC DAA DCC，其中 D 韵不甚严格，但因'光和暖'与'经验'都是诗中的关键词汇，不大好变通，因此宁愿破韵，而不愿伤意趁韵。而在结构上，诗起笔于'潮湿阴郁'的天气，通过一个生活情境，最终抵达黑暗与光明关系的领悟，展现了一个完整的情感发展转变过程……"[①] 我们现在很少如此重视现代诗的音韵，往往只追究诗歌的意思，殊不知这"意思"也是由一定的"诗形"所产生的。正如一位理论家所说："……技巧确实

---

① 王光明：《现代汉诗的百年演变》，第 245 页。

是 T. S. 艾略特所指的'程式'；任何选择、结构或曲解变形，任何强加于行为世界的形式或节奏；通过这种手段，我们对于行为世界的理解变得更加丰富，或引出新的意义。"① 而在 19 世纪英国诗人奥斯卡·王尔德（1854—1900）看来："'形式是生命的奥妙'，从崇拜形式入手，艺术中就没有秘密不向你显露。"②

王光明发现，虽然冯至、卞之琳诗歌的现代主义质素对 20 世纪 40 年代的诗人有影响，但诗歌写作在形式上的自觉只有在吴兴华、王佐良等少数人那里得到坚持。而到了 50 年代的关于诗歌发展问题的讨论中，内行地谈论诗歌形式的还是林庚、何其芳、卞之琳等为数不多的老诗人。可见，现代汉语诗歌长期缺乏对"诗形"自觉的整体意识。对此，他充满忧虑。

写了几年自由诗的林庚，后来转向格律诗的实验，他总结汉语诗歌的形式规律，提出"五字组"、"半逗律"、"典型诗行"等概念，着力建设现代汉诗的诗行，林庚的诗形构想乃是一种"五四体"的九言诗（即一首诗的诗行为九个字，其节奏分为上"五"下"四"）。但是林庚的实验并不成功，理想的作品很难得见，倒是暴露出对现代汉语音组认识的许多问题。"林庚在考虑'典型诗行'的节奏时过分专注于'民族性'，又把'民族性'的主要特点放在不太规范、不怎么代表现代汉语特征的口语上"，他的九言诗的实验最终失败。王光明特别指出，这里面不仅仅是对语言的认识问题，也有语言之外的因素，即意识形态。③

林庚的实验尽管失败了，但是他为 20 世纪 50 年代的诗歌形式讨论打下了基础。1953 年，何其芳就如何建立"现代格律诗"提出："（一）新诗不能光有自由诗，也要建立现代格律诗；（二）现代格律诗必须建立在现代口语的基础上，从'顿'数出发而不是从字数出发，同时基本上由二字词收尾；（三）现代格律诗应该是押韵的。"④ 何其芳进一步强调了诗歌形式必须从"口语"出发的语言意识、强调"顿"的均齐与有规律的押韵，排除"字数的整齐"和"考虑轻重音"两种实践起来比较困难的

---

① ［美］肖勒（Mark Schorer）：《技巧的探讨》，伍蠡甫、胡经之编《西方文艺理论名著选编》下册，北京大学出版社 1987 年版，第 235 页。

② 转引自马新国编《西方文论史》，高等教育出版社 2002 年版，第 290 页。

③ 王光明：《现代汉诗的百年演变》，第 399 页。

④ 同上书，第 401 页。

做法，使新的格律形式具有普遍的实践意义。但他提倡以"双音词"收尾，把三字音组分成两"顿"，又显出一定的狭隘性。不过，何其芳的不足在卞之琳的许多文章里得到含蓄的补充和修正。卞之琳对现代汉诗的格律的理解要显得开放、丰富得多。何其芳和卞之琳对50年代的格律诗的探索，二人的历史功绩在于"何其芳命名了'现代格律诗'，提出了以'顿'为核心的建构与分析原则。卞之琳则突破、发展了这一原则，使之趋于具体、严密和完整，有了实践与理论的可操作性"。[①]

现代汉诗在音律、节奏上的形式实验，无疑是最接近诗歌本体的艺术路径。诗歌是一种独特的文类，如果不考虑音律、节奏，"自由"地书写"自我"的情思，写的过程中"自由"地分行，那为什么一定需要"诗"呢？可以说，当前很多不注重诗歌的语言、形式特征的诗学观念、只重视诗歌"说了什么"而不在意"怎么说"的谈论诗歌的方式实际上是在取消诗歌自身的文类特征。

诗歌是什么？这是一个本体论（ontology，"存在"的科学、对存在事物的研究）的问题。美国著名的文艺理论家乔纳森·卡勒（Jonathan Culler）在他的《文学理论》（*Literary Theory：A Very Short Introduction*）里，就和我们开了一个极有意思的玩笑，他将哲学家奎因（W. O. Quine）的著作《从逻辑的观点看》（*From a Logical Point of View*）的第一句话"想象成一首诗"：

> 关于本体论的问题
> 令人好奇的正是它的
> 简单性

卡勒写道："这句话就这样写在纸上，周围静悄悄的空格让人感到不知所措。"[②] 这就是诗歌的魅力。"意思"一旦以它的方式存在，就让人觉得有了另外的"意思"。人们不得不产生一种"对文字的兴趣，对它们相互之间的关系和它们有什么含义的兴趣，尤其是对所说和如何说之间的关系的兴趣"。如果有人对你说奎因这句著名的话，你当即的反应是"你的

① 王光明：《现代汉诗的百年演变》，第406页。
② ［美］乔纳森·卡勒：《文学理论》，李平译，辽宁教育出版社1998年版，第25页。

意思是什么？""但是如果你把这句话作一首诗看待，问题就完全不一样了：不是说话人，或者作者想说什么，而是诗本身要表达什么？语言在这里起了什么作用？这句话要说的是什么？"①

卡勒用对一本关于本体论的哲学著作的开头的改写来提示人们：关于诗歌的本体论问题，令人好奇的也正是它的简单性。之所以简单，是因为越过了诗歌的语言和形式，直取其"意思"。对于诗歌，卡勒认为必须区分其中的"语义和非语义的语言范畴之间的关系，诗歌说些什么和怎样说的之间的关系"②。奎因的那句话为什么成为诗歌就让我们"感到不知所措"？用卡勒的理论来解释，那是因为："诗歌是一种能指结构，它吸收并重建能指结构。在这个过程中它的正式风格对它的语义结构产生作用，吸收字词在其他语境中的意义并使它们从属于新的组织，变换重点和中心，变字面意义为比喻意义……"③诗歌的本体就是这么奇妙，它仿佛一个有魔力的旋涡，将许多相关语境中的词语意思都吸收到一个地方从而产生许多复杂的联想、意义关联，让人震惊又让人无可名状。奎因的哲学话语一旦被想象成诗歌，就成了一种让人们觉得意味无穷的词语序列。卡勒还认为："通过韵律的组织和声音的重复达到突出语言，并使语言富有新奇感是诗歌的基础。"④

3. 现代"诗质"与"新的抒情"

现代诗歌的本体一方面与"诗形"密切相关，其另一方面的构成就是"诗质"。新诗的第二代诗人在破坏的废墟上建设新诗，格律诗派重在"诗形"的探讨，从西方诗体的韵律理论寻求借鉴，在音韵、节奏等方面为新诗寻求合宜的形式。而从象征派到现代派诗人所致力的，则是"诗质"的探寻。什么是现代"诗质"的探寻呢？"一方面，是体认现代经验的性质，寻求诗歌感觉、想象方式的现代性；另一方面，也是一种把诗歌外在形式灵魂化的追求，从而使'新诗'弥合现代语言与现代意识的分裂，真正成为一种新的感受和想象世界的艺术形式。"⑤

王光明认为："如果说，初期'白话'和'文言'的对立，重心在语

---

① ［美］乔纳森·卡勒：《文学理论》，第 26 页。

② 同上书，第 83 页。

③ 同上。

④ 同上。

⑤ 王光明：《现代汉诗的百年演变》，第 249 页。

言的解放；五四时代的'新诗'，是旧思想旧道德与'自我'的对立，强调的是个性的张扬；20 年代中后期的新月派，是诗歌格律与'散文化'的对立。致力的是诗歌形式秩序的寻求；那么，30 年代《现代》的诗歌作者和编者，是把诗歌内质的现代感问题提上了议事日程，表现为'诗形'和'诗质'的对立。"① 从新诗的发展历程来看，这应该是一个"由外而内、由表而里的过程"。② 现代诗的"现代"到底是什么意思，用施蛰存的话说，就是"现代人在现代生活中所感受的现代的情绪，用现代的辞藻排列成的现代诗形"。在这个向度上，现代诗人开始了不倦的寻求，留下了许多耐人寻味的诗作和诗歌问题。在这里，王光明特别强调卞之琳对新诗在寻求现代"诗质"过程中的重要贡献。卞之琳的诗"一方面是玄思的，又在冥想的情境中展开，比较重视知性；另一方面，是努力让'主体声音对话化'，追求表现上的非个人化和戏剧性张力。可以说，以卞之琳为代表的 30 年代的现代诗，标志了'新诗'从象征主义到现代主义的过渡（从以借鉴法国诗为主转向学习美国和欧洲的现代主义诗歌），从认同传统重屈骚式的浪漫主义抒情到认同晚唐诗的创造意境的过渡。从'新诗'的发展历程看，它是一次从'主体的诗'到'本体的诗'的美学位移：前者的诗是功能性的，诗为表现诗人的感情和个性而存在；后者，诗人为诗而存在，彰显的诗歌文本的独立性"。③

从如何建设"本体的诗"之角度，王光明在"现代'诗质'的寻求"这条线索上对戴望舒、何其芳、卞之琳、艾青、穆旦等重要诗人都做了独到而详细的分析，澄清了许多关乎诗歌本体的基本问题，他对这些问题的剖析实在是精妙而深刻。这些剖析也显示《演变》的作者对现代诗歌内在问题的进入深度和细节方面的敏感度。他的剖析，使一些看似具体的诗歌的问题，有了横向的现实感和纵向的历史感，会使人一下子对一些诗歌方面的难题豁然开朗。

20 世纪 30 年代开始，随着后期象征主义诗歌的主将艾略特（Thomas Stearns Eliot, 1888—1965）的诗作和诗论被翻译到中国，西方现代诗抒情的"客观化"的观念在中国深入人心。人们似乎普遍认同艾略特在

---

① 王光明：《现代汉诗的百年演变》，第 279—280 页。
② 同上书，第 280 页。
③ 同上书，第 295—296 页。

《传统与个人才能》中的说法："诗歌不是感情的放纵，而是感情的脱离；诗歌不是个性的表现，而是个性的脱离。"① 前面提到的卞之琳的诗，即深受艾略特诗学观念的影响。据袁可嘉回忆，卞之琳30年代开始译介包括艾略特、叶芝、瓦雷里、奥登等在内的现代诗人的名作，他早期一些诗作受艾略特影响，《春城》一诗即发表在翻译艾略特论文《传统与个人才能》两个月之后，其中运用了"客观联系物"等手法。② 抒情的客观化在新诗的发展历程中对纠正早期新诗的浪漫化和散文化之风是至关重要的。卞之琳诗的成就与其写作中对抒情的克制和理智的成分密切相关，但是任何一种写作风格，一旦被无条件地放置在各样的境况中，被体制化，问题就来了。事实上，直到今天，在20世纪90年代的诗歌写作中，诗歌的智性和对抒情的有意回避都是明显的。一个明显的问题的是，是我们不写"情感"还是我们根本就是"抒情的无能"？刻意回避"情感"这样的写作方式合理吗？"情感"是诗歌写作的动力之源，除去"情感"，诗歌所剩下的东西是否能让我们满意？

现代诗对抒情传统的疏离的这一问题被穆旦看在眼里，他锐利地指出卞之琳的诗与重视知性的英美现代诗之间的关系及共同点："它们都是从牧歌式的抒情走向'荒原'上的垦殖，而在诗歌的特点上则呈现为抒情成分的消失。"③ 有趣的是，《现代》诗人徐迟在1937年也曾提出了"抒情的放逐"的主张。徐迟站在诗歌要反映现实和大众写作的立场，针对"30年代戴望舒、何其芳式的面向个人记忆和幻想的抒情诗，认为它们不过是披着'风雅'外套的'闲适者的玩意儿'，中国的诗只有'放逐感情'，接纳大时代的现实生活才有出路"。④ 徐迟提出的"放逐抒情"的问题是很有意思的，其诗学根据在于艾略特的诗歌的客观性，诗歌不是表现情感而是逃避情感，但是，徐迟对艾略特的理解完全是背道而驰的：艾略特的诗学观念指向的是一种"非个人的境界"⑤，即诗歌的本体，徐迟指向的是诗歌之于"人民大众"的现实功用，像戴望舒、何其芳式的具

---

① ［英］托·斯·艾略特：《艾略特文学论文集》，李赋宁译，百花洲文艺出版社1994年版，第11页。
② 袁可嘉：《欧美现代派文学概论》，上海文艺出版社1993年版，第91页。
③ 王光明：《现代汉诗的百年演变》，第298页。
④ 同上书，第299页。
⑤ ［英］托·斯·艾略特：《艾略特文学论文集》，第11页。

有个人性的"情感"是不适合时代之"用"的。徐迟看到的是在民族危亡的现实语境中诗歌个人化情感的消极功用，他的"放逐感情"与诗歌本体建设基本无关。而穆旦在看到现代诗的"抒情成分的消失"时，并没有欢欣鼓舞，相反，他面对时代语境的改变，对诗歌的"抒情"问题有了一种新的肯定："……《鱼目集》中没有抒情的诗行是写在 1931 年和 1935 年之间，在日人临境、国内无办法的年代里。如果放逐抒情在当时是最忠实的生活的表现，那么现在，随了生活的丰富，我们就该有更多的东西……为了使诗和这个时代成为一个热情的大和谐，我们需要'新的抒情'！"① 穆旦在这里不承认"放逐抒情"就是诗的出路。他提出一种"新的抒情"。在他看来，从"诗的本质"的角度，我们要反对的恐怕不是"抒情"本身，而是某种回避"抒情"的方式，我们必须重建一种新的"抒情"方式。

穆旦非常理解和同情 30 年代卞之琳们的诗歌做法，他不认为这种冷静、重"理趣"的诗就不好，（被译为"理趣"、"机巧"、"智慧"、"机智"的英文 wit）在英文的辞典中，其来源是：因为 19 世纪末的诗人们"由于非常有意识地反对令人窒息的维多利亚情感潮流，而培育了理趣"。② 而是不应该被固定为"现代"的含义。他的"新的抒情"，从情感和境界两个方面促使我们思考现代诗歌的偏向：第一，诗能否完全将"情感"置之度外？第二，没有"情感"，现代诗的境界是否完全？按照王国维《人间词话》中的理论，卞之琳 30 年代的诗，实在不是取消情感，而是类似对"无我之境"的追求。穆旦就非常肯定这一点在纠正浪漫主义抒情风格方面的积极意义，但是，"以机智（wit）写来诗……脑神经的运用代替了血液的激荡"，③ 既与现实中国语境脱节，也与中国诗的抒情传统相背。前面提到 30 年代的现代诗人对晚唐诗歌的认同，这样的诗歌效法固然学到了晚唐诗人对诗的形式、趣味的精心敲打，但是另一方

① 穆旦：《〈慰劳信集〉——从〈鱼目集〉说起》，香港《大公报》1940 年 4 月 28 日第 8 版。

② Roger Fowler, A Dictionary of Modern Critical Terms, *Routledge & Kegan Paul Ltd*, 1973. 中译本参见［英］罗杰·福勒编《现代西方文学批评术语辞典》，周永明等译，春风文艺出版社 1988 年版，第 134 页。

③ 穆旦：《〈慰劳信集〉——从〈鱼目集〉说起》，香港《大公报》1940 年 4 月 28 日第 8 版。

面,晚唐诗歌确有宗白华先生所说的:"颓废、堕落及不可救药的暮气",宗先生在研究了李商隐、温庭筠、杜牧等人的诗作后,深感"不得不佩服它们对于修辞学的讲究,字句的美化⋯⋯音律的婉转抑扬",宗先生又实在怀疑,"当着国家危急存亡的关头⋯⋯他们尚在那儿'十年一觉扬州梦,赢得青楼薄幸名'⋯⋯只管一己享乐,忘却大众"是否"失掉了诗人的人格"?[①]

穆旦的"新的抒情"还提醒我们:诗歌的境界也与情感有关。"现代主义上是一种文学的英雄主义,最大的特点是想通过艺术的独立性和智力的运作,寄托个人内心的孤独与混乱,与平庸的现实世界相抗衡,这使它过于重视内心感觉而不大在乎真实的世界,过于专注文本的秩序却有意无意忽视了文本与社会、文本与读者的交往与沟通。"[②] 20世纪30年代中国的现代诗远没有达到西方现代主义诗歌那样文本体制化的地步,但是何其芳那样"沉醉在语言的颜色、姿势、节奏和结构的抗拒与偏离的效果里⋯⋯是否走进了艺术的象牙塔之嫌?"[③] 卞之琳的诗多冷凝、讲究理趣,技艺高超,但是否"多是精致的盆景而不是有壮阔气象的山河"?[④]

穆旦的"新的抒情"的提出,是一个关乎诗歌本质的问题:诗不可能放逐"抒情",而是要寻求新的抒情方式。少了抒情,诗歌境界的残缺是显而易见的。诗歌必须回应现实与历史。而穆旦本人的诗歌,正是体现了现代诗"强烈的自我意识与同样强烈的社会历史意识的'综合',感性与知性的'综合','对生活也对诗艺术作不断的搏斗'"[⑤] 的新风貌。王佐良曾说穆旦的诗歌是一个谜,他这样评价穆旦:"他一方面最善于表达中国知识分子的受折磨而又折磨人的心情,另一方面他的最好的品质却全然是非中国的。"[⑥] 用唐湜的话说,读穆旦的诗,我们会感到"一些燃烧的力量与体质的重量,有时竟也会由此转而得到一种'猝然',一种剃刀似的锋利"。[⑦] 穆旦为现代汉诗所带来的新的"诗质",正是"这些'受

① 宗白华:《唐人诗歌中所表现的民族精神》,原载《建国月刊》1935年第12卷第6期。

② 王光明:《现代汉诗的百年演变》,第301—303页。

③ 同上书,第302页。

④ 同上。

⑤ 王光明:《现代汉诗的百年演变》,第314页。

⑥ 王佐良:《一个中国诗人》,《穆旦诗集(1939—1945)》之"附录",1947年自费刊印。

⑦ 唐湜:《穆旦论》,《中国新诗》1948年第3、4期。

折磨而又折磨人的心情'、'剃刀似的锋利'而非温柔敦厚的啮心效果，以及丰富而非纯净的美感"，这"诗形""与其说是非中国的，毋宁说是非古典中国的；非'牧歌的情绪'加'自然风景'的，非单线因果和起承转合的，非和谐统一的；而是揿入血肉的矛盾分裂的感觉、意识与潜意识里的恐怖与渴望、寻求超越的追求与挣扎。很多人都从穆旦的诗中读出了'丰富的痛苦'，但真正的谜底却在意识到现代生存的矛盾分裂又想'伸入新的组合'"——正如穆旦著名的《春》（1942）中所写："蓝天下，为永远的迷惑着的/是我们二十岁的紧闭的肉体，/一如那泥土做成的鸟的歌，/你们燃烧着却无处归依。/呵，光，影，声，色，都已经赤裸，/痛苦着，等待伸入新的组合。"①

王光明紧紧抓住"新的抒情"这一诗歌的本体向度，描述了现代汉诗在这条道路上的艰难前行和沿途的风景："经由卞之琳'距离的组织'的实验，艾青对境界的拓展，冯至十四行诗式的'沉思'和穆旦深入到矛盾复杂的'自我'世界对现代生存的反观，现代'诗质'得到了非常丰富的表现，也呈现了诗歌掘入现代经验、情绪和意识的诸多可能性。"②在寻求现代"诗质"的过程中，《现代汉诗的百年演变》实在是一部现代国人生存经验的诗意呈现的复杂历史与精彩画卷。在"语言"的丛林里，"经验"寻求着合宜的"形式"，最终三者合一，形成"诗"。一首"诗"诞生，"……就这样写在纸上，周围静悄悄的空格让人感到不知所措"。③"诗"里有丰富的人生经验和生命体悟，"诗"把我们带向了时间的远方和情感的深处。谈论"现代汉诗"，对王光明而言，实在是一件既有"味道"又有意义的事。谈论诗歌，对他来说既是"研究"，又是"玩味"；既是职业与学术，又是生命的表达。

（三）"未完成的探索"

"新诗"在百年历程中是怎样"现代"、如何"写作"的？怎样学习了语言、进入了新的世界、是否完成了新的象征体系和文类秩序的重建？

---

① 原载天津《大公报·星期文艺》1947 年 3 月 12 日。
② 王光明：《现代汉诗的百年演变》，第 320—321 页。
③ ［美］乔纳森·卡勒：《文学理论》，李平译，辽宁教育出版社 1998 年版，第 25 页。

与旧有的伟大传统关系如何？王光明从这些问题切入，但他并没有将问题
终结，他的写作仍然是"面向问题的过程"，问题和历史都是开放的，正
如他在《演变》的结语里所说："如今的现代汉语诗歌，已经从古典诗歌
中独立出来，不再是新不新的问题，而是好不好的问题；也不再是'横
的移植'或'纵的继承'的问题，而是能否从诗的本体要求和现代汉
语特点出发，在已有实践基础上，于分化、无序中找到规律，建构稳定
而充满活力的象征体系和诗歌文类秩序的问题。现代汉语诗歌的归宿，
不是被世界性现代化的宏大叙事分化瓦解，而是要以现代经验、现代汉
语、诗歌本体要求三者的良性互动，创造自己的象征体系和文类秩序，
体现对中国伟大诗歌传统的延伸和拓展。"面对不能被"终结"的问题
和无边开放的历史，对"现代汉诗"的谈论，只能是"一种未完成的
探索"。①

关乎思想和人性的写作是不可能没有漏洞的。但如前面的分析，王光
明本来就没想做纪念碑式的历史全息图景，只是为开放历史、深究问题，
《演变》是一部"问题史"，一次本体话语的建构。所以他的"问题"
（不足之处）也就在这部"问题史"当中。譬如，既然是百年中国诗歌，
20世纪90年代的诗歌的演变图极为迷乱、生动，仅以一章的篇幅能否把
握这一时段的丰富性和复杂性？和一些学者一样，王光明也用"90年代
诗歌"这一宏大概念来指称这一时期的诗歌现实与历史，这一概念是不
是一种宏大叙事的简单能指，简约了问题的复杂性。王光明此书所叙述的
时间大约是1898—1998年，受此时间限制，他对90年代诗歌的述说就到
1998年。而此年正是90年代诗歌的分裂年。诗歌内在所隐含的问题（诗
歌要写什么和怎样写的问题）和诗歌外在的权力利益分配问题（诗歌的
名利为体制内的知识分子、国家期刊上经常露面的诗人所占尽）长期积
累，终于酿成1999年围绕《1998中国诗歌年鉴》和《岁月的遗照》的
论争。②两种诗人，一种自称"在艺术上我们秉承永恒的民间立场"，另
一种被指称为"知识分子写作"，从此展开了尖锐的对立和论争。这种对

① 王光明：《现代汉诗的百年演变》，第640页。
② 论争由两部针锋相对的诗选引起，分别为：程光炜编《九十年代文学书系·诗歌卷：岁
月的遗照》，社会科学文献出版社1998年版；杨克等编《1998中国诗歌年鉴》，花城出版社1999
年版。论争的详情参见加王家新、孙文波编《中国诗歌九十年代备忘录》，人民文学出版社2000
年版。

立和论争也反映了"90 年代诗歌"宏大话语下所掩藏的内在分裂。若不是时间所限,王光明本当对 90 年代的诗歌有更精彩而准确地把握。而王光明在此后也对论争阐明了自己的看法,他的《相通和互补的写作——我看"民间立场"和"知识分子写作"》一文不是与谁争辩,但其对问题的分析和对诗歌本体的关注程度,非常深入而中肯,在笔者看来这应该是因论争所导致的一篇最有价值的诗论。① 另外,王光明认为:"在被放逐到边缘的边缘的 90 年代,中国诗歌没有辜负时代和自己的伟大传统。"② 并以此作为全书在短短结语之前的结尾。笔者的疑问是:诗歌固然不能辜负自己的时代,但诗歌能不能辜负"自己的伟大传统"?如果说我们的诗歌的"传统"是伟大的,是卞之琳、冯至、穆旦等这样的在现代"诗形"和"诗形"方面均艰难寻求、成就显著的诗人所持的"传统",90 年代的中国诗人是不是都没有辜负?这些在笔者看来,还是亟待深思的问题。全书纵论百年现代汉诗,笔者以为,具体论述的重点更在晚清至 40 年代这一属于传统文学史划分的"现代"阶段,而"当代"和"90 年代",似乎着力较轻。不过,这也是由诗歌的具体发展时段决定的,在现代汉诗的"破坏时期"和"建设时期",其本身要关注的和要深析的问题就更多,显得更重要的。

《演变》关注的历史、文本,尽管只到 20 世纪末,但其中涉及的现代经验、诗歌文类、现代汉语的三者相互指涉的问题,恐怕是每一个历史时期诗人所面临的难题(体验、把握世界的方式如何转变;语言如何继承、创造;艺术形式如何更新)。《演变》当然不是一种对诗歌写作的普遍启示,但它在具体问题的分析中拨开了历史和本文的裂缝,呈现出一条路径让人们去寻见现代性世界存在与语言的诗歌"真实"、诗歌的"本体"真相。它释放出来的对历史问题的反思和对现实话语的辨析,使我们不得不承认,这部著作在未来的时光中,将向诗歌的本体之域无边开放。

---

① 王光明:《相通和互补的写作——我看"民间立场"和"知识分子写作"》,《南方文坛》2000 年第 5 期。

② 王光明:《现代汉诗的百年演变》,第 636 页。

第 三 章

"经验、语言与形式的互动"与新诗的发生(一)：晚清诗歌的内在矛盾

今人谈论新诗之发生一般看重胡适的文学革命之功绩。胡适的文学革命策略是从语言着手的，尤其是对中国传统诗歌的变革，更是以一种新的言说方式来"尝试"汉语诗歌的新的实验。胡适的成功我们可以说是因为他的"大胆假设，小心求证"的实验主义精神，在某些人看来，他的文学革命的成功，甚至包含一种"历史的选择"的因素，有幸运的意味。我们还可以说是因为胡适对传统文化和汉语的深刻理解以及对它们在历史中的境遇的同情和敏感。"语言的本质是语法构造和基本词汇"[①]，其实晚清以来，由于西方的政治、经济、文化制度与思想对中国的入侵和影响，中国文化在深层上也在发生重大的变动，作为文化变动最显著的表征之一——语言，也发生了巨大的变化。仅仅从词汇方面说，晚清以来的汉语，尤其是"从戊戌政变到五四运动"期间，由于西学东渐，在接纳西方新的思想文化时不得不从外国语言（尤其是日语）中借鉴、吸纳了许多新的词汇，新词语的进入汉语比历史上任何一个时期都要多、都要快[②]，汉语

[①] 王力：《汉语史稿》，中华书局 2004 年版，第 612 页。

[②] 王力说："鸦片战争以后，中国社会起了急剧的变化。随着资本主义的萌芽，社会要求语言用工作上需要的新的词和新的语来充实它的词汇。特别是 1898 年（戊戌）的资产阶级改良主义运动前后，'变法'的中心人物和一些开明人士曾经把西方民主主义的理论和一般西方文化传播进来，于是汉语词汇里更需要增加大量的哲学上、政治上、经济上、科学上和文学上的名词术语。现代汉语新词的产生，比任何时期都多得多。佛教词汇的输入中国，在历史上算是一件大事，但是，比起西洋词的输入，那就要差千百倍。从鸦片战争到戊戌政变，新词的产生是有限的。从戊戌政变到五四运动，新词增加得比较快……现代汉语新词的产生，有两个特点：第一个特点是尽量利用意译，第二个特点是尽量利用日本译名。"王力：《汉语史稿》，第 598—599 页。

基本词汇的阵容在渐渐松动、变化。文化在表层上表现出词汇的接纳与混合，在深层上则是意识形态的迎拒、纠结，面对这种语言和文化的变动，晚清的知识分子也不能说不敏感，面对汉语所面临的问题，他们同样作出了不同的反应。而对于诗人们，对于对语言最为敏感的文体——诗歌，语言的变化，不可能不影响到诗歌的创作。

经验的变化会带来语言的变化，而语言的变化必定引起写作对诗歌形式的重新要求，新的诗歌形式的产生一定会影响经验的传达效果，这是一种新的诗歌体式发生中的经验、语言和形式互动之关系。从"现代汉诗"的角度，我们看重晚清诗歌写作在新旧历史之交，在经验、语言和形式三方纠结中的矛盾性，以及在此矛盾中新的诗歌质素的生成性。

一 黄遵宪的《今别离》

晚清诗人黄遵宪（1848—1905），平生主要著作有诗集《人境庐诗草》、《日本杂事诗》和介绍日本明治维新的通志《日本国志》。从《人境庐诗草笺注》看，总体上黄遵宪的诗虽接纳了许多来自域外（西洋及东方的日本、东南亚）的新事物、新名词，但具体在每一首诗作中，新名词、新语句却并不多。可以说，他的诗不是"新"在"新名词"上，也不是"新"在用诗歌转述西方新精神新思想上，而是在他的诗歌以传统的形式接纳新的事物、个体经验的一种充满"张力"的状态上。

（一）《今别离》及关于《今别离》的不同评价

袁祖光夸奖"黄公度作《今别离》，分咏汽车、汽船、电信及东西半球昼夜相反，古意沉丽"，[1] 吴芳吉则说"黄公度《今别离》气象薄俗，失之时髦"。[2] 何藻翔也说"《今别离》四章，以旧格调运新理想，千古

① 袁祖光：《绿天香雪簃诗话》，转引自吴天任《黄公度先生传稿》（一、二），沈云龙主编《近代中国史料丛刊续编》第六十八辑，文海出版社有限公司民国五十六至七十四年（1967—1985）版，第482页。
② 吴芳吉：《四论吾人眼中之新旧文学观》，转引自吴天任《黄公度先生传稿》，第482页。

绝作，不可有二。"① 而李渔叔根本不承认陈伯严、何藻翔这种论断，他对《今别离》进行细读，对黄遵宪诗深表遗憾："今以此篇论之，除末句用'轻气球'三字外，不见有何新事物及字句，更无论新理想矣。'岂无打头风'至'烟波杳悠悠'六句，辞意凡冗，诗境稍深者，即已不肯如此落想。至'今日舟与车'、'去矣一何速'二句下，似应有新意出，以振起全篇，乃亦草草承接，意象皆尽，使人缺望之甚。"② 对一首诗的评价有如此差异，其中确有意思。

今别离

别肠转如轮，一刻既万周。

眼见双轮驰，益增心中忧。

古亦有山川，古亦有车舟，

车舟载别离，行止犹自由。

今日舟与车，并力生离愁。

明知须臾景，不许稍绸缪，

钟声一及时，顷刻不少留。

虽有万钧柁，动如绕指柔；

岂无打头风，亦不畏石尤。

送者未及返，君在天尽头，

望影倏不见，烟波杳悠悠。

去矣一何速，归定留滞不？

所愿君归时，快乘轻气球。

朝寄平安语，暮寄相思字。

驰书迅已极，云是君所寄。

既非君手书，又无君默记。

虽署花字名，知谁箝缄尾？

寻常并坐语，未遽悉心事。

况经三四译，岂能达人意，

① 何藻翔：《岭南诗存》，转引自吴天任《黄公度先生传稿》，第482页。
② 李渔叔：《鱼千里斋随笔卷上》，转引自吴天任《黄公度先生传稿》，第482页。

只有斑斑墨，颇似临行泪。
门前两行树，离离到天际。
中央亦有丝，有丝两头系。
如何君寄书，断续不时至！
每日百须臾，书到时有几？
一息不相闻，使我容颜悴。
安得如电光，一闪至君旁。

开函喜动色，分明是君容。
自君镜奁来，入妾怀袖中。
临行剪中衣，是妾亲手缝。
肥瘦妾自思，今昔将毋同？
自别思见君，情如春酒浓。
今日见君面，仍觉心忡忡。
揽镜妾自照，颜色桃花红。
开箧持赠君，如与君相逢。
妾有钗插鬓，君有襟当胸。
双悬可怜影，汝我长相从。
虽则长相从，别恨终无穷。
对面不解语，若隔山万重。
自非梦来往，密意何由通。

汝魂将何之？欲与君追随。
飘然渡沧海，不畏风波危。
昨夕入君室，举手搴君帷。
披帷不见人，想君就枕迟。
君魂倘寻我，会面亦难期。
恐君魂来日，是妾不寐时。
妾睡君或醒，君睡妾岂知？
彼此不相闻，安怪常参差。
举头望明月，明月方入扉。
此时想君身，侵晓刚披衣。

　　君在海之角，妾在天之涯。
　　相去三万里，昼夜相背驰。
　　眠起不同时，魂梦难相依。
　　地长不能缩，翼短不能飞。
　　只有恋君心，海枯终不移。
　　海水深复深，难以量相思。①

　　钱仲联先生在笺注中曰：此诗"以乐府的形式，描述了行人思妇车站送别，别后寄信、寄照，日夜思念的情景。涉及了轮船、火车、电报、照相、东西半球昼夜相反等近代科技知识，被誉为'以新事而合旧格'的诗界革命的代表之作"。②　"以新事而合旧格"乃陈伯严语，陈三立（伯严）曰："以至思而抒通情，以新事而合旧格，质古渊茂，隐恻缠绵，盖辟古人未曾有之境，为今人不可少之诗，作者神通至此，殆是天授。"③陈伯严的评价有此诗来自作者创作灵感突发、偶然天成的意思。但我们仔细考察这首诗的本文结构和文本在历史中的脉络就会发现，此诗绝不是"神通"、"天授"而成，乃是作者一次蓄意试验的产物。

　　据吴天任先生考证，《今别离》乃黄遵宪供职伦敦驻英使馆参赞时期所作。④ 和此前的驻日、驻美时期相比，由于语言不通、官为闲职等原因，黄遵宪这段时间实际上是非常孤寂的。也正是这段时间黄遵宪开始自辑诗稿，整理40岁以前随手散佚的诗作，与《今别离》时期相近的，是一系列寄怀亲友的诗作。其中最引人注目的是组诗《岁暮怀人》，36首诗写的是对丘逢甲、王韬、乡里女友等人的追忆，最后一首则是对诗人自身境况的怜惜："悲欢离合无穷事，迢递羁危万里身。与我周旋最怜我，寒更孤独未归人。"⑤ 由此可见诗人当时心情的寥落孤寂。《今别离》正是诗人此种心情下的作品。诗歌的情感动力极有可能就是怀念家乡的妻子。

　　不过，诗歌的情感动力并不能完全代表诗人写作的真正目的。从诗歌本文的意义结构看，诗作主要以车船、电报、相片、东西半球昼夜相反四

　　① 黄遵宪：《人境庐诗草笺注》，第516—521页。
　　② 黄遵宪：《人境庐诗草》，钱仲联笺注，中国青年出版社2000年版，第392页。
　　③ 黄遵宪：《人境庐诗草笺注》，第517页。
　　④ 据吴天任《黄遵宪先生传稿》第八章第七节"人境庐诗谱"。
　　⑤ 黄遵宪：《人境庐诗草笺注》，第563页。

种事物（包括"轻气球"，实际上涉及六种）为契机，来写别离之情及别离后的相思情状。并且诗人是以被思念的对象为叙述者，诗歌的情境是在对对方的想象中完成的。四首诗的情境层层递进，连成一个完整的想象性叙事。诗歌是在明显地接纳"近代科技知识"等"新事"，但"新事"之"新"在诗中并不明显，唯有一处直接的"新名词"，乃是与题旨关系不大的"轻气球"。"车"、"舟"的意象，古典诗歌中也是有的，但诗人以"别肠转如轮，一刻既万周……钟声一及时，顷刻不少留"、"虽有万钧柁，动如绕指柔"的描述使人意识到这不是古典诗歌作为农耕文明时代的意象的"车"、"舟"，而是机器工业时代的"火车"和"轮船"。"今日舟与车，并力生离愁"，诗人提醒我们他写的是"今日"的事物；"今日见君面，仍觉心忡忡"，诗人所要言说的是当下的复杂情感。车船、电报、相片、东西半球昼夜相反等对于大多数中国人都是新鲜事物，诗人以诗歌接纳"新意境"本无可厚非，但一首诗接纳这么多新事物，且不见新名词、新语句，着实有着刻意为之的意思。

值得注意的是，车船、电报、相片、东西半球昼夜相反等新事物在想象性的叙事中可以连缀在一起，构成完整的意义链条，但在现实生活中鉴于当时的社会情况则不可能如此经历。有论者指出，当时"黄氏之赴英履任，由家乡出发，到广州后转往香港乘船赴欧。当时其故乡至广州尚未铺设铁路，则何来'眼见双轮驰，益增心中忧'"？还有电报的情况也不符合实际情况，"电报自来极少用以递送一般信件，一则无法保密，一则按字计费，费用太高，那末何来'况经三四译，岂能达人意，只有斑斑墨，颇似临行泪'"？① 由此看来，诗人只是将这些自己所熟悉或知道的现代性器物在想象中聚合在一起，完成的是一次想象中的具有现代性意味的别离与相思。诗歌实际上是一次刻意试验的写作。诗人是在考验诗歌接纳新事物、不徒见"新名词"而重在创造"新意境"的能力。诗歌的情感动力虽是思念亲人，但其写作的目标并不就是一次通常的情感的文字释放，而是要有意试验出一种新的诗歌文本。

---

① 魏仲佑：《晚清诗研究》，文津出版社民国八十四（1995）年版，第94页。

（二）《今别离》与"古别离"

从这个诗歌文本的历史脉络看，作者就是蓄意要在传统的意义序列中来陈述出新的意义。以"别离"为题材、写离别之情的诗作在古典诗歌传统中极为丰盛。诗人既然定意题为"今别离"，其隐在的对称对象应该是"古别离"。中国古典诗歌中的汉乐府民歌除了其音律上的民歌特色之外，最大的特色在于其接纳现实的叙事性（"缘事而发"、人物形象的塑造）、接近口语的诗歌语言及以五言诗为主体的诗歌形式。黄遵宪以乐府的形式写诗，一方面是为了想象性叙事的需要，另一方面也是为了与古典诗歌的形式秩序进行对话，蓄意要在"古风格"中生出"新意境"。钱仲联先生说《今别离》第一首其用韵与句意俱自唐代诗人孟郊的《车遥遥》而来。"车舟载别离，行止犹自由"本孟郊诗"舟车两无阻，何处不得游"；"并力生离愁"本孟郊诗"无令生远愁"；"送者未及返，君在天尽头"本孟郊诗"此夕梦君梦，君在百城楼"；"望影倏不见，烟波杳悠悠"本孟郊诗"寄泪无因波，寄恨无因辀"；"所愿君归时，快乘轻气球"本孟郊诗"愿为驭者手，与郎回马头"。[1] 不过，这样以一二诗句之间的相似性来比附，难以看出两人诗作在意象和整体情境上的差别。况且《今别离》四首诗作意义连贯，当是一个整体，第一首只是全诗的开端，后面三首写分别之后围绕新事物、新经验的想象更是诗的重要部分，似乎不宜分开解析。

"古别离"也是古乐府写相思的一种曲调，《青青河畔草》、《冉冉生孤竹》、《长相思》、《自君之出矣》、《车遥遥》、《古别离》等皆是。郭茂倩《乐府诗集》收《古别离》自梁代诗人江淹以下共 19 人的作品，句法多为五言，抒情的角度多为家人想念游子（其中多为妻子想念远游的夫君，而作者皆是男子）。我们以唐代诗人沈佺期的一首《拟古别离》来看：

> 白水东悠悠，中有西行舟。

---

[1] 黄遵宪：《人境庐诗草笺注》，第 517 页。

舟行有返棹，水去无还流。

奈何生别者，戚戚怀远游。

远游谁当惜，所悲会难收。

自君闻芳扉，青阳四五道。

皓月掩兰室，光风虚蕙楼。

相思无明晦，长叹累冬秋。

离居分迟暮，高驾何淹留。①

这首诗很能体现乐府诗《古别离》的特征。五言句式，主题是妻子思念远游的夫君，是"君"写的"妾"在与"君"离别后对"君"的思念。这种将主观情感尽量"客观化"为对自然景物的描述和思念对象的陈述，可能是为了符合中国诗歌传统的"温柔敦厚"的诗教作风。上半阕写别离时的情景："白水东悠悠，中有西行舟"起兴，喻游子的生命状态；"舟行有返棹，水去无还流"，喻游子归期的不可知。下半阕写别离后的相思情景："皓月掩兰室，光风虚蕙楼……"写想象中"妾"的相思之苦。沈氏设身处地，想象自己的妻子对他的怀念，诗的情思不可谓不真切，但是，《拟古别离》的形式成规在这里却造成一个问题，那就是诗歌中的"我"的情思的消失，诗中无"我"，正如有论者指出的："诗中全看不出沈氏与其妻的特性，它可以是李白之妻想念李白，也可以是杜甫之妻想念杜甫，或者其他妻子想念夫君。总之，这种作品，不管谁作的，都只写别离相思的共通性，而不表现其个别性。"② 其实此"古别离"，不仅是作为具有独立的经验、意识的个体"我"的空缺，而且作为与个体经验密切相关的"时间"也是模糊的，诗作所描述的情景其实放在古代历史的任何时段都适用。

正是在当下性的"时间"而具有独立的经验、意识的个体"我"上，黄遵宪的《今别离》和"古别离"形成了明显的差异。"古亦有山川，古亦有车舟，车舟载别离，行止犹自由。今日舟与车，并力生离愁。"黄遵宪首先突出的是"别离"这一被严重符号化的古典抒情形式的当下性：别离是"今日"的别离。"今日"的特征是什么呢？在于这是一个已经变

① 《全唐诗·卷九五·沈佺期一》，《全唐诗》第二册，中华书局1999年版，第1017页。
② 魏仲佑：《晚清诗研究》，台北，文津出版社1995年版，第91页。

化了的时代，别离的情景也已经改变了。古人的别离是"车舟载别离，行止犹自由"，行者和送者还可以走走停停，依依惜别，宋代词人柳永的名作《雨霖铃》即描述了这种情景："留恋处，兰舟催发，执手相看泪眼，竟无语凝噎。"而今日的离别却情况迥异。现代性的观念与人对时间和空间的认识有关，当人将时间和空间从生活实践中分离出来并将之划分为不同的类型、单位并做出不同的解释，现代性的观念就出现了。从前的离别从空间上看，是可以"行止犹自由"的；从时间上看，是可以"欲走还留"、依依惜别的。而"今日"的离别，划分空间的是"一刻既万周"的火车轮，划分时间的是机械的钟表，在时间和空间上，机械化的时代显得比农耕文明时代要无情得多，"钟声一及时，顷刻不少留"，根本不给行者和送者任何缠绵悱恻的机会。别离的感受在"今日"应当是非常不一样的。

"门前两行树，离离到天际。中央亦有丝，有丝两头系。如何君寄书，断续不时至！每日百须臾，书到时有几？一息不相闻，使我容颜悴。安得如电光，一闪至君旁。"由于是想象对方的思想情感，黄遵宪用传统的自然意象来写"电报"这一新事物，有可能是有意的。对方（"妾"）由于对"电报"的不了解，以为是通过门前的电线传递信息，所以才有这种女子无知而可爱的想象和嗔问。"安得如电光，一闪至君旁"更是显出相思的真切和情感的大胆，作为一个传统女性的口吻，发出这样的声音，依通常的评诗尺度，实在不够"温柔敦厚"。

现代器物使人在时间、空间上的隔离是如此的迅速，但也能使人的相逢变得容易，电报、照片使人的言语和容貌能够快速到达对方的眼前，解决暂时的相思之苦。但现代器物也不是万能的，譬如照片，尽管能够在照片上见到对方，但心灵的秘密话语仍然不能相互交通："今日见君面，仍觉心忡忡……对面不解语，若隔山万重。自非梦来往，密意何由通。"实在的器物之于情感，其实不如虚幻的梦境能够给人安慰。"今日"的别离并没有因为新事物而变得欢天喜地，离别双方的信息往来方式不一样，但人的沉痛和感伤仍然存在，不同的是这沉痛和感伤更加具体而深刻。

古人的"别离"之诗，能够缓解叙述者的相思之苦的经常是梦境里的魂魄相见，叙述者期望在一个梦幻的想象之地双方能够重逢。如"此夕梦君梦，君在百尺楼。"（孟郊《车遥遥》）"天长路远魂飞苦，梦魂不到关山难。"（李白《长相思》）"汝魂将何之？欲与君追随"，这里黄遵宪延续了古意，但却又发出了与古意不同的感叹：由于"相去三万里，昼夜相背驰"，双方各处在东西半球，生活作息时间不一致，各自的生活时空的差异太大，恐怕即使是梦里重逢也不大可能——"眠起不同时，魂梦难相依"！

（三）王闿运之《今别离》

在本文的意义结构上，黄遵宪的《今别离》是蓄意要安排多种新事物进入诗歌，考察古典诗歌形式接纳新事物、呈现新经验的能力；在文本的历史脉络上，黄遵宪的《今别离》是蓄意要与"古别离"对话，试验古典诗歌的形式秩序接纳新事物、创造"新意境"的可能性。所以这首诗绝不是作者一时心血来潮的随机之作，它之所以写得有新意，乃作者的有意经营，绝不是"神通"、"天授"的结果。诗人从诗歌与当下现实的接通、个体经验的当下性呈现、诗歌形式秩序的当代应变等几个方面来试验一种"新派诗"，突出这种诗歌的面向"今日"与呈现独特的经验个体"我"的特性。应当说，对于黄遵宪要写"古人未有之事，未辟之境"的"为我之诗"的理想，这首诗一定程度上是实现了。我们不仅可以从《今别离》自身的意义结构及这个文本与中国文学历史中的"潜文本"之关系等角度来考察，我们还可以在共时性上看它与同时代人的同类作品的差别。"别离"的意象、乐府诗的形式一直是中国古典诗歌的一种传统，历代文人沿袭这种传统抒情言志亦在情理之中。这是同时代诗人王闿运（1832—1916）一首同题作品：

今别离

别来五月春水生，桃枝成碧花欲明。
开帘望东风，远近伤我情。
君肠断，妾身老，绣衣罗裳著春早，
愁如细雨连烟草。
去年离别莺始啼，今年啼莺别处飞。
垂杨复何心，从风飘絮来。

天涯浮云皎月意，不尽绝思还空帷。①

　　王闿运这首《今别离》虽诗体、句法与黄遵宪的《今别离》有些差异，但是同样处理"别离"这一经验性的题材，我们还是能看出二诗的分别：王闿运诗虽然风味雅驯，但显得和古典诗歌序列中的许多"怨妇诗"没有多大差别，在诗歌意象意境的营造上看不出作者的独特匠心。与黄遵宪诗突出现实历史的当下性和个体经验的独特性相比，王之《今别离》之"今"是相当模糊的，作者的个体经验也被掩埋在符号化的虽然优美却很空洞的境象之中。王闿运是清诗流派中"汉魏派"（或称"汉魏六朝派"）的代表。同光体诗人宗宋，汉魏派诗人则反对宋诗，着力以汉魏六朝以下及初唐诗风来反对当时稍前一点儿的宋诗运动。但无论是宗宋、宗唐还是宗汉魏，其实都是在中国古典诗歌的语言、意趣、诗法上的不断效仿，还如在诗歌写作上自视颇高的王闿运自己所宣称的那样："学诗当遍观古人之诗，唯今人之诗不可观，今人诗莫工于余，余诗尤不可观。以不观古人诗，但观余诗，徒得其杂凑慕傲中，愈无主也。总之，非积三四十年不能尽知古人之工拙，以三四十年之工力，治经学道必有成，因道诵诗，诗自工矣。"② 后来的胡适就很对王闿运不满，说他作为"一代诗人"，生在 19 世纪后半期这样一个"大乱的时代"，但他的诗集，"我们从头读到尾，只看见无数拟鲍明远、拟傅休奕、拟王远长、拟曹子建……但竟寻不出一些真正可以纪念这个惨痛时代的诗"。胡适认为这种现象的原因在于他们对于前人的"模仿"。③ "模仿"是诗人们的主观表现，其实其中也有客观上中国古典诗歌在审美鉴赏上的"程式化"对诗人写作观念的制约，特定的诗歌观念导致的模式化创作方式已经不能使诗人的个体经验借着语言、形式真正触及现实。

　　由此我们也看出黄遵宪诗歌写作的独特性，正是他立足于诗歌传统内部的"善变"，在既存的诗歌形式秩序当中有意地试验新语句的融入和"新意境"的创造，以诗歌自身的方式来接纳他所处的"今日"——一个

　　① 王闿运：《湘绮楼诗集》卷三，《湘绮楼诗集》（光绪丁未年八月刊于东州讲舍）收入沈云龙主编《近代中国史料丛刊》第六十辑，文海出版社 1970 年版，第 109 页。

　　② 转引自王森然《近代二十家评传》，沈云龙主编《近代中国史料丛刊续编》第九十辑，文海出版社有限公司民国五十六至七十四年版，第 8 页。

　　③ 胡适：《五十年来中国之文学》，《胡适文存二集》，亚东图书馆 1924 年版，第 103 页。

处在历史、文化转型期的特定现实世界，力图呈现出作为个体生存的"我"在"今日"的独特情思。虽然他的试验不能说有多成功，但正是这种试验有力地冲击着中国诗歌符号化的语言模式和僵化的形式秩序，使晚清诗歌写作的"困难"不得不醒目地暴露出来。

可以说，黄遵宪"新派诗"的写作——"所追求的不是传统意义上的诗歌美学，而是诗歌功能的现代性"。有学者对此有深入的剖析：

> 现代性当然可以从不同的层面来谈，在社会形态方面是以城市化世俗化为特点的"现代化"，在个体和群体心性结构而言则是个人自由和权利的强调。黄遵宪诗歌最重要的意义，就是把诗歌从山林和庙堂世界，带到了嘈杂喧闹的人间现实世界，强调了诗文"适用于今，通行于俗"的重要性，用诗歌接纳变动时代的新事物、新理致。《日本杂事诗》"吟到中华以外天"，写的是异邦的政治、风物和民俗，可说是他《日本国志》的补充，而《人境庐诗草》的作品，则被许多人称为近代中国社会的"诗史"，接纳了近代诸多的历史事件，用的也是古典诗歌中比较开放的五古和七古的形式。这些诗歌，从思想史的角度而言，也许不是很深刻的，既未接近西方思想文化之"本义"，境界趣味也不够高远，不过是"举今日之官书会典方言俗谚，以及古人未有之物，未辟之境，耳目所历，皆笔而书之"而已。但从另一方面言之，这又是一种真正面向"今日"的诗，而无论从社会还是诗歌语境方面看，也许没有什么比面向"今日"更为重要的了。因为当时的"今日"不再是一个凝然不变的经验世界，而是急剧变动的世界，用诗接纳这个世界，实际上是敞开了一个长期被僵化守旧、自我循环的传统诗歌所拒斥的另一个世界，而正是这"另一个世界"反过来有力地冲击了古典诗歌符号形式的物化与抽象性。

事实上，黄遵宪标新立异，迎入西洋制度名物和声光电化，既给诗歌带来新的视野，又更换诗歌的符号系统，只是一个方面。更深刻的方面是，这些面对现实经验带入的新事物、新名词和新趣味，醒目彰显了现代诗歌与古典诗歌的矛盾与紧张，从而启示了新的诗歌革新方案。从根本上说，黄遵宪的诗歌是一种矛盾的诗歌，这种矛盾既有钱锺书等人指出的新名词与"性理"的矛盾，古风格与新内容的矛盾，也有旧意象与新生活、口头语与旧形式的矛盾。这些矛盾不仅影响了黄遵宪的诗歌成就，使他虽然成就了"新派诗"，却难以写出堪称典范的作品，甚至有时还颇带有反讽色彩，如以五古写"我手写我口，古岂能拘牵"之类。然而，正是这些实践中的矛盾，驱使黄遵宪提出和尝试了一些根本性的诗学问题。

黄遵宪关注的这些诗学问题主要有三：

一是语言与文字的矛盾统一问题。他认为中国最大的问题是言语与文字的严重脱节，"语言有随地而异者焉，有随时而异者焉；而文字不能因时而增益，画地而施行。言有万变而文止一种，则语言与文字离矣。……语言与文字离，则通文者少，语言与文字合，则通文者多，其势然也。"以不变应万变，文字成为权力的化身，必然与流动的现实和普通人的生活脱节，因而语言与文字的分离也就是思想与现实的分离。黄遵宪提出，改变这种局面的出路就是追求言与文的一致，必须本着"适用于今，通行于俗"的精神，不断创造新词语和新文体。二是不仅提出了"弃古籍而采近事"的更新题材主张，同时构想了不拘一格的建行建节方案，希望诗歌革新能从丰富的说唱和歌谣文学中得到启发，"斟酌于弹词粤讴之间，或三或九，或七或五，或长短句"，从而找到新的诗体。这种方案，作者虽说"固非仆之所能为"，实际上是学习民歌（特别是客家山歌）的经验总结，他明确提出不必仿新乐府，"易乐府之名而曰杂歌谣"，或许不只看到古诗的局限，也感到了民歌的某些局限性，直觉到新事物、新词语需要更为开放的诗歌形式。三是有作为诗人长期的写作实践和对诗歌艺术规律的深入认识，对诗歌传统的弊端和对诗歌革新的方向比一般人认识得更透彻，也更尊重文化和诗歌创新的规律。在此方面，最明显的标志莫过于他 1902 年在诗界、文界革命口号甚嚣尘上之际，坚持文学"无革命而有维新"的观点，这一观点不仅与严复"文界无革命"的保守思想划清了界限，也与梁启超激进、社会化的文学观点相区别。他向旧诗挑战，主张"别创诗界"和提倡"新派诗"，强调诗歌与"今日"现实生活的密切联系，希望诗歌有"左右世界之力"，却始终坚持诗歌的立场，自觉以现实世界的物质性冲击旧诗的形式主义教条，而不是把社会政治要求凌驾于诗歌之上。因此，他革新诗歌，最着力的是它的"物质"形态，诸如题材、意象、语言和体式，并在实践中有意强化诗歌的述事功能，写了不少具有史诗风格的作品。他的文学"无革命而有维新"的观点，实际上是一种既注意到文学与现实的密切关联又考虑到它有自己历史的现实主义的文学变革观点。①

对当时的诗歌写作根本问题的关注，使黄遵宪的诗歌在文本内部呈现出不同的图景。黄遵宪的诗歌表现出作者寻求新的想象方式和说话方式的努力，所以这位学者认为，"如果把近代以来中国诗歌变革潮流作为现代性寻求的过程的话，黄遵宪可以说是直接的起点。"② 本书对此深表认同。

二 彰显矛盾的诗歌写作

黄遵宪力图在传统诗歌形式的延续下通过"善变"来创造出新的意境，但是中国古典诗歌的形式秩序所能提供的更新语言方式、变通诗体的空间其实非常小，在具体的写作中，我们也不难看到传统诗歌的意趣与形式和新事物、新的语词、具体化的个体经验之间的种种矛盾。

《今别离》是一次在古典诗歌形式传统的延续中来展现新经验的实践，而更多的时候，面对现象、经验纷繁变化的新世界，诗歌要接纳"新事"，就不得不在语言、诗体和审美趣味上寻找新的可能。黄遵宪诗，多次被人誉为"诗史"③，就是梁启超的夸奖，也多半因为他的诗多有鸿篇巨制。古诗《孔雀东南飞》1700 余字，就号称中国诗歌"古今第一长篇"，而黄遵宪一首《锡兰岛卧佛》，煌煌 2000 余言。《人境庐诗草》中百言以上的诗颇为常见，逾千言的诗也不只独有《锡兰岛卧佛》。梁启超对《锡兰岛卧佛》一诗大加赞赏："吾敢谓有诗以来所未有也。以文名名之，吾欲题为《印度近史》，欲题为《佛教小史》，欲题为《地球宗教

---

① 王光明：《现代汉诗的百年演变》，第 47—48 页。

② 同上书，第 48 页。

③ 陈柱曰："黄公度诗……网罗广博，自铸伟词，亦诗亦史"（黄遵宪：《人境庐诗草》，钱仲联笺注，第 1 页）；后人冯振曰："有清一代称诗史者，前曰吴梅村，后惟黄公度。"（黄遵宪：《人境庐诗草》，钱仲联笺注，第 1 页）

论》，欲题为《宗教政治关系说》；然是固诗也，非文也。有诗如此，中国文学界足以豪矣。"① 从梁启超对《锡兰岛卧佛》的易名来看，我们可以知道黄遵宪欲在诗中接纳多么庞杂的关于宗教、政治、世界文化等多方面的"新事"，之所以有这么长的"诗"，乃是传统的诗歌体式根本不能接纳这么多"新事"，诗歌是被新语句、新经验所胀破的，已经根本不像"诗"，而成了"史"，以至梁启超曾如是概括黄遵宪诗——"公度之诗，诗史也。"②

"诗"成为"史"其实反映的是黄遵宪诗在意象、意境、书写方式上的变化，他不是追求以诗来写史，而是要以诗来直接呈现变动的"今日"世界。这也是黄遵宪最受人注目的诗多为纪事诗的原因。陈衍在《石遗室诗话》中说："公度诗多纪写时事。"③ 王庚则说，正是这种"纪写时事"的作风使黄遵宪的诗在晚清诗界成为一种新的"变体"："嘉应黄公度京卿人境庐诗，多纪时事，且引用新名词，在晚清诗格中良为变体。"④确实，自《人境庐诗草》开篇之《感怀》叙及太平天国起义，《羊城感赋六首》叙及第一、二次鸦片战争，到《大狱四首》、《流求歌》、《朝鲜叹》叙及清朝政府在外交上的接连失策，到《罢美国留学生感赋》、《逐客篇》、《番客篇》叙及留学生、华工、华侨在海外的悲惨境遇，到他在太平洋、日本、香港、伦敦、巴黎、新加坡等地旅行的经历，到他在甲午战争期间，所作的《悲平壤》、《东沟行》、《哀旅顺》、《哭威海》、《马关纪事》、《降将军歌》、《台湾行》、《度辽将军歌》等一系列感时纪事之作，我们看到黄遵宪的诗在接纳现实上的努力，他的诗歌可能因此会没有那些仍以山水田园等自然意象为抒情符号的诗作显得温和、圆润、"气韵生动"，相反却显得有些"粗犷瑕累，过欠剪裁"、"谬戾乖张，丑怪已极"。⑤ 但正是在这里我们也觉出了黄遵宪的苦心，这种诗作与他的写"古人未有之物，未辟之境"是不冲突的，他以改变传统诗歌美学的方式将诗歌带出了田园、山林和庙堂的单一世界，使诗歌能触及当下的纷繁复

① 梁启超：《饮冰室文集之四十五（上）·诗话》，中华书局1989年版，第3页。
② 同上书，第51页。
③ 陈衍：《石遗室诗话·卷七》，《石遗室诗话》（一），辽宁教育出版社1998年版，第89页。
④ 王庚：《今传是楼诗话》，《石遗室诗话》（一），辽宁教育出版社1998年版，第89页。
⑤ 吴天任：《黄公度先生传稿》，香港中文大学1972年版，第484页。

杂的现实。这是黄遵宪对传统的诗歌功能的一种试验。

当然，从诗歌本身的特质来说，以"史"来评价"诗"固然指明了诗歌追求接纳现实世界的事实，但客观上也反映出这种诗歌的问题。钱锺书就曾指出"诗史"的说法的偏颇："也许史料里把一件事情叙述得比较详细，但是诗歌里经过一番提炼和剪裁，就把它表现得更集中、更具体、更鲜明，产生了又强烈又深永的效果。反过来说，要是诗歌缺乏这种艺术特性，只是枯燥粗糙的平铺直叙，那末，虽然他在内容上有史实的根据，或者竟可以补历史记录的缺漏，它也只是押韵的文件……因此，'诗史'的看法是个一偏之见。"① 诗是以感觉、想象的方式说话，具有丰富、生动的表现力，"史"可以作为"诗"的取材对象，但"诗"不能仅仅成为"史"。《锡兰岛卧佛》也试图以想象和感觉说话，但五言体的诗歌终不能接纳这么宏大的主题和庞杂的题材，黄遵宪也就不得不将诗歌的体式一再延伸、扩展，终于成了梁启超夸为"空前之起奇构"的像"诗"像"文"亦像"史"的东西。其实在其他的长诗里，黄遵宪也处在这种困难之中，为了接纳更多的"新事"，他不得不把传统的诗歌体式拉得很长，诗歌篇幅缺乏必要的节制和凝练，使人在阅读中极易丧失耐心。如此宏大的叙事诗，在想象和感觉的方式上也不可能是传统诗歌意趣的温和、隽永，诗的意趣有时显得"谬戾乖张，丑怪已极"也就在所难免。

对新思想新精神的接纳，往往使黄遵宪的诗不仅处在与传统诗歌体式、意趣的矛盾中，也使他的诗歌在诗行与句法上面临着矛盾。无论是五言还是七言的古典句式，一定的字数和情感、意义的节奏对于复杂涌动、急促流动的经验表达诉求，往往显得力不从心。于是，黄遵宪的诗中还出现了句法不为五七言所限，任意伸缩的现象，完全破坏了古典诗歌的传统句法和固定形式。《以莲菊桃杂供一瓶作歌》一诗，七言、九言至十一言、十五言，句式不一。《赤穗四十七义士歌》一诗，最长的句式达到二十八字，实在已经是现代汉语中普遍的长句式。

不过，黄遵宪的出"格"不是无意的，他在写作中常有试验新诗体的意图。晚年在与梁启超论及《新小说》报②上的"有韵之文"的通信

---

① 钱锺书：《宋诗选注·序》，《宋诗选注》，人民文学出版社 1958 年版，第 3 页。
② 《新小说》(1902—1905)，梁启超主持，月刊，不定期出版，共出 24 期，主要发表小说，也发表通俗的诗歌，创刊号即有"杂歌谣"专栏。

中他说:"报中有韵之文,自不可少。然吾以为不必仿白香山之《新乐府》、尤西堂之《明史乐府》。(西堂以前,有李西淮乐府甚伟然,实诗界中之异境,非小说家之枝流也)。当斟酌于弹词粤讴之间,或三,或九,或七,或五,或长短句,或壮如陇上陈安,或丽如河中莫愁,或浓至如焦仲卿妻,或古如《成相篇》,或俳如俳枝伎辞。(即骆驼无角,奋迅两耳之辞也),易乐府之名而曰杂歌谣,弃史籍而采近事。至其题目,如梁园客之得官,京兆尹之禁报,大宰相之求婚,奄人之纳职,候选道之贡物,皆绝好题目也。此固非仆所能为,公试与能者商之。吾意海内名流,必有迭起而投稿者矣!"① 除了一贯的写"今日"之诗的主张外("弃史籍而采近事"),黄遵宪这里说的主要是诗歌的语言和形式的取法问题,他建议诗歌的形式不必仿古,而要向民间的"弹词粤讴"学习,在诗体和句法上都可以不拘成规。黄遵宪实际上是欲从传统诗歌的内部来改变其基本的说话方式,是试图通过变革"诗法"来撼动传统诗歌中那"可以视为读者业已吸收同化、然而自己却并不自觉意识的'语法'"。②

也正是在具体的诗歌写作中认识到古典诗歌与"现代"经验、意趣的言说诉求之间的分裂与冲突,使黄遵宪能够提出一些针对汉语诗歌写作的根本问题。黄遵宪较早地提出了汉语书面语非常严重的"语言与文字离"的现象,强调汉语写作应当"语言与文字合"。汉语言说方式的"言文一致"的期求,也是他文学写作的目标。在具体的文学实践中,黄遵宪经常取法俗语、民间山歌、粤讴等多种语言形式,而且创造出一系列语言清新、明白,形式活泼的诗作(但晚年的"军歌"是以高超的古典诗艺宣扬极端自尊的民族意识形态,实在是走了以艺术形式发挥诗的社会功能的老路)。如长诗《拜曾祖母李太夫人墓》,钱萼孙(仲联)认为其语言如同说话,真情流露、诚挚感人,实在是"我手写我口"的典范之作:"……余最爱其拜曾祖母李太夫人墓长篇,曲折详尽,语皆本色,真公度所谓我手写我口者,运用乐府之神理,而全变其面貌,不足与皮相者道也。此诗清空似话,叙事如绘,与送女弟三首同一风格,凡亲情世态,

---

① "李西淮"之"淮"疑当作"涯"。明李东阳号西涯。吴振清、徐勇、王家祥编校整理《黄遵宪集·文集·书函》,天津人民出版社2003年版,第494页。

② [美]乔纳森·卡勒:《结构主义诗学》,盛宁译,中国社会科学出版社1991年版,第185页。

家务凌杂，儿时旧事，以至土俗俚语，邻里烦言，一一活现，末以自伤其母之早逝，不及同来拜见作结，更见哀哀不匮之思，先生自序谓取乐府神理，而不袭其貌者，此诚得之。"①

此外，在诗歌的内在结构上，黄遵宪经常似乎是率意而为，突破了传统诗歌的章法。最典型的例子是《赤穗四十七义士歌》、《以莲菊桃杂供一瓶作歌》、《降将军歌》、《度辽将军歌》、《聂将军歌》、《逐客篇》、《番客篇》……长诗，行文极为自由，兹以其中的《聂将军歌》第三部分为例——

> 将军日午战罢归，红尘一骑乘风驰，
> 跪称将军出战时，阍门众多喽罗儿，
> 排墙击案拖旌旗，嘈嘈杂杂纷指挥。
> 将军之母将军妻，芒笼绳缚兼鞭笞，
> 驱迫泥行如犬鸡，此时生死未可知，
> 恐遭毒手不可迟，将军将军宜急追。
> 将军追贼正驰电，道旁一军路横贯，
> 齐声大呼聂军反，火光已射将军面，
> 将军左足方中箭，将军右臂几化弹。
> 是兵是贼纷莫辨，黄尘滚滚酣野战。
> 将军麾军方寸乱，将军部曲已云散。
> 将军仰天泣数行，众狂仇我谓我狂。
> ……②

此部分从"将军日午罢战归"句至"众狂仇我谓我狂"句，6个完整句、24个七言单句中竟有13个"将军"，诗歌在战争的情境描述上，为追求一种将军浴血奋战、战场上风云突变的逼真的现场感，将作为主语、定语和宾语的"将军"多数标明出来，像电影的镜头特写一样将"将军"的形象、动作一再放大、拉近。诗的意义结构一气呵成，情绪结构非

---

① 钱仲联：《梦苕盦诗话》，转引自吴天任《黄遵宪先生传稿》，第408—409页。
② 诗见黄遵宪《人境庐诗草笺注》，第1042页。黄遵宪对于"聂将军"的态度与评价是历史、政治领域的问题，本书暂不予讨论。

常急促，完全不同于古代边塞诗写战场、写战争的那种审美效果上的距离感（如唐代诗人王昌龄句"大漠风尘日色昏，红旗半卷出辕门。前军夜战洮河北，已报生擒吐谷浑"等）。钱仲联先生不仅赞曰："连用将军字，此史汉文法，用之于诗，壁垒一新。"① 吴天任亦曰："此诚连用词语之奇作，而余意造句长短变化之奇，殆无以过赤穗义士之歌矣。"② 其实此诗除了这种一反古典诗歌主词消隐的抒写方式，还多次使用"之"、"已"等虚词作为实词之间的联结或突出事物的情况，实是以"文法"在写诗。

除此诗之外，黄遵宪的诗作中"全诗以文为诗，用古文家伸缩离合之法叙事写人"③ 的还有很多。不过，黄遵宪虽努力"以单行之神，运排偶之体"、"取离骚乐府之神理而不袭其貌"、"用古文家伸缩离合之法入诗"……但总是在中国古典诗歌的"旧风格"内左冲右突，恰似"在旧瓶里装进新酒"，④ 难以攻破古典诗歌形式秩序的禁锢。"虽是驰骋于旧格律之中而不失其为我之诗，可惜仍未能跳去旧格律之外另成新格。"⑤ 这种既不是"新格"又破坏了"旧格律"的半成品肯定不会受到沉浸在既存诗歌美学秩序的读者的欢迎。时人对黄遵宪的指责主要包括："有新名词而无新理致，忽略于诗之本体，务外遣内，惟竞末技"、"格卑薄俗，流于冗滥"、"粗犷瑕累，过欠剪裁"、"谬戾乖张，丑怪已极"等，⑥ 若将对"诗之本体"的认识就固定在对既存诗歌美学"程式"的反映上，说黄遵宪的诗"新名词而无理致"、"格卑薄俗，流于冗滥"都是可以理解的；不过，若能理解黄遵宪诗为了创造真正的"新意境"而在古典形式秩序内部左冲右突的挣扎与牺牲，我们就可以认为"粗犷瑕累，过欠剪裁"、"谬戾乖张，丑怪已极"等特征其实并不是什么缺点，而正是黄遵宪诗值得注意的地方。

---

① 钱仲联：《梦苕盦诗话》，转引自吴天任《黄遵宪先生传稿》，第 407 页。

② 吴天任：《黄遵宪先生传稿》，第 408 页。

③ 见《西乡星歌》之《题解》，黄遵宪《人境庐诗草》，钱仲联笺注，第 155 页。

④ 朱自清：《论中国诗的出路》，《朱自清全集》（4），江苏教育出版社 1990 年版，第 293 页。

⑤ 陈子展：《中国近代文学之变迁 最近三十年中国文学史》，上海古籍出版社 2000 年版，第 160 页。

⑥ 吴天任：《黄公度先生传稿》，第 484 页。

三 汉语言说方式的"维新"

黄遵宪为什么要在诗歌写作上付出这样的挣扎和牺牲？其目的是为了写"古人未有之物，未辟之境"、写"为我之诗"，其动力恐怕在于汉语书面语"语言和文字离"的状况和古典诗歌形式秩序对个体"现代"经验的言说诉求的阻碍。黄遵宪诗歌写作的最终目标在哪里？还是钱萼孙先生对黄遵宪诗的解读对我们有所提示，在上述两处钱萼孙先生对黄遵宪诗的赞叹中，一是黄遵宪诗的语言"清空似话"，二是形式上的"史汉文法"，这多少是符合黄遵宪在诗歌的语言和形式上的追求的，前者的目标是"言文一致"，后者实际上是在寻求类似于胡适后来以"讲求文法"为特征的改变汉语句法、语法结构的新的作诗之法。

晚年的黄遵宪其实已经触及胡适后来所追求的"文法"问题。也正是在这个思路上，黄遵宪提出了一个著名的观点：文界"无革命而有维新"。光绪二十八年（1902）黄遵宪在一封信中与严复论及如何以汉语翻译西方著作。[①] 黄遵宪其实不满意严复以古意译今著，他说严复的翻译，如《名学》[②] 的翻译，"隽永渊雅，疑出北魏人手，于古人书求其可以比拟者，略如王仲任之《论衡》，而精深博远则远胜之"。[③] 一本 20 世纪初的译著读起来比东汉的哲学著作还要"隽永渊雅"，很难说这是汉语的胜利。严复译书的问题也是如何以汉语书面语来接纳一个新的世界的问题。对于西方近代文明的学说、思想、新名词，严复为了追求翻译的古雅，坚持"用汉以前字法、句法"，对此，黄遵宪不免生疑："以四千余岁以前创造之古文，所谓六书，又无衍声之变，孳生之法，即以书写中国中古以

---

① 此事的源头先是梁启超在《新民丛报》上介绍严氏所译亚当·密斯的《原富》一书，赞严复"于中学、西学，皆为我国第一流人物"，但是严氏的文笔"太务渊雅，刻意模仿先秦文体"，由此梁启超叹曰："夫文界之宜革命久矣！"（《新民丛报》，第 1 号，1902 年 2 月 8 日，第 113—115 页）严复在答书中坚守古文派家法，回击梁氏："文界复何革命之与有？……若徒为近俗之辞，以取便市井乡僻之不学，此于文界，乃所谓凌迟非革命也！"（《与新民丛报论所译原富书》，《新民丛报》第 7 号，1902 年 5 月 8 日，第 109—113 页）

② 严复翻译的《名学》原书名为《逻辑学体系：演绎和归纳》（伦敦，1896），作者是英国 19 世纪的科学家穆勒。

③ 黄遵宪：《黄遵宪集》，第 479 页。

来之物之事之学，已不能敷用，况泰西各科学乎？"黄遵宪的立足点还是这个经验、意识急剧变化的"今日"世界，对于这样一个"新"的世界，"旧"语言是否能够胜任新的言说诉求？

　　今日已为二十世纪之世界矣，东西文明，两相接合，而译书一事，以通彼我之怀，阐新旧之学，实为要务……仆不自揣，窃亦有求于公。第一为造新字……次则假借……次则附会……次则连语……次则还音……又次则两合……第二为变文体。一曰跳行，一曰括弧，一曰最数，（一、二、三、四是也。）一曰夹注，一曰倒装语，一曰自问自答，一曰附表附图。此皆公之所已知已能也。公以为文界无革命。弟以为无革命而有维新。如《四十二章经》，旧体也，自鸠摩罗什辈出，而内典别成文体，佛教亦盛行矣。本朝之文书，元、明以后之演义，皆旧体所无也，而人人遵用之而乐观之。文字一道，至于人人遵用之乐观之，足矣。①

"造新字"这里不是指造出新的汉字，而是指在翻译中可以根据外来语的音、意等具体情况来形成新的汉语词汇。这是在语言上要更新符号系统以接纳"今日"世界的问题，不过黄遵宪的意见不同于提倡"废灭汉文""用万国新语"者，而是强调在汉语内部以汉语词汇的新造来使"东西文明，两相接合"；而"变文体"，黄遵宪其实谈论的是后来胡适所追求的"文法"的问题。"跳行"、"括弧"、"最数"等关涉汉语语句的停顿、汉语句读及文字符号的问题；"括弧"、"最数"、"夹注"、"自问自答"、"附表附图"则是为了汉语书面语在意义上的条分缕析，强调表意的准确性。"倒装语"则是西洋文法。1915年，胡适早已开始关注、研究"文法"的问题，也开始试验在汉语里实行各种"符号"，最与黄遵宪的建议相关的有："住。或·"、"豆［逗］，或、"、"括（）"、"问？（'发问'、'反问'、'示疑'）"等，他认为汉语"无文字符号之害"有三："（1）意旨不能必达，多误会之虞。（2）教育不能普及。（3）无以表示文法上之关系。"② 胡适开

---

① 黄遵宪：《黄遵宪集》，第479—480页。
② 1915年7月，胡适作约一万字的长文《论句读及文字符号》，8月2日，将其节目记入日记。全文原载1916年1月《科学》第2卷第1期。

始考虑汉语语义如何从"文法上之关系"的清晰来改变的问题。鸠摩罗什的"文体"其实是汉语里较早的系统的白话文,胡适曾高度评价其对汉语的影响:"在中国文学最浮靡又最不自然的时期,在中国散文与韵文都走到骈偶滥套的路上的时期,佛教的译经起来,维祇难,竺法护,鸠摩罗什诸位大师用朴实平易的白话文体来翻译佛经,但求易晓,不加藻饰,遂造成一种文学新体。"① 元明之后的演义,也是胡适所称道的白话文。

黄遵宪这里的"变文体"其实是变通汉语言说方式,他虽然没有明确地提出"文法"的概念,也不一定就是要提出"白话"的问题,但在自己的文学实践中所遇到的困难和矛盾使他不得不思考古代汉语、古典诗歌作为一种言说方式的根本问题,这个问题恐怕就是这种言说方式与"现代"经验意识的言说诉求之间的不能接通。胡适认为黄遵宪在诗歌试验上的真正意图就是为了追求表意上的"通":

> 《赤穗四十七义士歌》……此外如他的《降将军歌》,《度辽将军歌》,《聂将军歌》,《逐客篇》,《番客篇》……都是用做文章的法子来做的,这种诗的长处在于条理清楚,叙述分明。做诗和做文都应该从这一点下手:先做到一个"通"字,然后可希望做到一个"好"字。②

诗歌的意蕴当然不是"通"可以表达的,但是在特定历史语境中,当中国古典诗歌的言说方式与现代经验的言说诉求之间已经到了不能接通的地步,当既有的语言资源和形式规则已经使人不能与流动的现实经验相碰触,更新语言符号和诗歌的"语法"来打通二者的隔阂就是必要的。正是在这一点上,黄遵宪较早意识到必须更新语言符号系统,后来在诗歌写作上也试验改变传统诗歌的句法、章法。梁启超将"文界"的"革命"基本定位为新语词的更换、新精神的输入;严复则认为那些新名词、新语句不过"近俗之辞""文界复何革命之与有"?坚持以旧的汉语言说方式来呈现新的"世界","世界"在他的言说中也就变得"古雅"、"非多读

---

① 胡适:《白话文学史》,《胡适文集》卷八,北京大学出版社 1998 年版,第 252 页。
② 胡适:《五十年来中国之文学》,《胡适文存二集》,第 141 页。

古书之人，殆难索解"，① 黄遵宪则在梁启超和严复之间，既不认为文学"内容"上的革命就能言说出新的现实和代替言说方式的变革，也不认为既有言说方式能够胜任新现实的言说诉求，认为文界"无革命而有维新"，肯定的是汉语写作作为一种言说方式的必须变革，但要明确的是：这种变革不是在文学的外部发生的，不是"内容"层面的物质性的彻底翻转，而是在自身传统的延续上的变革。这也正是黄遵宪和梁启超等"维新"人士的区别。

当然，由于古典诗歌形式秩序强大的规约力量，黄遵宪的诗歌写作虽然多方试验，但并未取得多大的成功，诗作也多为时人、后人诟病。人们对黄遵宪诗的批评和不适应，其实反映的是古典诗歌阅读"程式"对读者的影响和人们对古典诗歌的语言、形式的习惯性反应。黄遵宪诗歌写作的意义也正在这里，正是他在具体诗歌写作实践中的挣扎和牺牲，凸显出古典诗歌体制与现代语言、经验之间的重重矛盾，使人意识到古典诗歌成为一种艺术"成规"之于现代经验言说诉求的难能、使人意识到作为一种相当成熟的阅读与欣赏的"程式"的古典诗歌观念之于新的现代经验的言说的阻隔。不过，正如一位理论家所言："文学效果取决于这些阅读程式，而文学革命也正是从新的阅读程式取代旧的阅读程式开始的。"② 于是，寻求一种对待诗歌的新的阅读"程式"，更换新的语言与形式、寻求一种新的诗歌言说方式成为汉语诗歌在特定历史语境下的内在要求。可以说，晚清诗人的文本试验乃是后来者探寻汉语诗歌写作如何"现代"的不可忽视的起点。

这是中国诗歌面向新的生存条件开拓新的想象方式和存在空间的努力，如果把近代以来中国诗歌变革潮流作为现代性寻求的过程的话，黄遵宪可以说是直接的起点。现代性最大的特点是现世化和世界化，是强调当前与传统的差异，强调变化与创新的意识，重述与否定的辩证，是各种各样的矛盾与冲突。黄遵宪的丰富性正体现在这方面。至于以现实世界的物质性纠偏形式主义的物化的追求，演变为内容至上的功利主义倾向，并以"革命"精神重塑中国诗歌形象，是后来者的事。

---

① 黄遵宪：《黄遵宪集》，第479页。

② ［美］乔纳森·卡勒：《结构主义诗学》，盛宁译，中国社会科学出版社1991年版，第195页。

第 四 章

"经验、语言与形式的互动"与新诗的发生(二)：
从"白话诗"到"新诗"

晚清诗歌的意义不在于"诗界革命"同人在文化层面上多大程度地为中国输入了"欧洲之真精神真思想"，也不在于《清议报》、《新民丛报》等报刊上的诗作是否成功地"以旧风格含新意境"，更不在于南社的干将们将古典诗艺发挥至多么娴熟的境界，而在于类似于黄遵宪那种在"旧风格"和"新意境"之间彰显各种内在矛盾的诗歌写作。晚清诗歌面对的是诗人之于新现实的言说诉求，但是在旧有语言符号系统和形式秩序的规约下，这种言说诉求的实现显得极为困难。这是晚清诗歌最大的矛盾，它表现在具体的写作中是"新意境"（现代经验、意识）与"旧风格"（传统诗歌体式）的冲突，是"有新事物"与"无新理致"的不协调，是以流俗语、口语为诗和"以文为诗"与古典诗歌的阅读"程式"、句法、章法之间的矛盾。这些矛盾使晚清诗歌怎么看起来都是"旧瓶装新酒"，不能给人真正的"新"的感觉，与真实的现代经验，还是很隔膜。

五四前后的胡适等新一代知识分子，正是站在晚清诗歌的矛盾性的起点上，认定了"用白话替代古文"①的语言革命目标，认定必须真正地更换诗歌的语言符号系统，由此甚至不惜偏激地将文言定为"死文字"（以胡适等人对于文言文的认识，这当然只是策略性的革命主张）。但是，更新诗歌的语言符号系统，这在晚清时期诗人们也曾努力过，用流俗语、口

① 胡适：《逼上梁山》，原载 1934 年 1 月 1 日《东方杂志》第 31 卷第 1 期。后收入《中国新文学大系·建设理论集》，良友图书印刷公司 1935 年版，第 10 页。

语、"白话"不一定就能写出"新"的诗,因为制约晚清诗歌写作的还有一个内在的古典诗歌艺术成规。这个成规既使梅光迪、任叔永等人坚守什么是诗、什么不是诗的古典诗歌审美"程式",也使胡适看到了更新汉语诗歌言说方式的突破口——胡适从白话诗词中确立了新的诗歌阅读"程式",并立志以"作文"的方式"作诗"①,以讲求"文法"②等手段从诗歌内部真正更新汉语诗歌的传统规则。由此,我们可以说,晚清诗歌由于受到自身审美"程式"和形式成规的制约,虽在局部上接纳了许多新事物、新名词,但只是部分地更新了诗的语言符号系统,没有触及诗歌整体的言说方式;而胡适的以白话为诗、以"作文"的方式为诗,却是触动了汉语诗传统的语法结构。胡适力求以"说话"的方式作诗,虽使汉语诗歌的传统韵味大大丧失,负面意义不可避免,但却建构了一种新的诗歌语言体系和言说方式。由于诗是传统文学中最坚固的"壁垒",诗的言说方式的更新,对更新汉语的言说方式这一现代性的宏伟目标自然意义重大。

一 经验对古典诗歌形式美学的冲决

胡适在《尝试集》初版自序里所提到的几首诗,《关不住了》和《应该》最为他看重,那说明这两首诗的写作当中蕴含着他"尝试"建构诗歌新质的理想。《关不住了》虽是译诗,竟能作为"'新诗'成立的纪元",其重要性和可阐释性非同一般,笔者也另有详述。这里我们可以先看看《应该》一诗:

> 他也许爱我,——也许还爱我,——
> 但他总劝我莫再爱他。
> 他常常怪我;

---

① "诗国革命何自始,要须作诗如作文",胡适:《依韵和叔永戏赠诗》,《胡适留学日记》,商务印书馆1947年版,第790页。

② 1915年6月6日,胡适在日记里首次以"文法"来谈论中国诗歌(胡适:《词乃诗之进化》,《胡适留学日记》,第660页)。至此,从胡适的文章里可以看出,有无"文法"一直是他评价语言和文学的一种重要尺度。

　　　这一天，他眼泪汪汪的望着我，

　　　说道："你如何还想着我？

　　　想着我，你又如何能对他？

　　　你要是当真爱我，

　　　你应该把爱我的心爱他，

　　　你应该把待我的情待他。"

　　　他的话句句不错：——

　　　上帝帮我！

　　　我"应该"这样做！①

　　"用一个人的'独语'写三个人的境地"，胡适的意思是此诗以"我"的内心独白反映出了一段复杂的爱情纠结：②"我"爱着"他"（女性），但又有一个"他"（女性）爱着"我"，"我"所爱的那位女子不忍伤害爱着"我"的那一位，奉劝"我""应该"以爱她的心来爱那一位，这可怕的"应该"！——"我"知道她说得对，可是"我"陷入了痛苦与绝望，以至于呼告上帝，最终我不得不臣服于这"应该"二字！在坚硬的伦理道德面前，情爱的心陷入失败的呢喃。胡适在《谈新诗——八年来的一件大事》里曾援引自己这首诗，他以此来说明"诗体的解放"的必要和旧体诗对现代经验的传达的束缚："因为有了这一层诗体的解放，所以丰富的材料，精密的观察，高深的理想，复杂的情感，方才能跑到诗里去。五七言八句的律诗决不能容丰富的材料，二十八字的绝句绝不能写精密的观察，长短一定的七言五言决不能委婉达出高深的理想与复杂的感情。"③

---

　　① 胡适：《尝试集》（附《去国集》），亚东图书馆 1920 年版，第 56—57 页。

　　② 此诗作于 1919 年 3 月 20 日，原有一个"前记"："我的朋友倪曼陀死后，于今五六年了。今年他的姊妹把他的诗文钞了一份寄来，要我替他编订。曼陀的诗本来是我喜欢读的。内中有奈何歌二十首，都是哀情诗。情节很凄惨，我从前竟不曾见过。昨夜细读几遍，觉得曼陀的真情被词藻遮住，不能明白流露。因此我把这里面第十五、十六两首的意思合起来，做成一首白话诗。曼陀少年早死，他的朋友都疼惜他。我当时听说他是吐血而死的，现在读他的未刻诗词，才知道他是为了一种很为难的爱情境地而死的。我这首诗也可以算是表彰哀情的微意了。"见胡适《尝试集》（附《去国集》），亚东图书馆 1920 年版，第 56 页。

　　③ 1919 年 10 月 10 日《星期评论》纪念专号。

很明显，胡适的自诩是在针对近体诗。近体诗严格的形式规范和"独立"的词语、意象给人以一种凝练、精致、和谐的视觉之美和音乐之美，在阅读感受上给人以自由的想象空间，有一种独特的"魅力"。但是同时，近体诗由于所选择的词语往往具有"性质"、"类型"的"非事物"倾向，这种美学机制所产生的美感很特别——"在传达生动性质的意义上"，"是具体的"；但在指向"事物本身"（"这些事物的各个部分及其与其他事物的关系是较为确定的"），又是非常"抽象"、"朦胧"的。古典诗并非没有"高深的理想，复杂的情感"，而是由于古典诗诗人的人与世界的想象性关系、作者与读者之间（对"对仗"、"隐喻"、"用典"等方式）的默契，这些复杂的情思借着并置的意象和韵律化的声音在想象中是可以"体会"的，而不是靠细致的话语来"言传"的。古典诗的美感的根源至少在于：（1）人与世界之间的关系（"神与物游"、"天人合一"的想象）；（2）它的言说角度（主体消隐、"以物观物"）；（3）语义的生成上，古典诗主观上依靠独立性的意象给人的想象力，客观上很大程度依靠语词、意象在历史传统中的"互文"关系，"隐喻"、"典故"的作用很重要。还有一个重要的语义生成方式就是雅克布森所说的"对等原则"在语音和词语选择、组合上的普遍运用。

古典诗的美学合法性在这些意义上都是极为重要的，也是毋庸置疑的。但是在"现代"阶段，随着人与世界的关系的急剧变化和作者、读者群体的分裂，传统的诗歌美学机制也面临着问题。一个最起码的事实是：许多新的经验、意识，其在诗歌中的表达不是既有的语词、典故可以与之"对等"的，诗歌的隐喻轴上没有过多词语可以与新的经验、意识相"对等"，诗人被迫要在转喻轴上寻找可以替代的语词（以避免"失语症"）。在诗歌史上，每一次言说方式的更新，往往是从诗的隐喻轴着手，语词拒绝已经陈腐的隐喻集合，在转喻的语义链条上寻求出路。诗歌的风格和美学效果也由此产生变化。罗兰·巴尔特说"现代诗摧毁了语言的关系"，"意味着我们对自然的认识发生了逆转"。在这种新的人与世界的关系中，言说方式也在发生变化，"在古典语言中，正是关系引领着字词前进"，而"在现代诗中，关系仅仅是字词的一种延伸，字词变成了'家宅'，它像一粒种籽被植入功能的诗律学中，这些功能可被理解但不实际存在了"。现代诗中，"字词以无限的自由闪烁其光辉，并准备去照亮那些不确定而可能存在的无数关系。一旦消除了固定关系，字词就仅仅是一种垂直的投射，它像是一个整块、一根柱石，整个地没入一种意义、反射、意义剩余的整体之中：存在的是一个记号。在这里，诗的字词是一种没有直接过去的行为，一种没有四周环境的行为，它只提供了从一切与其有联系的根源处产生的浓密的反射阴影"①。

　　胡适当然没有这种之于"现代诗"的语言自觉，但他对于古典诗的言说方式的拒绝却是有意的，甚至有意地将之偏执化。《应该》也不是一首感受和想象很丰富的诗作，为了追求对一种矛盾冲突的情感的曲折述说，诗歌连最起码的比喻、意象营造都没有，情感的呈现流于表面化。但值得注意的是它试图"具体"呈现"曲折的心理情境"的抒情方式，正是在这里，胡适常常判定旧体诗"言之无物"。"这首诗的意思神情都是旧体诗所达不出的。别的不消说，单说'他也许爱我，——也许还爱我'这十个字的几层意思，可是旧诗能表得出的吗？""他也许爱我，——也许还爱我——"虽仅十个字，但结合全诗，它陈述的是一种对恋人的怀疑、绝望与确信，"他"这样劝"我"，以至于使"我"怀疑"他"是否真的爱过"我"；"他"这样劝"我"，也许正表明"他"真的爱"我"，现在还在爱"我"。这里尽管缺乏诗歌陈述事物的形象性，但是诗歌所要呈现"我"的"曲折的心理情境"的意图还是达到了，"我"作为一种处在极度矛盾的爱情苦痛中的形象，读者还是能强烈感受到的，可以说，已有一点儿现代诗"抒情自我"的雏形。

　　有论者对此提出质疑："固然这十个字有些心理内涵，如何和'此情可待成追忆，只是当时已惘然'、'妻孥怪我在，惊定还拭泪'、'苔深不能扫，落叶秋风早'等信手可以拈来的古典诗句相并列，就觉得古典诗在凝练、强度和层次复杂方面不下于最好的白话诗。而在胡适时代还没有能和《锦瑟》、《姜村》、《长干行》相比的白话诗，主要是白话诗人在完全抛弃了古典诗词的精湛艺术后，一时又还没有发展出自己的独特诗艺。胡适对'白话'的表达能力盲目的夸张令人难以信服。"② 确实，单从诗句看，胡适的这十个字哪有李商隐的"此情可待成追忆，只是当时已惘然"精彩。不过，人们往往容易记住《锦瑟》的这个尾联，前面三联均

─────────

　　① ［法］罗兰·巴尔特：《符号学原理——结构主义文学理论文选》，李幼蒸译，生活·读书·新知三联书店 1988 年版，第 88 页。
　　② 郑敏：《结构—解构视角：语言·文化·评论》，清华大学出版社 1998 年版，第 114 页。

印象不深。这也反映出近体诗的美学效果在单句或某一联上的独立性。但对于现代诗，却不是这种读法，我们必须注意到它的整体，作为现代诗的初期形态，白话诗也不纯粹在局部字词上追求隐喻链条上的语义相似或相反的"对等"，它不是靠单个字词、意象取胜，而是追求一种整体的说话方式，整体的语言组织之于现实的表现力和意义深度。更值得注意的是，如果仍以古典诗的说话方式来要求现代诗，势必会消灭现代诗之于现代时间、空间的真切体味，使主体的经验回复到古典诗由于时空的绝对性导致主体心志普遍化、难以凝聚成现代新质的状态。即使是《锦瑟》——

> 锦瑟无端五十弦，一弦一柱思华年。
> 庄生晓梦迷蝴蝶，望帝春心托杜鹃。
> 沧海月明珠有泪，蓝田日暖玉生烟。
> 此情可待成追忆，只是当时已惘然。①

由于前面六句没有任何真实时空的指称，诗歌中的情感经验具有一种不确定性、普遍化的特征，到了尾联，诗人也不得不以一个"此"，将当下现实与"当时"分裂出来，从而"把诗从幻觉的朦胧自由带到对不可回避的确定现实的自觉"。② 近体诗中追求情感经验的当下性的这个"此"的用法其实非常普遍。这个"此"实际上相当于英语里的"the"和"that"，就是为了使古典诗的绝对时空（也是缺乏当下性）的境界过渡到主体所深切体味的当下时空中来。这既是句法上由"非连续性"到"统一性"的变化，也是诗歌在客观现实图景与主体情思之间所寻求的美学效果的"统一"。同时也是诗歌写作中具体经验与形式规范的具有互动效应的常见范例。

---

① 《全唐诗·卷五三九·李商隐一》，《全唐诗》（第八册），中华书局1999年版，第6194—6195页。

② ［美］高友工、梅祖麟：《唐诗的魅力》，李世耀译，上海古籍出版社1989年版，第73页。

这样看来，以意象和语言的"凝练、强度和层次复杂"来比较古典诗和白话诗的美学效果显然不是对待诗歌问题的有效方式。汉语诗歌自晚清以来，随着现实世界的巨大变化，诗人一直试图使诗歌成为真正的呈现"今日"经验的"为我之诗"。白话诗的尝试也是在这一背景上产生的，是试图以改变语言符号和说话方式来陈述出一个新的经验"自我"。虽然都是"自我"的"独白"，但《应该》的"独白"方式和效果与近体诗是有差别的。

近体诗由于严格的形式规范，在"自我"情感经验的呈现上，也有一定的局限。古体诗作为一种抒情诗，在律诗规范形成之前面临的问题往往是："当一种形式扩展至无限的长度时，抒情主体会逐渐失去对内容的整体控制；抒情的瞬间被无限拓展，无法使人继续保持那种攫人心魄的幻觉。抒情诗这种拓展，像谢灵运的山水诗一样，助长了为描写而描写的倾向。"① 律诗的规则成为抒情的一种需要，当律诗规则形成之后，"在一个只有四联的紧凑的诗歌形式中……描写与表现之间的二元区分更经常地暗示着一种二元结构：前者用于前三联，后者用于最后一联。简明的形式和精密的结构使客观外物的内在化和内在情感的形式化二者在新的美学之中得以和谐相处"。"当形式压缩至四联，只有三联描写诗人的感觉印象时，'抒情的声音'重新取得对全诗的控制力，诗歌行为因而被赋予了其特有的功能；在这种情况下，诗人的职责就是观察外部世界，通过将外部情景内在化以表达他的内心状态，包括内在化了的外部印象。与'抒情自我'（the lyrical self）的复活一起，'抒情瞬间'（the lyrical moment）同样有力地得以重新回归。"② 律诗规则确实对抒情诗的"抒情自我"和"抒情瞬间"的凝聚与凸显起到了重要的作用，使中国诗歌达到了情感与形式的一次完美统一。但是，它的局限也是明显的：

　　　　这种短形式适于对诗人内心做短暂的一瞥；在"抒情自我"内
　　在世界这个新的语境中，物理时间和空间，无论是诗中的还是它所指
　　涉的外部世界的，都完全无关紧要。前三联中作为心灵状态之内容的

---

① ［美］高友工：《律诗美学》，载乐黛云、陈珏编选《北美中国古典文学研究名家十年文选》，江苏人民出版社 1996 年版，第 86—87 页。

② 同上书，第 87 页。

每一要素,都没有时空的维度,它属于传统的"抒情瞬间"。任何更复杂的东西可能都无法为此形式所接纳。漫长的细致描述,情节的复杂展开,或痛苦的内心自省——所有这些都需要比律诗更长、更充分、结构更松散的形式才能实现。只有在突发的思绪或意象一下子抓住了一个人的注意力而产生的突发的感应或敏锐的洞见中,这种形式才显得自然。①

律诗的言说方式采用的是一种"非个人的视角","在这种视角中,诗歌行为变得更加内向。其结果是——最亲密的朋友之间情感交流的送别诗除外——一种'独白'的视角取得主导地位;结尾更多地成为诗人与现实而不是与朋友之间的相互交流……这种表白基本上面对的是整个听众,而不是某个个人。"②律诗里这种"独白"并不是诗人要面向"整个听众",而是诗歌的艺术形式使个人化的声音失去了个体经验的细致与深刻性,而显得似乎是面对整个听众的普遍言说,这里可以看出经验的真实呈现在特定艺术形式面前的一种困难。而白话诗的尝试正是要改变这种艺术形式,"诗体的大解放"正是从句法着手。无论《应该》多么没有诗味,但它"说"个人的"话"的意图应该说还是达到了。《应该》中的"独白"还是有一定的个人性的,与近体诗的尾联里的"独白"还是很有区别。尽管若我们拿它们与古典诗的形式与意蕴比较,《应该》、《关不住了》这些诗确实缺少"余香与回味",但胡适之所以对这些诗的写成按捺不住兴奋之情,恐怕还是因为在这些诗的写作中蕴含了他的文学理想,他是在尝试他要看到的"白话的文学可能性"。

二 "自古成功在尝试"

从 Over the Roofs 这首译诗就不难看出,胡适对诗歌的感受力和领悟力并不算高,因此他的《尝试集》,就诗歌艺术成就而言,也不应作过高的

① [美]高友工:《律诗美学》,载乐黛云、陈珏编选《北美中国古典文学研究名家十年文选》,江苏人民出版社 1996 年版,第 87—88 页。
② 同上书,第 86—87 页。

评价。《尝试集》是中国"新诗"第一部个人诗集①，由上海亚东图书馆
1920 年出版，同年 9 月再版，1922 年 10 月经增删后出第 4 版，而到 1929
年 8 月重新排印出版时，已是第 13 版了，可以说影响是巨大的。

　　《尝试集》有《钱玄同序》与《自序》，收作者 1916—1919 年的诗作
74 首，分为两编与附录。第一编收诗有：《尝试篇》、《孔丘》、《蝴蝶》、
《赠朱经农》、《他》、《中秋》、《虞美人》（戏朱经农）、《江上》、《黄克
强先生哀辞》、《十二月五日夜月》、《寒江》、《赫贞旦》（答叔永）、《生
查子》、《景不徙篇》、《沁园春》（新俄万岁）、《朋友篇》（寄怡荪经
农）、《文学篇》（别叔永杏佛觐庄）、《百字令》（七月三日夜太平洋舟中
见月有怀）等 23 篇。第二编收诗有：《一念》、《鸽子》、《人力车夫》、
《老鸦》、《三溪路上大雪里一个红叶》、《新婚杂诗五首》、《老洛伯》、
《四月二十五夜》、《看花》、《你莫忘记》、《如梦令》、《十二月一日奔丧
到家》、《关不住了》、《希望》、《应该》、《送叔永回四川》、《一颗星
儿》、《威权》、《小诗》、《自题藏晖室札记十五册汇编》、《我的儿子》、
《乐观》、《上山》、《周岁》、《一颗遭劫的星》等 29 首，其中《老洛伯》、
《关不住了》和《希望》系译诗。

　　附录《去国集》有《自序》，收旧体诗词 22 首：《去国行》（2 首）、
《翠楼吟》（庚戌重九）、《水龙吟》（绮色佳秋暮）、《耶稣诞节歌》、《大
雪放歌》、《久雪后大风甚作歌》、《哀希腊歌》、《游影飞儿瀑泉山作》、
《自杀篇》、《送许肇南归国》、《墓门行》、《满庭芳》、《水调歌头》（今
别离）、《临江仙》、《将去绮色佳叔永以诗赠别作此奉和即以留别》、《沁

---

① 胡适不仅是第一本新诗集的作者，也有新诗研究专家认为，他也是"中国第一首新诗"
的作者。对于胡适在 1914 年用白话文翻译的苏格兰女诗人 Ann Lindsay 夫人（1750—1825）的
《老洛伯》（《新青年》第 4 卷第 4 号，1918 年 4 月 15 日）一诗，陆耀东先生认为，"虽系翻译，
但从用白话译诗和诗的形体格律而言，是中国第一首新诗。全诗三十八行，这里录第一节：

　　羊儿在栏，牛儿在家，
　　静悄悄地黑夜，
　　我的好人儿在我身边睡了，
　　我的心头冤苦，都进作泪如雨下。

从词语到声调到押韵以及形体、标点符号，全无旧体诗意趣，具有明显的白话新诗品格。"（参
见陆耀东《中国新诗史（1916—1949）》，长江文艺出版社 2005 年版，第 11 页）

园春》（别杨杏佛）、《送梅觐庄往哈佛大学》、《相思》、《秋声》、《和柳》、《沁园春》（誓诗）等。其中《哀希腊歌》、《墓门行》皆为译诗。

《尝试集》的问题和成就都是很明显的，陆耀东先生评价道，"《尝试集》题材广泛，有的是抒写感时愤世情怀，有的是赞扬烈士、领袖、英雄的动人之曲，有的宣扬时代主潮，有的吟咏自然，有的玩味个人情感，也有应酬之作。诗的形体，未脱旧体诗词框架的不论，真正的新诗，都是自由体，语言基本是纯粹的白话。可以说，中国的白话新诗是胡适'实地试验'成功的。"① 但是，《尝试集》中有些诗作，"似政论，似标语，似口号；无诗思，无诗味，也无诗韵，无诗的语言，总的说，不像诗，不是诗。这已是新诗诞生后的第四年了，即使用 1919 年新诗的水平衡量，也属下品。不顾诗的品性，强行用作说理、宣传的工具，胡适确起了很大的负面作用。如果说，别人也写了同样的诗，那在很大程度上是对新诗把握不准，自己艺术功力又不足所致，而胡适则是急功近利造成。尽管胡适借用龚自珍诗句说自己也是'但开风气不为师'，然而其消极影响也不可低估。因为别的诗人会如是想：'新诗开山祖师'的胡适，他作为权威，尚且可如是写，并且发表；我辈无名小卒，岂不可起而效尤？新诗后来的概念化、非诗化，不能说与胡适《尝试集》的这一毛病毫无关系。"②

包括在形式格律上未脱旧诗窠臼、内容上的写实主义等，《尝试集》自然问题不少，但是，《尝试集》最大的意义，却是敢开风气之先的"尝试"精神，如同该书"代序二"所说：

"尝试成功自古无"，放翁这话未必是。我今为下一转语：自古成功在尝试。

莫想小试便成功，那有这样容易事！有时试到千百回，始知前功尽抛弃。即使如此已无愧，即此失败便足记。告人此路不通行，可使脚力莫浪费。

我生求师二十年，今得"尝试"两个字。作诗做事要如此，虽未能到颇有志。作"尝试歌"颂吾师，愿大家都来尝试！③

① 陆耀东：《中国新诗史（1916—1949）》，第 31 页。
② 同上书，第 33 页。
③ 1919 年 10 月 1 日《新青年》第 6 卷第 5 号。

就诗歌成就而言,《尝试集》不仅遭到"白话诗"的反对者如梅光迪、胡先骕的激烈非议①,一些诗人、学者也有不同看法。如后来新月派诗人朱湘在《尝试集》一文中,将四编作品中旧诗词、译诗和表现平庸经验的诗排除后,认为算得上新诗的只有17首,而这17首又"没有一首不是平庸的"。他特别提出,这17首诗竟用了33个"了"字作韵尾,认为这是作者"艺术力的薄弱"的见证②。这种观点在后来也得到海外学者周策纵的响应,在《论胡适的诗——论诗小札》这封给唐德刚的长篇通信中,他从1922年第3版中找出作韵尾的"了"字比朱湘找出的更多。周策纵认为胡适是个欠缺热情、太冷静、太"世故"的人,本身不能以情动人,加之立志追求"明白清楚的诗"和没有宗教信仰的虔诚,因而他的诗"可用江淹的'明月白露,光阴往来'一语作评,也可用他自己的两行诗作注:'蓝蓝的天上,这里那里浮着两三片白云。'……白云变幻,蓝天深黝,但适之只重其蓝与白,故其成就也往往只是在'这里那里浮着'罢了。"③ 就诗歌成就本身而言,这些见解不能不说是深刻的,但不可忽略的是,"国语的文学,文学的国语"④ 乃是胡适的根本主张,而在当时,"白话文学在小说词曲演说的几方面,已得梅(光迪)任(叔永)两君的承认了……现在我们的争点,只在'白话是否可以作诗'的一个问题了。白话文学的作战,十仗之中,已胜了七八仗。现在只剩一座诗的壁垒,还须用全力去抢夺。待到白话征服这个诗国时,白话文学的胜利可说是十足的了,所以我当时打定主意,要作先锋去打这座未投降的壁垒:就是要用全力去试做白话诗。"⑤ 胡适本来就是把白话诗作为白话文运动的一部分(最难的部分),为实现"国语"的宏大目标去追求的,这一目标,无疑是达到了,而就诗而言,也确实解决了传统语言形式与现代经验的脱节问题。至于这种新形态的诗叫白话诗合适不合适,如何用

---

① 参见梅光迪《评提倡新文化者》和胡先骕《评尝试集》,两文均发表于《学衡》1921年1月第1期,同时收入《中国新文学大系·文学论争集》,上海良友图书公司1935年版。

② 朱湘:《尝试集》,《中书集》,生活书店1934年版。

③ 周策纵:《论胡适的诗——论诗小札》,陈金淦编《胡适研究资料》,北京十月文艺出版社1989年版,第500—510页。

④ 胡适:《胡适文存》卷一《建设的革命文学论》。

⑤ 胡适:《逼上梁山——文学革命的开始》,《中国新文学大系·建设理论集》,第18—19页。

"白话"才能写出好诗，就不是胡适个人之力能完成的了。

胡适的"尝试"之功在彻底动摇了古典文学赖以生存的基础，展现了用言文一致的语言创作新文学的可能性。同时，他的实验主义方法也启迪人们：包括"新诗"在内各种现代文化，并不完全是从传统内部自然生成或裂变出来的，而是在诸多矛盾冲突和磋商对话中建构起来的。

三 《女神》的独特句法

新诗的"新"，在诗形方面是体式与写法的自由，在诗质方面是"破除桎梏人性底陈套"，追求个性的表现。前者，在后来渐就确立了"自由诗"这一主导形式；后者，以"自我"为内核建立起了新诗的话语据点。如果说新诗的成立，胡适的工作主要是完成了语言符号体系的革新（汉语诗歌从文言文顺利过渡到白话文），那么另一位极为重要的新诗写作者——郭沫若则为初期白话诗提供了形式上的范本：一种以"自我"形象为抒情基点的言说方式；一种不讲究格律，甚至声音、节奏的"自由诗"的体式。胡适的《尝试集》和郭沫若的《女神》是新诗之所以成立的奠基石。

《女神》（剧曲诗歌集），作为"创造社丛书第一种"，于1921年8月5日由上海泰东图书馆初版。它收有诗人从1918年初夏至1921年5月所写的诗篇——包括《序诗》在内，共64首，分为三辑。第一辑包括《女神之再生》、《湘累》和《棠棣之花》；第二辑分为《凤凰涅槃只什》（包括《凤凰涅槃》、《天狗》、《心灯》、《炉中煤》、《无烟煤》、《日出》、《晨安》、《笔立山头展望》、《浴海》、《立在山头放号》），《泛神论之什》（内有《三个泛神者》、《电火光中》、《地球，我的母亲》、《雪朝》、《登临》、《光海》、《梅花树下醉歌》、《演奏会上》、《夜步十里松原》、《我是个偶像崇拜者》），《太阳礼赞之什》（内有《太阳礼赞》、《沙上的脚印》、《新阳光三叠》、《金字塔》、《巨炮之教训》、《匪徒颂》、《胜利的死》、《辍了课的第一点钟里》、《夜》、《死》）；第三辑有诗30首，也分为《爱神之什》（venus、《别离》、《春愁》、《司健康的女神》、《新月与白云》、《死的诱惑》、《火葬场》、《鹭鸶》、《鸣蝉》、《晚步》），《春蚕之什》（内有《春蚕》、《"蜜桑索罗普"之夜歌》、《霁月》、《晴朝》、《岸上三首》、

《晨兴》、《春之胎动》、《日暮的婚筵》）；《归国吟》10 首为《新生》、
《海舟中望日出》、《黄浦江口》、《上海印象》和《西湖纪游》（包括《沪
杭车中》、《雷峰塔下》、《赵公祠畔》、《三潭印月》、《雨中望湖》、《司春
的女神歌》6 首）。

  《女神》第二辑在《凤凰涅槃》之后便是《天狗》，此诗应是汉语诗
歌一个新鲜的异类。这首诗以及那首《我是个偶像崇拜者》等诗作，恐
怕是汉语诗歌中"我"的密度最大的，至少每一行不少于一个"我"，完
全是一种"自我"情思的自由迸发，印证着郭沫若说"真诗"、"好诗"
是"命泉中流出来的 Strain，心琴上弹出来的 Melody，生底颤动，灵底喊
叫"① 的说法，其情感的暴烈、思绪的扩展、形式的不羁已远非号称"解
放"了的胡适的《关不住了》所能比拟，对于一向温柔敦厚的汉语诗歌，
无疑是一种全新的美学效果：

  天狗

  我是一条天狗呀！
  我把月来吞了，
  我把日来吞了，
  我把一切的星球来吞了，
  我把全宇宙来吞了。
  我便是我了！

  我是月底光，
  我是日底光，
  我是一切星球底光，
  我是 X 光线底光，
  我是全宇宙底 Energy 底总量！

  我飞奔，

---

① 《郭沫若致宗白华信》，田寿昌、宗白华、郭沫若《三叶集》，亚东图书馆 1920 年版，第
6 页。

我狂叫，

我燃烧。

我如烈火一样地燃烧！

我如大海一样地狂叫！

我如电气一样地飞跑！

我飞跑，

我飞跑，

我飞跑，

我剥我的皮，

我食我的肉，

我吸我的血，

我啮我的心肝，

我在我神经上飞跑，

我在我脊髓上飞跑，

我在我脑筋上飞跑。

我便是我呀！

我的我要爆了！①

　　有人认为这首诗完全是一种"自我夸大狂"（megalomania）的情绪分泌："诗人把自然世界和工业世界都溶化入'自我'爆发的狂暴语态里。这首诗和传统中国诗之不同是很显著的，我们只有和陶潜的'结庐在人境，而无车马喧'，王维的'空山不见人'，柳宗元的'江雪'一比，便可发现后者代表的平静、安详、和谐的世界完全被动力的、狂乱的爆炸性的世界所代替，而这个'自我爆发'的世界又是完全被激情所推动，其中甚少语言艺术的考虑。"② 不同的诗歌美学效果与不同的语言方式有关。

―――――――――

　　① 1920 年 2 月 7 日上海《时事新报·学灯》。发表时注明写作时间为"一月三十日"。《天狗》的句法出奇的"简单"，选择此诗正是考察初期白话诗句法相对于古典诗的独立性句法的新变化，在向"新诗"的过渡中，白话诗的句法自然也会慢慢变得"复杂"的。并且，本书谈论的"白话诗"指的是 1919 年、1920 年之前"新诗"还处在刚刚更换语言系统时期的形态，是"初期白话诗"。

　　② 叶维廉：《中国诗学》，第 215 页。

人的生存经验也蕴藉在语言方式之中。诗人这种动态的、狂乱的经验是中国诗的语言方式所不能表达的，说诗人没有考虑语言方式也不尽然，即使是他不自觉地选择一种语言方式，他选择这种没选择那种其实已经是对语言艺术的考虑。郭沫若的诗作为一种"浪漫化"的自由诗，内在的语言机制是以西方语言的句法结构冲决了传统汉语诗歌的独立性和统一性句法：在这里，传统诗歌注重名词独立、词与词之间关系非常灵活、意象并置的句法结构被彻底打破，诗歌的句法结构变得非常简单、确定。我们不妨以《天狗》为例，以现代语言学家诺姆·乔姆斯基的转换生成理论来考察一下白话诗的句法结构大致有哪些特征。

第一，从整首诗来看，诗人抒写的是一个似乎整个宇宙都容不下他以至要吞食一切日月星辰的极度扩张的"自我"形象，"我飞奔、我狂叫、我燃烧、我飞跑……"是一种基本句式。这是表明这个"自我"的状态。

第二，诗人以能吞食日月星辰的"天狗"来想象自身，寻求对自我身份的认同，"我是一只天狗"、"我是全宇宙底 Energy 底总量"、"我如烈火一样地燃烧"、"我在我神经上飞"等也是一种基本句式。

第三，整首诗的"喊叫"是欲表明：（1）"我是谁"，其基本句式为"我是 N……"；（2）"我怎样"，其基本句式为"我 + V……"而无论是哪一种句式，《天狗》一诗每一句的"基本核心句"（"也就是没有复合动词或复合名词组的简单主动语态陈述句"①）都非常明显，语义极为清晰。诗人最后的回答是"我便是我"，在自我与自我所想象的另一个"自我他者"（self other）之间，诗人经过一番想象性的陈述，确定地告诉人们：诗人与那个想象性的"我"是同一的。在这里，诗人的自我与他者之间，没有现代主义式的精神分裂，而是达到了自我与"自我他者"的同一，完成了一次自我认识的幻觉性和浪漫化，这也决定了这首诗的情感和想象完全是浪漫主义式的。

在第一中，"我飞奔……"这一简单句，其实相当于英语里"有限状态语法"所生成的一种语言，这是语言最简单的形式。按照乔姆斯基的举例，"有限状态语法"基本模式为"the man comes"和"the men come"，这种语法也可以生成无数的句子，譬如："the old man comes, the

① ［美］诺姆·乔姆斯基：《句法结构》，邢公畹、庞秉均、黄长著、林书武译，中国社会科学出版社 1979 年版，第 108 页。

old old man comes，…，the old men come，the old old men come，…"①

按照"词组结构"的推导式，"欧化"的汉语的句式在变得越来越长，名词、动词的属性越来越倾向于细节特征的罗列。名词前有无尽的形容词，这一句法转换也带来了一定的负面效应：这不仅使汉语的表意既失去简洁，也使被形容的名词负担过重，受英语句法影响的中文在一些学者看来实在是"中文之式微"。余光中先生就曾指出汉语的这一句法结构的变化，"中文句法负担不起太多的前饰形容词，古文里多是后饰句，绝少前饰句"，而"早期的新文学作家里，至少有一半陷在冗长烦琐的'前饰句'中，不能自拔。"②

这样便有了类似第二中的句式，如："我飞跑"——→"我［在（我）神经上］飞跑"、"我是（月底）光"——→"我是［（全宇宙底）Energy底］总量"、"你是｛［（贫富、贵贱、美恶、贤愚［一切］）乱根苦谛的］｝大熔炉"（《夜》）、"（一枝枝的）烟筒都开着了［（朵）黑色的］牡丹"、"｛（［云霞中］隐约地）一团｝白光，恐怕是｛（将要）西下的｝太阳"（《金字塔》）……

词组结构语法具有明确的形式性，能自动生成语句。但即使是词组结构的规则（也被称为"短语结构规则"）仍然不能说明许多复杂的语言形象，其生成复杂语句的能力也很有限。特别是当面对诗歌语言时，"有限状态语法"和词组结构的规则均不能说明问题，因为诗歌语言的特征在于其多义性，诗歌语言的表面往往看起来是一种句法结构，但其背后还潜在多种句法结构。这就牵涉语言的另一种规则——"转换规则"。转换规则与语言的"深层结构"和"表层结构"之间的不紊合性（造成歧义、多义、反义等现象）有关："句法部分由一个基础和一个转换部分组成，基础生成深层结构，而转换部分则把深层结构转化为表层结构。为了进行语义解释，一个句子的深层结构服从于语义部分，而该句子的表层结构则进入语音部分并解释语音解释。"③ 句子的深层结构指的是包含了解释句

① ［美］诺姆·乔姆斯基：《句法结构》，第 12 页。

② 参见余光中《论朱自清的散文》，见黄维樑、江弱水编选《余光中选集》第四卷《语文及翻译论集》，安徽教育出版社 1999 年版，第 49—50 页，该集与《文学评论集》（第三卷）多篇文章论及汉语受西方文法结构影响的后果，很值得关注。

③ ［美］诺姆·乔姆斯基：《句法理论的若干问题》，黄长著、林书武、沈家煊译，中国社会科学出版社 1986 年版，第 134 页。

子意义所必需的一切信息。在这里，句法特征和语义之间保持着一种张力，因为句法的变动影响着语义的阐释。高友工、梅祖麟在分析唐诗时也曾谈论到句子的"表层结构"和"深层结构"，他以杜甫《秋兴》八首第六首的第二联"花萼夹城通御气/芙蓉小苑入边愁"的下联（上联没有歧义）为例，这一联在深层结构上至少有三种解读方式：

1. 芙蓉小苑边愁入
2. 边愁入芙蓉小苑
3. 芙蓉小苑使边愁入

　　在表层结构上，"芙蓉小苑入边愁"是一个 NP + VP 的短语结构："这个短语结构大致是这样的：'芙蓉小苑'是名词性主语，'入边愁'是它的动词性谓语，而'入'是动词，后接名词'边愁'。但值得注意的是，即使这种短语结构被固定，仍有产生多种语义的可能，因为通过不同的变化，不同的潜在句子都可以推衍出这种短语结构。比如，如果我们选择了第一种句式，所涉及的变化是动词与紧接其后的名词互换；如果是第二种选择，互换的是动词两边的名词；而按照第三种选择，则是删去'使'并把'入'同'边愁'互换。"① 在这里，无论是名词性短语"芙蓉小径"和动词性短语"入边愁"，其相互之间的关系是非常自由的，我们至少可以作出三种理解。可见，古典诗的句法即使作为一种 NP + VP 的短语结构，其语义解释的空间也是相当丰富的。

　　不过，古典诗的问题也正在这里，我们也可以看到现代诗的句法转换的合法性：古典诗这种在深层结构上的语义丰富性，在一定的历史语境下也成为它的弊病，对于急切的现代性思想意义的言说诉求而言，这种丰富性在现代知识分子那里成了"抽象"性、"言之无物"、"文胜质"，于是，现代知识分子在寻求新的说话方式时，某种意义上是符合了现代语法学所说的"转换规则"——"转换规则的一个主要功能，乃是把一个表达句子内容的抽象的深层结构变换为一个表示该句子形式的相当具体的表层结构。"②

① ［美］高友工、梅祖麟：《唐诗的魅力》，第 14—15 页。
② ［美］诺姆·乔姆斯基：《句法理论的若干问题》，第 134 页。

古典诗由于独立性的句法，其语句表层结构的词组标记之间，其关系是各自独立的，留给读者的想象空间是非常自由的，但转换语法的"总原则"却是："转换对语义解释的唯一贡献便是它们（转换）使词组标记相互之间发生联系（即把已经用某种固定方式加以解释的各词组标记的语义解释结合起来）。"[1] 上面之所以以《天狗》一诗为例，是因为这首诗在句法上的极为"奇特"（似乎不只是"简单"、"明了"就可以概括的），似乎就是后来的现代诗许多语句的"基本核心句"的组合范本。诗歌里的现实经验都是在语言显现的，事实上若没有句法结构在"现代"的"转换"和西方浪漫主义诗歌的自由体式，新诗的一个抒情基点——"自我"，在古典诗歌的语言板结和传统诗歌形式（句法、章法）的束缚中也无法挣脱出来。

----

① ［美］诺姆·乔姆斯基：《句法理论的若干问题》，第 131 页。

第五章

涅槃凤凰的今朝:"经验"的迷思①(一)

一　对当代诗的不同评价

有人认为 2007 年是"中国新诗 90 周年"②。对诗人和批评家而言,新诗再怎么不堪,亦是衣食父母,"父母"90 大寿,理当虔心庆祝,热闹一番。但热闹之中,人多口杂,是非之言难免,也让这周年庆典之中,掺杂了诸多忧虑。

先有厦门的理论家陈仲义先生呼吁,"在一个相当混乱而无序的时期,在浮嚣、狂欢、嬉戏、重复成为时尚,价值失衡、诗人失格、诗歌失范,良莠难分的语境中,诗歌审美普遍迷失,倒是更有理由重提诗歌造血的'色素'和诗歌验收的'光谱'"。也许和他的老乡陈景润一样善于猜想与定义,陈仲义先生这一次亦"大胆给出一个"何为好诗的"陈氏定

---

① "迷思"的概念来源于希腊文(mythos),英文为 myth,意为神话、虚构之事,中文的翻译表达了人对某种事物的迷信状态。在本书中,所谓"'经验'的迷思",指的是当代诗坛一种可疑的诗歌评价标准:从"经验"的角度来判定诗之好坏,但事实上诗的好坏不在于"经验"本身,笔者也不认为当代中国诗歌在"经验"上就比以往时代要复杂、深刻多少。

② 譬如于坚、多多、王小妮、李亚伟、雷平阳、徐敬亚、谢有顺等人于 2007 年 12 月 23 日下午在广州举行的主题为"中国新诗 90 年"的论坛。1917 年 1 月出版的《新青年》杂志第 2 卷第 5 号,首次发表了胡适的"白话诗"——《蝴蝶》。事实上,在胡适的《谈新诗》(《星期评论》双十节纪念号,1919 年 10 月)一文发表之前,新诗一般被称为"白话诗","白话诗"是新诗的初期形态。而严格来说,新文学的第一首白话诗可能是胡适 1916 年 7 月 22 日写的《答梅瑾庄——白话诗》(胡适:《胡适留学日记》,亚东图书馆 1939 年版,第 966—967 页)。

理"——"好诗＝感动＋撼动＋挑动＋惊动"①。然世风日下,诗坛各路豪杰似乎不谙数学,并不能体会陈先生一片苦心,《诗生活》等各大网站跟帖"商榷"者甚众。

后有谢冕老师的"诗歌高贵论",他"不赞同广大人民都参与写诗"的言论无异于公然与广大诗歌网民为敌,顿时江湖上一片讨伐之声。在回答"目前诗歌发展是一种向上的趋势吗"这一问题时,谢老师对当代诗歌的评价与态度更是让诗坛一片哗然——诗的繁荣是"需要出现大的标志,要有好的诗歌"……目前诗歌发展(态势)"如果让我说它是向上的话,需要给我证明。但我从海子去世到现在,我等了将近20年了,没有……现在要找一个朗诵会,找像'面朝大海,春暖花开'这样的,你找不出来。你说有好诗,都藏到哪儿了?"②海子离世已近20个年头,按通常的说法,两个文学的年代已去,谢老师还是以海子为念,偶尔提及当下的诗人,也只是杜涯、路也等女流,浑不把当代许多冒尖的青年才俊放在眼里,焉能不辜负良善后辈对他的一片痴心?

似乎是有人捣乱,值此嘲讽谩骂之声不绝之时,有人又抬出国学大师、当今学术界的元老、巨擘——季羡林先生,揭发季老其实也在对新诗失望:"五四运动是中国近代史上的一件大事。在文学范围内,改文言为白话,也是中国文学史上的一件大事。七十多年以来,中国文学创作取得了长足的进步;但是,据我个人的看法,各种体裁间的发展是极不平衡的。小说,包括长篇、中篇和短篇,以及戏剧,在形式上完全西化了。这是福?是祸?我还没见到有专家讨论过。我个人的看法是,现在的长篇小说的形式,很难说较之中国古典长篇小说有什么优越之处。戏剧亦然,不必具论。至于新诗,我则认为是一个失败。""纯诗主张废弃韵律,我则主张诗歌必须有韵律,否则叫任何什么名称都行,只是不必叫诗。""所

---

① 陈仲义:《感动　撼动　挑动　惊动——论好诗的"四动"标准》,"诗生活论坛",莱耳发表于发表于:2007 - 12 - 21 11:00,修改于:2007 - 12 - 21 16:06,网址:http://bbs.poemlife.com:1863/forum/add.jsp?forumID=73&msgID=2147472882&page=1。

② 诗生活通讯社2007年12月3日综合报道,《南国都市报》独家专访,王亦晴:《谢冕:诗歌就该是高贵的》,莱耳发表于:2007 - 12 - 04 09:35,网址:http://bbs.poemlife.com:1863/forum/add.jsp?forumID=69&msgID=2147479257&page=1。

谓'朦胧诗',我总怀疑这是'英雄欺人',以艰深文浅陋……"①

一时间,季老这几段关于新诗的话如传染病一样蔓延于许多网站,迅速败坏了国人尊老爱幼的神经,连说不知季老何许人、不知季老曾经做甚、谩骂季老"遗老嘴脸"、"瞎眼"、"弱智"的人都有……

当然,也有令人振奋的,广州海南的诗人评论家们开会,就认为新诗90年至少这后30年已经非常伟大:"现代人已经把诗意挖到一个很深很深的地方,每个人都有一类诗意,一种诗意,这怎么是平平仄仄能够装得下的呢?怎么会是前六十年诗歌那个小容器装得下呢?现在这些人没有看到中国新诗对中国这个民族内意识的挖掘。""我们民族每一个灵魂的角落,不同的层面,都被现代人表现出来了。反对他的人,正是没有这种灵魂的分层,灵魂还是铁板一块,是毛泽东的灵魂,是阎锡山的灵魂,当然不会认识到诗歌的这种广阔性。"②

不过,说这话的人似乎有点厚今薄古,自吹自擂,对新诗的历史可能并不了解。何以新诗前60年(姑且是1917—1977)只是一个一般般的"小容器"、只是一个并不值得高举的"基础"?你敢说当代诗人的作品要优秀于卞之琳、冯至、穆旦、郑敏、杜运燮等人?你敢说你充分理解胡适、郭沫若甚至徐志摩、戴望舒之于新诗的意义?你敢说林庚、吴兴华、林以亮这些在诗歌界耳生的人不值一提?难道一切皆因为当代诗歌深刻地挖掘了的现代人的灵魂、意识?现代诗人就没有这样做、就做得不好?"从《尝试集》来看,中国当时的诗歌就像一个傻瓜一样",操此论调的人,真不知道他和胡适到底谁是"傻瓜",在我们看来实无资格谈论新诗。

让人迷惑的是:一些人因为当代新诗在"经验"(人的灵魂的深掘和人性复杂的意识的呈现)上取得了相当的成就而感到自豪,另一些人却态度相反,认为当代新诗越来越远离了"诗"。他们之间归根结底是诗歌鉴赏力(懂与不懂)的差别还是对诗歌本体认识(什么是诗)的差别?为什么在一些人沾沾自喜的地方另一些人却忧心忡忡?思虑良久,暂得一结论:他们的骄傲与担忧其实都来自在同一个地方。

---

① 见平行网的帖子《由季羡林的"昏话"引出的话题》,网址:http://my.ziqu.com/bbs/665701/messages/69661.html。

② 见平行网的帖子《于坚、多多、王小妮、李亚伟、雷平阳、徐敬亚、谢有顺谈"中国新诗90周年"》,网址:http://my.ziqu.com/bbs/665701/messages/69913.html。

确实,诗是对人的灵魂的挖掘与生命复杂意识的呈现,当代许多诗人在这一点上已做得很好,也许还非常好,还是不乏好诗(所以很多人对谢老师的不满是可以理解的)。但诗是一种艰难的语言艺术活动,是个人化的情感、经验的语言和形式上的诉求,是经验、语言和形式的三方互动、冲突与平衡,这是诗歌写作的本体状态,三者缺一不可。但当代诗人唯执着于经验和语言之维,执着于灵魂的挖掘、意识的呈现及想象与意象的独特,普遍忽视诗歌的形式、节奏、声音等本体要素,诗也越来越离开了它自身。季羡林老先生对新诗的态度其实用意正在这里:缺乏形式意识的某种自觉,无"形式"的追求,何必把写的这堆文字叫作"诗"?

二　"失范"与寻求"标准"

诗歌写作的"经验"层面——人的灵魂的挖掘与意识的呈现,甚至情感、经验上的个性化,都不是诗歌的本质,都只是诗歌写作的必要前提,也是其他文学类型的目标。那诗的独特性在哪儿?就在于其他文类可以不分行,诗歌还是要分一下行?用诗来言说的必要性在哪儿?尽管当代诗坛新人辈出,但我们认为还是有必要对一些感觉良好的诗人作些提醒:是的,你们写的是不错,但若具备另一些素质,也许会写得更好。单凭灵感和直觉确实能写诗,且偶出好诗,但如此写作也许好景不长。

诗歌形式的必要性在哪里?现代汉诗的"形式"不是古典的格律,也不是一劳永逸的某种规范,而是诗歌写作的潜在向度,是对想象之表达的约束与引导,是写作中以语言胜过复杂的情感、经验的一种标志。形式将使作者控制情感与意义的运行速度,使诗的旋律呈现出有规则的变化,对于读者来说,他可以有规律地不断期待和寻觅意义与触动的降临。没有了特定的形式的心灵公约,现代诗的写作不是变得容易了,而是困难了——

　　　形式仿佛是诗人与读者之间一架公有的桥梁,拆去之后,一切传达的责任就都是作者的了……旧诗的读者和作者间的关系是极其密切的。他们相互了解。写诗的人不用时时想着别人懂不懂的问题。读诗的人,在另一方面,很容易的设想自己是写诗的,而从诗中得到最大量的愉快。这些利益是新诗所没有的。所以现在写新诗的人应该慎重

的考虑一下,为了担负重大的责任自己的能力够不够。我们现在写诗
和古人不同了,没有先人费尽脑汁给我们预备好了形式和规律。句法
和题材的选择都随你便……可是,想起来也奇怪,越是自由,写作的
人越要小心。我们现在写诗并不是个人娱乐的事,而是将来整个一个
传统的奠基石。我们的笔不留神出越了一点轨道,将来整个中国诗的
方向或许会因之而有所改变……①

虽然旧诗确实不合时宜,但如果考虑作者—读者之间的交流的话,我
们还是要考虑诗歌的形式问题。特定的形式还是非常重要的。虽然我们缺
乏将写诗视为"将来整个一个传统的奠基石"这样的责任心,但就是玩
玩,也应该玩得漂亮,那种对形式的自觉,那种写作中经验、语言和形式
的相互抗争、相互克服是产生好诗的必要条件。

由于缺乏对汉语诗歌的历史脉络和诗歌形式等本体意识的认识,在语
言的层面缺乏对汉语的历史性、复杂性和丰富性的了解(适当的语言选
择会带来诗歌文本丰富的互文性、趣味性和共鸣)、在诗之本体层面缺乏
对形式的必要性的自觉,当下的新诗越来越成为个人化的完全依赖灵感与
直觉的经验—语言之间的双向运动(特殊的感觉、经验与偏执的语言之
间相互寻求),越来越缺乏意义上可以分享的品性和审美上可以共鸣的品
性,逐渐成为一种私密性的文学游戏。人们越来越抱怨当代新诗"看不
懂",并逐渐远离它,个中原因也许正在于此。

那些大白话、毫无趣味的口语诗或所谓"梨花体"这里且不说它了,
这里说一些"顶尖"的诗人和"顶级"的作品。

> 我们笑了
> 在水中摘下胡子
> 从三个方向记住风
> 自一只蝉的高度
> 看寡妇的世界

---

① 吴兴华:《现在的新诗》,初刊于北平《燕京文学》第3卷第2期(署名"钦江",1941
年11月10日出版),见解志熙辑校《吴兴华佚文八篇》,《新诗评论》2007年第1辑,北京大学
出版社2007年版,第47—48页。

随意摘引的诗句来自北岛在海外所写的《夜》,我们素来敬重和喜欢北岛,但面对诗集《零度以上的风景》这类北岛在海外所写的诗,也许因着对北岛素来的喜爱我们可以"凭着信心"自己强迫自己说大概明白,但我们无法将此"明白"转述给别人。若能转述,我们恐怕得掌握多少与北岛相关的"提示"性的信息。

当然也有高人对北岛的诗作无比激赏,且作出丰富的阐述,如欧阳江河。不过,亦另有高人对此不以为然,如江弱水教授。江教授认为,由于北岛的诗"超现实主义色彩越来越强烈",充满"词的奇境",诗作的整体意蕴难觅端倪,更多是在"让部分说话",这样的诗作,"只有在过度阐释的情况下才会获得意义,如果不以释梦的方式与解密码的技术去进行这项工作,你会说他不通,他会说你不懂,结果将会不欢而散,无功而返。"面对这样的高人大作,江教授说他只能想起"海明威对一位女作家的讥评:'她没法读,靠得住会是个经典作家。'(She is so unreadable that people will finally believe her to be a classic)"。①

这里说起北岛其意并不在批评北岛,而是想显明当代诗歌写作的一个事实:我们的大多数作品,都是在情感、思想、意识的"新"上做文章(要么口语化的简单叙述现实,要么极端地想象现实而进入"超现实"的境地),至于什么是"诗",少有人去认真思虑。由于只重视意义层面的感觉和想象,缺乏形式要素的束缚和权衡,诗歌就成了经验和语言之间缺乏基本心灵交往尺度的两点之间的对应,成就了一种关于个人的感觉、想象的语词选择的表演。

好诗来自经验和语言、形式三者之间纠缠、互动、寻求平衡之中的艰难。经验和语言、形式是诗歌写作的必要因素,仿佛构成了一个相互支撑的三角形。写作若只是个人的"经验—语言"、"语言—经验"的双向寻求,就犹如三角形缺了一个边,成了一种不稳定的东西,缺乏形式的参照,经验与语言不知向何处涣散,更多的时候是钻入个人意识的深渊和意象的死胡同,自我陶醉,无人能解。

网络发表诗作的便利,成为诗人的迅速与荣光激励着诗歌写作的极度

---

① 江弱水:《孤独的舞者,没有背景和音乐:谈北岛的诗》,此文原载台北《创世纪》1997年第6期。后作为附录收入江弱水《中西同步与位移——现代诗人丛论》,安徽教育出版社2003年版。该文意在反驳欧阳江河对北岛的新诗集《零度以上的风景》的竭力嘉许。

繁衍。当代诗歌沉浸在无边的"写"之中（有多少人读已无关紧要）。"写"已经远远大于"诗"。"诗"是什么似乎不言自明。大多数诗人相信："写"能生产出"诗"。"写"到什么程度，"诗"就到了什么程度。"写"的状态如何"诗"的状态就如何，何需对诗歌本体的自觉与一定的评价尺度？

客观地说，陈仲义的"四动"标准对诗歌阅读鉴赏的不同层次的划分是清晰的，对读者如何有效地进入诗歌文本、对写作者提高写作水平都是有益的。"现代好诗标准一直是诗歌界长期争论、纠缠不清的难题。针对尺度'失范'局面，从接受美学角度出发，结合诗写实践与阅读经验，试图在传统好诗主要标准——'感动'基础上，加入其他尺度：精神层面上的'撼动'、诗性思维层面上的'挑动'、语言层面上的'惊动'，并加以适当细化，共组现代诗审美意义上的'四动'交响。""好诗＝感动＋撼动＋挑动＋惊动"，此公式意味着好诗是一部"以'感动'作为主旋律，以'撼动'、'挑动'、'惊动'作为'副部'的——审美接收'交响'。或者说，以感动作为终端接受器的好诗，同时混合着'撼动'、'挑动'、'惊动'的审美成分。"①

但诗人们觉得不需要，无聊。他们对陈仲义的反感一方面固然是因为此"四动"标准的理想化和知识分子学究气，另一方面还是那些惯常的心理因素：（1）批评家向来不懂诗，无资格为写作者制定"标准"；（2）"标准"就在写作之中，我们就在创造"标准"；（3）写作是天才、直觉与灵感的事业，知识越多越反动。在他们看来，自由诗是唯一合理的诗歌形式。自由诗的意思就是绝对的自由。

无论是陈仲义"动动不休"的诗歌"标准"，还是谢冕对一般诗歌老百姓的不屑一顾，还是季老的决绝之言，还是徐敬亚的诸多惊人之语……2007年底诗坛一些琐事其实还是反映出一个事实：当代新诗出了问题。曾经一起努力的诗人、读者如今至少已经化为两批人马并开始分道扬镳了。与新文学新诗的缔造、生长息息相关的曾与林庚是好友的季羡林那一

---

① 不过我又认为当代诗歌最关键的问题不是讨论什么样的诗歌才是"好诗"的问题，"理想"谁都能完美规划，问题是我们的现实是怎样，该如何克服、改变这现实，如何面对现代汉语诗歌写作在当下缺乏诗歌本体意识、缺乏形式意识的根本问题。也许，在这些细节问题上来展开讨论更有现实意义。

辈人，怀着对诗歌本体形态的固执，对当代诗歌"望望然而去之"；而在挖掘灵魂、呈现意识的诗歌道路上一路狂奔的当代诗人们，似乎愿把"断裂"坚持到底，感觉良好，一往无前。

"第三代诗"的理论代言人陈仲义就是不堪这种"诗歌失范"的局面，提炼好诗之"标准"，力顶各路诗人讥讽，一意孤行，如同救世的堂吉诃德；而作为"一个有风格的批评家"（王光明语），谢冕早已尽到其历史职责，退休后的谢冕，对当代诗坛的关注已只是个人兴趣，对新的作品的阅读也在有无之间，海子死后诗坛变化大矣，其抹杀20年现代汉语诗歌写作新成就的言论既于事无补，我们亦不必当真。倒是极度悲观的季羡林老先生和那些感觉良好的当代诗歌写作者均显得可爱，值得留恋。他们在立场上是敌人，但在目标上却是一致的：那就是都在企望新诗在当代能"重振诗风"。

三　季羡林评新诗

季羡林先生对新诗的真正心态不是要判定新诗成败，正是渴望"要重振诗风"。那些一看见季老说"新诗是一个失败"就气急败坏的人未免有些底气不足，那些说季老不懂诗歌老眼昏花的人更应该去上现代文学史的课。从学术研究来说，当一个人说一番话，我们不能忽略这话的历史语境：是什么使他说出这番话的？他是在什么样的境况下说这番话的？为什么说这番话？他说这番话的目的是什么？

季老的话来自他的一本新书《季羡林生命沉思录》（国际文化出版公司2008年版，事实上2007年底已公开发行），书是新书，文章其实是旧文。坊间季老的书甚多，我们亦找到一些他评价新诗的文章出处。"五四运动……至于新诗，我则认为是一个失败。至今人们对诗也没能找到一个形式。既然叫诗，则必有诗的形式，否则可另立明目，何必叫诗"这段话即是1998年的旧作①。但联系季老说这话的前后历史，我们可能会更深地理解季老的真正用意：

---

① 季羡林：《漫谈散文》，季羡林研究所编：《季羡林谈写作》，当代中国出版社2007年版，第18页，此文作于"1998年"。

　　五四运动前后产生的新诗,现在应总结一下。诗总应该有自己的形式。新中国建立之初,与冯至常在一起,议论过诗与散文的区别。我以为散文要流利,诗总是有停顿的。中国白话诗的形式,有过几次努力,比如闻一多、林庚、卞之琳都为创造新诗的形式努力过。诗的节奏,无非抑扬顿挫,念起来不平板才算诗。白话诗形式的创造,徐志摩、戴望舒也很有成绩,《雨巷》写得好。但是,翻译外国的史诗,我国白话诗没有现成的形式。古代的韵书,现代也不能套用,因为语言本身有了变化。我们要重整诗风。诗不会灭亡,也不应灭亡。不能说诗的读者少,只是白话诗眼下读者少。所以要重振诗风。①

　　这是季老1999年的一番话,我们知道季老其实是渴望"重振诗风"。再看稍后一点的"新诗失败论":

　　……文学品种是与民族性有密切联系的。这一点好像还没有人明确地谈到过,我颇以为是憾事。

　　中国的民族性大概最宜于散文和诗歌……

　　……今天,五四运动已经过去了八十多年了。在这一段漫长的时期内,评论五四运动的文章,多如过江之鲫,至今未绝。但是,从各种不同的文坛上评断其优劣成败,愧我庸陋,尚未见到。我不是文学史家,对古代文学和近现代文学史知之甚少。但是,常言道:一瓶醋不响,半瓶醋晃荡。我连半瓶也没有,却偏想晃荡一下。常言又道:抛砖引玉。我的意见连砖头也够不上,抛出去,用意不过是引起专家学者们的注意而已。

　　……大家都知道,五四是中西文化碰撞的产物,结果是西方文化胜利了。专就文学而论,德国大诗人歌德晚年提出了"世界文学"这个想法。他究竟是怎样想的,我们并不完全清楚。事实是,随着西化在全世界的推进,欧美文学也一步一步地影响了全世界的文学创作。中国加入文学西化的行列相对来说是比较晚的,比印度晚得多。据我个人的看法,中国是从五四开始的,鲁迅的《狂人日记》可为

_____

① 《季羡林谈〈季羡林文集〉》,《人民日报》(海外版)1999年4月22日。

代表。文学的世界化或者干脆说就是西化,其含义是什么呢?我认为,这主要表现在形式上,西方的文学创作形式,特别是小说和戏剧,几乎统一了全球,而其思想内涵和感情色彩,则仍然是民族的。这是轻易化不了的。

从小说来看,鲁迅以后的短篇小说,在形式上,同欧美的毫无差异。唐代的传奇一直到清代《聊斋志异》等等的影响一点也没有了。茅盾和巴金以后的长篇小说,情况也一样,《水浒传》、《西游记》、《红楼梦》等等的痕迹一点也不见了。从戏剧来看,曹禺的名剧在形式上同易卜生有什么区别呢?在其中还能看到关汉卿的影子吗?

诗歌的情况有所不同。西方诗歌,同世界上其他国家的诗歌一样,形式是多种多样的。因此,很难说,西方的诗歌在形式上统一了世界。中国古代诗歌,形式虽然也比较多,但数目究竟有限。五四改写白话诗以后,形式如脱缰的野马,每个诗人都有自己的形式,每一首诗形式都可以不同。有的诗有韵律,有的诗则什么都没有,诗与非诗的界限难以划分。我不是诗人,本来对新诗不应当乱发表意见的。但是,我是一个诗歌爱好者,旧诗能背上一两百篇。我虽然不会摇头晃脑而曼声吟咏之,读来也觉得神清气爽,心潮震荡。但新诗我却一首都没背过,而其是越读越乏味。到了今天,看到新诗,我就望望然而去之。我以一个谈禅的野狐的身份,感觉到,新诗还没有找到自己的形式。既然叫诗,必有自己的形式。虽然目前的新诗在形式方面有无限的自由性,但是诗是带着枷锁的舞蹈,古今中外莫不如此。除掉枷锁,仅凭一点诗意——有时连诗意都没有——怎么能称之为诗呢?汉文是富于含蓄性和模糊性的语言,最适宜于诗歌创作,到了新诗,这些优点就不见了。总之,我认为,五四以后,在各种文体之中,诗歌是最不成功的。①

季老谈禅说佛,译经说文,素来是亲切随意之人,这里他明说自己是半瓶醋忍不住要晃荡一下,以游戏之心说五四的成败谈文学的历史,自谦自己不是诗人亦不是文学史家只是一文学爱好者发发议论,我们又何必

① 季羡林:《我对散文的认识》,季羡林研究所编:《季羡林谈写作》,第25—26页,此文作于"2000年10月14日"。

气愤?

季老的自谦是一回事,但他的娓娓叙述中也透露出许多信息,值得我们认真对待。

第一,"诗总应该有自己的形式。""新诗还没有找到自己的形式。"这是季老几番言论的核心思想(而不是新诗失败、新诗无聊)。季老基本上是站在肯定的立场上来看中国各种文学类型的西化。但季老似乎对诗歌另眼相看,并没有认为汉语诗歌直取西方诗歌的形式就万事大吉。小说戏剧等文类在西化之后,基本获得了一种相对稳定的形式,而诗歌没有,"每个诗人都有自己的形式,每一首诗形式都可以不同"。有无数的形式其实也就没有了形式。诗歌这种文类其存在的独特性和必要性在哪里?季老说新诗不成功是和其他文类相比较而言的,而不是说:后生小辈,这些年你们白忙活了。

第二,季羡林对新诗的形式不满不仅因为新诗的客观事实,也因为他与现代那些优秀的诗人很接近。他曾与冯至这样的诗歌大家常在一起讨论诗与散文的区别。他和林庚交情很深(林庚为现代汉语诗歌的典型诗行多方试验,亦是诗歌大家)。说季羡林不懂诗、乱说新诗恐怕不对,不仅如此,他可能还是地道的新诗批评家。"诗总是有停顿的",看出来他注重作为现代汉语诗歌之灵魂的"节奏"问题。他的诗歌欣赏趣味是属闻一多、林庚、卞之琳等注重诗歌本体的诗人这一脉的。新诗这一拨人的特点是什么?其实是资产阶级习气,是不老老实实地反映现实整天思量什么是诗、什么是艺术的有点"为艺术而艺术"倾向的"反动派"。但也正是这一群人,没有使新诗完全成为翻译体、使新诗在现代的汉语形态中仍有自己的节奏和形式,使现代汉语诗歌不仅现代,而且有汉语的品质。这种不懈寻求新的形式秩序的传统可以说是新诗在自由诗写作传统之外的另一种传统,朱自清说这个传统的序列上依次是陆志韦、徐志摩、闻一多、梁宗岱、卞之琳、冯至,等等①。可以说,季羡林作为诗人,站的队伍是"诗人中的诗人"那一边。

---

① 新诗的新的形式秩序的建立首要任务是找到汉语说话的节奏的基本单位(类似于西洋诗的"音步"foot)并建构典型化的诗行,在这个历史序列上很多诗人都贡献了自己的探索,如陆志韦的"拍"、饶孟侃的"拍子"、闻一多的"音尺"、罗念生的"音步"、陈匀水的"逗"、孙大雨的"音组"、梁宗岱的"停顿"、朱光潜到何其芳、卞之琳的"顿"、林庚的"半逗律"等。

第三，"中国白话诗的形式，有过几次努力，比如都为创造新诗的形式努力过。"看来对于新诗自新月派以来的形式秩序的寻求，季老一清二楚。"白话诗形式的创造，徐志摩、戴望舒也很有成绩，《雨巷》写得好。"我们也许不习惯徐志摩的小资情调和浪漫主义之风，但他的诗文在汉语的欧化上做得非常好。韩寒曾讥讽道，"徐志摩那批人，接受了国外的新东西，因为国外的字母没办法，不可能四个字母对着四个字母写，他们就学着国外诗歌写新诗。但我觉得恰恰抛弃了中文最大的优势和魅力。你说《再别康桥》，'轻轻地我走了……'这好么？还可以，但是真的那么好么？你说徐志摩有才华，他真那么有才华么？"① 但事实上徐志摩的《再别康桥》就是很有才华，有你意想不到的"好"。汉语的说法一般是"我轻轻地走了"，但徐志摩将英语 Quitely I went away 借用过来，打破常规，将汉语中的副词也置于句前，出现了"轻轻的我走了……"这种貌不惊人但极有效果（突出了"我走"之时的微妙状态）的汉语诗句。同样的句式还有"沉默是今晚的康桥"，也是巧妙地借用了英文的倒装语法。而戴望舒的《雨巷》也并非重复古典意境那么简单。戴望舒的写作也表明的是中国诗人驾驭象征主义的成熟。"杏花春雨江南"的古典意境与戴望舒式的个人记忆及现代城市青年的梦幻结合在一起，从此使在李金发手上令人费解的法国象征主义在汉语语境变得通达、优美。季羡林对徐志摩、戴望舒的认识，显然比韩寒所要强得多。

第四，"诗是带着枷锁的舞蹈……除掉枷锁，仅凭一点诗意——有时连诗意都没有——怎么能称之为诗呢？"季老看来还是经常关注当代诗歌的，当代许多诗作似乎就是如此：没有"枷锁"，全靠"诗意"取胜，但很多时候"诗意"是非常个人化的东西，难以传达，于是，套用《共产党宣言》的话，当代诗人在这个革命中失去的不只是锁链，也将是整个世界，在"诗意"上，他们成了真正的"无产者"。"戴着镣铐跳舞"，这话许多当代诗人厌烦，也不解，但在我们看来，却是好诗产生的一个要素。

第五，"我们要重整诗风。诗不会灭亡，也不应灭亡。不能说诗的读者少，只是白话诗眼下读者少。所以要重振诗风"。季老的话与其说宣告

① 《韩寒质疑徐志摩才华：期待有人好好骂我》，2006－11－02 07：48：03，来源：重庆时报，网址：http://news.163.com/06/1102/07/2UTJ4NS900011229.html。

新诗的破产，不如说是对当代诗歌写作的忧叹。他的"新诗失败论"其实是新诗形式匮乏论、新诗当下问题论。我们何必谩骂？又有何资格谩骂？

四 "单翅鸟"如何能飞？

才华横溢的诗人批评家徐敬亚先生还是当初的华姿英发，一往无前，为现代诗正名鼓劲，此态度我们应该学习，但其方法似乎有些偏执。他对"诗歌"的"简明定义"是"用最少的翅膀飞翔"——"作为最本质意义上的诗，是生命冲动中原发的闪电……"[①] 诚然，当代新诗的魅力正在这里，但缺陷也在这里。

把诗定义为"用最少的（语言）翅膀飞翔"、"生命冲动中原发的闪电"，这也是许多网络新手的信条，这确实带来了天才、直觉和灵感的进现，但天才、直觉和灵感之后呢？许多网络新人刚出来都有几首好诗，让大家眼睛一亮，但不久人们就陷入惯常的失望。这样的观念其实在把诗歌简化为生命意识的语言表达实践，谁用的言辞少、简单，谁的生命意识最令人震惊，谁就是最厉害的诗人，网络诗歌的写作与阅读标准大都如此。

当人人都在追求以语言表达的新、奇、怪和生命意识展现的新、奇、怪时，诗歌其实只对写作者个人有意义。"用最少的翅膀飞翔"也象征了现代诗这只涅槃凤凰的当代命运：若人的情感、经验是身体的话，语言和形式应是必要的两只翅膀，现在另一只翅膀在"新诗是自由诗"这一话语被绝对化之后已不知去向，人们对何为诗毫无通识，也不知形式之于写作的意义，这样的凤凰如何能飞？让我们不禁海子诗中的一个意象："单翅鸟"[②]，"单翅鸟"如何能飞？季羡林之所以对当代新诗"望望然而去之"，也许正因为新诗这只大约在90年前涅槃新生的不死鸟如今"翅膀"残缺。

---

① 见《特区文学》2005 年第 11 期，《读诗·批评家联席阅读》栏目"十面埋伏"。
② 海子：《单翅鸟》，西川编：《海子诗全编》，上海三联书店 1997 年版，第 10 页。

第 六 章

"底层写作"与写作的"道德":"经验"的迷思(二)

一 "打工诗歌"引发的问题

忽如一夜春风来,文坛到处都说"底层关怀"。近年来,关注"底层"民众、写"底层"生活的作品很是普遍,备受推举,相应的文学主张或概念层出不穷:"底层文学"、"打工诗歌"、"草根性诗歌"、"在生存中写作"、"底层生存写作"、"底层写作",等等,煞是热闹。随着"打工诗人"郑小琼①登上"人民文学奖"的领奖台、去人民大会堂参加2007年度《中国妇女》时代人物颁奖典礼,作为"底层"写作最有代表性成就的"打工文学"②,获得了前所未有的正名(郑小琼的获奖被评论界认为"是打工文学受主流文学认可的最高荣誉"③),文学的"底层"、诗歌的力量到底在哪里,在一些人看来似乎不言而喻。随着郑小琼在媒体

---

① 郑小琼1980年出生,也可以说生于1970年代的末尾,其诗歌写作的风格、主题与谢湘南等"70后"诗人相比较接近,鉴于她近年来在文坛上的影响,本书且以她为契机来谈论"70后"诗歌与"底层写作"。

② 虽然"打工文学"早已是热门的文学词汇,但"打工文学"在文学中到底应该怎样定位?批评家张柠就认为:"打工文学""不可能具有独立的文学史的意义,而只是一种过渡性的东西。这个术语的全称应该是'关于打工的文学'。从本质上看,它是过渡时期农业文明与工业文明、计划经济与市场经济、集体的一分子与自由经济人、乡村与城市相冲突的有中国特色的'都市文学',尽管它常常与都市文化有千丝万缕的关系,但它又与农民文化有着隔不断的关联。'打工'本身就具有一种过渡性质,一旦这种过渡性质成了一种被所有人接受的、相对稳定的模式,它就完全可以被都市化(文学)所取代的。香港就没什么'打工文学',因为香港所有的人都是打工者……"谭运长、张柠:《打工文学二人谈》,《羊城晚报》1998年12月1日。

③ 郭珊:《打工文学20年——"我们并不沉默,只是没人倾听"》,《南方日报》2007年6月17日。

上（譬如香港凤凰卫视的《鲁豫有约》）的不断露面①、打工文学系列书籍的不断出版②，"底层"文学的历史似乎掀开了新的一页。据郑小琼所打工的东莞市的市作协相关领导透露，他们想调郑小琼到作协任职，"但郑小琼不愿意，她说自己一旦离开工厂就会跟底层生活慢慢产生一种隔膜"。③和另一个优秀的"打工诗人"谢湘南④一样，郑小琼这一次也可以实现通过文学写作改变个人生活、改变命运的梦想。不同的是，郑小琼似乎对"底层"有一种自觉，愿意坚守她反复提到的那种"底层"生活的"疼痛感"。如果这件事是真的，那确实表明她作为一个诗人，是地道的，是独特的。

散文（诗）《铁》、诗作《生活》、《铁具》和《机器》等作品也确实反映出郑小琼在写作上的过人禀赋，在五金推销员、机器流水线旁的女工的身份与现代人的普遍困苦的生存状况之间，郑小琼很敏锐地撷取了一种与"铁"有关的意象系列，对"铁"一样冰冷无情戕害肉体的体制化生活展开想象与控诉，撇开人们对"打工"生活的猎奇和同情心态，其实她值得一读的诗作其实不少。在这一点上我们对郑小琼是敬佩的，她是一个不错的诗人，她找到了与自己的生存经验相适应的诗歌想象方式与言说方式。

不过，令人意外的是，当郑小琼的写作从自发的阶段过渡到自觉的阶段时，她的写作似乎成了一种样式、一种立场、一种审判。人们（"打工诗人"自己及一些批评家）开始将这些带有"疼痛感"的"伤痕文学"与"另一种文字"作对比，认为唯有"打工诗歌"才是"真

---

① 尽管这不是郑小琼所自愿的，她还因怕耽误工作拒绝了"新闻会客厅"的采访。

② 相关的书籍有：杨宏海主编《打工世界》，花城出版社2001年版；杨宏海主编《打工世界》，花城出版社2001年版；杨宏海主编《打工世界》，花城出版社2001年版；杨宏海主编《打工文学作品精选集》（中短篇小说卷），海天出版社2007年版；杨宏海主编《打工文学作品精选集》（散文诗歌卷），海天出版社2007年版；杨宏海主编《打工文学备忘录》，社科文献出版社2007年版……

③ 陈竞：《打工文学：疼痛与梦想》，《文学报》2007年6月29日。

④ 谢湘南，1974年生于湖南耒阳。1993年，高中未毕业的他来到深圳打工，曾做过建筑小工、搬运工、保安、推销员、编辑、记者等。有诗集《零点的搬运工》出版。谢湘南是一个很有名气的打工诗人，曾因诗歌写作上的成绩进入了珠海市文联。

正纯粹的文字"。① 这"另一种文字"到底指什么呢?

> 也许我们已经习惯用虚假的、堕落的、平庸的、下流的文本充塞于这个新诗歌酱缸坛。比如某位新派名人说:"诗人与世界的关系不是思考的、理性的……"这种所谓的诗歌高论居然会被诗人接受,如持封建圣旨一样。我一直不敢想象诗歌如果丧失理性的思考还有何存在的意义。难怪如今的诗人们居然可以用斧子砍妻,可以杀人抢劫……而且这些无耻的诗人还一次又一次的让人怀念着和崇拜着。我认为当前我们最为迫切的并不是做诗而是学会如何做人,回到人的真实、对世俗的人文关怀、良善方面来……我一直怀疑某些诗人对诗的偏执是不是真实的,或者更多的是作秀?我觉得好诗首要的标准便是感人的。②

这段话来自郑小琼写于 2003 年 8 月的一篇文章,以我们对郑小琼的印象,我们在看到这段文字时有些惊讶:我们一直以为郑小琼在诗歌写作上是淳朴的,一种原发的来自生活的体验,应该与一些诗歌观念无关,但在这段文字面前我们发现诗人其实已受某种诗歌观念(以通常的理性、道德、良知来简单化地要求诗歌)浸染很深,并且已经开始站在审判者的角度对"新诗歌酱缸坛"发言。不是说郑小琼不能这样发言,而是她的发言与我们对她的印象差别太大,在《鲁豫有约》的节目中你会觉得郑小琼确是一个涉世未深专情于自我表达又有诗歌天才的年轻女孩,但这段文字似乎告诉我们郑小琼并没有我们想象得那样的在诗歌写作上那么单纯,她的诗歌观念其实已被某种特定文化浸染很深,也可以说那是另一种"酱缸":以"事"说"人",以"感动"为最高评价标准,以"人格"定"文格",动不动就是"人文关怀、良善",谁的诗看不出"人文关怀、良善"就是"虚假的、堕落的、平庸的、下流的"。

---

① "在一个文字可以淹没人的时代里,我们反而很难遇到真正纯粹的文字。我不知道,打工诗歌,那些在打工群落里生长的词,那些带有内伤斑痕的文字,算不算纯粹,但至少与潮涌一般的另一种文字构成了明显的分野。面对它,你显然感受着一种震颤性的体验。"柳冬妩:《打工:一个沧桑的词》,《天涯》2006 年第 2 期。

② 郑小琼:《疼痛的生活——评张守刚的诗》,杨宏海主编:《打工文学备忘录》,社科文献出版社 2007 年版,第 274—275 页。

也许郑小琼很有写作的感觉，还不太了解诗歌理论，不过我们认为，诗人与世界的关系本就不是"理性"的，而是"感觉"的、"想象"的，理性写出论文，写不出诗。从"文本"、"酱缸"、"诗人与世界的关系"、顾城杀妻这些话题看，郑小琼作为一个诗人其实很成熟，她已阅读相当多的文化读本，完全不是一个我们想象中的在诗坛文坛毫无阅历的"打工诗人"。作为个案，郑小琼的写作和言语似乎告诉我们，"打工诗人"的诗作没有我们想象得那么不值一读，他们的诗歌观念也没有我们想象的那样与世无争。为了在文学世界凸显自身的意义，他们将与自身的历史背景、生产机制完全不同的、那种追求更深的诗意与诗艺的写作（"另一种文字"）当作敌人。这也许不是他们的本意，其实可能只是追求市场效应（期求更广大的读者）的当代诗坛（某些批评家）暗自怂恿与当面教唆的结果，是当代文坛的一种惯性。当郑小琼因为写作走向人民大会堂这样的"最高殿堂"的时候，我们所面对的已经不是"打工诗歌"这样的"底层"文学在文学性上好不好的问题，而是当代文坛对文学写作的评价方式是不是已似乎发生了极大的倾斜：像"打工诗歌"这样直接抒写底层民众的艰难困苦文学成为衡量其他文学写作价值的一种潜在的尺度。

二 什么是文学的"底层"？

这就必然使操持"另一种文字"的人起来反对。由于文学本身的形式性，尤其是诗歌自身的美学特征，直取某种生活状态之"内容"的、"打工诗歌"、"底层"写作等提法自然会带来一些论争。力挺"底层"写作的批评家也自然很多，广东的批评家自不必说。北京的教授张清华先生似乎也是正方代表，他也由此牵扯出"我们时代的写作中的中产阶层趣味"的问题，一下子把当代诗坛否定了一大片，"因为它在本质上的虚伪性"。他认为，"事实上所谓'深度'就在'底层的现实'中"。①

作为反方代表的上海的教授钱文亮先生，对此论点迎头痛击："在近年的诗歌批评中……以对'实际生活'、'生命体验'、'命运'和'技术'之类的粗糙理解来否定、贬斥诗歌对生命的多种表达，简单化地贬

① 张清华：《"底层生存写作"与我们时代的写作伦理》，《文艺争鸣》2005年第3期。

低诗人们从诗歌的个性、特征、独特性和自主性的角度去探询诗歌，伦理化地斥责批评家对于诗歌文本的'技术'研究的提倡，已经蔚然成风。在这种诗歌批评中，'技术化'或'玩弄修辞'已经不仅仅是一个需要讨论的美学问题，而俨然成为精神堕落与道德不良的红字标志。"①

　　钱文亮还说到我们这个国家某种惯有的"道德归罪"陋习：人们习惯于依据国家意识形态或某种普遍性的道德理想，对带有具体性和差异性的个人生活作出或善或恶的判断。他认为："诗人的写作只应该遵循'诗歌伦理'来进行，应该遵循诗歌作为特殊的社会文化现象所具有的艺术伦理要求，遵循诗歌写作特殊的专业性质，特别是诗歌言说方式的特殊性所要求的基本法则。没有这种来自艺术自身要求的诗歌伦理意识，诗人很容易在流行的道德观念和时髦的公共性说法中迷失自我……"② 不过，也有人站在郑小琼、谢湘南等"打工诗人"的立场上对钱文亮的"诗歌伦理"主义持有异议："诗人深入当代、处理当下的甚至社会焦点题材是否就意味着诗人的写作在美学上就会'不纯'？是否深入当代就意味着是以集体甚或民族的伦理来压制个体经验表述和诗歌自身的美学伦理？"③

　　这些论争中有一个让我们觉得有趣的现象似乎是大家现在不说"道德"了，而是大谈"伦理"。什么"诗歌伦理"、"写作伦理"、"美学伦理"之类的名词，听来新鲜动人，但到底何意？是当代文学曾经与"道德"太近如今我们要有意回避"道德"二字以示报复？还是我们的批评家受刘小枫的《沉重的肉身——现代性伦理的叙事纬语》（上海人民出版社1999年版）一书的影响过深？"伦理"一词到底什么意思？当代诗坛"伦理化地斥责批评家对于诗歌文本的'技术'研究的提倡"之"伦理化"其实依钱文亮的原意，换成"道德化"人们更容易懂。

　　德国哲学家阿多诺（Theodor Wiesengrund Adorno，1903—1969）曾分析过道德哲学与伦理学这两个概念的区别，他认为虽然道德和伦理都出自同一个词源"ethos"，但现在人们往往忽视道德和伦理中理应具有的社会关系和社会秩序的内涵，"伦理学概念实际上是把理应揭示任何一种道德

　　① 钱文亮：《伦理与诗歌伦理》，《新诗评论》2005年第2辑，北京大学出版社2005年版。
　　② 钱文亮：《道德归罪与阶级符咒：反思近年来的诗歌批评》，《江汉大学学报》（人文科学版）2007年第6期。
　　③ 参阅霍俊明《深入当代与"底层"的诗歌写作伦理》，《今天》2008年第1期春季号，总第80期，网址：http://www.jintian.net/108/contents.html。

或伦理问题的深刻思考的主题范围予以缩小而加以简单化了"。因此他反对用伦理学概念去代替道德哲学的概念。① 一般来说，人们常说的"伦理道德"应是"伦理"在前，"道德"在后，"道德"问题是"伦理"学的根本问题，"道德"是"伦理"概念的下属概念。"道德"是一些具体的可据操作性的生活准则和社会规范（其目的是为保护一种有意义的生活方式）。对我们这些学文学的人来说，觉得大家若是缺乏哲学家的功底，还是老老实实地回到"道德"的层面上来：我们来谈谈到底什么是文学的"道德"（写作的基本准则），而不是高深而朦胧的"伦理"。这虽是题外话，倒也是我们一贯的期待，希望我们这一辈人（"70 后"诗人或喜欢写批评的）不要一味追求创造新名词、追逐新理论的时尚，我们希望大家能认认真真地来谈论些问题。

其实放眼当代文坛，"底层"的逼压，何止诗歌界！小说界又何尝不是受困于"底层"的审判，到底何为"底层"？"底层"之于写作意味着什么？

这几年关于底层叙事炒得很热，占据了文学报刊许多的篇幅，也成为新闻媒体的一个热点。在相当数量的评论家眼里，底层叙事似乎也成了衡量作家道德的一个标尺。写了底层，就值得歌颂；对底层"熟视无睹"，似乎有辱作家这个称号。

……那些知名作家，读者圈也是越来越小，很多文学杂志发行量一年不如一年。于是，很多评论家开始求助于底层叙事。他们认为，文学的衰落是因为不写底层，甚至有些评论家将此提升到道德主义高度。可是，我一直怀疑，在作家人格普遍萎靡、精神基本缺钙的当下，他们写底层能写出什么？我们研究"文革文学"，其问题并不在不写底层，他们写的基本都是底层，可现在清点一下，有多少优秀之作呢？

事实上，只有理解了"底层"、熟悉了"底层"，并以自己过人的眼力思考了"底层"，然后才能写好"底层"。这里更需要的是作

① 阿多诺：《道德哲学的问题》，德国苏尔坎普出版社 1997 年版，第 26 页（T. W. Adorno, Probleme der Moralphilosophie；S. 10）。转引自谢地坤《道德的底限与普世伦理学》，《江苏社会科学》2004 年第 1 期。

家的"眼光"、"境界"与"思想"。鲁迅那一代人大都经历了底层生活,也有许多作家写了底层生活,但只有鲁迅、沈从文、老舍等少数人的作品成了经典。这里就有一个作家"精神主体"的问题,没有一个强大的丰富的"主体",你的"底层生活"再丰富,也写不出非常优秀的作品。

贾平凹无疑具备底层社会经验,可那是 1980 年代前的"经验"。阅读《秦腔》已经感到了他对底层生活的陌生,对今日农民的隔膜,难怪文本呈现得那样别扭。但可悲的是他不愿承认这一点……贾平凹新作《高兴》看了真让人无法高兴起来。不知为什么,这几年作家普遍对城市拾垃圾的农民工感兴趣起来,最著名的有余华《兄弟》,拾垃圾竟成了亿万富翁,蹲在镀金的马桶上,想象着坐宇宙飞船去太空了。《高兴》也是进城农民拾垃圾,想象力如此苍白,也是他们久处城里,养尊处优的结果。真正的农民工,农民工的真正生活,他们哪里知道?唯一让我们安慰的是他们都属于"底层叙事",可这样的"底层"又有多少价值?

当然,贾平凹们毕竟是农家子弟,小说中对农民的那份感情还是难能可贵。可是以他们今日的身份、地位及微妙的文化心理,他对城市拾垃圾者这个阶层缺乏起码的同情与了解,更不要说同呼吸,共命运了。因此,我们从小说中看到的是背尸回乡、卖血、卖肾、卖身、公安腐败、义救美人、仇视城市等烂俗的情节,而关于呈现这个阶层特质的细节却是最缺乏的。我们看作家后记,看到他为了写这个阶层,专门去垃圾村实地考察。一方面为作家的"敬业"佩服,一方面也感到一种悲哀。就这样去跑上几趟,也敢写这几十万字的小说。

鲁迅、沈从文、老舍、艾芜等现代文学史上的大家,他们并没有宣言什么"底层叙事",可他们那里有真正的"底层",有真正"底层"里的悲欢离合,迷茫与希望。我们从阿Q、孔乙己、华老栓、翠翠、祥子等人物身上,看到了一个民族的苦难、灾难、无尽的眼泪,也看到了一个民族的希望与未来。他们是真正的底层叙事,他们是真正懂得中国的底层,他们本来就是底层中的一员。我们现在的作家素养远不如他们,可那种优越感却是空前的。他们把自己放大成为一个"底层",甚至成为一个"民族",真正的"底层"和"民族"却被他们放逐了。

在文学创作中，我们更应该关注"创作"。托尔斯泰是贵族，他的创作题材也多写贵族生活，可你能说那里面就没有底层吗？玛丝洛娃等人物代表的不就是底层？《红楼梦》写的是四大家族，可那里面就没有底层吗？刘姥姥不用说了，那么多的大观园丫鬟不是底层吗？毋庸讳言，他们写的主要是贵族生活，可我们从这些作品中感受到的却是一种博大的情感，虽经风雨磨洗，仍不失其灿烂光辉。

底层写作并不因为"底层"而具有天然的道德光辉，写作也不因为没有"底层"而缺少什么，关键是"写作"，是写作者的精神、魂魄。没有思想、精神、境界的写作，不管你写的是什么，照样是一地碎片，照出的是作家凌乱的萎靡的人格。我们更应该关注的是作家本身，是他们的底层关怀、人文情怀，而不仅仅是"底层写作"之"底层"。①

此文是近年来看到的对"底层"发言一篇很有见解很有力量的批评。当代中国小说的失败可能与许多作家轻信"底层写作"有关。贾平凹的《高兴》我们没读过，不敢置喙，余华的《兄弟》倒是看过，我们觉得《兄弟》在余华的小说中质量并非上佳，如果你看过从《十八岁出门远行》以来余华所有的小说的话②。余华的失败可能在于他没有像过去那样写自己熟悉的生活、能写的生活，现在常常为了自我想象中的某类潜在读者、文学市场之需而写作，结果是：确实有大量初接触文学的人觉得《兄弟》很有趣，但对熟知余华的人，觉得曾经几乎作为当代中国最优秀最有人气的小说家的余华现在令人很失望。另一位令人失望的小说家恐怕是刘震云，他写农民工的小说《我叫刘跃进》哪里是类似于《一地鸡毛》那样的"底层"文学，他反映的是作为贺岁影片编剧进入北京上层社会的刘震云所看到的北京"黑社会"。写不写"底层"成了当代中国文坛一个有关"道德"的问题，那些不写"底层"的人似乎有不关怀民生之嫌。这是当代中国文学的一种奇怪的写作的"道德"。

"底层"到底是什么？是社会学意义上的还是写作意义上的？如果

① 杨光祖：《底层叙事如何超越》，《人民日报》2008年1月17日第11版"文艺评论"。
② 笔者读余华的小说最初是中短篇小说集《河边的错误》（长江文艺出版社1992年版），然后是短篇小说集《偶然事件》（花城出版社1991年版），其时应是1993年、1994年。

"底层"文学就是要写农民工生活,那么"文化大革命文学"算不算?因为"文化大革命"小说的许多主人公就是贫苦农民,越贫苦越值得写。如果"底层"文学就是要写打工生活,那么鲁迅的《阿Q正传》算不算?因为阿Q就是一个四处打工的人。这样看来,同样面对"底层",能不能写出好作品,取决的是写作方式、作家的内心境界,而不是"底层"本身。"写作也不因为没有'底层'而缺少什么,关键是'写作',是写作者的精神、魂魄。"写作的"道德"不是有没有写"底层",而是写作者对待世界的方式、是对文学写作作为一种感觉自我与想象世界的特殊言说方式的自觉意识、是"写作"本身。

我们不知道那些口口声声关怀"底层"的人到底如何理解"底层",唯有郑小琼这样的"外来务工人员"才是"底层"?相对于如卡夫卡所描述的"城堡"一样的现代工业体制、文化体制,时常感到自身之失败、屈辱的我们是不是"底层"?也许你的精神品性使你不会有这种面对工业体制和文化体制的受压迫感,但每个人,归根结底谁不面对着内心的恶和难以战胜的死亡之压迫?在这个意义上,谁是得胜者?谁不是"底层"?对于写作而言,如果仅仅"底层"理解为社会学意义上的底层,其实也就是新的题材决定论、题材等级论。写作的"底层"一定是超越题材的、触及生命的根本问题之所在。

三 当代诗歌写作和阅读上的道德化倾向

回到诗歌上来,作为社会学意义上的"底层"我们当然要关怀。"打工文学"、"打工诗歌"中当然也有一些值得一读的作品,如郑小琼和谢湘南的某些诗(也很奇怪,安石榴、潘漠子、余丛、王顺健等一些更早、更有实力的"打工"诗人为什么人们不再提起,是因为他们如今已经比较富裕、进入了中产阶级),不过,如果暂且不谈个人性的某些诗歌文本(其他当然不乏优秀之作),且将"打工诗歌"如今被"主流文学"如此激赏当作一种文学现象来看的话,我们会发现:将文学的"底层"意义等同于记录、描述、书写社会学层面的"底层"生存状况,以一种道德化的尺度完成对很多诗作的评价,在当代诗坛早已成为积习。

下面这首"著名"的诗作出自女诗人阿毛,叫作《当哥哥有了外遇》,此诗最初发表于 2002 年第 3 期《诗歌月刊》,据诗人自述,此诗入选了当年诗歌精选的四种版本。不仅如此,此诗还"引发中国诗坛关于诗歌的讨论,《当哥哥有了外遇》因其'新鲜的口语和锐利的锋芒'等被卷入'新诗有无传统'的争议中。吴思敬认为阿毛引起争议的《当哥哥有了外遇》揭示了社会普遍存在的现象,揭示了主人公在遇到重大的家庭变故时心灵起的波澜。叶延滨强调阿毛引起争议的《当哥哥有了外遇》具有现实主义精神……""由此,阿毛的名字及其作品频繁出现在全国众多文学期刊、新闻媒体和大学讲堂上,被评论界称之为'阿毛现象'。……此争议从 2003 年 5 月一直持续到 2004 年底。被相关媒体称为'2004 年最重要的诗歌事件之一'。同时,认为该诗为诗歌怎样贴近现实、贴近生活、贴近群众提供了很好的范本,具有很大的研究价值。"①

> 绝不是绯闻
> 但的确是灾难
> 当哥哥有了外遇
>
> 谁都不会想到
> 他会在亲戚朋友中扔进一颗炸弹
> 以前他老老实实
> 爱妻怜子
> 在亲戚朋友中有口皆碑
>
> 谁会想到他
> 会为一个比他小了十五岁的女孩子
> 丢了工作
> 妻子和十七岁的儿子
>
> 在家里他成为一个
> 被极力挽留的躯壳
> 在亲人中他成为一个谎言

---

① 这两段话来自 2007 年 11 月 10 日的"阿毛作品讨论会"及会后的会议综述。

他不回头了

他成了一个我们不认识的人
没有亲情，没有手足
有道德和秩序
他完了

他把爱这把火烧过了头
烧到他自己的身上
他妻子的身上、孩子的身上
母亲的身上
和我们兄弟姐妹的身上

嫂子的头疼又犯了
侄子的自闭症更厉害了
母亲的血压升高了
亲人的脾气给惹恼了

我在小说里写过很多
外遇的烦恼
但别人的外遇
没有哥哥的外遇让我心烦

对于现实中活生生的一次
我早已不用笔去杀它
而是用一个妹妹的嘴
吼着，去死吧，你

这是一个严重的事件
严重到成为一个灾难
我并不想当一个道德裁判
只想当一个杀手

吴思敬、叶延滨等都是当代文坛德高望重的诗评家，得到他们的嘉许当然值得欣慰。不仅如此，年轻的批评家亦高度评价此诗，有人认为它"是近年来少有的优异的'口语'诗作……这首诗关注的是个人的经验和富有成色的语言事实，揭露了来自俗世反面的真实黑暗。诗人在语感的自然充溢的流淌中升腾起另一种有意味的具有'背后的黑暗'的阔大场阈和审美生成空间……它极为切骨地楔入时代，在非诗的时代展开了诗歌的努力和可能……无情地撕下世俗最后虚伪的面纱……诗不可避免地要介入时代、当下，用诗人自己的'来自良知的共和国'和'粗暴的公共世界'进行较量。"① 在这样的拥护声中，阿毛自己也非常自信："我从不质疑为什么有不少人说这首诗写得好，也不奇怪它为什么入选了 2002 年诗歌精选的四种版本。这首诗的力量太强大了，强大到你任何时候看，都觉得不能置身事外。这正是这种内容的诗所需要的力量，也是我想达到的效果。"②

但事实上这首诗真有那么好吗？其实不用多说，你就从那些伟大的诗评家们已有的评语中就看到此诗到底有什么：揭示了……现象、有"现实主义"精神，甚至为"诗歌怎样……贴近群众提供了很好的范本"……真不知道这样的评语是褒扬还是批评。这首诗所有的，无非以"口语"的方式（连这一点也成了莫大的优点）讲述了一个男人逾越道德边界的事件，女诗人最后说自己"不想当一个道德裁判"，但她的心态比"裁判"更直接："杀手"——刑罚的执行者。当一首诗人们只能以"内容"来讲述它的时候，这首诗在"诗"的意义上其实是空洞的，它除了复述一个事件之外、吐露了一个女性对男性的道德越界的极大愤懑还有什么呢？它到底有哪些东西是"诗"的，那些揭示了……现象、"无情地撕下世俗最后虚伪的面纱……"之类的价值期许，如果让小说、散文等其他文类来完成是不是更好（事实上，包括很多打工诗人的写作，在他们写自己艰难的打工生涯的文字中，其实更能够触动人的还是散文和小说，甚至由于小说的难度，他们最值得一读的文字其实还是散文，那些早期打

---

① 霍俊明：《真实的黑暗来自俗世的反面——为〈当哥哥有了外遇〉而辩》，《诗刊》2004年第 6 期。

② 《呼啸的子弹——兼谈〈当哥哥有了外遇〉这首诗的诞生》，《诗刊》2004 年第 6 期。

工阶层的生活史有着对现代化中国的另一面有最深刻的剖露，他们的文字在抒发这种最个人化的、最原发性的情感、经验时也显得自然、动人。诗歌确实有自己的言说方式，仅以道德化的情感加上"自然流露"的方式写不好诗)？

其实我们并不是在否定阿毛的诗歌写作，我们觉得阿毛作为一个女诗人，她有不少不错的反映女性生存困境、独特的个人经验的作品（如《女人辞典》、《献诗》、《午夜的早安》、《时间之爱》等诗），但这一首《当哥哥有了外遇》绝不是什么佳作（哪怕她自己都这样以为），我们想否定的是当代诗坛那种以题材、以时代性的"内容"来判定诗歌价值的低劣作风（这种作风必然产生对语言的通俗化要求，高度评价"口语"也就很自然，口语本身若无在特定文化语境中的创造性，有什么值得表扬）。其实从时代性的"内容"这一角度，此诗又揭示了什么呢？对亲人的"外遇"表示极大不满，这是正常的道德反映，人们之所以欢迎此诗，只不过此诗迎合了人们在道德认知上的"固定反应"。若从"内容"层面真的将文学定义为一种"切骨地楔入时代"的言说，这种常识化的言说有何新意可言？它真的那么激动人心？《当哥哥有了外遇》一诗，其本质上是道德化地书写了时代的一种普遍心理，然而在文学上，它未必是"道德"的，因为它违反了文学的某种规则（更深地认识生活）。

在此诗备受关注颇受好评的同时，我们也看到另一种现象：那些不符合人们在道德认知上的"固定反应"的诗作却很容易受到误解以致诋毁。迄今为止，人们对于"下半身"诗歌写作，大多持批判态度，遗憾的是：这些批判很大程度上是针对诗歌"内容"层面的不"道德"成分。姑且不说诗歌的价值往往在于语言和形式对经验的独特处理，至于到底是什么样的"经验"，也许不是评价一首诗的首要问题。其实，像朵渔、尹丽川等诗人，他们在处理一些为人诟病的性爱题材时，诗歌的语言和情境往往散发着真切而充沛的"感性"，在阅读中读者确实能感受到某种身体或心灵"在场"的触动。在一次新世纪华文诗歌国际研讨会上，有一位批评家点名批评尹丽川的《为什么不再舒服一些》一诗。我们以为会听到什么新鲜的见解，竖起耳朵，听到的不过是控诉此诗的"不道德"：

哎 再往上一点再往下一点再往左一点再往右一点

这不是做爱　这是钉钉子
噢　再快一点再慢一点再松一点再紧一点
这不是做爱　这是扫黄或系鞋带
喔　再深一点再浅一点再轻一点再重一点
这不是做爱　这是按摩、写诗、洗头或洗脚

为什么不再舒服一些呢　嗯　再舒服一些嘛
再温柔一点再泼辣一点再知识分子一点再民间一点

为什么不再舒服一些

　　也许这首诗真的以性爱记忆为出发点，在某些读者看来，确实"下流"，甚至愤怒：当代诗歌怎能如此"无耻"？但从诗的具体意象和情境出发，可能你想象到的绝不仅仅是做爱的细节和情境。作者对于诗作的性爱想象也故意地亦紧亦松若即若离，对那些热衷从精神道德角度进入诗歌的读者进行了不懈的挑逗。诗人将日常生活（"钉钉子"）、政治命题（"扫黄"）、身体需求（"按摩"）、精神需要（"写诗"），甚至将刚刚发生的诗歌界的那场论争都放在做爱的情境中一并戏谑。"再舒服一些嘛"，这种类似于呻吟的软语，指向这个时代的文化症状的力度却是尖锐的：为什么一切都这么"小资"？什么"文化革命"、诗歌写作、"知识分子写作"和"民间立场"……为什么不再彻底一些？借助于"做爱"场景的想象，诗人可能传达的是自身对这个时代某种中庸、苟且的精神状况的不满和嘲弄。

　　整个"下半身"写作，其实就是年轻的一代人渴求摆脱现存文化观念和审美形式的束缚，追求"身体"、"感性"上的"舒服"的运动。在性爱的题材中，有些诗人还是裹挟进许多重要的时代问题和历史记忆，呈现出许多独特的想象和复杂的经验。在那些"不道德"的写作中，恰恰透露出某种写作的真谛。而对这首诗的不同评价也告诉我们：以通常的社会生活道德标准进入诗歌，只会对诗歌内在的隐喻性、内部所包含的复杂意趣视而不见。

四 什么是写作的"道德"?

当代文学写作和阅读上的道德化由来已久,与这种道德化的认识模式相对,到底什么才是文学的"道德"?写不写"底层"是文学的"道德"?以想象的方式描述出某种通常的理性、道德、良知是文学的"道德"?那些在文学写作中追求理性、道德、良知的人其实对文学的性质也许还不甚明了,作为人类生存的一种精神方式,在写作中追求理性、道德、良知当然没错,但我们一定要意识:一是写作的目的是不是为了这些?二是写作能不能做到给出人类真正的真理与良善?我们相信文学的本职工作是人类精神、自我意识探寻的一个重要环节:在对自我的敏锐感觉和对他人的爱与体味中、在对世界的观察与想象中更深地认识人自身,若无这种深度认识,不明白人的可能与有限,你也无法看见真正的真理与良善。一个对自我缺乏感觉、对世界缺乏想象且很难真正认识人与世界,他所看到的真理与良善是可疑的。以写一种狭隘的"底层"为写作"道德"的人,如上面那篇谈"底层叙事"的批评说的那样:有时可能是"把自己放大成为一个'底层',甚至成为一个'民族',真正的'底层'和'民族'却被他们放逐了"。

何为"底层"写作?何为写作的"道德"?这里我们看几首诗,不是说这些诗有多好,而是这些诗中竟然如此这般谈论"道德",我们希望那些喜欢从通常的道德角度进入诗歌的人不要在这些诗面前疯掉:

> "爱情才是婚姻的坟墓。"昨晚,我与修文、小阮
> 达成了这样的共识
> 我们在昏暗的灯光下剖析自己
> 一斤马奶子酒很快就喝光了
> 两位女士插进来,不恋爱,只调情
> 已婚的人仿佛未婚
> 死过一次的人显得神采奕奕

这是张执浩的《在青年旅馆》(作于 2007 年 3 月 9 日),这首诗的道

德观念似乎是《当哥哥有了外遇》的反面：夜生活、"不恋爱，只调情"、令人憎恨的"外遇"其实正来自这类场景……但如果把写作的意义初步界定为对生活的真实呈现与深度思忖的话，此诗至少有两个优点：一是在客观描述中隐喻精神状态（"已婚的人仿佛未婚/死过一次的人显得神采奕奕"），充满语言与具体情境的趣味；二是这首诗在一种对话的情境中陈述了一个令人意外的主题——"爱情才是婚姻的坟墓"，这句话不是诗中的某个人说的，而是"共识"，它仿佛是诗中之外的某人说的：这是一种时代之音——"不是婚姻是爱情的坟墓，而是爱情是婚姻的坟墓"，什么意思？其实此诗反映的"爱情"在这个时代的嬗变，这里的"爱情"已不是带有永恒意味的"爱"，而是肉体意义上的"欲"，"爱欲"（即 Eros）。是这种缺乏永恒之念的"爱欲"毁坏了曾经的"爱情"。看起来这首诗是在"不道德"地陈述一种时代风尚，它其实在坚持了一种写作的"道德"：真实地呈现，充满趣味的描述，深度地剖露。相对于那些陈旧的道德主题，这首诗是一个否定，但正是在这种否定之中，诗作含有对"传统"的爱的主题的忧虑，其实是"正—反—正"之后的肯定，它无疑比那些正面维护传统道德的诗作更令人深思，那种诗歌写作既没有深入道德，也浪费了诗。

张执浩还有一首大谈"道德"的诗，题目竟然叫《无限道德的一夜》（2007 年 5 月 9 日作），"无限道德"是什么意思？"我想这样转述昨天凌晨的一幕——/三男两女/在夜宵摊旁谈性/三个已婚男人，两个 K 厅小姐/在一盏 100 瓦的灯泡下谈论性爱、婚姻和家庭//我想这样描述当时的情景——/风吹塑料纸/酒精麻痹了生殖器//我还想这样说：'哪儿也去不了的人，请到/夜里来，学习/怎样过道德的夜生活。'"在流水线上辛苦劳动的人是"底层"，那些在深夜的街头寻欢买醉的人就是纨绔子弟、资产阶级、堕落阶层？在深夜无边的大排档，男男女女手握空洞的酒杯，交谈着关于"性"的内容，街道空空荡荡，"风吹塑料纸/酒精麻痹了生殖器"，不知这样的时代场景的描述算不算"底层"？而在张执浩两年前的一首诗中，也有关于"道德"的思忖：

> 三月有大雪，也有新枝
> 我有漫长的一日
> 在湖畔沉睡，梦见一条蚯蚓

用力将自己挣断成两截

阳光射进内室,你蜷在角落里
身边放着哑铃、啤酒、扑克
一首结不了尾的诗在冒热气
还缺一个动词,缺一根火柴
取代那盏不存在的神灯

湖面干净,湖上不见人
你先是雪人,然后是蓓蕾
柳枝天天在绿
一场细雨落在后半夜
洗白了春天的小牙齿

是时候了!应该想一想
你和我,不是我们
应该谈一谈道德,这个庞然大物
的肉身,此刻它松松垮垮,像
一条洗后挂在铁丝上的纯棉内裤

附近有机场,有从天上下来的人
脸上带着笑意,而准备上天的人
正好相反

张执浩近年来的诗充满着对自我的怀疑、否定与决断,他一方面呈现暧昧的生存与生命状态,另一方面对生存与生命作为判决。他的诗的意趣不像以前那么复杂,现在看来趣味与力量都很容易把握。此诗叫作《不道德的春天》(2005年4月2日作)。多次以张执浩为例,不是说张执浩是我们这个时代的道德标兵,只是以他为例而已,来"谈一谈道德,这个庞然大物……"来谈谈我们这个时代的写作问题、道德问题、诗歌问题。"……从天上下来的人/脸上带着笑意,而准备上天的人/正好相反",那些真理在握的人,踌躇满志;而追求真理的人,却忧心忡忡。我们时代的问题没有那么简单，写作的事情任重道远，"底层"应是达到人心深度、人性底里的底层，而不仅仅是社会学意义上的某种群落、某种生活状态。

文学不是道德的传声筒，更不是宗教、信仰本身，文学就是文学，文学有自身的职能与限度，它能更深地帮助人认识自我和想象世界。文学不是一个人得救的根本，但好的写作方式一定能有助于一个人寻见真理（是"有助于"，而不是"必然"）。好的写作是人通向真理的中介（与之相反，有一种写作使人直通死亡与地狱）。对于写作而言，也许合适的方式是不以常规的理性和道德看待人性和世界，注重自我感觉和对世界的想象，注重内心那个罪恶的律与良善的律的痛苦争辩，发现问题、发现美，呈现一个新的感觉世界和认识图景。对于写作而言，也许需要发现和呈现的地域是"无限"的，写作的道德也可以说就是一种"无限"的道德、"不道德"，"不道德"才是写作的"春天"。张执浩的诗歌写作方式应该可以为关注"底层"的"70后"诗人提供一种关乎诗歌本体的思路。

第 七 章

女性经验与诗歌写作:关于诗人阿毛

一 "女人辞典":"创痛的经验"

西方"女性写作"的主要倡导者埃莱娜·西苏（Helene Cixous，1937— ）曾认为"妇女必须写作，必须写自己，必须写妇女……妇女必须把自己写进本文——就像通过自己的奋斗嵌入世界和历史一样"①。女性通过"写作"把自己"嵌入"世界和历史，是一个有关创痛的故事，这个景象类似于"陈列在修道院廊内镶着边框沾着血迹的床单"。在《〈空白书页〉和女性创造力问题》一文中，苏珊·古芭（Susan Gubar，1944— ），这位美国著名的女权主义批评家曾谈及女性写作的两个特点："首先，许多女性把对于自己身体的体验感受作为唯一可用来造就艺术的媒介，因而大大缩短了女艺术家和艺术的距离。其次，女人身体所提供的一个首要的隐喻是血，它最能引起共鸣，从而文化创造力往往表现为对于创痛的经验。"②我觉得苏珊·古芭这段话有这样的意思，一是女性天生对自我与世界敏感，她们的言语、行为很容易与艺术沾边；二是她们的艺术往往牵连着女性的创痛经验。

---

① ［法］埃莱娜·西苏:《美杜莎的笑声》，黄晓红译，张京媛主编:《当代女性主义文学批评》，北京大学出版社1992年版，第188页。

② ［美］苏珊·古芭:《〈空白书页〉和女性创造力问题》，韩敏中、盛宁译，王逢振、盛宁、李自修编:《最新西方文论选》，漓江出版社1991年版，第289—290页。

对阿毛的阅读有必要从她的《女人辞典》一诗开始的，此诗亦是阿毛诗集《我的时光俪歌》（武汉出版社 2006 年版）① 的开篇之作，具有"从此出发"的意味，既关乎"女人"，且蔚为"辞典"，赫然是一部当代女性的成长、创痛与超越之书。这也让我们不得不从"女性写作"这一范畴来谈论阿毛的诗歌写作。《女人辞典》写作时间标注为"2001 年 3 月 8 日"的诗作，明显带有对女性诗歌写作的某种象征意味，这是一次个人的历史回眸，更是生命中的一次事件，是自身的成长史和女性命运的思忖，亦是性别身份、命运的自我辨析，是一次超越性的生命想象：

> 暗夜里的种子怎样变成一个花骨朵？
> 或者说女人的命运怎样由女孩开始？
> 她，生来就不同于他。被叫做
> 夏娃或女娲，一开始
> 姓名中的偏旁就是性别。
> 没办法改变的不仅是
> 身上的那朵深渊。
>
> 最初是多么纯洁与优雅，
> 芳香和美丽也簇拥而来。
> 同样也没有办法拒绝，都说这是幸福
> 不是灾难。可是身体成熟，
> 灵魂也在长成。有什么办法呢？
> 仿佛不经意中一切都来了：
> 先是弯的眉，红的嘴，长的头发；
> 然后是浅的笑，淡的忧，轻的叹息；
> 一双茫然的眼睛，一朵不测的花。
> 多俗的比喻，可永远只有俗
> 才切中现实。我想说的不是花
> 而是她的芳香与美丽，还有

---

① 除此诗集外，本书的资料来源主要有《旋转的镜面》（海风出版社 2006 年版）、阿毛的博客等。

必然的怒放与凋零。

……

麻烦并不是从闹肚子开始。伤怀

却从一朵花的怒放开始。

所有的教育都让她开成一朵花

既要美丽又要带刺。

可她并不想伤害爱人

……

　　"暗夜里的种子怎样变成一个花骨朵？""没办法改变的不仅是/身上的那朵深渊。""都说这是幸福/不是灾难。可是身体成熟，/灵魂也在长成。""不经意中一切都来了"、"她的芳香与美丽，还有/必然的怒放与凋零"……女性成长中的惶恐与不安、身体的疼痛与权力话语对生命的辖制……这些美丽的诗句饱含具有普遍意义的女性成长经验，也印证了苏珊·古芭说的那个"血"的隐喻：女性的"文化创造力往往表现为对于创痛的经验"。

二　"午夜的诗人"：性别超越与写作焦虑（上）

　　然而，阿毛的"女人辞典"里并不只有女性之柔弱与伤痛，她没有将自身的文化创造力完全依赖于女性的身体的呈现及对男性、男权的反抗，相反，在她的"辞典"里，她表现出一种女性写作者少有的"坦然"与担当：

……

而她一开始就是母亲。

经验告诉她：

只有爱与劳作才会幸福。

皱纹提醒她不能在镜中居住，

更不能住在花瓶里和神话里。

她只能让不灭的激情

> 在母性里沉睡……
> 醒来眼中的泪水，像晚星
> 提醒黄昏。
> 她放下武器，坦然的姿态让时光
> 也不能与之为敌。
>
> 因为，她从来就不是花瓶，
> 也不是插图。却成为
> 一首永远读不淡的诗。
> 一些顺流而下的句子，
> 里面住着男人、女人和爱与责任。
> 一年一年，孩子大了，爱人老了，
> 她终于发现：
> 原来天这么近，地这么亲。
> 她凋零着，让灵魂最终跨出肉体
> 还原成来处的一朵花，
> 或一只鸟，栖息在时间里。

"让灵魂跨出肉体……栖息在时间里"，阿毛在这里表现出了一种超越性别、超越肉体的生命态度，她对生命有更高的期许，不管你"看不看，她终是要飞翔"，人们"只说她很美。但不知道她比/我们看见的更高更美……"

那比"我们看见的更高更美"之处何在？对于阿毛而言，在诗歌写作之中。"诗"与"写诗"是诗作中极为常见的词语与意象，这一现象在当代诗人的作品中其实已经很少见。但在阿毛的诗作中却随处可见。阿毛以对"诗"的价值期许和对"写诗"的神圣期待完成了自身人格的超越性想象，她把自己视为一个"午夜的诗人"，在对世界的"午夜"想象中，诗人犹如漆黑的时代的持灯者，照亮了世界的一隅，也温暖了自身，诗歌是她对抗世界的"武器"，亦是安顿心灵的"家园"：

> ……
> 所以，物质取代精神的桂冠成为王者；

妓女取代良妇成为男人的新宠；
一些丑闻取代佳话成为津津有味的谈资；
一个作家的知名度在提升一本坏书的印数，
或者一本邪恶的书在提高一个作家的知名度。
世界变化是如此快，快得让浮躁的人
失去标准，让物欲的人也不去细想：
身体在床上和在刀刃下的区别？
灵魂在中午和午夜的区别？

这是诗，这是诗人？你说，
然后看到一些怪异的眼光，问：
你说的是怪物还是疯子？
偶尔会有可怜的问询——
诗是什么？诗人又是什么东西？
是的，诗和诗人又是什么东西呢？
要做一个好诗人就要少问一些傻问题，
多看一看这样的话——
"如果你始终在写诗，你就是一个英雄，
你将流芳百世，你就将赢得历史的尊敬。"

在午夜，我读到西川的这句话，
像一个战士杀敌前找到了武器。
我一直在寻找，
为流浪的身躯找一个依靠，为心找一个家园，
……

这是阿毛另一首长诗《午夜的诗人》（2001 年 5 月），在这里，诗人甚至认为诗歌的力量可以胜过西西弗斯面前那要命的石头："你可以不相信西西弗斯，但一定要相信，/诗能一次又一次地把石头推向山顶。"阿毛对诗歌的力量如此崇尚，对自己如此坚信，"在诗歌际遇不好的年代，我仍然/活成了一首好诗"（《我和我们》）。她把诗歌视为生命中最重要的事物："毫无疑问，我爱诗，/我只爱诗，/只爱了时间可爱的部分。/我

想，我不能再爱别的/……"① 我们可以说这样的诗歌写作显示出一个女诗人在这个时代其性格的坚毅与品性的高洁。这是阿毛作为诗人、作为女性写作者的独特形象，她的出众之处与写作上的问题也正是彰显于此处。

虽然女性的文化创造力与创痛经验密切相关，但阿毛诗歌写作的意趣主要不在身体的呈现及女性与男性话语、男权世界的对抗，她的心思意念从身体呈现、性别对抗的模式早早转移到自我与时代之间的龃龉，虽然她知道"什么能让一个女作家走红"、一个女人"在什么年代都有卖点"（《我和我们》），但她仍然坚持：诗是自我与世界的一种拯救。阿毛有多首与"午夜"、"夜半"有关的诗，除此之外，"物质取代精神"、"物欲的人"、"文字被物欲浸泡的年代"、"灵与肉的战争"等印象与意象也经常出现。在韩作荣先生赞赏的《由词跑向诗》（2002 年 6 月）一诗中，阿毛直言："在物质的温床上滚过之后，写诗是可耻的；/在物质不屑的角落里，写诗却是悲壮的。"这些诗作也反映出她个人对世界的判定：这是一个世界之夜已至"夜半"的时代。

在海德格尔（Martin Heidegger，1889—1976）曾将这样的时代命名为"贫困时代"，并由此提出了曾让当代中国无数诗人揪心不已的问题："诗人何为？"在海德格尔看来，当今世界，诸神逃离，上帝缺席，"神性之光辉也已经在世界历史中黯然熄灭……世界黑夜的贫困时代久矣。既已久长必会达到夜半。夜到夜半也即最大的时代贫困。于是，这贫困时代甚至连自身的贫困也体会不到。"② "可悲的是，尽管有无尽的痛苦、难言的苦恼，莫名的烦扰，有不断增长着的骚动不安、不断加剧的混乱，人们却竟然还悠然自得地去追逐、占有、利用物质世界。"③ 这也许是阿毛常常在"午夜"、"夜半"写诗、对时代的技术化商业化物质化愤懑不已的原因。这种愁烦与决绝也反映了阿毛的价值取向和心灵的某种品性。

很坦白地说，从生命的价值和心灵的清洁之角度，我们很欣赏阿毛的心态与言语。她虽身为女人，但却没有走女性写作的反抗男权的普泛之路

---

① 语出阿毛作于 2005 年 11—12 月的组诗《时间之爱》中的一首《爱诗歌，爱余生》。"爱诗歌，爱余生"，这一既有谶语亦有安慰之意味的诗句，曾让《诗歌月刊》主编王明韵先生感慨不已，他甚至戏言此诗"给了他在绝望时活下去的勇气"。

② ［德］海德格尔：《诗人何为》，孙周兴选编：《海德格尔选集》（上），上海三联书店 1996 年版，第 409 页。

③ 刘小枫：《诗化哲学——德国浪漫美学传统》，山东文艺出版社 1986 年版，第 127 页。

与自怜自恋私人生活窄胡同,她明显焦虑于时代的病症,并在写作上努力展现出对时代、对自我的感受与寻思。在这一点上,我们觉得阿毛超越了许多女性写作者对男性的对立情绪和对人、世界的问题的简单化理解。

三 "午夜的诗人":性别超越与写作焦虑(下)

波伏娃(Simone de Beauvoir,1908—1986)在《第二性》的"结论"部分有一段话:"实际上,和女人一样,男人也是肉体,因而他也是被动的,也是他的荷尔蒙以及物种的玩物,也是被欲望弄得坐卧不安的猎物……他们都以某种方式经历了化为身体的那种陌生而暧昧的生存,在她们认为相互对抗的那些斗争中,实际上每一方都在同自我做斗争,都在把自己所厌恶的那部分自我投射到对方当中;每一方都不是在体验他们处境的暧昧性,而是在想让对方容忍那可怜的地位,把尊严留给我。然而,如果双方都以节制态度去接受这种暧昧性,相互都保持真正的自尊,他们就会彼此视为平等的人,就会和睦地去体验他们的性爱戏剧,和使人们相互区别的一切特质相比,我们都是人这个事实有着无限的重要性:优势绝不是既定存在赋予的:古人所谓'美德',其定义在某种程度上'取决于我们',两性当中表演着同样的肉体和精神、有限和超越的戏剧:两性都在受着时间的侵蚀,都在等待着死亡,他们彼此对对方都有着同样的本质需要,而且他们从自身的自由当中可以得到同样的荣耀。"①

也许这段话有这样的意思:男人其实和女人一样,共同面对的是"自我"、"欲望"、"肉体"、"死亡"和"超越"等人之基本问题;两性关系若处理好,男人和女人都能从对方身上获得幸福与荣耀。男人不是女人的敌人,推翻男性统治并不能推翻世界,打到男性也不能就此解放自我。世界与人的堕落皆来自人里面的共同的根本的问题,这一问题作为人的一种性质,其行为表现在阿毛的诗中随处可见:人不再会爱,也不再为内心的不洁而羞耻、喧嚣代替了静默、对物质的攫取欲取代了对精神桂冠的深思……

---

① [法]西蒙娜·德·波伏娃:《第二性》全译本,陶铁柱译,中国书籍出版社1998年版,第551—552页。

这是阿毛诗歌的力量之所在，也是阿毛作品的诗意的根源，它在人寻求真理、渴求良善的向度上获取了许多人的心，阿毛的诗歌在此意义上非常值得一读。但阿毛诗歌的问题也在这里，由于太动情于时代的精神状况，她许多时候忽略了诗歌是用"肉体"说话的，忽略了诗是一种特殊的言说方式。在诗歌精神的高洁与某些诗作言说方式的直露之间，阿毛的诗歌呈现着一种矛盾、一种女性写作的焦虑：面对急剧变化的世界，女性如何以个人化的方式介入世界、呈现历史？如何让诗歌既言说世界又不失自我身份和个人化的写作特征？显然，这不仅是阿毛的诗歌问题，这也是当下的女性写作的一个普遍问题。我们需要探讨的是，若认同世界之夜已至"夜半"，在此时代的焦虑之中的女性诗人如何通过写作更真实地介入历史、呈现世界和言说自我？

诗歌是用"肉体"说话的，此"肉体"当然不是指女性的美妙身躯，而是指现代诗的说话方式。现代诗的重要技巧是抒情的知觉化、感觉的肉体化——诗歌不是感觉、情绪的发射器，你的感觉、情思应当经验化地表达出来，让人具体可感、若有所思；应当被肉体化地表达出来，让人感同身受且陷入更深远的想象。其实对于女性写作，它更有独特的"肉体化"的资源与优势。埃莱娜·西苏曾赞叹女性的写作："真正打动我的是它们无限丰富的个人素质：就像你无法谈论一种潜意识与另一种潜意识相类似一样，你无法整齐划一、按规则编码、分等分类地来谈论女子性特征。妇女的想象力是取之不尽用之不竭的，就像音乐、绘画、写作一样，她们涌流不息的幻想令人惊叹。"[1] 法国女权主义者尚戴尔·夏瓦伏在其《语言的肌体》一文中也认为，女子的语言和真正女性的写作实践将清晰地表现肉体："为了使书重新和肉体和快感建立联系，我们必须使写作非理智化……这种语言发展下去不会退化、干涸，不会回到不近人欲的学究气——为我们所不屑的奴性十足的话语。"[2]

女性写作的优势是以丰富的"潜意识"想象和某种"非理智化"语言来言说个体的感觉、经验，在这种独特的言说中展现自我与世界的真

---

① ［法］埃莱娜·西苏：《美杜莎的笑声》，张京媛主编：《当代女性主义文学批评》，北京大学出版社 1992 年版，第 189 页。

② 转引自［美］伊莱恩·肖沃尔特《荒原中的女权主义批判》，韩敏中译，王逢振、盛宁、李自修编：《最新西方文论选》，漓江出版社 1991 年版，第 267 页。

实，这种"潜意识"想象和"非理智化"语言是女性在写作中的优势，决不能丢弃，不然就是扬短避长。当阿毛在表达她对世界的遗憾、对自我的坚守和对诗歌的崇敬之时，她很容易陷入一种自我心态的直白与对时代的判断之中。前面提到，她的诗歌中常常出现"诗"、"写诗"这种元诗歌的危险意象，对世界的判定常常在"灵与肉"、物质与精神的对立中下结论，甚至多处以"物欲"一次来标签此世界的属性。应当说，诗歌是以感觉的呈现和想象的展开来说话的，对现实的判断与承担不是不应当，而是不应当如此直接、如此简约人与世界的复杂性。

四　"午夜的私语"：以女性经验想象世界

在这种浪漫主义化的情感喷发中，阿毛有时甚至忘记了诗歌最基本的规则：诗是以简练的语言和美妙、整饬的形式来言说个体的感觉、经验，以期在与读者的交流中获取更大、更复杂的意蕴空间。诗不是简单给一种存在状况下断语，而是努力将这种状态呈现出来让读者去想象。诗集《我的时光俪歌》中的《往事是一面不碎的镜子》、《人生是一种受伤的婚姻》、《飞蛾是一种自杀的光芒》、《世界是自言自语的盲者》等作品也许在某些读者眼中视为美，但在我们看来，这种格言警句化的写作犯了现代诗之大忌。

有学者曾以翟永明为例谈及当代女性写作需注意的一些问题，他说翟永明的诗"并不从一个先验的或理念化的女性主义立场出发，而是通过比较自觉的性别意识观照，寻求女性身份的这个认同，敞开历史与现实的女性境遇，展开女性的文化想象。她的诗歌与过去多年的女性诗歌不一样，过去的许多女诗人遵循的是男性的话语成规，顺从男性读者的趣味，承认男性批评派给她的角色，写优美的感伤的精致的抒情。但翟永明不一样，翟永明真正进入了女性的自然感觉世界和心灵世界"[1]。"……翟永明始终在躲闪女性主义的狭隘性，她想发挥的是女性性别的优势，而不想成为一个愤怒的玛杜莎。她说过，她追求的是'通过作品显示女性的能力

---

① 荒林、王光明：《两性对话——20世纪中国女性与文学》，中国友谊出版社 2001 年版，第 248 页。

和感受，并试图接受艺术最为深刻和广泛的问题——人类普遍的命运及人生价值'。"① 这里并不是比较翟永明和阿毛各自写作的优劣，而是提醒我们注意女性写作的一些问题，也许确乎如此，杰出的女性写作需要的是"以女性的经验去展开想象，结构一种普遍的、人民和民族的经验，既再现了沉埋已久的女性经验，又使普遍的经验获得具体深度"②。阿毛有一种高洁的胸襟，感觉和想象力都很丰富，对当代的"历史场景"颇为忧心，这样她就更需要以独特的女性经验来言说，因为唯有如此，她的忧心才能被人们具体、深切地体会。

不过，《午夜的诗人》、《人生是一种受伤的婚姻》等诗都是阿毛1999—2005 年前后的作品，在《我的时光俪歌》稍后出版的另一部作品集《旋转的镜面》中，我们可以看到阿毛另外一种风格的作品，如《献诗》（2005 年 3 月）、《午夜的早安》（2005 年 4—6 月）、《时间之爱》等。如果说《女人辞典》是写给诗人自己也写给所有女性的话，《午夜的诗人》是面向自我心灵与"午夜"世界的宣告的话，那么现在阿毛的诗作多是给自己、给诗歌的一种"私语"：

　　　　这首诗献给夜半。
　　　　给阳台上不断张开的翅膀，
　　　　给细雨中不断返回的身体，
　　　　于一小点光中，
　　　　低声地吟咏。
　　　　给微亮的萤火虫，
　　　　它的轻和暖，不似蝴蝶
　　　　在空虚的地方眷恋。

　　　　这首诗给夜半的私语，
　　　　给私语中不断出现的前世今生。
　　　　给所有秘密，无音区，

① 荒林、王光明：《两性对话——20 世纪中国女性与文学》，中国友谊出版社 2001 年版，第 251 页。
② 同上书，第 281 页。

和手指无法弹奏的区域。
给眼泪，它晶莹剔透，
却仍是话语抵达不到的地方。
给灯下写字的人，
他半生的光阴都在纸上。

——《献诗》

有意味的是，此诗亦是诗文合集《旋转的镜面》的开篇，从那个"午夜的诗人"对世界的决绝与对自我、对诗歌的坚守之表白，到现在这个写作者温柔地端详世界，以丰沛的想象和精妙的意象对"午夜"说"早安"；从判断式的语句、自我向世界、世人的宣告到"午夜的私语"，我们觉得阿毛的诗作中那些能细致地呈现女性经验、展现女性想象特质的部分越来越凸显，这是阿毛诗歌写作让人欣喜的一面。在一首诗中，阿毛写道："轻柔的晨光，和不轻易/看见的雨雾/隔着一阵风，两阵风，三阵风……/沐浴一棵树，两棵树，三棵树……和树上数只婉转的尤物。/先是用目光，然后用手指，/我也加入这合唱。//它们唱的是：绿色的树上，结着金色的果子。/我唱的是：白色的纸上，长着黑色的钻石。"（《午夜的早安·唱法》）阿毛要歌唱的心灵与世界并没有变，变化的是"唱法"，由于改变了"唱法"，阿毛收获了许多如《午夜的早安》、《时间之爱·偏头痛》、《女儿身》（2006 年 2—5 月）等杰出的自我之歌。

第八章

从语言本身入手更新汉语言说方式：
任洪渊诗的意义与问题

一 "在语言中改变世界"

诗人任洪渊先生的蜚声汉语诗坛应该是在《女娲的语言》正式出版之后①。大约 10 年前，这本看起来颇为单薄的黑皮书开始广泛流行。② 黑色的封皮，也许暗喻诗人所认为的"人"的生命在"本体"上的"黑暗"。中国神话中的"创世"相传由"女娲"完成，"女娲的语言"指的是与西方"上帝的语言"对等与"创世"同在的语言、原初的语言，唯

---

① 1937 年出生的任洪渊先生的诗与诗学合集《女娲的语言》于 1993 年 9 月在北京的中国友谊出版公司出版，诗集里最早的诗创作于 1956 年，其创作生涯可谓悠久。不过，在 1993 年 5 月北京的人民文学出版社出版的洪子诚、刘登翰所著的《中国当代新诗史》中，只在"崛起的诗群（上）"前一章的"'迟到'的诗人"一节提到"任洪渊"的名字。据该书第 362 页：七十年代后期至八十年代初，当代中国诗坛"还出现了一群已经不算年轻的陌生的诗人名字……他们重续自己十几二十年前的诗歌追求时，在艺术经历上，他们属于新进的'年青'一代，而在年岁上，却已跨入中年。他们是'迟到'的一代……这一群诗人有刘湛秋、刘祖慈、林子、阿红、王燕生、任洪渊等"。作为一本在当代诗坛可能影响最广也最具权威性的诗史，似乎是为了补偿当初对任洪渊诗未给予介绍的遗憾，在 10 余年后的修订版中，该著对任洪渊给予了一种特别的评价："他的作品（诗和理论文字）不多……但这也许胜过另一些人的'车载斗量'。"洪子诚、刘登翰：《中国当代新诗史（修订版）》，北京大学出版社 2005 年版，第 146—147 页。此前，程光炜的《中国当代诗歌史》（人民大学出版社 2003 年版）也给予了一定的介绍。

② 记得 1996 年冬天，当时笔者在广西师范大学读现当代文学的研究生，几个爱好诗歌的学生在批评家黄伟林老师处购得这本黑皮书（黄老师本科就读于北京师范大学，任洪渊先生当是他的老师辈）。6.10 元的定价，不知道是不是特别怜恤我们这些学生还爱着诗歌，黄老师给了我们八折。而当我们转身离去之时，发现黄老师那里的黑皮书还有不少。

有这种语言可以点亮生命的"黑暗"。而翻开第一页，就能读到诗人那激动人心的"哲学导言"："非常好，我 13 岁才有父亲，40 岁才有母亲。大概没有什么情结或者恨结束缚着我的童年。我不必害怕，因为我没有母亲可恋，也没有父亲可弑。那么长久地，我连找都找不到他们，又有什么罪恶的恐惧需要逃避……"① 诗人这种自身人生经历和特殊文化境遇相互阐释的诗学文字，读来在个人传记、诗与诗学三者之间，有一种特别的魅力，让人不免也发出"非常好……"的感叹。

也许正是这种长久的童年的孤单产生了诗人在历史、文化上的断裂意识与创造意识。而在那个特殊的崇拜红色与黑色的时代，在可怕的理性秩序的禁锢中，一次与"F. F"的相遇、一次由女性眼眸带来的生命的微颤就可以轻易突破那无边的禁锢。那双眼睛，是"洪水后最早的黑陶罐存下的一汪清莹"②。对于精神的突围，诗人更专注于与生命本身的美丽的相遇，在生命与生命相互碰撞的亮光中建造一个自己的世界。在那个集体沉默、腐朽的年代，诗人竟然以这种生命意识的自觉获得了"没有第一次青春的第二次青春"③。诗人在自身的经历中明白："生命本体是一块黑色的大陆。生命也和太阳一样，不能被照亮，只能自明。"而一岁女儿 T. T 对于月亮命名式的呼叫，则启示了诗人生命自明的光源正是"语言"。在女儿第一次对着月亮的叫喊中，诗人感到："在她的叫声里，抛在我天空中的那么多月亮，张若虚的，张九龄的，李白的，苏轼的，一齐坠落……她把语言不堪重负的历史和文化的陈旧意义，全部丢在她童年世界的外面……那是她自由创造的语言：是生命的天然声韵，节奏和律动。"④

似乎正是这些特殊的个人际遇和情感经历决定了诗人对待世界的方式。如果说与"父"、"母"之间的关系、境遇削弱了诗人对历史和文化的寻根情结的话，那么，"F. F 和 T. T"，一个引导诗人沉入生命本体的状态，一个则启示诗人寻找那照亮生命的语言之光。虽然这种个人经历当中的事件只是象征性的，但我们还是可以窥探到任洪渊独特的世界观的来

---

① 任洪渊：《找回女娲的语言——一个诗人的哲学导言》，《女娲的语言：诗与诗学合集》，第 1 页。

② 同上书，第 2 页。

③ 同上书，第 3 页。

④ 同上书，第 4 页。

源。这个人敏锐地看到:"生命的自由"只在生命本身;而这种自由的获得在他看来,需要的是胜过漫长历史中的文化。之所以不说"摆脱"而是"胜过",是因为"人不能不是一种文化形式——上升为文化的生命和转化为生命的文化"。① 而语言的边界决定了生命的边界,生命的形式受制于一个人在语言中对世界的理解程度。所以对于诗人而言,他要做的事情就是"把马拉美的'改变语言'与马克思的'改变世界'改变成他的在语言中改变世界"。② 唯有通过在语言中创造语言,通过改变历史、文化的既有陈述,才能获得真正的生命的自由,那个不为既有历史、文化所"覆盖"的自由的、创造的言说者——"主语"才能真正诞生。在与语言的搏斗中,诗人通过一系列的诗歌写作,迎来了汉语的"新世纪"——他将 1988 年所作的一组诗作命名为"汉字,2000",也许正是如此期盼。这些诗作,深刻表达了诗人对于被"覆盖"在悠久而沉重的历史、文化下的"汉字"的焦虑:

> ……
> 鲲
> 鹏
> 之后　已经没有我的天空和飞翔
> 抱起昆仑的落日
> 便不会有我的第二个日出
> 在孔子的泰山下
> 我很难再成为山
> ……
>
> 非圣
> 非道
> 非佛

---

① 任洪渊:《找回女娲的语言——一个诗人的哲学导言》,《女娲的语言:诗与诗学合集》,第 10—11 页。

② 任洪渊:《语言相遇:汉语智慧的三度自由空间》,《墨写的黄河——汉语文化诗学导论》,北京师范大学出版社 1998 年版,第 57 页。

我只想走进一个汉字　给生命和死亡

反复

读

写①

为了更新语言、寻求新的自我，诗人力求从"在语言中改变语言，并且在语言中改变人和世界"，②让"词语击落词语"、实现对世界的"第一次命名"。③诗人努力使自己的"每一个汉字"不被抛进"行星椭圆的轨道"，而是让它们"相互吸引着"，拒绝任何形态的历史、文化的"牛顿定律"。④"在'历史的复写'与'生命的改写'之间，一个人突然截获了'主语诞生'的时刻。"这种重新叙述历史其实是一种"历史的复写"，以新的个体性的话语覆盖既有的历史陈述。这个"主语诞生"的时刻，对诗人而言，是一种"生命的辉煌时刻。那一刻，已往的一切文本解体了，词语追逐着词语，进入新的位置、轨道、空间，重组语言的新秩序……以前，我总在寻找那个先于、高于生命的主体'我'；现在，这个拥有全部词语又属于全部词语的主语'我'诞生了。从本体论向文本论迈出了一步，我们更靠近了生命/文化的转换"⑤。对汉语的自觉意味着诗人在本体论上的自我想象在具体的文本操作上找到了可能的方法。

二　"生命只是今天"

确实，当代中国诗人中，少有人像任洪渊这样以如此明确地对汉语的

---

①　任洪渊：《我只想走进一个汉字　给生命和死亡反复读写》，《女娲的语言：诗与诗学合集》，第21—22页。

②　任洪渊、静矣：《眺望21世纪的第一个汉语词》，《墨写的黄河——汉语文化诗学导论》，第18页。

③　任洪渊：《词语击落词语　第一次命名的新月——给女儿T. T》，《女娲的语言：诗与诗学合集》，第20页。

④　任洪渊：《没有一个汉字　抛进行星椭圆的轨道》，《女娲的语言：诗与诗学合集》，第17—18页。

⑤　任洪渊、静矣：《眺望21世纪的第一个汉语词》，《墨写的黄河——汉语文化诗学导论》，第17—18页。

自觉意识来对待诗歌写作。眺望汉语的新世纪的焦虑来自诗人对自己这一代人悲剧命运的感受，因为在诗人看来，一切都需要依赖语言来完成，"语言（尤其是汉语）运动的轨迹才是呈现生命的疆界"。① 诗人已意识到他们这一代人身上的多重悲剧："文化"的滞重与"生命"自由言说的丧失、永恒"时间"对有限的个体"空间"的埋葬、"历史"的漫长的身影对在"今天"的自我的覆盖……而对于这三重的"悲剧"，诗人在他的《哲学导言》里，给予了充满希望的明确的回答②：

> （后现代主义文化）是生命中时间意识的又一次高涨，现代人用自己的"现代"霸占全部历史的时空：无穷无尽的解构与重组，把以往文明的一切，连一块残砖断瓦都不剩下，作为新的材料，构筑自己"永远现在时"的生命世界。的确是生命的……不是文化的碎片掩埋了人的尸骸，而是人的生命又一次复合了支离破碎的世界。因为我在这些碎片上触摸到的，往往不是死灰般的冷寂，却常常是生命震撼的力度和热度。

> 无时空体验也许是生命最神奇莫测的秘密了。当生命在这一瞬间突然明亮起来，时间和空间对生命整体的无穷无尽的切割与分裂便消

---

① 任洪渊：《找回女娲的语言——一个诗人的哲学导言》，《女娲的语言：诗与诗学合集》，第24页。

② 不过，我们也可以看看与这种对人的主体性如此自信、如此高扬自我的当下感觉、对人类历史和现代文化如此乐观的认识相参照的一种认识——德国思想家瓦尔特·本雅明（Walter Bebdix Schonflies Benjamin，1892—1940）的世界观——"在本雅明看来，人'道'，即人的语言、人的法则、主体的诞生，标志着人类与自然、与世界分裂开来，随着人类理性的进化和征服自然过程的发展，人与万物血脉相连的生命纽带被斩断……本雅明把这些'蠢行'叫做'堕落'。'堕落'在此被注入了文化哲学的含义，按照这一含义：人类被逐出天堂，进入历史，因此'他命中注定要用自己的血汗从土地中获得生计'，自然从此后被人类主体对象化、物化，成为被征服和改造的客体。启蒙理性把这一切叫做'进步'，而本雅明却'逆历史潮流而动'，不承认这是'进步'，而称之为'灾难'……'原罪'……开启了以波德莱尔所说的'破碎性、瞬间性、偶然性'为特征的现代化进程，因此历史的所谓不断进步必然只是一场不断堆积'废墟'的风暴，朝着天堂相反的方向吹去，使两者的距离越来越远。"参阅郭军《序言：本雅明的关怀》，见郭军、曹雷雨编《论瓦尔特·本雅明：现代性、寓言和寓言的种子》，吉林人民出版社2003年版，第4页。"他命中注定要用自己的血汗从土地中获得生计"来自《旧约·创世纪》第三章第十七节上帝对犯罪后的亚当的宣判，中文和合本译为："你必终身劳苦，才能从地里得吃的。"

失了……这一瞬间就是此刻就是最初就是最终。这一片空间就是此地就是来处就是归处。这是生命最纯净的显现：是创世也是终古。

生命只是今天。

历史只是穷尽今天的经历……生命在今天历尽。历史在今天重写一次。

那么明天呢？明天已在今天过完。

在"生命/文化"、"时间/空间"、"今天/历史"这些对立的命题上，诗人态度鲜明地倾向于"生命"、"空间"和"今天"，而对于通常显现人类精神深度的诸命题——"文化"、"时间"、"历史"，诗人认为必须对其重新"改写"。

可以说，任洪渊的哲学是一种凸显个体当下的真实生存状况的生命哲学。它关心的是个体生命在当下的真实性，将生命的自由维系在当下性的身体感受上、在心灵沉浸于时间空间消失的瞬间澄明上。不同于一般哲学家和诗人的是，他试图用他的诗歌写作来阐释的哲学——准确地说，来阐述他关于生命的意识、观念。任洪渊与当代中国诗人的区别，首先也正表现在他对待"文化"、"时间"和"历史"的态度上。

朦胧诗的代表诗人舒婷的《神女峰》① 是一首传达时代女性心声的经典之作：

在向你挥舞的各色花帕中
是谁的手突然收回
紧紧捂住了自己的眼睛
当人们四散离去，谁
还站在船尾
衣裙漫飞，如翻涌不息的云
江涛
高一声

————————

① 阎月君等编选：《朦胧诗选》，春风文艺出版社 1985 年版，第 93 页。诗作后注明此诗作于"1981.6 于长江"。

　　低一声

　　美丽的梦留下美丽的忧伤
　　人间天上，代代相传
　　但是，心
　　真能变成石头吗①

　　沿着江岸
　　金光菊和女贞子的洪流
　　正煽动新的背叛
　　与其在悬崖上展览千年
　　不如在爱人肩头痛哭一晚

　　心不能变成石头。肉的心变成贞节的石头，这是人在关于"贞节"的文化话语中的极端异化。舒婷在这个游览事件中完成了一次对中国女性命运的思索与顿悟，她由此豁然开朗，江边平常的风景在她的眼里有着与象征"贞节"的神女峰截然相反的意味："正煽动新的背叛。"而最后两行诗人似乎是对中国所有在男权话语压迫中的女性呼喊，与其在那文化的高台上死守贞节，将肉身真实的生存"展览"成一具石头，不如活出真实的自我，大胆追求自己的所爱。而一年之后，当任洪渊游览神女峰附近的另一个类似的景点时，也写下了一首《巫溪少女》②：

　　……
　　一个已经够了……
　　……
　　望夫石
　　神女峰

　　　———————————

　　① 在一年多之后作家出版社出版的《五人诗选》中，此诗此节后面多了两行："为眺望远天的杳鹤/而错过无数次春江月明"。见《五人诗选》，作家出版社1986年版，第297页。
　　② 诗前有言："巫峡旁的大宁河谷也有一尊守望成石头的少女像。"诗后注明此诗作于"1982.6.30巫溪舟中"。见任洪渊《女娲的语言：诗与诗学合集》，第116—118页。

阿诗玛的黑色的石林
爱，也过于沉重
我的土地，再也担负不起一个
冰冷在石头上的期待和欢呼

你是我的发现。我创造了你
一块风雨雕刻的岩石
复制了我心中的形象
瀑布般自由漂泻的长发
青春流动的曲线，和天然的体态
再不要那属于神话的
云与雾的遮掩

我还给了你一双眼睛
像她的一样，深邃，辽远
以及敢于正面直视的大胆
她头脑中苦恼的思索
也不可捉摸地藏在你的眉尖
……

你是我留下的一尊塑像
一个憧憬
一个美的观念
作为我的纪念碑，代表今天

　　虽然在对关于"贞节"的文化话语的批判上是一致的，但在对待"历史"的态度上，我们可以看到两人的不同。舒婷以她女性特有的细腻描述了自己感伤的心情，也以决绝的口气表达了女性对男权文化的抗议。但不管怎样，我们还是能感到诗人那沉重的忧伤，最后的畅想似乎只是历史的漫长阴影里的一点儿微光。这首诗也只是这历史的延续和余音，而在任洪渊的诗里，我们发现了诗人迥然不同的处理方式。在批判了"望夫石"、"神女峰"这些文化景观的沉重之后，诗人瞬间转换了思维方式，不再考虑文化、历史将肉身的石化，而是将自我的生命灌注在冰冷的石头中，使石头在想象中成为一种新的事物，这种事物现在只与"我"有关、只与"今天"有关。诗人在想象中改造了那块石头。

如果说，舒婷的诗作是一种思索的话，那么任洪渊的诗作似乎是思索之后的行动：彻底走出"历史"，将这悲剧的石头当作"历史"死亡的纪念碑和新的自我诞生。"在这块土地上，我们生存的困境，不在于走不走得进历史，而在于走不走得出历史……我们总是因为寻找今天的历史而失掉历史的今天……总是回到历史中完成自己，而不是进入今天实现自己。我们的生命在成为历史的形式的同时丧失了今天的形式。我们生命的一半，流浪在历史的乡愁里，另一半，漂泊在空幻的未来。就是没有今天。"[1] 任洪渊的"生命只是今天"的哲学可谓为喜欢沉浸在"历史"的愁绪中的当代诗歌，提供了一种新的个体经验，这种经验专注的是个体当下的生存状态、新的自我在写作的"现在时"中的实现、主语"我"的意识的突出。这种"走出"历史、以一种决绝的想象"改写"历史、完全以想象中的"今天"的生命状态为展现目标的诗歌，无论在意象、语言和抒情方式上，比许多缠绵于历史、文化的深度与细节的诗作读起来要气势逼人、简明易懂也更激动人心。

可能也是对这种生命哲学和个体经验的自信，使任洪渊站在文化和历史的废墟上的写作和同时代一些以历史和文化为抒情契机的写作区别开来。有论者这样评价任洪渊的"女娲的语言"："从朦胧诗中客观派一支'呼唤史诗'和'远古梦想'的'文化诗'，到'新诗潮'中的整体主义和新传统主义，中国远未发育的神话乃至传说被一再复写放大，对其中微言大义的发掘揣测和反复改写，成为诗人们文化寻根和重振传统的主要内容，甚至连太极、阴阳、五行、八卦之类，也给诗人以原型的灵感和智慧的快乐。个人与世界被纳入各种森然可畏的黑格尔主义或逻各斯中心主义的体系图式之中。现代诗人们对必然的认识，让我们感到的不是自由，而是沉重和无望……任洪渊对女娲神话的解读和解构，让我们松了一口气……诗人所要找回的'女娲的语言'，不是'发思古之幽情'的玄想玄念，也不是某种神圣使命或终极关怀的'新的宗教'，而是一种比现象学

---

[1] 任洪渊：《找回女娲的语言——一个诗人的哲学导言》，《女娲的语言：诗与诗学合集》，第 17 页。

还原更彻底、更纯净的'人只还原自己就足够了'的原生的存在状态，是剥离一切'整体化原则'的必然律和外在时空限制的'纯粹生命体验'"①。任洪渊本人对同时代诗人建立在"历史"、"文化"基础上的写作持怀疑态度，譬如他质疑江河的组诗《太阳和他的反光》："……回到东方远古的超越，始终是现代灵魂的一个冒险。也许，江河自己也不清楚，他达到的，到底是一种超越冲突的宁静和俯视苦难的庄严？还是淹没了现代人生命冲动的静止和寂灭？"②他这样看待杨炼的诗歌成就，"杨炼在异国他乡写出了他半生最好的诗：'回不去的时候 回到了故乡'，这是他在他的敦煌半坡龙山殷墟甚至八卦上永远写不出来的。"③

江河、杨炼等的"历史—文化"之诗从诗学上来说，是当代诗歌由过去的与意识形态对抗向诗歌本体建设的转移，诗人试图在真实的世界之外创造另一个自足的世界，用杨炼的话说，这样的诗"是一个智力空间，是通过人为努力建立起来的自足的实体。一个诗人仅仅被动地反映个人情感是不够的，在现实表面滑来滑去……诗的能动性在于它的自足性，一首优秀的诗应当能够把现实中的复杂经验提升得更有普遍意义，使不同层次的感受并存，相反的因素互补，从而不必依赖诗之外的辅助说明即可独立"④。这种诗歌写作试图建造新的诗歌话语空间，使当代诗歌的功能回到诗歌本身，脱离了曾经的社会、历史甚至个人对诗歌的较为功利性的要求。这种诗歌写作至少在当代诗歌回归本体的路途上是有意义的。我们不能因为它们涉及易经、八卦等传统文化中的命题就予以嘲讽。也许江河的《太阳和他的反光》在任洪渊眼里算不得好诗，但无论如何，这组曾经引起诗坛振奋的诗作即使在今天也是值得一读的：

上路的那天，他已经老了

---

① 伍方斐：《生命与文化的诗性转换——任洪渊的诗与文人后现代主义》，《今日先锋》1996年第4期。

② 任洪渊：《当代思潮：对西方现代主义与东方古典诗学的双重超越》，《墨写的黄河——汉语文化诗学导论》，第252页。

③ 任洪渊、静矣：《眺望21世纪的第一个汉语词》，《墨写的黄河——汉语文化诗学导论》，第28页。

④ 杨炼：《智力的空间（1984年9月）》，《青年诗人谈诗》，北京大学五四文学社1985年版。

否则他不去追太阳
青春本身就是太阳
上路的那天他作过祭祀
他在血中重见光辉，他听见
土里血里天上都是鼓声
他默念地站着扭着，一个人
一左　一右　跳了很久
仪式以外无非长年献技
他把蛇盘了挂在耳朵上
把蛇拉直拿在手上
疯疯癫癫地戏耍
太阳不喜欢寂寞

蛇信子尖尖的火苗使他想到童年
蔓延地流窜到心里

传说他渴得喝干了渭水黄河
其实他是把自己斟满了递给太阳
其实他和太阳彼此早有醉意
他把自己在阳光中洗过又晒干
他把自己坎坎坷坷地铺在地上
有道路有皱纹有干枯的湖

太阳安顿在他心里的时候
他发觉太阳很软，软得发疼
可以摸一下了，他老了
手指抖得和阳光一样
可以离开了，随意把手杖扔向天边
有人在春天的草上拾到一根柴禾
抬起头来　满山遍野滚动着桃子①

---

① 上海文艺出版社编：《探索诗集》，上海文艺出版社 1986 年版，第 71—72 页。

有学者认为《太阳和他的反光》"以生命和宇宙的境界，宁静、朴质而又优雅的语言，把几千年历史与现实的对峙化作了一幅可以称得上辉煌的感性而又是形而上的图景"。① 既"感性而又是形而上"，这是非常到位的评价，"感性"由诗人当下的生存感受而来，"形而上"意味来自诗人对"历史—文化"的想象。这里的"太阳"还是"夸父追日"神话中的那个太阳吗？为什么"老了"才去"追太阳"？"仪式以外无非长年献技"、"太阳不喜好寂寞"、"把自己斟满了递给太阳"是否暗示一种时代场景？而在真正追上太阳的时候，"他老了"，也发现其实"太阳很软"。"手杖"、"柴火"、那满山遍野的桃子是否暗示生命的疲倦、死亡与更新？这里的太阳是否有青春理性、时代权力的象征等多种含义？这里是否也是一种和北岛、顾城等人诗歌所言说的"一代人"的命运？任洪渊一直期望"我们"这一代"逐日"的人"还是抱起我们自己的，当然不是屈原曾经在崦嵫山上抱起的那个。太阳是今天的"②。很难说在这首诗里就没有江河这"一代人"的自我和"今天"，只不过他是将个人的情感经验放在与"历史—文化"对话的语境中呈现的。倾心于古典"太阳"在现代的"反光"，确实是一种冒险，很可能被这"太阳"消融了当下的自我，但也未尝没有可能收获太阳及其反光之间的幽暗地带。而个体生命复杂的情感经验，也许在这种语言的幽暗地带能更好地传达出来。

三　诗与"诗学"的纠缠

确实，由于个人气质和哲学意识上的原因，任洪渊特别担心这种与"历史—文化"太靠近的写作会使个体生命"在成为历史的形式的同时丧失了今天的形式"。所以当他面对历史之时，他试图以自我在"今天"迫切需要的一种意识来重新"改写"历史，使历史呈现新的面貌。女娲的"创世"是第一次，他的组诗《司马迁的第二创世纪》则在讲述司马迁第二次进行的"创世"。借着历史上一个个死难或残废的传奇人物，诗人想

---

① 王光明：《现代汉诗的百年演变》，河北人民出版社 2003 年版，第 541 页。
② 任洪渊：《我生命中的三个文学世纪》，《女娲的语言：诗与诗学合集》，第 167 页。

象在"今天"的、在死亡与新生之间在时间空间消融状态中获得自由的个体生命应有的状态。司马迁，这个被阉割的男人，用文字建造了一个生动而真实的历史世界，他"美丽了每一个女人"，也成了"真正的男子汉"①；项羽的兵败乌江不再是耻辱，自杀只是让内心获得自由的一种方式："他把头颅的沉重　抛给那个/需要他沉重的头颅的胜利者"、"心　安放在任何空间都是自由的/……/可以长出百家的头/却只有一颗　心"②；逃亡在昭关门口一夜白头的伍子胥，度过了一生中最黑暗的岁月，但那"最黑的一夜辉煌了一生"③；毁坏了面容的聂政，其实是"毁坏了死亡的脸"，那"毁灭完成的形象"，才是"最真实的　自己面对自己"④；高渐离，"挖掉眼睛的一刹，他洞见了一切"⑤；腿的残疾没有使孙膑变得软弱，相反，"断足/他完全放逐了自己　穷追/天下的男子　没有一支大军/逃出他后设的/三十六计"⑥；虞姬的歌声不是柔弱，更不是失败，恰恰相反，在她的歌唱中强大的秦帝国"崩溃的回声滚过月边/推倒了十二座金人/力　全部静止/在她的曲线"⑦；褒姒也不是一个祸国殃民的女子，"等她一笑/一丛丛无花期的花　开了/烽火//男人的桃花//……等她烂漫/男人　烽火桃花/嫣然的战争"⑧……

　　一个个"历史"或"文化"中的人物在这里被重写，读者读到了一种少见的如此激进的历史和文化想象方式。可以看出诗人走出"历史"专注"今天"、倾心于那种生死明暗交会时空消融的生命极致状态，可能在诗人看来，这种极致状态才是生命的自由的真正实现。在一个个人物形

---

　　① 任洪渊：《司马迁　阉割，他成了男性的创世者》，《女娲的语言：诗与诗学合集》，第25页。

　　② 任洪渊：《项羽　他的头，剑，心》，《女娲的语言：诗与诗学合集》，第28页。

　　③ 任洪渊：《伍子胥　他用最黑的一夜辉煌了一生》，《女娲的语言：诗与诗学合集》，第29页。

　　④ 任洪渊：《聂政　毁坏了脸，他自己面对自己》，《女娲的语言：诗与诗学合集》，第31—32页。

　　⑤ 任洪渊：《高渐离　挖掉眼睛的一刹，他洞见了一切》，《女娲的语言：诗与诗学合集》，第33页。

　　⑥ 任洪渊：《孙膑　断足，没有凯旋的穷追》，《女娲的语言：诗与诗学合集》，第35页。

　　⑦ 任洪渊：《虞姬　推倒十二座金人，力静止在她的曲线》，《女娲的语言：诗与诗学合集》，第38页。

　　⑧ 任洪渊：《褒姒　她烂漫男人，烽火桃花》，《女娲的语言：诗与诗学合集》，第41—42页。

象身上，我们可以看到那种二元对立的生命状态，但在对立的两种状态，产生了第三种境界：虽然生命充满死亡、残缺、悲伤和羞辱，但人物最终如蚕破蛹，瞬间摆脱这些看起来叫人痛苦不堪的状态，进入了瞬间的澄明之境。"痛苦/穿破痛苦的中心/一只红蝴蝶/伤口　通明了所有的界限"①，所有的生命最后均消融"在日神的光之上/在酒神的醉之上"，"无时空体验"，"逍遥"，极乐，自由。这种绝望中诞生、置之死地而后生的审美方式和想象方式，很容易让人想起鲁迅在说过的"……于浩歌狂热之际中寒；于天上看见深渊。于一切眼中看见无所有；于无所希望中得救。……"② 让人在这个一切价值面临着重估、充满文化碎片的"后现代文化"时代，多少多了一些活下去的信心和勇气。也许我们确实很喜欢这个时代的个体命运真的就这样——"生命只在今天"，我们真的能摆脱历史因袭的重担，在一个个无时空体验的瞬间身体和生命自由地绽放。不过，如此以"历史—今天"、"绝望—希望"的对立方式来想象世界，是否对历史真实、现实世界的把握有失之简单之嫌？毕竟这种决绝的对待世界的方式总是让人生疑，鲁迅曾经还告诉我们："绝望之为虚妄，正如希望相同！"③ 也许，我们还是应该在"绝望"和"希望"之间以更复杂的思维来对付这人生、历史和世界的某种"虚妄"。

这种生命哲学使任洪渊诗为当代诗歌提供了一种重新书写历史、文化的视角和新的个体经验，使我们在阅读中有一种"改写"历史、实现"今天"的自我形象的心灵震颤。可能正因为这一点，有论者认为："他的诗……有浓郁的浪漫主义气质。"④ 但我们也不能不承认诗人的这种"浪漫主义"对待历史的想象在"历史—今天"、"绝望—希望"向度上的过于简明，省略了历史真实和现实世界的诸多复杂性，因此不能不对任洪渊的诗生出一些遗憾。而这种遗憾，很大程度上来自诗人更多的是将诗歌写作当作他的"哲学"、"文化诗学"的另一种阐述。

有论者指出："任洪渊的诗和诗论，处于相互印证、阐释的'互文性'关系中。他的诗，基本上是在解释他的诗学理论，表达他对于如何

---

① 任洪渊：《庄子妻　随她逍遥，游在日神的光之上》，《女娲的语言：诗与诗学合集》，第44页。

② 鲁迅：《墓碣文》，《野草》，人民文学出版社1973年版，第40页。

③ 鲁迅：《希望》，《野草》，人民文学出版社1973年版，第18页。

④ 程光炜：《中国当代诗歌史》，中国人民大学出版社2003年版，第322页。

使'汉语诗歌'获得生命活力的设想。因而,它们也可以称做'元诗歌',或者说是以诗的方式写的诗论。"① 问题正在这里,任洪渊的诗其实更是一种诗学理论,是关于汉语如何言说当下个体生命、如何建构个体生命的自由的一种构想。而伟大的诗学构想不等于优秀的诗篇。在任洪渊的诗与诗学相互阐释、相互印证的写作中,其实真正启人深思的是他的诗学理论。当任洪渊说"我只喜欢记下已经变成感觉的汉字。我想试试,把'观念'变成'经验',把'思索'变为'经历',把'论述'变成'叙述'"②,其实他确实做到了,我们在读他的《找回女娲的语言——一个诗人的哲学导言》、《我生命中的三个文学世纪》等篇章,深感他的写作已经把"把'观念'变成'经验',把'思索'变为'经历',把'论述'变成'叙述'",但这是任洪渊的诗学理论的写作,不是他的诗歌写作,他的诗由于竭力想辅助阐述他的诗学理论,而陷入他的二元对立的哲学观念中,尽管有许多令人叫绝的意象和语词,但仍有不少观念化的倾向。正如《女娲的语言》是他的第一本文集,也是一本诗与诗学的合集一样,他的诗与诗学纠缠得太深,忽略了诗本身对待世界和自我的复杂性。他现在的诗更多的是指向一种理想的汉语言说方式、语言效果,说是"元诗歌"不乏道理。但"元诗歌"能挑动许多批评家、理论家的热情,但未必是真正"好"的诗。洪子诚先生的目光确实尖锐:"任洪渊的问题可能是,在用诗充分阐释他的诗学理论之后,诗歌写作将向何处,又如何进一步展开?"③ 毫无疑问,任洪渊是当代中国最优秀的诗人之一,但他的许多诗作确实又尚未"展开"。

四 尚未"展开"的诗歌

事实上对于诗歌写作,任洪渊一开始就比同时代人有着更为接近诗歌本体的认识。他反复提及从汉语本身入手变革汉语的言说方式。这种对汉

---

① 洪子诚、刘登翰:《中国当代新诗史》(修订版),第 147—148 页。
② 任洪渊、静矣:《眺望 21 世纪的第一个汉语词》,《墨写的黄河——汉语文化诗学导论》,第 15 页。
③ 洪子诚、刘登翰:《中国当代新诗史》(修订版),第 148 页。

语的自觉使他可以不依赖自身所处的时代的那种在街头和广场附近游行、演讲获得激情，他完全可以在生命和语言的相互发现、双向建构中营造一个自足的世界。也正因为这一点，使诗人完全有资本虽和北岛们同时，和"崛起的诗群"保持着距离，用他自己的话说，是"侧身走过他们的身边"①。由于独特的个人气质和"执着于对汉语陌生化效果的追求"，有文学史这样评述他："任洪渊不是那种在时代的社会思潮里脱颖而出的诗人，相反，他游离于社会现象之外……20 多年间的社会思潮几乎没有在他的诗作中留下'痕迹'。他有自给自足的精神世界，对诗歌语言独特的认识。所以，诗人和他的诗，多少给人一种'隔世'的感觉。"② 专注于自己的诗歌世界的建立和汉语的独特追求，虽使诗人在漫长的历史时间里不够声名显赫，但这种"隔世"带来的却是他的文字的"传世"，很多人在他的诗学和诗面前一再驻足，并由之展开诗歌、语言、文化和美学等多方面的有意思的话题。③

可以看到，任洪渊在他的写作中其实是一直贯穿着汉语文化的历史脉络的，他承认自己"在汉字书写的墨写的黄河中"。"墨写的黄河"，"黄河"依旧流淌在正在书写的血与墨之中，这是我们无法逃脱的命运，我们的写作注定无法与以"黄河"为象征的汉语文化体系和"现代—后现代"的历史语境脱离干系。在时间的向度上，尽管当下的生命状态和生

---

① 任洪渊、静矣：《眺望 21 世纪的第一个汉语词》，《墨写的黄河——汉语文化诗学导论》，第 21 页。

② 程光炜：《中国当代诗歌史》，第 322 页。

③ 在诗坛之外，任洪渊的诗与诗学更受到文艺学、美学界的关注。除前面涉及的伍方斐文外，还有文学批评家认为任洪渊的诗歌写作是"一种对母语生命的新的沉醉，它是我们第三世界文化特性的展示，也是我们全球性后现代文化氛围中展示一个第三世界民族的全部可能性的契机"。（张颐武：《母语的召唤与任洪渊的诗歌写作——"后新时期"诗歌的一种走向》，《文艺研究》1993 年第 5 期）有美学家认为："诗人的这种类似知识考古学的文学表达倾向……在目前的文化语境中，对历史的再表达，可以看作是对现代化进程强大压力的一种抵抗，也是对膨胀得已经失去控制的形象体系的一种重新凝聚。"（王杰：《审美幻象研究——现代美学导论》，广西师范大学出版社 1995 年版，第 238 页）有文艺理论家认为任洪渊的诗歌语言是一种"自为语言"（为语言自身的语言），作为对"西式语言形象的一种反拨，诗人厌倦了西式语言，毅然返回汉语——汉字的未被污染的原初层次去寻觅，显示出这样一种语言倾向：只有原初的童真语言，才可能为无家可归的当代人寻到新的生存根基。从而有原初式语言形象"。（王一川：《自为语言：任洪渊诗的原初式语言形象——当代先锋文学对语言本身的追寻之一》，《南方文坛》，1997 年第 1 期）

存处境是最应当关注的，但能否因此认为"生命只在今天"？在诗学当中，任洪渊写道："墨写的黄河永远流着今天，过去和未来都流进今天：在每一个汉字上，我侧身走过同时代人的身边，相问相答；在每一个汉字上，我既与过去的每一个书写者未期地相遇，又是对未来书写者的不期的期守，未来有多远，我的期守就有多长，是预约又是先期的回声。"① 专注于"汉字"，使他与"同时代人"区别开来，使他可以走入诗歌的本体建构自己的话语空间。而他的"汉字"，既是与"历史"未期地相遇，也是对"未来"不期的期守，"历史"和"未来"都凝聚在"今天"的现实经验的言说当中。应该说，这种对待生命、时间和历史的态度才是一个现代诗人最合宜的心态，它无疑比"哲学导言"中那"生命只是今天。/历史只是穷尽今天的经历……生命在今天历尽。历史在今天重写一次。/……明天已在今天过完"容易令人误解也让人心悸的宣告更适合当代诗歌。

当下的汉语诗歌写作不是"历史意识"的过剩，而是这种意识太淡薄了，以至于许多诗歌成为一种单向度的东西，完全是当下的肉身的一些口语化即兴随感。在这方面上，北京师范大学在当代诗坛可谓风光无限，从伊沙到沈浩波等"下半身"诗人群体的主力，都出自这个学校。不知他们是否受到了任洪渊先生的影响（至少伊沙是非常尊敬任先生的），也不知他们是否真正领会任先生"在语言中改变世界"、"生命只在今天"的哲学？伊沙、沈浩波等的口语诗在当代诗坛已是"在牛逼的路上一路狂奔"。而他们中有人对肉身生存的膜拜也是到了极致，准确地说是对"肉体"的膜拜（甚至连"肉体"一词也羞于提及，干脆就说"肉"），沈浩波曾提出："诗歌从肉体开始，到肉体为止。"② 在另一处，沈浩波解释说"这里的'肉体'，说的就是我们自身的那'一堆烂肉'，即最纯粹的'我'、最本质的'我'、最原初的'我'、最动物性的'我'！"③ "没有什么能拯救我们，我们也没有什么可以被拯救的，我们不过就是一堆肉而已。"④ "最原初的'我'"、"反对上半身"……这些说法似乎与任洪渊

① 任洪渊：《题辞》，《墨写的黄河——汉语文化诗学导论》，第2页。
② 沈浩波：《下半身写作及反对上半身》，《心藏大恶》，大连出版社2005年版，第322页。
③ 沈浩波：《下半身啊下半身》，《心藏大恶》，第333—334页。
④ 同上书，第333页。

先生的"寻找生命的本原"、20世纪以降是一个"心对头"、"生命对理性"战争的时代大为相似①。如果真的是大有关联，也不知任先生对这些后辈的言语、行为有何感慨。

其实在任洪渊的诗集里，还是那种从个体生命的感性出发，将当下的个体感受放在与"历史"、"明天"的对话中的诗作既触动人心又余味悠长。他1985年的诗作《她，永远的十八岁》②，即使今天看起来都是一首汉语诗歌的经典之作：

十八年的周期
最美丽的圆
太阳下太阳外的轨迹都黯淡
如果这个圆再大一点　爱情都老了
再小　男子汉又还没有长大
准备为她们打一场古典的战争的
男子汉　还没有长大

长大
力　血　性和诗
当这个圆满了的时候
二百一十六轮满月
同时升起
地平线弯曲　火山　海的潮汐
神秘的引力场　十八年
历史都会有一次青春的冲动
红楼梦里的梦
还要迷乱一次
桃花扇上的桃花
还要缤纷一次

① 任洪渊：《我生命中的三个文学世纪》，《女娲的语言：诗与诗学合集》，第170页。
② 任洪渊：《女娲的语言：诗与诗学合集》，第49—50页。

　　圆的十八年　　旋转
　　老去的时间　　面容　　记忆
　　纷纷飘落
　　陈旧的天空
　　在渐渐塌陷的眼窝　　塌陷
　　十八岁的世界
　　第一次开始

　　年岁上升到雪线上的　　智慧
　　因太高太冷　　而冻结
　　因不能溶化为河流的热情　　而痛苦
　　等着雪崩
　　美丽的圆又满了
　　二百一十六轮满月
　　同时升起

　　诗人在写一个少女，以月为喻，但这却是一枚从未有过的新月、圆月。少女的美妙年岁、爱情的新鲜度、"青春的冲动"、"胜过"时间无情流逝的想象、对衰老的感叹……人生的诸般经历与情感体验在诗行中真实可感。"十八岁的少女"，这个最容易引起情感流露过度、容易陷入平庸的抒情模式的题材，在这里却有着新鲜而又令人震颤的言说。这美妙的年龄，正如那"最美丽的圆"，美丽得恰到好处，在未来的向度上，"再大一点　　爱情就老了"；在历史的向度上，"再小……/准备为她打一场古典战争的/男子汉　　还没有长大"。"……十八年/历史都会有一次青春的冲动"，"历史"在"今天"复活，"红楼梦"、"桃花扇"，所有的爱情故事鸳梦重温，所有的时间向现在涌来。在"十八岁的世界"面前，时间"老去"，"陈旧的天空"塌陷，一切才刚刚开始。诗作的最后无疑是最打动人心的。人不可能不生活在时间使我们衰老的命运中，面对"她"的"十八岁"，"年岁上升到雪线上的　　智慧/因太高太冷　　而冻结"，而青春的心，希望生命永远只在"今天"，不为"历史"掩埋也不被"明天"欺骗的自我，为自己"不能溶化为河流的热情　　而痛苦"，如果是一般沉醉于灵魂的感伤状态的诗人，也许就这样在"痛苦"处无能为力，而诗人任洪渊，却在想象着一场生命的"雪崩"！

尽管诗人可能不满于 T. S. 艾略特的"历史意识"，但这首诗的魅力恰恰来自当下的个体感受与"历史"场景和"未来"时间想象的对话。诗人曾这样赞誉中国古典名著《红楼梦》："一方方黑色的汉字，在一个个少女的红唇上吃尽胭脂，绯色地飞起，追着银河外的星群红移。语言的新空间。"① 对这首诗而言，许多词语也是饱蘸历史、文化的液汁，但重要的是，这些词语是向着当下的情感经验"飞起"的，"现在"这一瞬间凝聚着"过去"，也想象着"未来"，在时间里以语言创造着一个新的关于爱情关于少女关于人生的"新空间"。

任洪渊是个真正具有诗人的想象力和青春激情的写作者，面对他那以自由的语言释放身体的感性、寻求"生命的自由"的诗学意愿，面对他那些与诗学相互阐释的诗、那些诗文相合的诗学，我们觉得虽然感到他的文字中有许多未能"展开"和过于激进的东西，但其中那种混合着"力血性和诗"的青春冲动和"东方智慧"也弥足珍贵，尤其是诗人身上那涌动的诗人激情和哲学家气质更是当代中国诗人所少有。

---

① 任洪渊：《主语的诞生：词语红移的曹雪芹运动》，《墨写的黄河——汉语文化诗学导论》，第 158 页。

第 九 章

汉语的"美声"唱法:张执浩与当代诗的语言

一 不能"终结"的"爱"

《终结者》是诗人张执浩新近一组作品中的一首,也被放在他第一本公开出版的自选诗集《苦于赞美》①中,作为最后一首,一本书的"终结者",也可见此诗在作者心目中的分量。诗人在写一种"终结"的东西,而在我们的内心引起的却是震动的开始、莫名的感动和悲伤的涌动不息:

> 你之后我不会再爱别人。不会了,再也不会了
> 你之后我将安度晚年,重新学习平静
> 一条河在你脚踝处拐弯,你知道答案
> 在哪儿,你知道,所有的浪花必死无疑
> 曾经溃堤的我也会化成畚箕,铁锨,或
> 你脸颊上的汗水、热泪
> 我之后你将会成为女人中的女人
> 多少儿女绕膝,多少星宿云集
> 而河水喧哗,死去的浪花将再度复活
> 死后如我者,在地底,也将踝骨轻轻挪动

也许可以将这首诗理解为对一种刻骨铭心的爱的坚守与怀念。诗作让

---

① 张执浩:《苦于赞美》,武汉出版社 2005 年版。本书以下所引张执浩诗作,凡未特别注明出处的,皆引自此诗集。

人感动是因为它为这种坚守与怀念提供了最朴素但似乎最完美的艺术形式。这种感伤的个人独白在诸多独特的想象（意象基本与河流、水有关，暗中对应诗中时间永逝的主题）中显得开阔而深入，直至开阔到无边的人世和渺远的星空，直至深入每个生者的记忆及每个死者的睡姿。

林白曾说:"读张执浩的诗歌你会有再谈一次恋爱的冲动。"[①] 这位女小说家的话可能是真的。不过，更多的情况可能不仅仅是"再谈一次恋爱"，而是读张执浩的诗，我们荒芜的内心，有一种枯萎已久的"爱"感再度复活的感觉。这不仅仅是情欲的"爱"，更是一种愿意放弃自己沉入辽阔时间沉入心仪的对象与之一起构成永恒的爱，是一种与"自我牺牲"同构的"爱"。在这个意义上，读者也许可以重新理解了张执浩六七前写的一首代表作《亲爱的泪水》:"……我在寻找亲爱的泪水，在小说/与诗歌之中，在雷雨前夕的蚁穴旁，/在火葬场的烟囱下，在哭声的海洋里。/有多久了？我想顺着眼睛往体内挖……//为什么没有亲爱的泪水？/刀子捅进去，为什么没有血？/我找不到我的心藏在了哪里，/也看不见掩埋她的尘土和岩石。//这是我一个人的秘密。/亲爱的生活，你把我磨炼得无情无义，/也将我击打得麻木不仁。/……"诗人的写作更多的是对俗世生存中的自我的感伤审视，他的言说牵引出人们的爱的"泪水"。让人们重新思想"爱"，以"爱"来对待人世。《终结者》，从张执浩最近的这一首诗我们仿佛看到了他最初的一首诗，每一首似乎都在质询自我、都在寻访人世:"亲爱的泪水"，亲爱的"爱"，你在哪里？

在"现代"的境遇中，有"爱"的意识、有爱的能力，其实是一件非常困难的事情。现代社会是一个机械化、体制化、数字化、仪式化的时代，各样的"技术"相互关联，成为一种大于人的生存的网络，日本学者今道友信曾这样描述"现代":"当这种技术关联成为一个新的世界出现在我们眼前，而我们则在其中成为被支配者的时候，从这个时候起，就是我们所谓的现代了。""现代"社会一个重要特性就是"将过程极度地压缩以使结果极度地奏效。换句话说，就是压缩过程所有的时间性，尊重效果所具有的空间性"。但"爱，无论如何毕竟是意识问题"，作为人的"本质"的"意识"本质上是时间性的，于是我们看到，"只要时间性的意识在现代趋于虚无化，那么，人也就只能变得越来越接近于没有意识的

---

① 此言印于《苦于赞美》一书的封底。

事物，从某种意义上说，在当今的时代背后，有一股使人非人化的潜流。所谓人的异化也充分体现在这里。人们仍保持着以往的人的外形，或许是更健壮、更高大了，但人的时间性的意识在某种意义上却缩小了。心灵缩小了，爱不也就缩小了吗？"①

今道友信先生的话今天看来也许是老生常谈，但对于当下的诗人们不见得就毫无意义。当代汉语诗坛曾经热闹非凡，今天也是帮派林立，各类的"革命"口号此起彼伏，各样似新实旧的技艺炫耀，"新"的诗作也许层出不穷，但那种在"心灵"和情怀上、技艺上皆能让人信服的"好"诗却往往难得一见。对于许多诗人而言，"好"的诗不是在个体对现代境遇的刻骨体验、诗人对现代汉语和诗歌这一文类特殊的艺术形式三者之间的一种互动、平衡，而是现代主义式的"新"，直至诗歌成为个人感觉体验、形式主义和语言实验的极端形态。诗一方面脱离了读者（有时甚至连作者本人也不能作出合理的解读），另一方面也脱离了"生活"（看不到作为生存个体的"人"在生存中的"心灵"状态）。诗歌为什么在这个时代如此贫乏无力？张执浩本人认为是因为"爱的缺席"。②

当代诗歌"文本"为何缺乏触动人心的"力量"？在以张执浩、余笑忠等为代表的《平行》诗人群体看来，是我们错误地对待了"写作"和"生活"的关系，一如张执浩所说："那些试图用写作取代生活的人不是平行者，同样，那些认为生活大于写作的人也不是平行者。所谓平行，首先是与生活保持一种恰如其分的对等关系，既是毅然反抗，又是当然承担；既从容，又紧张；既明知无望，又矢志前行。"③ 从这个意义上说，人们对当代汉语诗坛的许多不满；也许一方面来自某些"知识分子"的诗歌写作中的"写作"大于"生活"的危险，另一方面来自那些口语诗，"非非主义"式的诗歌写作，这样的写作似乎是愿以想象中的"原生态"的"生活"本身代替"写作"。1999 年开始的诗歌论争其最大的受益者无疑是当代汉语诗歌本身，从此，当代汉语诗歌的叙述方式、语言形态和艺术形式似乎都丰富了许多。而对于《平行》的诗人们来说，无论诗歌

---

① 参阅［日］今道友信《关于爱》，徐培、王洪波译，生活·读书·新知三联书店1987年版，第5—15页。

② 张执浩：《跋：黄鹤楼下》，《苦于赞美》，第320页。

③ 张执浩主编：《平行》第一卷，2005年12月，第292页。

的语言和形式的变化和文本自身的力量，还得从个体心灵对生活的感受入手，他们深信：只有内心对生活的经验、想象的深入，才能带来诗歌精神意蕴的深厚；只有充满"爱"的心灵对生活满怀热爱和同情，才能带来诗歌语言、意象、境界和艺术形式的新颖与美。

二 "美"与"苦于赞美"

诗歌在这个时代如何不使个体的"心灵"在语言中更加沉沦、萎缩，如何抒写"爱"？这是诗作为一种特殊的文类如何反抗"非人化"的"现代"社会的问题，这个时代每一个诗人都应当面对。过一种"写作"与"生活"相互"平行"的生活也许意味着时刻警醒在日常生活中的自我状态，时常反省自己的内心，在对生活的凝神细察中发现美妙的语词和意象，在对具体的生存状态中言说自我对人世的洞察，从而不仅让诗歌中的"生活"意蕴显得均为丰盈、厚重，"写作"的成分恰到好处，也不露痕迹。

"心中有美，却苦于赞美"，是张执浩组诗《内心的工地》的最后一句。这里单纯地理解这句话似乎别有深意：它不仅反映出诗人的内心，言说的出发点——对生活的细读、由"爱"引申出的无数的"美"的发现。但是，"生活"、"美"一定远远大于人的内心超出了人的语言，当我们来言说的时候，发现无法言说，这里又显示出诗人对语言的自觉意识。也许正是这种"心中有美，却苦于赞美"的内心的言说冲动与言说的艰难感，诗人的文本精神与语言之间才具有了一种张力，既意蕴丰盈又形象生动。张执浩许多成功的诗作，都是极为平常的日常生活，是生活中每一个人都可能遇见的场景、遭遇的情感。就语言、意象和境界的营造来说，他似乎就不喜欢追求现代主义式的新奇和技巧的复杂，甚至身居城市的张执浩至少有三分之二的诗作偏爱使用自然意象，但这并没有影响他的诗作在呈现个体生存和自我心灵方面的意蕴的复杂性和诗歌整体风格的优美感伤。

除了偏爱传统诗歌写作惯常使用的自然意象之外，甚至在题材上他也将自己深深嵌入"传统"之中。一个值得注意的事实是：诗人的那些优秀诗作中，写"母亲"的作品占了相当大的比重。几首精心结构的组诗

《亲密》、《美声》、《大于一》都是。还有其他诸如《身边的丘陵》、《覆盖》、《青苗》这样的诗作。在追"新"逐"异"当代诗坛，像张执浩这样沉入对乡土"母亲"的大量叙述的诗人似乎是少数。乡土化的"母亲"形象，在现代汉语诗歌的历史中，似乎许多诗作已经将之塑造得非常丰富而成功。诗人继续书写这一题材，很容易陷入情感充沛而形象和蕴意缺乏新意的尴尬。可张执浩还是固执于自己的情感与记忆，以大量的笔触沉入乡村，沉入已经睡去的"母亲"形象，以之作为抒情的契机，带出许多关于个人、关于乡土中国、关于城乡之间的现代性差异等丰富的历史经验，使传统的乡土"母亲"诗作变得更真实、更厚重。古往今来的汉语诗作中，有许多"母亲"的形象塑造得非常形象而具体，深情而感人。可是在张执浩的笔下，对"母亲"的怀念往往牵引出人根本不能承受的"生活的本质"，使人读来感到无比沉重：

> 我生于一块红布下的一张普通的草席
> 平凡的少妇，满脸倦怠的母亲
> 多年以后，她已记不起小儿子初生的表情
>
> ……
>
> 也许此刻母亲也在张望，露水滚过脸颊
> 她的白发被炊烟拉直，又被晨风
> 摘系在野枣枝上……哦，母亲！
>
> 我遗传了您的偏头痛，和您的智齿
> 当你手捧脑袋时，我也一样头疼欲裂
> 只是您不能想象昨天的小儿子
>
> 今天已是小老头的模样
> 他在生活中弯腰驼背，仿佛
> 活着就是受罪，又仿佛只有如此
>
> 才更接近生活的本质

这不是一张红纸所能承担的真实
却是一块红布反复招展的原因

——《大于一·一块红布》

如果说张执浩在这首诗里完整地呈现了中国农村一位普通的"母亲"的形象的话，那么，更值得我们感叹的无疑是这位对人生充满着悲剧性的洞察的"小儿子"，他"今天已是小老头的模样/他在生活中弯腰驼背，仿佛/活着就是受罪，又仿佛只有如此//才更接近生活的本质"。人生如此荒谬，这"真实"不是写作所能担当的。而"母亲"的形象、"母亲"的"爱"无比美好，曾经有过的一切又如此叫人难忘，这正是"一块红布反复招展的原因"。在有限人生的"美"与时间流逝不息的残酷的"真"面前，诗人一再陷入痛苦的思忖。

三　有限个体的艰难歌唱

在张执浩这些献给"母亲"的诗作中，组诗《美声》① 也许叫人的感动最为持久："秋风乍起的夜里，草虫的鸣咽回旋。/一个外乡人把国道走穿，又迂回于故乡小径。/此前他怀抱明月远遁/如今空剩一颗简单的心。//他并不孤寂，只是倍感孤寂。/在一座到处都是人的城市，他的问题在于/不能成为他们的一部分，甚至连眼前的这些路灯/怎么看都像是一只只窥视生活的眼睛。//此时，恋爱的人正陆续走出东湖的西侧门。/几张刚刚接吻的嘴准备去解放路宵夜。/……"（《美声·1》）"而在更深的夜里，红灯区有着更黑的梦境。/……//在他走后，歌剧院的女花腔仍在高音区徘徊/'美啊，我只能上不能下了！'/她显然失去了驾驭岁月的能力，只能听凭/昔日的荣光将她扶上致命的烟尘。"（《美声·6》）"现在，吃完夜宵的青年仍在期待不散的筵席。/我掏出打火机，感到火焰一下子蹿进了内心/……"（《美声·8》）"//是的，在秋风渐紧的夜里，我/腾空了每一间肉体的房屋，像/剧院售完了座位，最后的高音/正在攀爬心灵的穹顶。"（《美声·10》）

---

① 作于 2000 年 10 月至 2001 年 12 月，刊于《星星》2002 年 5 月号。

　　这组由 11 首大约平均为十四行的诗作构成的长诗，以怀念母亲为情感背景，真实的线索却是"我"在城市夜晚的漫步与遐想，城市夜晚的想象和乡村生活怀想并行不悖，哪一种场景都很容易超越现实成为现实的象征，平凡的场景都显得蕴意无穷。漫长往事中的经验与当下的想象，紧紧配合着作者的内心行程，与内心言语的行进相应的似乎还有诗人想象中的歌剧院里的在高音区徘徊不息的"美声"，"失去了驾驭……能力"的演员发出的"美啊，我只能上不能下了"的感叹叫人震颤不已。诗作的最后一首尤为意味深长：

> 掌声响起来，节目单上出现了
> 一位打扮成菠萝的少女，她和她的香蕉男友
> 正在拼命地抹眼泪
> 他们谢幕，再谢幕，迟迟不肯下台。
>
> "现在，请让我们全体起立！"
> 被目送到黑夜中的人啊，请你们看一看
> 我红肿的手掌，"我拍疼了自己，是为了
> 成为掌声的一部分。"
>
> ——《美声·11》

　　全诗随着作者夜晚的散步和内心的遐想、回忆、辨析和想象，到这里一切就像一场演出一样，该结束了。如果说第一节可能是对这个媚俗的时代的隐喻的话，最后这一节诗人的用意可能就是对自身的隐喻。"为了成为掌声的一部分"，"我拍疼了自己"，这种生存状态是不是比喻"我"这样的始终追求生命意义的人，为了获得生存的真相成为"意义"的一部分，而使心灵变得痛苦不堪？或者，这演出、这掌声都不是诗人所喜悦的，但却是他必须妥协的，他在俗世生存中，为了成为生存的一部分，必须忍受人世的煎熬？无论是何寓意，诗人在一次漫长的内心旅途之后如是结尾，还是表达了他对艰难的个体生命的一种复杂心态。这首长诗的叙述的从容、经验的庞杂和想象的独到、丰富以及结构的紧密、合理在近年来的当代汉语诗歌中实为少见，实在是当代汉语诗歌写作的一次艰难而又美妙的歌唱，就像那种叫人艳羡的高不可攀的"美声"。某种意义上，张执

浩的诗歌写作,也正是面对贫乏时代、艰难人世的一种执着的意义寻求,是苦苦发出的命定的歌唱,一切就像他自己所写的一样:"美啊,我只能上不能下了!"

在这几首诗的末段,我们都能读到张执浩"心中有美,却苦于赞美"的真实状况:诗人敏锐的心灵总是能发现生活的动人之处,但这动人之处往往联系着自我与有限的人世,当诗人言说这"美"的时候,首先要遇到的是生存的有限导致的对人生和写作本身的怀疑。在张执浩的诗中,我们经常能读到这样一些青春易逝、人生无常的悲伤感叹:"老了,却还活着"(《岁末诗章·1》)、"拒绝成长"(《内心的工地·4》)、"都是要死的人,却活得斤斤计较"(《内心的工地·6》)、"'您怎能指望我爱上这老人的世界'"(《少年白》)、"今天啊,你为什么总是昨天的结果"(《铅笔》)、"时空在变幻,而他拒绝成人"(《美声·10》)、"未及展开的青春与老年相遇"(《哆嗦》)、……这"美"、这人世,不是"我"能担当。"苦于赞美"的"苦"是不是也有苦于不得不言说人世的悖谬的意思?

二是从语言与生存本真之关系的角度,语言能否担当存在真相的澄明?这"美"的具体所指、这存在的真相"我"是否能否说出?对于生存之痛,诗意的文字能否完整地表达出来,能否在语言中完成艺术形式的建构从而安慰自己的心灵?事实上,历史上伟大的作家都曾遭受这样的存在与语言之间难以对等的苦痛。"你给我们丰富,和丰富的痛苦"(穆旦语),面对"生活",一个高质量的心灵一定有这样的感受。然而,更痛苦的是,包括(语言)艺术在内,一切可能的救赎都是无望的。鲁迅就曾用诗的语言这样表达难以言说那生存剧痛之苦:"……抉心自食,欲知本味。创痛酷烈,本味何能知?……/……痛定之后,徐徐食之。然其心已陈旧,本味又何由知?……"①

很多时候,我们读张执浩的诗,会感到诗歌中的那个叙述者对人世的沉痛与绝望。他几乎要大喊着像拔牙一样将自己从"时间"中拔出来,让疼痛的不再是自己,而是"时间":"我退出来。让时间喊'疼'!/哦　我陷得太深,如同血液里的血液,/也像是海洋中的水滴。//内心里有一片牧场,但没有/今夜的羊群;内心里有爱,但没有/受爱者;内心里有一张嘴,但没有/力气说出'内心'。//……//一个不幸的人受到打击,

---

① 鲁迅:《墓碣文》,见《野草》单行本,人民文学出版社 1973 年版。

时光/并不饶恕他。他在下沉，如同/我眼前的这枚铁钉：退缩，一声不
吭。/而你们看见的只是困难的完美//我这儿有一张白纸，被胡言和乱语
定义/为'诗歌'；我这儿有一根骨头被生活/挤压成了一截扭曲的铁
丝……//拔呀，我说，同时，我感到/另一股力量正在拽我陷入绝境"
《拔》。

也许，我们要诟病诗人内心对于人世的过于悲观。在这个集体沉醉于
享乐主义的时代，诗人的沉痛言说几乎是无病呻吟。但是谁告诉我们，诗
歌在这个时代只应该是"审美"？重要的只是技艺和革命姿态的不断更新
炫技？只应该是无数小团体小帮派的喧哗？诗歌不能承担"爱"的吁求
和对有限人生的质疑、追问和"飞跃"（索伦·克尔凯戈尔语）的渴望？
"把诗说成原初地就是精神的审美方式，堪称现代审美主义的谣言。毋宁
说，审美与救赎的精神冲突原初地展现在诗的言说中。"① 张执浩诗中的
精神冲突应当是"审美"与"绝望"、"爱"与人世无可挽回之间的冲
突，这是诗人一再"苦于赞美"的原因。在当代汉语诗坛，张执浩的诗
歌写作，一个重要的意义是也许出示了一个诗人追求生存真相的心灵，这
种心灵使当代汉语诗歌的某些文本具有了一种迫使人追问人世与永恒的精
神力量。对于那些沉迷于对语言、技艺和"革命"情结的诗歌写作来说，
这种写作是一种鲜明的参照，它使我们重新思虑什么是"爱"、"美"从
何来、短暂而沉沦的人生该如何救拔。

四 汉语在词根处的敞开

更为重要的是，张执浩的诗歌写作为当代汉语诗歌提供的技艺因素也
是不容忽视的。对于张执浩这样的写作者，大质量的心灵和深广的精神视
野往往使他能将平常的语词、朴素的意象运用得与情感、经验的言说融洽
无间。他的诗歌技艺是关于"生活"、生存的思想和想象的分行陈述。来
自"心灵"的力量凝聚了日常生活被人忽略的言语、场景和细节（包括
许多人的内心想说而未说出的话，当他以诗的方式说出来，人们深感这样
的语句平常而触动人心）。而内心涌动的"爱"的光晕，则照亮了俗世生

---

① 刘小枫:《拯救与逍遥》（修订本），上海三联书店 2001 年版，第 33 页。

存中许多微不足道的东西，卑微的事物进入了高贵的叙述（像《高原上的野花》、《喂，稻草，人》、《身边的丘陵》等）；"丑"的事物在这里被发现了它的意义（像《蛇与蛇皮》、《乌贼》等）；而"美"的事物，则美得有形有体（像《亲爱的眼泪》、《荡漾》等）；而赞"美"，则往往在疼痛和感伤中回旋上升（像《亲密》、《美声》等）。在这里，我们可以借《身边的丘陵》这首诗和前面提到的《美声》等诗来看张执浩的诗作在当代汉语诗歌众多文本中的一个特色：

> 如果我热爱起伏，你就要不断绵延
> 从少年到中年
> 这些山越长越矮，止息于
> 现在：一座坟茔升起，一位母亲蹲下去
> ……

仅在这首诗的前面部分，通过诗人的想象性描述，我们就突然感到对"丘陵"这一司空见惯的事物有了全新的理解。原来，这身边的地理，我们之所以长期对之有无言的情感，是因为它以自己的"不断绵延"来成就成长的我们的"热爱起伏"，"丘陵"越来越矮，是为了"我"的慢慢升高，在内在里，这大地的一部分，原来是我们的"母亲"的象征。"丘陵"意象在这里与"母亲"、与一种沉默的牺牲精神联结在一起，似乎隐喻着大地之于人的一种恩情。你在读这首诗时，感到"丘陵"这一词语不再是遥远故乡的一种地貌，而是一下子感到从"词根"处贴近了这个词，看见了这个词内在的亮光。

其实，在读《亲爱的眼泪》、《美声》、《亲密》等诗时，我们也会深有同感。张执浩并不像一些诗人所批评的那样"总是用一些习惯的词汇"，而是他以自己的情思和想象重新挖掘现代汉语在不同语境中的新的内涵。他的诗中看似有许多我们熟悉的词汇，但这些词汇在诗歌里绝不是享用现成意识形态的已有意义，而是诗人用自己的写作重新发现这个词，这是一种"本质性的词语"。正是在这里，我觉得张执浩"朴素"的写作切中了海德格尔（M. Heidegger，1889—1976）所言的"诗的本质"：

> 诗是用词语并且是在词语中深思的活动。以这种方式去深思什么

呢？恒然长存者……存在必须敞开，以便存在者得以露面……当诗人
说出了本质性的词语时，存在者就被这一命名命名为存在者了，于
是，就作为存在者逐渐知晓。①

在诗人紧紧抓住一些汉语词汇的独特的想象性言说中，我们得到一种
"存在""敞开"的亮光。在存在者得以露面的同时，这些词语在意蕴上
获得了一种重新"敞开"。从这个意义上说，张执浩一方面是作为人类原
初的一种精神形态的"诗"之历史链条上的那种为存在者"命名"的诗
人；另一方面是一个善于体察词语在当下语境中的意蕴变化的诗人。当代
汉语诗坛，少有诗人像张执浩那样对一些朴素的汉语词汇（基本上是双
音节词汇，也为人们所熟悉）心醉神迷、精心打磨。他重新打磨了这些
词汇，使这些陈旧的词汇被剔除了文化、政治等意识形态的锈土，在新的
历史语境中变得敞亮。

这也是张执浩的诗语感纯粹流畅、意蕴丰富但不晦涩的原因，这样的
诗作当然容易直指读者的内心从而获得阅读上的感动。当他说"亲爱的
眼泪"，很多人突然想到，这咸咸的泪水，我们已经久违了，当这个题目
被言说出来，甚至有优秀的诗人愿意再用这个题目继续写下去；当他将一
种怀念"母亲"与叙述自我历史的个人吟唱命名为"美声"时，我们才
知道："美声"的内部还有如此广阔、美丽的图景。如果非要谈论张执浩
诗歌写作对于当代汉语诗歌在具体文本上的典范意义的话，那么，我们可
以说，诗人以自己艰难的生存思忖和对词语的平凡选择与独特想象，赋予
了当代汉语一种新的形态，说出了某些汉语"词根"层面的意蕴。如果
将诗歌写作喻为生存个体艰难的歌唱的话，那么这种写作无疑是汉语在当
代发出的一种饱含精神高度和技艺难度的"美声"。

确实，张执浩诗中的许多"美"来自他对生命的追问和人生的感叹，
许多诗作因为过于徘徊于人生的悖谬议题、悲剧处境而显得境界深广，语
词纯净。但也正是这种风格可能会使一些热爱"意义"之外的"诗"本
身的读者不大满意，他们可能会抱怨这样的写作是不是太不够"复杂"
了？事实上，他们若是完整地读一下新出的《平行》上的组诗《无题十

---

① ［德］海德格尔：《荷尔德林与诗的本质》，刘小枫译，伍蠡甫、胡经之主编：《西方文
艺理论名著选编》，北京大学出版社 1987 年版，第 581 页。

六弄》，也许这种感觉就会消失。十六首诗，题材都是从日常生活的小事小感触甚至小道消息中信手拈来，细节更细，场景更具体，作为能指层面的言语和意象与诗歌的所指之间距离甚远，比以前张执浩的许多代表作解读起来要困难得多。但有些诗作，认真研读，还是能发现其间微妙而丰富的寓意，不知这是不是张执浩新近酝酿的诗歌写作的一种转型：要在更小的事物上完成更新更隐秘的主题？这里我们看一下其中一首：

> 教一只鹦鹉唱《国际歌》有那么难吗？
> 在汉口，在宠物集散地
> 一个退休公务员以此为业
> 送他一条京叭狗，还你一个纯正的首都居民
> 爱国者每天缝一面国旗
> 爱人的人却常常在人群中生闷气
> 一只鹦鹉来自崇山峻岭，一只鹦鹉
> 没有自己的方言，还是这只鹦鹉
> 用汉口话唱《国际歌》
> 所有见识过它的人都以为它来自联合国
>
> ——《无题十六弄·之九》

从诗的语境看，诗人的灵感来自一只可以"用汉口话唱《国际歌》"的鹦鹉，在那个"宠物集散地"，狗也可以说纯正的北京话。诗的核心也许是"爱国者每天缝一面国旗/爱人的人却常常在人群中生闷气"。诗人是否在说：鹦鹉学舌是容易的，《国际歌》是容易的，缝国旗也是容易的，"爱人"却是非常困难的？借助于动物，诗人是否嘲讽了当下的"人"：民族、国家这些东西，真的是真理、价值的绝对形态吗？这些东西和无条件的"爱"比起来会更重要吗？

诗的主题还是一如既往地"说爱"（诗人也曾有一首叫《说爱》的诗、一篇题为《说爱》的随笔），但"说"的方式有所变化，"说"的语境也更加深广了，从而也使诗的意蕴更丰富复杂了。当张执浩"这样写"的时候，无疑让我们又对他充满了新的期待。

第十章

形式意识的自觉:闻一多诗歌写作的意义

现代汉语诗歌的灵魂是"节奏",闻一多的新格律的要义也正在于此。新月派以来,新诗其实有一个"自己的传统",就是徐志摩、闻一多等开创的,后为卞之琳、冯至、何其芳等杰出诗人所继承的对新的形式秩序的探寻。对于诗歌这一特殊文类而言,这一传统的重要性毋庸置疑。闻一多的诗歌写作与诗学理论,不仅对现代诗歌有重要意义,对当下的现代汉诗写作仍然具备有效性。

一 作为诗人的闻一多

正如一位学者所指出的那样,对闻一多而言,诗歌的"本体"并不在"形式",而"在所内涵的思想和精神",闻一多的诗学观的基础还是一种以"自由"和"正义"为核心的"生命哲学"("'自由'是生命的本性,'正义'是保证生命达到自由境界的前提")。① 从闻一多激情、壮烈的一生来看,我们确实可以认识到这一点,这是一个以生命来写就人生的诗篇的思想者、行动者。但闻一多作为一个诗人的杰出之处也在于,他的"生命哲学"诚然是一种独特的个体生存经验和历史经验,但这经验

① 参阅陈国恩《中国现代文学的历史与文化透视》,武汉大学出版社 2005 年版,第 186—189 页。

并不就是"诗"，诗还是必须有它自身的说话方式，而形式——form，[①]
首当其冲。虽然他坦言自己的内心如同一座"火山"，他的"自我"极为
疼痛、压抑，但他不是因着内心情感的炽烈，就像有些诗人那样"随随
便便的活活泼泼的借当代的言语去表现自我"，[②] 他始终为之苦闷的是缺
乏"技巧"[③] 来书写内心的积郁。从格律如此整饬的诗集《死水》来看，
我们知道这个人在诗歌形式上对内心之"火"多么克制。他的写作表明
他是一个在诗的语言、形式等本体向度上非常自觉的人。

　　他其实并不欣赏郭沫若诗歌中那非常"欧化"的"形式"和"精
神"，但他却激赏郭沫若诗歌中的"新"，认为"郭沫若君的诗才配得称
新"。[④] 这是一个诗人对汉语诗歌新的想象方式的肯定。郭沫若诗集《女
神》中的作品确实通过自由、狂放的想象为新诗带来了许多具有现代性
的新的意象，也在汉语诗歌中开辟了一个诸如"动的世纪"、"反抗的世
纪"这样的新的想象空间。[⑤] 他毫不掩饰对胡适提出的所谓"纯粹的'自

---

　　① 闻一多 1926 年 4 月 15 日给梁实秋、熊佛西的信："北京之为诗者多矣！而余独有取于
此数子者，皆以其注意形式，渐纳诗于艺术之轨。余之所谓形式者，form 也，而形式之最要部分
为音节。《诗刊》同人之音节已渐上轨道，实独异于凡子，此不可讳言者也。余预料《诗刊》之
刊行已为新诗辟一第二纪元，其重要当与《新青年》、《新潮》并视……"此闻一多等人以自
觉地考虑从音节出发，为新诗创造新的形式。见《闻一多全集》第三卷，庚集，开明书店 1948
年版，第 41 页。

　　② 闻一多在《〈冬夜〉评论》中批判俞平伯的作诗方式："《冬夜》自序里讲道：'我只愿
随随便便的活活泼泼的借当代的言语去表现自我，在人类中间的我，为爱而活着的我。至于表现
的……是诗不是诗，这都和我的本意无关，我以为如要顾念到这些问题，就可根本上无意做诗，
且亦无所谓诗了。'俞君把做诗看作这样容易，这样随便，难怪他做不出好诗来……诗本来是个
抬高的东西，俞君反拼命地把他往下拉，拉到打铁的抬轿的一般程度。我并不看轻打铁抬轿的底
人格，但我确乎相信他们不是作好诗懂好诗的人。不独他们，便是科学家哲学家也同他们一样。
诗是诗人作的，犹之乎铁是打铁的打的，轿是抬轿的抬的。"闻一多：《〈冬夜〉评论》，原载
《冬夜草儿评论》，"清华文学社丛书第一种"，1922 年版。引自《闻一多全集》第三卷，丁集，
开明书店 1948 年版，第 168 页。

　　③ "我只觉得自己是座没有爆发的火山，火烧得我痛，却始终没有能力（就是技巧）炸开
那禁锢我的地壳，放射出光和热来。只有少数跟我很久的朋友（如梦家）才知我有火，并且就
在《死水》里感觉出我的火来。"闻一多：《给臧克家先生》（1943 年 11 月 25 日），《闻一多全
集》第三卷，庚集，开明书店 1948 年版，第 54 页。

　　④ 闻一多：《〈女神〉之时代精神》，《创造周报》1923 年第 4 号。

　　⑤ 闻一多：《〈女神〉之地方色彩》，《创造周报》1923 年第 5 号。

由诗'的音节"的嘲讽;① 也将"琐碎而枯燥"的《冬夜》批判得近乎一无是处,并很自满于这样严厉的批评;② 为了说明《冬夜》的多么缺乏想象力,他随手拈来郭沫若、冰心的一些诗句,认为《冬夜》与之相比简直"差远了"。③ 这是一个自信自己明白诗之"本体"为何物的写作者,也是一个严格倡导作诗之基本规则的批评家。

他在 20 世纪 40 年代编辑的《现代诗钞》也是一部值得关注的现代诗歌文本的选辑。在这个选辑里,我们虽然不能说所有的文本均是经典,这些文本的出现和结集也有许多未明的问题,但我们可以看到闻一多对自己和同时代人的诗作的编选是很有意思的。他对自己的诗作,除了选了那首著名的《奇迹》外,另外所有的诗作均来自《死水》,早期的诗集《红烛》一首也没选。除了少数诗人譬如田间的作品之外,我们看到闻一多不管在什么样的历史境遇出于什么样的立场,他对诗歌的基本底线是不会轻易放弃的。在诗歌写作和批评上,他始终是一个坚持诗之本体向度的人。④

---

① "胡适之先生自序再版《尝试集》,因为他的诗中词曲的音节进而为纯粹的 '自由诗'的音节,很自鸣得意。其实这是很可笑的事。旧词曲的音节并不全是词曲自身的音节,音节之可能性寓于一种方言中,有一种方言,自有一种 '天赋的'(inherent)音节。声与音的本体是文字里内含的质素;这个质素发之于诗歌的艺术,则为节奏,平仄,韵,双声,叠韵等表象。寻常的言语差不多没有表现这种潜伏的可能性底力量,厚载情感的语言才有这种力量。诗是被热烈的情感蒸发了的水气之凝结,所以能将这种潜伏的美十足的充分地表现出来。所谓 '自然音节'最多不过是散文的音节。散文的音节当然没有诗的音节那样完美。"闻一多:《〈冬夜〉评论》,《闻一多全集》第三卷,丁集,开明书店 1948 年版,第 143 页。

② 1922 年 11 月 26 日闻一多至梁实秋的信:"《冬夜草儿评论》收到了。这点玩艺儿大致还不差……"见《闻一多全集》第三卷,庚集,开明书店 1948 年版,第 27 页。

③ 闻一多:《〈冬夜〉评论》,《闻一多全集》第三卷,丁集,开明书店 1948 年版,第166 页。

④ 《现代诗钞》共录闻一多自己的诗作 9 首,除《奇迹》外,另外 8 首分别为《"你指着太阳起誓"》、《也许》、《末日》、《死水》、《春光》、《诗二首》(即《一个观念》和《发现》)、《飞毛腿》。这些诗作均出自《死水》集,形式极为讲究。参阅《闻一多全集》第四卷,开明书店 1948 年版。即使是出于"人民情怀",闻一多对田间这样的"人民的诗人"评价很高,但在具体编选过程中,他还是较为严格地控制了美学尺度(所选诗作为 6 首,虽较一般诗人多,但不及徐志摩的一半)。

二　早期新诗的"形式"建设

对于现代汉语诗歌而言，诗的本体向度到底意味着什么，闻一多的诗歌观念和写作实践又有什么样的意义呢？

"诗"是一种特殊的"言说方式"，在一切文类中，它的形式感是最突出的，它对语言、意象的要求是最严格的。诗歌言说"现实"经验、思想、意义，但它并不直接满足人的意义诉求，更不直接等同于"现实"，而是在具体的"语言"形态和特定的"形式"机制中间接呈现"经验"的现实。当我们谈论诗歌的发生，有三个因素是不可避免的，即现实经验、语言符号和艺术形式。从"新诗"所在的历史时间看，与此相关的分别是：个体的现代性的现实境遇，汉语所必须面临的现代转换和诗歌传统形式与现代经验的冲突。"新诗"是与"旧诗"相对的，这一命名也遮掩了诗歌的本质和价值，新的诗并不就是好的诗，时至今日，对很多人而言，一首"旧诗"给他的感动可能比"新诗"多得多，诗的新旧与好坏无关，诗有诗的本质。在诗歌的写作实践中，"新"和"旧"的因素、现代和传统的东西，并不是意识形态中的对立关系，而是转化、交换关系；"新"的诗不见得是"好"的诗，"旧"诗的方法未见得就不能在"新"诗里使用。也许，把"新诗"称为"现代汉语诗歌"（简称"现代汉诗"）更能体现出把握自晚清以来发生剧变的中国诗歌的历史意识和本体意识。

从语言角度，"新诗"的语言——"白话"也在传统句法和西方"文法"的多方"对话"中发展成为渐渐成熟的现代汉语。从形式角度，"新诗"的体式"自由诗"也不能被绝对化，不加分辨地崇尚"新诗应该是自由诗"[①]，无视诗歌所必需的情感的内在节奏、声音美学，而是应该在经验和语言、诗行之间寻找节奏的美妙平衡，建设真正"现代"的"诗形"。可以说，现代汉诗的本体状态乃是一种现代经验、现代汉语和诗歌形式三者互动的状态，意义和韵味乃是在三者相互作用而生成的。现代汉

----

① 冯文炳：《新诗应该是自由诗》，冯文炳（废名）：《谈新诗》，人民文学出版社 1984 年版。

诗的意义生成必得在经验、语言和形式的复杂互动中考察，单纯地谈论任何一个因素都是偏执。新诗的诞生，与古典诗歌无法言说现代的个体经验这一历史状况有关。而初期白话诗遭到新月派的反对，正是因为胡适等人在用新的语言言说经验之时忽略了形式，以为"自然"地表现"自我"就有了"诗"，新诗有了新的"自我"和新的语言就"自然"有了"音节"。

　　闻一多的《诗的格律》可以说是"格律诗派"的理论纲领，这篇文章首先清算的就是新诗早期膜拜"自然"的写实主义和表现"自我"的浪漫主义。初期白话诗写作中，很多人崇尚"写实主义"，主张诗歌表现"自然的音节"。闻一多对此极力反对："自然界的格律不圆满的时候多，所以必须艺术来补充它。这样讲来，绝对的写实主义便是艺术的破产。'自然的终点便是艺术的起点'……偶然在言语里发现一点类似诗的节奏，便说言语就是诗，便要打破诗的音节，要它变得和言语一样——这真是诗的自杀政策了。"[①] 而浪漫主义"随随便便的活活泼泼的借当代的言语去表现自我"，而不管这到底是诗不是诗的写作态度，更是遭到闻一多的嘲笑，认为根本不能把他们的东西算作诗："他们压根儿就没有注意到文艺的本身，他们的目的只在披露他们自己的原形。顾影自怜的青年们一个个都以为自身的人格是再美没有的，只要把这个赤裸裸的和盘托出，便是艺术的大成功了。你没有听见他们天天唱道'自我的表现'吗？他们确乎只认识了文艺的原料，没有认识那将原料变成文艺所必需的工具。他们用了文字作表现的工具，不过是偶然的事，他们最称心的工作是把所谓'自我'披露出来，是让世界知道'我'也是一个多才多艺、善病工愁的少年；并且在文艺的镜子里照见自己那倜傥的风姿，还带着几滴多情的眼泪……他们的诗……当它作西洋镜看也可以，但是不能当它作诗看。"[②]

　　闻一多不仅看到初期白话诗诗意贫乏的问题的关键，还提出了建设新诗格律的具体主张。他的"新诗格律化"主要从视觉与听觉两方面来建设：视觉方面的格律有节的匀称和句的整齐，听觉方面的有格式、音尺、平仄和韵脚。新诗的格律"不独包括音乐的美（音节），绘画的美（词

----

① 闻一多：《诗的格律》，《闻一多全集》第三卷，丁集，开明书店 1948 年版，第 246 页。
② 同上书，第 247—248 页。

藻），并且还有建筑的美（节的匀称的句的均齐）"。① 闻一多这"音乐美，绘画美，建筑美"的主张早在1922年的《律诗底研究》中便已提出，也最为今人所熟悉。但"三美"并非那么简单，"建筑美"并不是就成就了"豆腐干"诗，它和音乐美是相辅相成的。正是因为他有对"音尺"（相当于西方诗歌中的"音步"②）的自觉意识，妥善组织字句，才有了相对整齐的句法，整齐的行句构成了诗作的视觉效果；正因为"三字尺"和"二字尺"的错落有致，诗行中体现了情绪、感觉的某种节奏，出现了听觉上的音乐性。这是一种依据具体的情感、经验从字尺到行到节到整体的细致而艰难的形式探寻。"三美"当中，对绘画美、对色彩的强调其实是加强了新诗的意象营构和感觉、想象上的"现代"色彩，而视觉上的建筑美和听觉上的音乐美则是相互作用的，是早期新诗建行建节，寻求音律、节奏的一种复杂的形式美学实验。

三 "形式"产生的意味

这种实验并非那么"形式主义"，仅从一般人并不那么欣赏的《死水》③ 一诗我们就知道这"形式"所带来的丰富意蕴，知道这是一种多么有意味的"形式"。正如一位学者所言，"《死水》之所以成为典范性的作品并不全是由于格律的严谨，而是内容与形式的高度统一，更准确地说是禁锢封闭的形式与要求解放的情感之间矛盾生成的一个艺术奇迹。'这是一沟绝望的死水'，'死水'是事物的一种状态，它是凝止、死寂、毫无生气；而'绝望'是一种心情，一种内心状态，是活的、动的、甚至是接近燃点的感情。两者是'水火不容'的。这样的题材在浪漫主义诗人手里，必然是水被白热的火蒸发成水气，变成激越的控诉或转化为感伤，然而《死水》却由于深刻的辩证法和形式技巧的控制，发展出一个物极

---

① 闻一多：《诗的格律》，《闻一多全集》第三卷，丁集，开明书店1948年版，第249页。

② 早期新诗参照了西洋诗的建行方式。西洋诗讲究"音步"（foot），主要指的是诗行中一个长音（重音）和一个或两个短音（轻音）相结合，成为一个节奏上的单位。由两音或三音构成音步，再由若干音步构成诗行。参阅王力《现代诗律学》，中国人民大学出版社2004年版，第34页。

③ 闻一多：《死水》，新月书店1929年版，第39—41页。

必反的主题。凝止与死寂便渴望流动与鲜活（也可以说流动与活力必然要'激活'死水），那怕是开出'恶之花'也好（事实上这里充满了波德莱尔《恶之花》式的想象），有一种'病'的热闹也好，也要比麻木冷漠不识清风的死水世界强些。《死水》的这种以美写丑的展开方式流露出某种'恶意'的快感，无论在精神上还是在形式上都体现了艺术的'游戏'品格……诗歌通过充分发展畸形、病态的美，有声有色地抵达了让丑恶早点'恶贯满盈'，把绝望转化为希望的主题"。"《死水》的成就是多种因素的综合作用，有形式与技巧的原因，也有情致与意境方面的独特性，它们正好汇合到一个平衡的相交点，致使严谨得毫无松动余地的格式正好成了'死水'这一凝固不变的世界的象征，而有不同'字尺'调剂的相同'音尺'（都是短'音尺'）又恰能对应强烈感情的起伏跌宕，从而把主体与世界的矛盾紧张关系形式化了。"①

《死水》的美学价值正在于其个体经验独特的形式化诉求。诗人竭力以特殊的语言和形式来升华情感、经验，让情感、经验在和语言、形式的复杂纠缠中凸显诗歌言说的丰富性。闻一多的"格律"不同于传统的"律诗"之"律"，其义在于诗歌"格式"对"精神"的随物赋形，"相体裁衣"。②他提倡"新诗格律化"并不是在说新诗一定需要一种严整的格律，而是在强调诗歌写作所必需的形式方面的自觉意识。

诗，因为它是"诗"，就必须有一定的形式特征。放弃了诗的形式特征，诗便和散文、小说区别甚微。这形式体现在字句的斟酌、诗行诗节的建设，体现在诗歌内在的情感、语调的节奏等因素上。对诗歌形式的自觉，不会妨碍诗意的表达，只会使诗意因艺术的克制和调整而显得"美"、有余味。从诗歌本体来讲，一定的形式和韵律，作为艺术作品的结构，它是"有意味的"，它将使作者控制情感与意义的运行速度，使诗

---

① 王光明：《现代汉诗的百年演变》，河北人民出版社 2003 年版，第 219—220 页。

② "律诗永远只有一个格式，但是新诗的格式是层出不穷的。这是律诗与新诗不同的第一点。做律诗无论你的题材是什么？意境是什么？你非得把它挤进这一种规定的格式里去不可，仿佛不拘是男人，女人，大人，小孩，非得穿一种样式的衣服不可。但是新诗的格式是相体裁衣……律诗的格律与内容不发生关系，新诗的格式是根据内容的精神制造成的，这是它们不同的第二点。律诗的格式是别人替我们定的，新诗的格式可以由我们自己的意匠来随时构造，这是它们不同的第三点。"闻一多：《诗的格律》，《闻一多全集》第三卷，丁集，开明书店 1948 年版，第 250 页。

的旋律呈现出有规则的变化,对于读者来说,他可以有规律地不断期待和
寻觅意义与触动的降临。美国诗人詹姆斯·赖特认为:"讲究形式更多是
会解放想象力,而不是限制想象力。讲究形式的人,通常在各方面重复自
己的机会很少;而不讲究形式的诗人,总是很容易重复自己,因为他的精
力已大部分用于'发明'每一首诗的形式。"另一位美国诗人弗洛斯特
说:"写自由诗就像打网球没有挂网。"① 缺乏形式对想象力的约束,不仅
想象力会进入放纵的状态,好诗和坏诗之间的界限也变得模糊。闻一多那
番"戴着镣铐跳舞"的话也许在这些意义上理解更为合适。② 也有学者认
为,对于诗歌而言,真正的"美","就是对形式的忍耐和忍耐中的反抗,
你只有接受束缚并在束缚中反抗、冲破这种束缚,诗的力量才能有效地被
传达出来,而这种力量才是诗美的最高体现"。③

　　闻一多自己也解释他的"格律"指的就是"form","和节奏是一种
东西"。④ 而"节奏"正是现代汉语诗歌的灵魂。新月派诗人在诗歌新的
形式秩序方面的寻求,其意义不在于创造了一种什么样的新诗格律,而是
在反拨"新诗"的"写实主义"和浪漫主义风气的前提下,在正视"自
由诗的可能和局限"的基础上,试图"改变格律探索的长期压抑状态,
形成格律诗和自由诗并存、对话与互动的格局"。"事实上,自由诗与格
律诗的并存,有助于诗歌内部的竞争和参照系的形成,获得自我反思和自

---

　　① 两位外国诗人的看法转引自黄灿然《自序:倾向光明,倾向善》,《游泳池畔的冥想》,
中国工人出版社 2000 年版,第 3 页。

　　② "越有魄力的作家,越是要戴着镣铐跳舞才跳得痛快,跳得好。只有不会跳舞的才怪镣
铐碍事,只有不会作诗的才感觉得格律的缚束。对于不会作诗的,格律是表现的障碍物;对于一
个作家,格律便成了表现的利器"。闻一多:《诗的格律》,《闻一多全集》第三卷,丁集,开明
书店 1948 年版,第 247 页。曾以九言、十一言等形式来探寻现代汉诗建行问题的林庚先生也有
类似的看法:"一切艺术形式归根结蒂,都无非是为了更有利于某种特殊的艺术性能,为了充分
发挥某种特殊艺术性能而具备的特殊手段(或工具),否则一切形式就都是不必要的。作品的高
下并不决定于形式,而是最后决定于其艺术性能之发挥得如何。形式的存在因此也必正是一种便
利而不是束缚,更不是因为自由得不耐烦了故意要找个桎梏。但形式既是一种手段(或工具),
在还没有充分掌握自如之前也可能带来一定的束缚和桎梏。这好比初次穿上冰鞋在冰上行走,它
可能还不如不穿冰鞋走得痛快些,甚至于还不免要跌跤。可是在跌过几次跤之后,最后得到的
却是更大的痛快和自由。更大的自由往往正是在掌握了某种规律才获得的,而掌握规律又总是需
要过程和代价的。"林庚:《谈谈新诗　回顾楚辞》,《文汇增刊》1980 年第 4 期。

　　③ 王富仁:《闻一多诗论》(代序),王富仁主编:《闻一多名作欣赏》,中国和平出版社
1993 年版,第 25 页。

　　④ 闻一多:《诗的格律》,《闻一多全集》第三卷,丁集,开明书店 1948 年版,第 245 页。

我调节的能力，保持'诗质'与'诗形'探索的平衡：自由诗在弥合工具语言与现代感性的分裂，探索感觉意识的真实和语言的表现策略方面，积累了新的经验，在诸多方面可以为形式探讨的危机提供解困策略；而格律诗对语言节奏、诗行、诗节的统一性和延续性的摸索，则可以防止自由诗迷信'自由'而轻视规律的倾向。"①

四 "形式"意识的当下匮乏

闻一多作为一个现代的学者、民主斗士，其思想是复杂的，但作为一个诗人，他始终关注诗歌本体层面的形式秩序的寻求。这一作为诗人当有的本体意识和写作品质不仅使他和当时许多诗人（如俞平伯、郭沫若等）区别开来，也使他作为一个早在20世纪40年代就走完人生旅程的现代诗人，在当下中国诗坛的新诗写作仍然具有极为重要的参照意义和具体诗学主张方面的启示价值。

自20世纪90年代以来，在"第三代"诗人之后，在一系列的诗人自杀事件之后，当代诗坛经历了许多写作立场上的纷争和有流派性质的新的群体的崛起，但时至今日，关于现代汉诗的形式建设仍然是一个常常被淡忘的话题。无论是"70后诗人"的出场②、"下半身写作"③的热闹一时，还是几乎与"下半身写作"对立的"完整性写作"④，乃至近年"草

① 王光明：《自由诗与中国新诗》，《中国社会科学》2004年第4期。
② "70后"诗歌写作在1996年初见端倪，1999年诗人安石榴等在其创办的诗报《外遇》（总第4期）上正式推出"'一九九九·中国'70后诗歌版图"，随后诗人黄礼孩2000年和2001年在其创办的民刊《诗歌与人》上分别推出两期"中国七十年代出生的诗人诗歌展"，2001年6月，由黄礼孩主编的中国第一部70年代出生的诗人诗歌集《70后诗人诗选》（海风出版社）终于面世。
③ "所谓下半身写作，追求的是一种肉体的在场感。"（沈浩波：《下半身写作及反对上半身》，见沈浩波诗文合集《心藏大恶》，大连出版社2004年版）"下半身"写作约盛于2000—2003年，以沈浩波、尹丽川、朵渔等20世纪70年代出生的诗人为主要成员。
④ 该主张提倡"作品必须体现在处理当下或日常题材时，灵魂与肉体同时在场，即不是一味地向肉体和物质化俯就……纵使诗歌在处理日常事件时，也必须是一个大灵魂"。黄礼孩主编：《诗歌与人》总第5期（广州，2003年7月），第1—2页。

根诗歌"① 的提出，无一不是在诗的情感、经验的精神层面上大做文章，而关于诗歌本体层面的形式问题，则少有人辛勤探索。不仅如此，当代诗坛一些在创作上颇有成绩的优秀诗人，在此方面也缺乏应有的自觉。譬如，20 世纪 90 年代以来中国诗坛在诗歌创作和诗歌批评方面均很出色的诗人臧棣就认为："……'无韵诗'的概念，对我来说，它可能比'自由诗'的概念要好一些。也不妨说，'无韵诗'是我书写诗歌时的潜在的范式。我不认为新诗需要一种类似古代诗歌那样的普遍的形式。新月派的诗歌实践除了提供反面的教材外，我看不出有什么其他的意义。我们不该希望在现时代为诗歌发明什么永恒的形式。关于形式的唯一的道德就是看它是否有效。"② 很显然，强调对诗歌形式的自觉意识并不是要发明一种普遍适用的永恒形式，从前面的论述看，即使是新月派也不是这样，而对闻一多等人在新诗形式建设上的努力作如此抹杀，更是叫人感叹不已。历史似乎又回到了闻一多所不满的新诗只剩下"纯粹的'自由诗'的音节"的年代。

　　诗是情感、经验的语言和形式诉求，特定的意象、语言对应着诗人的情感，而特定的诗形（音尺、句、行、节等方面的考虑）意识会影响诗人的用词和想象，会使诗歌处在一种经验、语言和形式的平衡之美中。当代汉语诗歌不乏许多思想精深之作（也正因为太精深而导致了阅读和交流的困难），却难以看见具备这种情感、经验的深切中的语言及形式的和谐之美。新诗在当代，以大多数作品而言，都是在情感、思想、意识的"新"上做文章（要么是口语化的简单叙述现实要么极端地想象现实进入"超现实"的境地），至于什么是"诗"，少有人去认真思考。有学者在评

---

　　① "何谓诗歌写作中的'草根性'，我的理解就是：一、针对全球化，它强调本土性；二、针对西方化，它强调传统；三、针对观念写作，它强调经验感受；四、针对公共性，它强调个人性。"李少君：《序言》，见李少君主编《21 世纪诗歌精选［第一辑］·草根诗歌特辑》，长江文艺出版社 2006 年版。

　　② 臧棣：《假如我们真的不知道我们在写些什么……》，肖开愚等编：《从最小的可能性开始：中国诗歌评论》，人民文学出版社 2000 年版，第 286 页。也许中国诗人对"无韵诗"的概念也有误解，西方的"无韵体"虽不押韵但仍然讲究闻一多他们提倡的"格律"（"节奏"）："希腊、罗马诗有格律而不押韵，英国诗有一种体叫"无韵体"（或译为'素体'或'白体'），例如莎士比亚等在诗剧里用的，米尔顿在《失乐园》长诗里用的，也是有格律而不押韵的……西方千变万化的格律诗体也都离不开'节'和'步'的基础。"卞之琳：《哼唱型节奏（吟调）和说话型节奏（诵调）》，《人与诗：忆旧说新》，生活·读书·新知三联书店 1984 年版，第 136—137 页。T. S. 艾略特在其《诗的音乐性》一文中也谈到这个问题，"无韵诗"也是有一定的"韵律形式"的，王恩衷编译：《艾略特诗学文集》，国际文化出版公司 1989 年版，第 182—183 页。

价"朦胧诗人"的代表——北岛在海外的新近诗作时认为，由于其"超现实主义色彩越来越强烈"，充满"词的奇境"，诗作的整体意蕴难觅端倪，更多是在"让部分说话"，这样的诗作，"只有在过度阐释的情况下才会获得意义，如果不以释梦的方式与解密码的技术去进行这项工作，你会说他不通，他会说你不懂，结果将会不欢而散，无功而返。"①

当代诗歌这一尴尬处境的一个根本原因在于只重视意义，而不关注声音（声韵、节奏、旋律）。"在北岛以及绝大多数中国现代诗人的诗学中，没有给这一种声音留下应有的位置。如果将诗的意义与声音视为诗的两翼，那么现代诗早已成了断翅的天使，试图仅凭它的一翼就飞向人的心灵。这当然做不到。"② 由于只重视意义层面的感觉和想象，缺乏形式要素的束缚和权衡，诗歌就成了经验和语言之间缺乏基本心灵交往尺度的两点之间的对应，成就了一种关于个人的感觉、想象的语词选择的表演，但没有诗在经验和语言、形式三者之间的矛盾纠缠和艰难平衡。在形式上缺乏自觉，自然也使北岛不大关注汉语自身的特性（闻一多对新诗的建行建节正是建立在对汉语的音、形等特性之上的），他的诗也就缺乏"汉语性"。③ 21 世纪以来，中国内地渐渐出现许多北岛复出后的诗作，由于其与政治的疏离和语言、想象的独特，令人耳目一新，许多优秀诗人（如欧阳江河）皆给予了极高的赞誉，少有人如这位学者一样能看出北岛诗歌的致命问题。由此我们也可以看到当代诗坛无论是诗人还是批评家对现代汉诗的形式建设普遍缺乏自觉意识。

五　汉语诗人的"形式"探索

不过，令人欣慰的是，如果把当代新诗写作的视野不局限在中国内地，而是面向整个汉语诗坛的话，我们会看到汉语诗歌界，还是有少数诗

---

① 江弱水：《孤独的舞者，没有背景和音乐：谈北岛的诗》，《中西同步与位移——现代诗人论丛》，安徽教育出版社 2003 年版，第 173 页。

② 同上书，第 179 页。

③ 江弱水：《孤独的舞者，没有背景和音乐：谈北岛的诗》，此文原载台北《创世纪》1997 年第 6 期。后作为附录收入江弱水：《中西同步与位移——现代诗人丛论》，安徽教育出版社 2003 年版。该文意在反驳欧阳江河对北岛的新诗集《零度以上的风景》的竭力嘉许。

人在孤独地追求着本体意义上的诗歌写作,他们对现代汉诗的经验、语言和形式之间的互动关系极为自觉,写出了一些情思深切、形式整饬的佳作。当然,这与这些诗人身处内地之外,又置身于至少两种语言之间的特殊环境有关。像香港诗人黄灿然、旅德诗人张枣、旅荷诗人多多、旅德诗人肖开愚等,汉语之外他们至少懂英语或其他一门欧洲语言,一方面感触于西方诗歌中的形式,[①] 另一方面能真正沉静地体会汉语的魅力(在借鉴英美诗歌的形式和对汉语魅力的留恋上,他们真正接续了闻一多所开创的一种新诗传统)。在心态上,他们远离内地诗坛的某种始终脱离不了“运动”的喧嚣之风,钻研本体向度的诗歌写作;在技术层面,他们有能力汲取中西诗歌之长,为现代汉语诗歌寻求适宜的语言方式和形式秩序。

近年来在内地诗坛颇受好评的香港诗人黄灿然非常自觉于汉语诗歌的现代形式的建设,他深感当代中国“现在很多诗人的作品根本没有音乐可言,只是说话而已。所谓的口语化,常常被庸俗化,变成说话化”,他注重诗歌在“节奏、韵脚、格律”[②] 上的音乐性,并且有意识地探索现代汉诗的基本体式,创作了许多八行诗、十二行诗、十四行诗,[③] 诗作在意蕴的深刻、节奏的从容和形式的舒缓之间有一种动人的效果。旅德诗人张枣的十四行体的组诗《历史与欲望》也值得汉语诗坛关注,兹举其中一首《梁山伯与祝英台》[④]:

> “青青子衿,悠悠我心,”他们每天
> 读书猜谜,形影不离亲同手足,

---

① 新诗的自由体式虽是借鉴西方诗歌,但西方自由诗并非那么缺乏形式规则,新诗为寻求与旧诗的差别而极端地崇尚某种自由诗,可谓矫枉过正。“在西洋,虽然有人说自由诗发生地很古,但是,韵的和谐与音的整齐毕竟被认为诗的正轨,所以自由诗常常被人訾议,而诗人们也没有写过极端自由的诗。直至美国诗人惠特曼(Walt Whitman,1819—1892),才真正地提倡诗的极端自由,一时蔚为风气。在中国,白话诗既然要从旧诗的格律中求解放,如果再模仿西洋诗的格律,就难免被人嘲为脱了旧镣铐而又带上新手铐。恰如西洋有提倡解放的一派,中国白话诗人正好引为同调。因此,当时的诗人们在诗的解放上可说是‘迎头赶上’,有些地方几乎走在惠特曼他们的前面了。”王力:《现代诗律学》,第1页。

② 黄灿然:《诗歌音乐与诗歌中的音乐》,《必要的角度》,香港:素叶出版社1999年版,第41页。

③ 参阅黄灿然诗集《游泳池畔的冥想》,中国工人出版社2000年版。

④ 张枣:《春秋来信》,文化艺术出版社1998年版,第12页。

　　他没料到她的里面美如花烛，
　　也未想过抚摸那太细腻的脸。

　　那对蝴蝶早存在了，并看他们
　　衣裳清洁，过一座小桥去郊游。
　　她喏在后面逗他，挥了挥衣袖，
　　她感到他像图画，镶在来世中。

　　她想告诉他一个寂寞的比喻，
　　却感到自己被某种轻盈替换，
　　陌生的呢喃应合着千思万绪。

　　这是蝴蝶腾空了自己的存在，
　　以便容纳他俩最芬芳的夜晚：
　　他们深入彼此，震悚花的血脉。

　　这是一首意大利式（或曰"彼特拉克式"）的十四行体的变体，分为四节，每节行数为四四三三，韵式前八行用抱韵（ABBA），后六行韵式为ABACBC，全诗共七个韵。除了韵式之外，在句法上，以后六行为例，基本每句为五个音尺，在三字尺和二字尺之间来结构诗行，力求使诗行变得整齐有致。像"手足"与"花烛"、"郊游"与"衣袖"、"比喻"与"千思万绪"、"存在"与"血脉"等词语之间，不仅在音韵上相合，而且意蕴上也有一定联系，并不是为了趁韵而勉强安放一些词语在句尾。可以看出作者是在力图使形式与语言、与情感经验发生纠缠，使诗歌的声音与意义产生互动，让有形式的诗歌呈现出一种比自由诗更丰富的言说效果。此诗至三四节，意味逐渐深入，至最后一行，情感和想象已进入一个空灵又深切的境界，诗作的四节，颇具律诗四联"起承转合"的效果。

　　当然，这首诗并不是张枣最好的作品，举此例只是为了说明诗人为汉语诗歌寻求形式的努力。也有一些诗人并不直接借鉴西方的诗歌体式，而是根据主体情感、经验的需要来寻找诗歌形式，多多的《只允许》、《静默》、《在墓地》、《依旧是》、《锁住的方向》、《锁不住的方向》、《没有》、《节日》、《小麦的光芒》等诗的形式很有意味,^① 你看他的《在这样一种天气里来自天气的任何意义都没有》这首诗:

在这样一种天气里
来自天气的任何意义都没有^②

土地没有幅员，铁轨朝向没有方向
被一场做完的梦所拒绝
被装进一只鞋匣里
被一种无法控诉所控制
在虫子走过的时间里
畏惧死亡的人更加依赖畏惧

在这样一种天气里
你是那天气里的一个间隙

你望着什么，你便被它所忘却
吸着它呼出来的，它便钻入你的气味
望到天亮之前的变化
你便找到变为草的机会
从人种下的树木经过
你便遗忘一切

在这样一种天气里
你不会站在天气一边

也不会站在信心那边，只会站在虚构一边
当马蹄声不再虚构词典
请你的舌头不要再虚构马蜂
当麦子在虚构中成熟，然后烂掉

---

① 参阅多多《多多诗选》，花城出版社 2005 年版。
② 黄灿然编辑:《声音》，香港，1997 年夏，第 14—15 页。

　　请吃掉夜莺歌声中最后的那只李子吧
　　吃掉，然后把冬天的音响留到枝上

　　在这样一种天气里
　　只有虚构在进行

　　为了表现"天气里的一个间隙"、"不会站在天气一边"等相关的意味，诗人在诗行的排列上大胆将"形象"较小二四六节置于相对"庞大"的一三五节的"间隙"，并且让它们靠右边站得较远。而"只有虚构在进行"一句，也只有放在最后才显得意趣无尽，凸显了"在这样一种天气里"、"来自天气的任何意义都没有"的特殊境遇下，唯有依靠"虚构"产生"意义"的题旨。"天气"、"不会站在天气一边"等语句也许隐含着流亡海外的中国诗人的特定心态。但若将"天气"理解为日常生活中的普遍思想、文化，则"不会站在天气一边"、"只有虚构在进行"、唯有依靠"虚构"产生"意义"的意思就成了诗歌写作当下境遇的真实写照。也许正是这些原因，同样长期栖游于海外的当代中国最优秀的诗人之一——欧阳江河才将他的第一部诗歌批评文集就命名为《站在虚构这边》（生活·读书·新知三联书店 2001 年版）。

　　在这些汉语诗人中，在思想意蕴上深涩得如同卞之琳，而在诗歌形式上严格得有如闻一多的则是肖开愚，他的自印诗集《虚无过后》二十首，皆为二行一节，诗行齐整，形式整饬，并且行行之间，韵脚非常严格，像第一首：

虚无过后·其一①

　　诗，组织了这场可原谅的应酬，
　　认错的山水和人，时间和人。

　　手机跟睡虎一样，我尤其好胜，
　　我是谁？在幻树结果的时候。

　　枯夜危静，右脚放进过去的炭井，

---

① 《新诗》，蒋浩编辑，2005 年 9 月第 7 辑《肖开愚专辑 虚无过后》，第 1 页。

因她忍困，就黑端来液态宇宙。

如莲花的午前幡然，造成一个平衡，
给此地意志喂药，好像敷衍岁忧。

二〇〇四，十月七日于上海

　　全诗押两个韵，依次为 ABBABABA，并且诗行有一种内在节奏。每行诗大致为三个至五个"音组"（或"顿"），① 如"诗，/组织了/这场/可原谅的/应酬"，"认错的/山水和人，/时间和人"。"枯夜/危静，/右脚/放进/过去的炭井"，"因她忍困，/就黑/端来/液态宇宙"。诗人依靠音组的安排不仅使诗歌具备闻一多所说的"音乐美"意义上的节奏感，也有"建筑美"意义上的视觉效果。最关键的问题是，此诗在感觉、经验的深刻与具体上也令人触动。而如此深切、独特的感觉、经验却被诗歌的形式很好的"定型"，犹如一个优美的瓶子给恣肆的水流定型一样。

　　"枯夜危静，右脚放进过去的炭井，/因她忍困，就黑端来液态宇宙。""夜"与"枯"、"静"与"危"、"过去"与"炭井"（黑暗还是炙热?），这些词语看似毫无理由地联结在一起，却暗合了两者之间的某种属性，诗人所处的某种外在状态和内心复杂的感觉、情绪被呈现出来。"过去"能够"忍困"，给我们端来像水一样的时空（"液态宇宙"），这既是抽象事物的奇异的形象化，也反映出诗人的想象的极端冷静和节制。但是，这种词语的奇妙联结和想象的节制，都是与诗歌形式有关的。正是形式约束了想象的放纵和感觉的恣肆，使诗作在经验和语言、形式之间达到了诗人感受到的那"一个平衡"。肖开愚的《虚无过后》是现代汉诗近年来少见的形式实验，其情感、经验的复杂和严格的形式追求之间的困难与张力叫人震慑，某种意义上，这部诗集相当于现代文学时期的《死水》。这样的诗歌写作实在值得人们关注。

---

　　① "音组"是"音尺"的替代性概念，新月派诗人孙大雨认为这一概念是他在 20 世纪 30 年代初的发明。"尺"意在词语的长度，"组"则根据说话、意义的节奏。"顿"则是后来的何其芳和卞之琳的主张。但无论是"音组"或"顿"，都是闻一多的"音尺"、"字尺"思想的发展和完善。

第十一章

一个典范性的文本:闻一多《死水》集的意义

写作是个体对生存和生命等根本困难的承担;在写作内部,则是经验、语言和形式三者之间的搏斗及最终的平衡。闻一多在《死水》集里呈现出一些生命中最根本的困难,如死亡、人的罪等,但在写作上他没有流于写实主义和浪漫主义,他以艰难的艺术形式来"克服"这些困难,寻求一种独特的诗美。《死水》集不仅对新诗在"诗形"与"诗质"上的寻求有意义,对于普遍的文学写作,亦是一个范本。

一 "困难"的写作

文学是一种言说方式,这种言说方式蕴藉在特定语言与特定文体之形式中,其目标是让人获得对言说对象在感觉、经验和想象上的具体性。这种言说的困难是显而易见的。很多人,都可能会认识到本体意义上地活着之困难、生命的难题(死的逼迫、人里面的罪性的困扰……)。文学和哲学、艺术、宗教一样,是对此"困难"的言说之一种。

以文学来言说生之"困难",是必要的,但亦是艰难的,但写作的意义亦在此凸显。现代诗人闻一多(1899—1946)向来被认为是形式主义者;"三美"原则产生下的诗歌是形式主义或麻将牌、豆腐块。事实绝非如此,诗集《死水》①收录诗作 28 首,大部分诗作,其深切的生存经验、

---

① 《死水》为闻一多继《红烛》(上海泰东书局 1923 年 9 月出版)之后的另一部诗集,上海新月书店 1929 年 3 月初版、1933 年 4 月第 4 版,出版者:邵洵美。据王富仁《闻一多诗论(代序)》(王富仁主编:《闻一多名作欣赏》,中国和平出版社 1993 年版,第 8 页),闻一多另有一部自己抄存的《真我集》,收有 1920 年 7 月至 1922 年 3 月期间《红烛》之外的诗作。

整饬的形式众人皆知，但更令人叫绝的是这诗中经验与形式之完美对应。

对于诗歌，形式是什么？形式是特定语言、诗的文体特征（章、节、行、句；节奏、韵律等）对写作者纷繁、混乱、涌动的感觉、经验和想象的克服。从形式角度，"新诗"的基本体式"自由诗"也不能被绝对化，"自由诗"亦需要一定的体式，写诗不能无视情感的内在节奏、诗的声音美学。

现代汉诗的本体状态乃是一种现代经验、现代汉语和诗歌形式三者互动的状态，意义和韵味乃是在三者相互作用而生成的。这个互动是敏感于自我感觉经验、敏感于语言的难以驾驭、敏感于形式的难以建造、敏感于个体经验、语言和形式三者之间的复杂纠缠、相互抵牾、相互生成的大困难，而优秀的诗人恰恰自觉于此困难，并力求去克服此困难。

这也是闻一多在一份诗学提纲中讲到"诗歌节奏的作用"时说，"作为美的一种手段"，诗的形式是一种"克服困难所得的喜悦"①。诗之"形式"——那已经完成了的诗歌的整体美学形态，是对言说对象的"克服"，在文学表达对生命感觉、经验和想象的克服中，人的心灵获得了一点儿安慰一点儿胜利感，也可以说，有一点点"喜悦"②。

基于此，我们认为，闻一多的诗歌写作和诗学理论具有普遍的写作学意义：写作是个体对生存和生命等根本困难的承担，这是写作赖以发生的前提；而在写作内部，还有经验、语言和形式的三者之间的搏斗及最终那美妙的平衡。

从《死水》集看，闻一多在诗中深切感受与想象人世、死亡、生命、人性、人之终极想望等人生命题，以写作担当人世、生命与人性；而他的诗作，因其经验、语言和形式三者之间的平衡，则提示了人们：如果是文学，再深切的担当，也是在文学写作中完成的，一定需要文学"型类"的意识，有对文体特征的自觉。诗歌写作不仅仅关乎感觉、想象与经验，更关乎那言说感觉、想象与经验的语言，及与此语言相关的句、行、节；节奏、韵律……诗歌形式问题。无论是现代诗人追求的生存经验之深切

---

① 闻一多：《诗歌节奏的研究》，武汉大学闻一多研究室编：《闻一多论新诗》，武汉大学出版社 1985 年版，第 19、23 页。

② 但无论是文学还是此世的生命，终究如［奥地利］里尔克（Rainer Maria Rilke，1875—1926）所言："有何胜利可言？挺住意味着一切。"见［德］霍尔特胡森《里尔克》，生活·读书·新知三联书店 1986 年版，第 103 页。

（现代诗歌在"诗质"上的现代性）上，还是在现代诗人注意到的新诗之形式建设上，闻一多质量相当整齐的诗集《死水》，都是一个范本。它在写作者对生存的担当意识上，在文学内部的经验、语言和形式之间的互动意识上，都对后来的写作者有启示价值。其意义超出了新诗本身。

二　哪些"困难"？

诗集《死水》中，作为写作的契机和写作者需要克服的"困难"有哪些？从主题的角度，也许有如下几类。

第一，对现实世界的绝望。以《死水》①、《发现》为代表。

其中以这首《死水》最为人称道，它起源于对当时社会现实的绝望，又成为超越时代的象征（以死板的"诗形"对应那个令人绝望的现实）。"诗的实力不独包括音乐的美（音节），绘画的美（辞藻）并且还有建筑的美（节的匀称和句的均齐）。"② 此诗也让人简单地认识了闻一多倡导的"三美"。闻一多自己也预言这种诗型建设一定会引起非议："这首诗从第一行'这是｜一沟｜绝望的｜死水'起，以后每一行都是用三个'二字尺'和一个'三字尺'构成的，所以每行的字数也是一样多。结果，我觉得这首诗是我第一次在音节上最满意的试验。因为近来有许多朋友怀疑到《死水》这一类麻将牌式的格式，所以我今天就顺便把它说明一下。我希望读者注意新诗的音节，从前面所分析的看来，确乎已经有了一种具体的方式可寻。这种音节的方式发现以后，我断言新诗不久定要走进一个新的建设的时期了。无论如何，我们应该承认这在新诗的历史里是一个轩然大波。这一个大波的动荡是进步还是退步，不久也就自然有了定论。"③

第二，对死亡降临的悲痛。以《也许（葬歌）》④、《忘掉她》为代表。

---

① 载《死水》，新月书店 1929 年版，第 39—41 页。

② 闻一多：《诗的格律》，《晨报副刊·诗镌》1926 年 5 月 13 日第七号。

③ 同上。

④ 载《死水》，第 27—29 页。

《也许》一诗是令人感慨的，此诗纪念年仅四岁夭折的长女闻立瑛，他对这个孩子无比怜爱，对她的夭折也心怀愧疚（这愧疚让痛苦更深）。换了浪漫主义诗人，写作此诗也许不知有多少眼泪，但闻一多在这里却有惊人的克制：

> 也许你真是哭得太累
> 也许，也许你要睡一睡，
> 那么叫苍鹰不要咳嗽，
> 蛙不要号，蝙蝠不要飞，
>
> 不许阳光拨你的眼帘，
> 不许清风刷上你的眉，
> 无论谁都不能惊醒你，
> 我吩咐山灵保护你睡①，
>
> 也许你听着蚯蚓翻泥，
> 听那细草的根儿吸水，
> 也许你听这般的音乐
> 比那咒骂的人声更美；
>
> 那么你先把眼皮闭紧，
> 我就让你睡，我让你睡，
> 我把黄土轻轻盖着你
> 我叫纸钱儿缓缓的飞。

在法国象征主义诗人瓦雷里（Paul Valery，1871—1945）看来，"带有情感的艺术，诉诸感伤的艺术"是"低级的"②，闻一多这首连"感

---

① 《也许》最早发表在 1925 年 7 月 2 日的《京报副刊》上，原题为《也许（为一个苦命的夭折的少女而作)》。此句曾为"撑一伞松荫庇护你睡"。

② ［美］韦勒克:《二十世纪文学批评》，伍蠡甫、胡经之主编:《西方文艺理论名著选编》下册，北京大学出版社 1987 年版，第 674 页。

伤"情绪都不大明显的悼亡诗,似乎在证明这一点。

第三,对人的命运(终有一死)的绝望。以《末日》① 为代表。

> 露水在筧筒里哽咽着,
> 芭蕉的绿舌头舔着玻璃窗,
> 四围的垩壁都往后退,
> 我一人填不满偌大一间房。
>
> 我心房里烧上一盆火,
> 静候着一个远道的客人来,
> 我用蛛丝鼠矢喂火盆,
> 我又用花蛇的鳞甲代劈柴。
>
> 鸡声直催,盆里一堆灰,
> 一股阴风偷来摸着我的口,
> 原来客人就在我眼前,
> 我眼皮一闭,就跟着客人走。

"死"有时似乎是那"远道的客人"。但对敏于生死问题的人,"死"亦"就在我眼前"。"死亡不是一个对生存漠不相关的终点。死亡之为终点把生命的弦绷紧了。而生命正是由于有终性造成的张力而成其为生命的。这样在生存意义上领会死亡被称为'向死存在'。"② 对于人而言,可能不是"未知生,焉知死",而是先解决了死的问题,生才能安心。

第四,对人自身的绝望。以《口供》③ 为代表。

> 我不骗你,我不是什么诗人,
> 纵然我爱的是白石的坚贞,
> 青松和大海,鸦背驮着夕阳,

---

① 载《死水》,第 37—38 页。
② 参阅陈嘉映《海德格尔哲学概论》,生活·读书·新知三联书店 1995 年版,第 95 页。
③ 载《死水》,第 1 页。

黄昏里织满了蝙蝠的翅膀。
你知道我爱英雄，还爱高山，
我爱一幅国旗在风中招展，
自从鹅黄到古铜色的菊花。
记着我的粮食是一壶苦茶！

可是还有一个我，你怕不怕？——
苍蝇似的思想，垃圾桶里爬。①

    闻一多曾是基督徒，此诗应与基督教人论中的原罪观②有关。在《死水》集为第一首。它仿佛在说：无论什么样的精神喜好、文化身份、思想矫饰，也不能掩盖你里面那缠绕你、你自己不能战胜的恶念与罪污。现代史上有许多好诗，但这首诗对现代人灵魂内在的分裂的揭示令人印象深刻。

    第五，言说"观念"的困难。以《一个观念》③ 代表。

你隽永的神秘，你美丽的谎，
你倔强的质问，你一道金光，
一点儿亲密的意义，一股火，
一缕缥缈的呼声，你是什么？
我不疑，这因缘一点也不假，
我知道海洋不骗他的浪花。
既然是节奏，就不该抱怨歌。
呵，横暴的威灵，你降伏了我，

---

① 关于人里面的"罪"，使徒保罗曾说："我也知道在我里头，就是我肉体之中，没有良善。因为立志为善由得我，只是行出来由不得我。故此，我所愿意的善，我反不作；我所不愿意的恶，我倒去作。若我去作所不愿意作的，就不是我作的，乃是住在我里头的罪作的。我觉得有个律，就是我愿意为善的时候，便有恶与我同在。因为按着我里面的意思（原文作'人'），我是喜欢上帝的律；但我觉得肢体中另有个律和我心中的律交战，把我掳去叫我附从那肢体中犯罪的律。我真是苦啊！谁能救我脱离这取死的身体呢？"（《新约·罗马书》7：18—24）
② 闻一多在1922年12月4日致吴景超的信中有这样的话，"我失去了基督教的信仰，但我……还是有宗教的人"。《闻一多论新诗》，第19、23 页。
③ 载《死水》，第56—57 页。

你降伏了我！你绚缦的长虹——

五千多年的记忆，你不要动，

如今我只问怎样抱得紧你……

你是那样的横蛮，那样美丽！

在现实生活、死亡问题、人性问题等因素对人心造成的实际的"困难"之外，还有一个关乎艺术的"困难"：人心中有许多难以言说的东西，它类似一个"观念"，只能意会、感觉、经验、想象，但似乎难以言传。闻一多作为一个艺术家，更有这样的艺术理想，像瓦雷里、马拉美（Stephane Mallarme，1842—1898）这些象征主义诗人一样，对艺术美的要求极高①。几乎是诗歌"绝笔"的长诗《奇迹》更是闻一多关于言说"观念"之困难的告白。长诗《奇迹》②无疑是《死水》集的延伸。

三　如何"克服"？

面对这些生命中根本的"困难"，写作要如何"克服"才能既传达出苦痛又不流于感伤、又有诗意之美？针对此问题，闻一多诗学提供了如下建议。

第一，"写实主义"是"诗的自杀"。

用闻一多自己的话说："诗国里的革命家喊道'皈返自然'！其实我们要知道自然界的格律，虽然有些像蛛丝马迹，但是依然可以找得出来。不过自然界的格律不圆满的时候多，所以必须艺术来补充它。这样讲来，绝对的写实主义便是艺术的破产……偶然在言语里发现一点类似诗的节奏，便说言语就是诗，便要打破诗的音节，要它变得和言语一样——这真是诗的自杀政策了……诗的所以能激发情感，完全在它的节奏；节奏便是格律。莎士比亚的诗剧里往往遇见情绪紧张到万分的时候，便用韵语来描

---

① 此二人诗歌理想的完美及在写作上的努力已广为人知，"瓦雷里有二十年时间没有出版任何东西"，马拉美一生"处于光荣的孤独之中"。［美］韦勒克：《二十世纪文学批评》，伍蠡甫、胡经之主编：《西方文艺理论名著选编》下册，第675页。

② 《死水》出版后，闻一多很少写诗，但1931年，沉默了三年的闻一多在《诗刊》创刊号上发表了此诗。

写……这样看来，恐怕越有魄力的作家，越是要戴着脚镣跳舞才跳得痛快，跳得好。只有不会跳舞的才怪脚镣碍事，只有不会做诗的才感觉得格律的缚束。对于不会作诗的，格律是表现的障碍物；对于一个作家，格律便成了表现的利器。"① 自然主义、写实主义产生不了好的艺术。

第二，"浪漫主义"写作中只有"自我"，无"诗"。

闻一多对浪漫主义的认识也是发人深省的："有一种打着浪漫主义的旗帜来向格律下攻击令的人……他们压根儿就没有注重到文艺的本身，他们的自身的人格是再美没有的，只要把这个赤裸裸的和盘托出，便是艺术的大成功了。你没有听见他们天天唱道'自我的表现'吗？他们确乎只认识了文艺的原料，没有认识那将原料变成文艺所必需的工具。他们用了文字作表现的工具，不过是偶然的事，他们最称心的工作是把所谓'自我'披露出来，是让世界知道'我'也是一个多才多艺，善病工愁的少年；并且在文艺的镜子里照见自己那倜傥的风姿，还带着几滴多情的眼泪，啊！啊！那是多么有趣的事！多么浪漫！不错，他们所谓浪漫主义，正浪漫在这点上，和文艺的派别绝不发生关系。这种人的目的既不在文艺，当然要他们遵从诗的格律来做诗，是绝对办不到的；因为有了格律的范围，他们的诗就根本写不出来了，那岂不失了他们那'风流自赏'的本旨吗？所以严格一点讲起来，这一种伪浪漫派的作品，当它作把戏看可以，当它作西洋镜看也可以，但是万不可当它作诗看。"②

闻一多的好友梁实秋也认为："情感的质地不加理性的选择，结果是：（一）流于颓废主义，（二）假理想主义……新文学家大半都是多情的人。其实情不在多，而在有无节制。许多近人的作品……到处情感横溢。情感不但是做了文学原料，简直的就是文学……浪漫主义就是不守纪律的情感主义。"③ 现代中国文学的浪漫趋势有一定的历史原因④，但从文本的审美效果角度来看，闻一多、梁实秋等人的提醒与应对策略亦是必需的。

① 闻一多：《诗的格律》，1926 年 5 月 13 日《晨报副刊·诗镌》第七号。
② 同上。
③ 梁实秋：《现代中国文学之浪漫的趋势》，《晨报副刊》1926 年 3 月 25 日。
④ 李欧梵的《中国现代作家的浪漫一代》（新星出版社 2005 年版）一书专门讨论此问题。

第三，诗"不当废除格律"，新诗需有新"格律"。

闻一多最大的应对策略就是提倡新格律："……格律就是节奏。讲到这一层便可以明了格律的重要；因为世上只有节奏比较简单的散文，决不能有没有节奏的诗。本来诗一向就没有脱离过格律或节奏……为什么不当废除格律。现在可以将格律的原质分析一下了。从表面上看来，格律可从两方面讲：（一）属于视觉方面的；（二）属于听觉方面的。这两类其实又当分开来讲，因为它们是息息相关的。譬如属于视觉方面的格律有节的匀称，有句的均齐。属于听觉方面的有格式，有音尺，有平仄，有韵脚；但是没有格式，也就没有节的匀称，没有音尺，也就没有句的均齐……我们的文字是象形的，我们中国人鉴赏文艺的时间，至少有一半的印象是要靠眼睛来传达的。原来文学本是占时间又占空间的一种艺术。既然占了空间，却又不能在视觉上引起一种具体的印象——这是欧洲文字的一个遗憾。我们的文字有了引起这种印象的可能，如果我们不去利用它，真是可惜了。所以新诗采用了西文诗分行写的办法，的确是很有关系的一件事。姑无论开端的人是有意还是无心的，我们都应该感谢他。因为这一来，我们才觉悟了诗的实力不独包括音乐的美（音节）绘画的美（词藻），并且还有建筑的美（节的匀称和句的均齐）。"①

诗人需竭力以特殊的语言和形式来升华情感、经验，让情感、经验在和语言、形式的复杂纠缠中凸显诗歌言说的丰富性。闻一多虽曾在《律诗底研究》一文中早已得出结论："律诗实是最合艺术原理的抒情诗文。"② 但他还是说明新诗的"格律"不同于传统的"律诗"之"律"，其义在于诗歌"格式"对"精神"的随物赋形，"相体裁衣"。他提倡"新诗格律化"并不是在说新诗一定需要一种严整的格律，而是在强调诗歌写作所必需的形式方面的自觉意识。

第四，"三美"的内在关系。

"音乐的美（音节）绘画的美（词藻），并且还有建筑的美"，被人说烂的这"三美"到底有何内在关系、其产生的历史逻辑是什么？

---

① 闻一多：《诗的格律》，1926 年 5 月 13 日《晨报副刊·诗镌》第七号。
② 闻一多：《律诗底研究》，《闻一多全集》12 卷，湖北人民出版社 1994 年版，第 158—159 页。

"三美"的内在关系及产生机制

	诗的格律	产生机制	常见的误解	相互关系	
听觉	音乐的美	"音节"（诗的节奏）	在新诗中苛求旧诗的韵律	"没有音尺，也就没有句的均齐"、"绝对的调和音节，字句必定整齐"。但不能"反过来讲"。建筑美来自音乐美。三美中"音乐美"是首先的	"诗形"建设
视觉	建筑的美	节的均齐和句的均齐	只是视觉上的整齐、"豆腐块"、麻将牌……		
感觉（诉诸想象）	绘画的美	词藻	"诗中有画，画中有诗"（闻一多警醒于"艺术型类的混乱"①，此举并非为了给"诗"加点"画"的色彩）	特定的词语、意象唤起特定的想象，是诗在感觉、经验和境界上的个人追求。是新诗在经验的现代感上的追求，对应于音乐美、建筑美在新诗形式秩序上的寻求	"诗质"寻求

　　此表试图说明闻一多新诗的"格律"的内在逻辑和新诗发展进程中"三美"出现之历史逻辑。讲究声音节奏的音乐美及由之而来的建筑美是新诗在形式秩序上的寻求；而绘画美，当然有闻一多亦是画家的个人原因，但更多是对新诗在现代"诗质"方面的一种寻求。"新诗"的名目成立后，就面临着"诗形"和"诗质"双方面的寻求与建设，"新月派"代表诗人闻一多的"三美"理论是在这一寻求与建设的历史脉络当中。

四　得何"喜悦"？

　　闻一多如此苦心经验的诗歌写作其状态与结果到底是什么？学者王富仁认为："在精神结构上闻一多是这样一个人：他不是一个纯粹的理想主

---

　　①　闻一多：《先拉飞主义》，《新月》第1卷第4期，1928年6月10日。此文中闻一多讲到绘画与诗各有自己的"语言"，"艺术型类的混乱"导致的是艺术的自杀，他觉得"罗瑟蒂的作品……艳丽中藏着毒药"。文中征引契斯脱登（G. K. Chesteton）对罗瑟蒂（Dante Gabriel Rossetti）的批评说："他的诗太像画了。他的画太像诗了……他那种作品总算是有东西的，虽则在艺术上是不值些什么的东西。"

义者，他更是一个在现实的缺陷中、在现实的实际束缚中感受理想和美的必要性的诗人，而为了理想和美的实现，他认为必须首先忍受现实的重压，在这种重要中产生的向理想和美发展的力量才是理想和美的最高体现，脱离对现实的忍耐和忍耐中的反抗，其理想和美的追求便是空洞无力的。总之，他所重视的美不再是自我独立存在的、空幻缥缈的美的境界；而是对丑的忍耐与忍耐中的反抗所体现出来的那种精神力量，他把这种精神力量便视为美的最高体现。当这种美转化为一种语言的形式，便成了他的新格律诗的诗学主张。在形式上美是什么？美就是对形式的忍耐和忍耐中的反抗，你只有接受束缚并在束缚中反抗、冲破这种束缚，诗的力量才能有效地被传达出来，而这种力量才是诗美的最高体现。"[1]

闻一多诗歌的美学形态是一种主体情感、经验"对形式的忍耐和忍耐中的反抗"，是经验与形式在语言中显示的张力，他在一份诗学提纲中讲到"诗歌节奏的作用"时说，"作为美的一种手段"，诗的形式是一种"克服困难所得的喜悦"。诗之"形式"——那已经完成了的诗歌的整体美学形态，是对言说对象的"克服"，在文学表达对生命感觉、经验和想象的克服中，人的心灵获得了一点儿安慰一点儿胜利感，也可以说，有一点点"喜悦"。

无论是现代诗人追求的生存经验的深切（现代诗歌在"诗质"上的现代性）上，还是现代诗人在初期白话诗的成立之后注意到的新诗的形式建设上，闻一多的《死水》集，都是一个范本。五四以来，现代诗集中，在经验的深切、形式的整饬及经验与形式的完美契合上，在诗作整理质量的整齐上，除冯至（1905—1993）那收录其27首诗作的《十四行集》外，可能便是闻一多这《死水》集。

除此之外，《死水》集及由其反映出来的文学观念，对于普遍的文学写作亦有启示价值。写作是个体对生存和生命等根本困难的承担，这是写作赖以发生的前提；而在写作内部，还有经验、语言和形式的三者之间的搏斗及最终那美妙的平衡。这种对"困难"的自觉及以特定的语言、艺术形式去"克服困难"的意识，是好的文学作品产生的必要前提。

---

[1] 王富仁：《闻一多诗论》（代序），王富仁主编：《闻一多名作欣赏》，第25页。

第十二章

"放不下形式的问题":新诗的重要"传统"

新诗其实有"自己的传统",这一传统即 20 世纪 40 年代朱自清先生说的:"二十多年来写新诗的和谈新诗的都放不下形式的问题",这个"传统"序列上的诗人是陆志韦、徐志摩、闻一多、梁宗岱、卞之琳、冯至、何其芳、吴兴华、林庚等,这些诗人重视新诗的"诗形"建设,不懈地寻求现代汉语诗歌的形式秩序。新诗的这一"传统"对于目前当下中国写诗忽视诗歌形式问题、过于"自由"的风气,应有警示与纠偏之用。

一 "传统"的意思

在过去对于新诗与"传统"之关系的谈论中,有一个普遍现象是:在谈起新诗应当回到"传统"、向"传统"学习时,人们经常把这个"传统"定义为古典诗歌传统,新诗与"传统"的关系即新诗与中国古代诗歌传统的关系。像郑敏先生就持这种看法。学者李怡先生的"传统"也是"中国现代新诗如何受古典诗歌传统影响"的"传统"。郑敏先生以为,胡适、陈独秀等所发起的白话文运动不是文学革命而是政治运动,新诗因在文化上断然拒绝古典文化传统而在今天陷入绝境,新诗若要重新获得生命,必须从古典的汉语文化中汲取资源。[①] 李怡先生承认新诗的历史合法性,但是这一合法性似乎是在这样一种关系中成立的:新诗走向"现代"的过程,就是"古典诗歌传统在中国诗歌'现代'征途上的种种

---

① 郑敏:《世纪末的回顾:汉语语言变革与中国新诗创作》,《文学评论》1993 年第 3 期。

显现、变异和转换"的过程，就是"西方诗学观念对中国诗歌'现代'取向的种种影响，它怎样受到古典诗学传统之限制、侵蚀和选择，最终到底留下什么"的过程。① 郑敏先生强调的是新诗与古典诗歌传统的"割裂"，李怡强调的是古典诗歌传统在新诗历史中的强大的文化权势和语言权势。这两种传统观，其实都存在这样一种意识：只有古典诗歌的传统是"传统"，是值得重视和提倡的，新诗的历史，就是一部被动地与此传统要么彻底割裂，要么受其影响的历史。应当说，两位先生对于新诗与传统的关系的理解都是非常深刻的，有一定的合理性，可能也是很有代表性的。但是，仔细推敲，可能这样理解"传统"的方式还是显得静态了一些——新诗与传统的关系中的"传统"，未必就是凝固不动的古代文化传统、古典诗歌传统。新诗与"传统"的关系，未必就是被动地接受后者的强大权势的关系。实际情况可能还有相反的方面。

如果将新诗的概念延伸至当下，新诗与传统的关系中的"传统"，可能还涉及一个问题：自胡适在 1917 年 1 月发表"白话诗"《蝴蝶》② 以来，新诗在此 80 多年的发展进程中，有没有形成与古典诗歌传统相"异质"的自己的特征，或曰自己的"传统"？新诗自己的传统是不是就是"自由诗"一枝独秀、极端发展的传统？就是郭沫若式的自由宣泄新的"自我"、表现新的人格的传统？今天的新诗，和"旧诗"相比，"新"是有目共睹的，但从"诗"的意义上，"好"的诗有多少？之于新诗的当下困境，新诗的创作主体——现代诗人们有没有给我们留下值得借鉴的寻求解困的策略和主动创造的经验？

二 "新诗本身也已经是一个传统"③

何其芳先生曾在 1950 年的一篇文章里谈到："有些人似乎只知道旧诗是一个应该重视的传统，却忘记了五四以来的新诗本身也已经是一个传

---

① 李怡：《中国现代新诗与古典诗歌传统》，西南师范大学出版社 1994 年版，第 8 页。
② 原载《新青年》2 卷 5 号。
③ 何其芳：《话说新诗》，《何其芳文集》（四），人民文学出版社 1984 年版，第 253—254 页。

统。他们只知道和旧诗太脱节不对,却没有想到简单抹杀了五四以来的新诗也不对……旧诗是一个很长很长的传统,因而也就是一个很丰富的传统。然而由于在形式上(首先是语言文字上)距离我们远一些,它的形式就不宜于简单搬用。五四以来的新诗还是一个很短很短的传统,而且又是一个摸索多于成功的传统。然而因为这个传统距离我们很近,或者说就一直连接着我们自己,我们就更必须细心地领取它的经验教训。如果以为它就是一段盲肠,干脆割掉,重新开步走,那也是错误的。"①何其芳先生在这里的答复就是肯定的:"新诗本身也已经是一个传统。"那么,这究竟是个什么样的"传统"呢?

"五四以来的新诗,从形式方面概括地说,就是在格律诗和自由诗两者之间曲折地走了过来。初期的白话诗一般并未摆脱掉旧诗词的格律的影响。后来感到这还不是天足,就把那最后一层裹脚布也抛开了。后来有一部分人又觉得那太没有诗的音节,说它是'诗的自杀政策',就企图根据西洋的格律诗来建立新诗的格律,并且宣布一种理论,叫做'戴着脚镣跳舞'。但不久就被嘲笑为'豆腐干式',自由诗又渐渐地占了上风。总之,真有些象一股风,一会儿吹向那边,一会儿又吹向这边。但在这说起来近乎笑话似的曲折的发展中间,也并不是什么东西也没有留下。比如自由诗,固然有'自由到完全不象诗了'的自由诗,但也还是有一些在自由中仍然保持着比较自然的诗的节奏的自由诗。"① 中国新诗在求解放的历史过程中,在形式上最认同的是西方的自由诗。但是,由于诗人们在"求解放"的急切心态中的对"自由"与"诗"的辩证关系存在的误解,诗人们对自由诗的理解普遍趋于浪漫化和简单化,使新诗的写作在形式上不受约束,在情感的表现上没有节制,诗歌写作流于简单和随意。新诗陷入了迷信"自由"而"诗"味不足的境地。新诗也正是在此境遇当中开始了"自己的传统"。正如何其芳在此所言,现代汉语诗歌绝不(其实也不能)仅仅只有那种"'自由到完全不象诗了'的自由诗",之外还有讲究诗的节奏的作品,很多诗人一直在为努力寻求现代汉语诗歌的合宜的形式。这个"传统"即一种在自由诗和格律诗之间摸索、寻求现代汉语诗歌的新的形式秩序的传统。它可能不成熟,但并不意味着可以忽略。

1959 年,经过 10 年的"诗歌形式问题"的论争之后,何其芳对新诗

---

① 何其芳:《话说新诗》,《何其芳文集》(四),人民文学出版社 1984 年版,第 254 页。

的态度和 10 年前差不多，在表述上，他对新诗"本身的传统"的由来显得更清楚："五四初期的白话诗，一部分可以看出还有旧诗词的调子，另一部分更解放更自由，然而也并不是模仿外国的形式，而是一种散文化的写法。稍后一些才是更明显地接受了外国的自由诗和格律诗的影响。有一部分诗作者的确搬运过或者模仿过外国的诗歌的形式。但大量的新诗是五四初期的散文化的写法加上后来的外国自由诗的影响。接受影响也还不等于是移植。不管怎样，五四以来的新诗，就其主要部分来说，仍是形成了自己的传统的。它给我们留下了一些优秀的作品。"① 在这里，"新诗本身也已经是一个传统"变成新诗"形成了自己的传统"，前者是对新诗的性质和态度的表述：新诗不是古典诗歌的简单延续，新诗也有了独立于旧诗值得重视的传统。后者是对新诗的成长与成绩的肯定：那些由"优秀的作品"代表的新诗不是外国自由诗的直接移植和模仿，而是来自接受其影响并与此影响的斗争。"自己的传统"，即新诗在早期"白话诗"的散文化倾向、自由诗在中国的浪漫化、旧诗词的潜在影响的多重困境中自觉寻求新的形式秩序，建设汉语诗歌的现代诗形的传统。

必须提及的是，何其芳当时谈论新诗"自己的传统"是有一个比较复杂的历史语境。何其芳提出的新诗"自己的传统"和我们在这里重提新诗这一传统的目标并不一致。

何其芳认为新诗具有这个形式秩序寻求的"传统"，这个"传统"是应当继承的。同时还有一些"传统"，譬如"新诗的内容"方面的"多数的诗人都偏向于小资产阶级知识分子的个人的主观抒情"，这种可能是现代诗人对于"现代"时空的个体经验的传达和西方现代主义诗学的追求的"传统"，何其芳觉得这种传统是应当抛弃的。② 何其芳重提新诗形式方面的传统，乃是针对当时一种典型的诗歌文艺观——"主张诗的散文化的，因为这是内容的要求，这是诗底发展的前途"③。何其芳从一个有多年诗歌创作经验和精湛的古典文学修养的诗人兼知识分子，对这种文艺

① 何其芳：《再谈诗歌形式问题》，《何其芳文集》（六），人民文学出版社 1984 年版，第 67 页。

② 何其芳：《话说新诗》，《何其芳文集》（四），人民文学出版社 1984 年版，第 243—244 页。

③ 同上书，第 250 页。

观提出的异议——诗不仅仅是"内容"的，"新诗还有一个形式的问题"。①重提新诗自身的传统，何其芳的真正目的，也许并不是像我们今天为寻求当下诗歌的解困策略，为现代汉诗的本体建设寻求形式方面的启示——而是为建立一种所谓的"新诗的民族形式"。不管是批判"内容"上的"小资产阶级知识分子的个人的主观抒情"式的诗歌"传统"（他本人二三十年代的诗歌创作正是如此），还是重新回顾新诗在形式上的探索的传统，何其芳的目标恐怕是与时代的文艺需求合拍的：诗歌怎样才能更好地"表现工农兵，表现新的人物、新的世界"②和"艺术群众化"的要求——"中国的新诗我觉得还有一个形式问题尚未解决。从前，我是主张自由诗的。因为那可以最自由地表达我自己所要表达的东西。但是现在，我动摇了。因为我感到今日中国的广大群众述不习惯于这种形式，不大容易接受这种形式。而且自由诗的形式本身也有其弱点，最易流于散文化。恐怕新诗的民族形式还需要建立。"③

不过，新诗在自身发展的过程中，其重视形式秩序的探索，并形成了一种不可忽视的"传统"这一事实，既已被何其芳提出来，就有它的意义。尽管何其芳提及这个问题其目的主要不在建设本体向度上的现代汉语诗歌，但他无疑是提出了一个对于当下的诗歌建设相当重要的问题。

三 "放不下形式的问题"

其实将新诗对形式秩序的寻求作为新诗"自己的传统"，更早的时候，40年代朱自清先生也表达过类似的意思："二十多年来写新诗的和谈新诗的都放不下形式的问题。"朱自清先生从刘半农的"增多诗体"，陆志韦的试验多种外国诗体，到努力于"新形式与新音节的发现"（《诗刊》弁言）的代表人物徐志摩、闻一多，谈到了这些诗人为纠正"白话诗"散文化的种种努力，并给予肯定——因为"自由诗"的浪漫化某种意义上所导致的是诗歌自身文类特征的模糊甚至丧失："'自然的音节'近于

① 何其芳：《话说新诗》，《何其芳文集》（四），人民文学出版社1984年版，第249页。
② 同上书，第244页。
③ 何其芳：《谈写诗》，《何其芳文集》（四），人民文学出版社1984年版，第62页。

散文而没有标准——除了比散文句子短些，紧凑些。一般人，不但是反对新诗的人，似乎总愿意诗距离散文远些，有它自己的面目。"① 朱自清先生对于闻、徐二位的评价和后来何其芳的意见基本一致，② 说"闻、徐两位先生虽然似乎只是输入外国诗体和外国的格律说，可是同时在创造中国新诗体，指示中国诗的新道路"。缺点也就是"只注重诗行的相等的字数而忽略了音尺等，驾驭文字的力量也还不足"。可见，徐、闻的新格律诗的试验虽然不很成功，但朱自清先生觉得其意义不可小觑（"创造诗体、指示道路"）③。

朱自清先生还大致勾勒了新格律诗实验之后中国新诗在"形式"上的寻求轨迹："抗战以来的诗，一面虽然趋向散文化，一面却也注意'匀称'和'均齐'，不过并不一定使各行的字数相等罢了。艾青和臧克家两位先生的诗都可作例；前者似乎多注意在'匀称'上，后者却兼注意在'均齐'上。而去年出版的卞之琳先生的《十年诗草》，更使我们知道这些年里诗的格律一直有人在试验着。从陆志韦先生起始，有志试验外国种种诗体的，徐、闻两先生外，还该提到梁宗岱先生，卞先生是第五个人。他试验过的诗体大概不比徐志摩先生少。而因为有前头的人做镜子，他更能融会那些诗体来写自己的诗。第六个人是冯至先生，他的《十四行集》也在去年出版；这集子可以说建立了中国十四行的基础，使得向来怀疑这诗体的人也相信它可以在中国诗里活下去。无韵体和十四行（或商籁）值得继续发展；别种外国诗体也将融化在中国诗里。这是摹仿，同时是创造，到了头都会变成我们自己的。"之后，朱自清先生阐明了他对自由诗的意见："无论是试验外国诗体或创造'新格式与新音节'，主要的是在求得适当的'匀称'和'均齐'。自由诗只能作为诗的一体而存在，不能

---

① 朱自清：《诗的形式》，《新诗杂话》，作家书屋 1947 年版。

② 何其芳是这样评价徐、闻的："……就是那种以闻一多先生为代表的企图建立新式格律诗的试验，除了它们的内容方面的问题这里不去讲它而外，虽说在形式方面许多地方犯了硬搬西洋诗的毛病（比如十四行诗的形式），而且在理论上也有许多错误（比如强调词藻上的绘画的美，节和句上的建筑的美），但恐怕在形式的试验上也不是毫无可取之处。他们就是以今天的口语为基础来写格律诗，无论如何是在中国旧有的格律诗之外企图增加一种样式。"[何其芳：《话说新诗》，《何其芳文集》（四），人民文学出版社 1984 年版，第 255 页] 何其芳对"新月派"的诗歌实践的评价其实是倾向于肯定的，可能只是置身于中国 20 世纪 50 年代反"资本主义"的意识形态语境，语气被迫要显得保守一些。

③ 朱自清：《诗的形式》，《新诗杂话》，作家书屋 1947 年版。

代替'匀称''均齐'的诗体,也不能占到比后者更重要的地位。"①

在这个反拨"自由诗"之"自由"、寻求现代汉语诗歌的形式秩序的轨迹上,还应该加上被长期"掩埋"的诗人吴兴华的诗歌创作,② 还应加上林庚先生20世纪30年代后期开始的现代格律诗的实验(从"十一言"到"九言"的试验,总结出汉语诗歌诗行"半逗律"、"五字组"的规律,着力现代汉诗的诗行建设)。朱自清先生此文比前面何其芳先生的文章要早三四年,新中国成立后,何其芳本人也在摸索如何建立"现代格律诗"(以"顿"的均齐和有规律的押韵为原则,其"顿"的观念也带来了许多诗歌写作实践中的问题)。在何其芳的有关观点有不足的地方,卞之琳先生的一些文章对之所作出的含蓄的弥补(卞之琳突破"顿"的原则,使之趋于具体、严密和完整)……可以说,这个历程本身就是新诗的一个"传统"。

这个历程还显示出新诗的另一个传统,即何其芳先生所言的:"以作品来建立新诗的形式"的传统。在《话说新诗》一文的末尾,何其芳先生考察中国古典诗歌与西方诗歌近代诗歌之后这样总结:"我们应该以作品来建立新诗的形式。中国的五言诗,七言诗,是在有了曹子建,陶渊明,李白、杜甫等人的作品以后才成为支配的形式的。自由诗,也是在有了惠特曼,凡尔哈仑等人的作品以后才建立起来的……如果说中国的新诗的形式还没有很好地建立的话,那就因为还没有这样一些伟大的作品。如果说中国的新诗也还是有一些优秀的可读的(虽说还够不上伟大)作品的话,那就不能说新诗还没有形式。"③ 这个传统是前一个传统的必然延伸。新诗在寻求合宜的形式秩序的历程中,理论的探讨和实际的诗歌实践是一直并行的。作品的实践不一定成功,很多诗作可以说是相当失败的,但是如果没有这样的试验,新诗要想走向更好的形式秩序的建设,是不可想象的。

---

① 朱自清:《诗的形式》,《新诗杂话》,作家书屋1947年版。
② 可参阅王光明《现代汉诗的百年演变》(河北人民出版社2003年版)第八章"形式探索的延续"中"默默传递的火把"一节对吴兴华诗歌创作的详细介绍和论述。
③ 何其芳:《话说新诗》,《何其芳文集》(四),人民文学出版社1984年版,第256—257页。

四 节奏是诗歌的灵魂

现代汉语诗歌不一定需要规整的格律，但由于其是"诗"，就必须有一定的形式感，这形式体现在诗行的建设，体现在诗歌内在的情感、语调的节奏等因素上。对诗歌形式的自觉，不会妨碍诗意的表达，只会使诗意因艺术的克制和调整而显得"美"、有余味。从诗歌本体来讲，一定的形式和韵律，作为艺术作品的结构，它是"有意味的"，它将使作者控制情感与意义的运行速度，使诗的旋律呈现出有规则的变化，对于读者来说，他可以有规律地不断期待和寻觅意义与触动的降临。

在闻一多《歌与诗》的人类学式的考证中，"诗歌"本是"诗"与"歌"的合一，它的结果就是"诗三百"（《诗经》）的诞生。在人类言语行为产生的早期，"歌"与"诗"的职能是分开的，前者的本质是抒情，后者是说理与叙事。"古代歌所据有的是后世诗的范围，而古代诗所管领的乃是后世史的疆域。"直到《诗经》，在此诗与歌合流之时，现代意义上兼备抒情、叙事多种功能、情境意合一的文体"诗"才可以成立。《诗经》所显示中国诗歌的趋势是："'事'的色彩由显而隐，'情'的韵味由短而长，那正象征着歌的成分在比例上的递增。再进一步，'情'的成分愈加膨胀，而'事'暗淡到不合再称为'事'，只可称为'境'。""歌"，一定的声音、节奏和韵律，是人的原初的情感的不可替代的表达。"歌"的成分的增加才使"诗"成为我们今天所说的"诗歌"。① 诗歌的形式和韵律正是在此意义上是必需的，而不是束缚情思表现的镣铐。所以闻一多说："越有魄力的作家，越是要戴着镣铐跳舞才跳得痛快，跳得好。只有不会跳舞的才怪镣铐碍事，只有不会作诗的才感觉得格律的缚束。对于不会作诗的，格律是表现的障碍物；对于一个作家，格律便成了表现的利器。"② 林庚先生也说："一切艺术形式归根结蒂，都无非是为了更有利于某种特殊的艺术性能，为了充分发挥某种特殊艺术性能而具备的特殊手段（或工具），否则一切形式就都是不必要的。作品的高下并不决

---

① 闻一多：《歌与诗》，1939 年 6 月 5 日昆明《中央日报》副刊《平明》第 16 期。
② 闻一多：《诗的格律》，《闻一多全集》，开明书店 1948 年版，第 247 页。

定于形式,而是最后决定于其艺术性能之发挥得如何。形式的存在因此也必正是一种便利而不是束缚,更不是因为自由得不耐烦了故意要找个桎梏。但形式既是一种手段(或工具),在还没有充分掌握自如之前也可能带来一定的束缚和桎梏。这好比初次穿上冰鞋在冰上行走,它可能还不如不穿冰鞋走得更痛快些,甚至于还不免要跌跤。可是在跌过几次跤之后,最后得到的却是更大的痛快和自由。更大的自由往往正是在掌握了某种规律才获得的,而掌握规律又总是需要过程和代价的。"①

诗歌的灵魂是节奏。现代汉语诗歌的新的形式秩序的寻求,并不是去重新建造一种严整的格律,而是在正视自由诗的可能和局限的基础上,"改变格律探索的长期压抑状态,形成格律诗和自由诗并存、对话与互动的格局"。"事实上,自由诗与格律诗的并存,有助于诗歌内部的竞争和参照系的形成,获得自我反思和自我调节的能力,保持'诗质'与'诗形'探索的平衡:自由诗在弥合工具语言与现代感性的分裂,探索感觉意识的真实和语言的表现策略方面,积累了新的经验,在诸多方面可以为形式探讨的危机提供解困策略;而格律诗对语言节奏、诗行、诗节的统一性和延续性的摸索,则可以防止自由诗迷信'自由'而轻视规律的倾向。"②

五 新诗"自己的传统"之于当下的意义

重提新诗"自己的传统",对于当下的诗歌写作也有重要的参照意义。和许多现代诗人对"自由诗"的反拨态度相比,今天的中国诗人大都秉承废名(冯文炳)20 世纪 30 年代初阐述的"新诗应该是自由诗"的观念。③ 对诗歌"形式"有自觉意识的人大多认为当下诗歌的形式就是"自由","自由"本身就是一种形式。对于诗歌形式无自觉意识的人,甚至谈不上主动"秉承",而是下意识地就这样"坚持"了废名的诗观。

---

① 林庚:《谈谈新诗 回顾楚辞》,原载《文汇增刊》1980 年第 4 期。参阅林庚《新诗格律与语言的诗化》,经济日报出版社 2000 年版。

② 王光明:《自由诗与中国新诗》,《中国社会科学》2004 年第 4 期。

③ 冯文炳:《谈新诗》,人民文学出版社 1984 年版,第 24 页。此书为冯文炳三四十年代在北京大学任教时写的讲义。

"新诗应该是自由诗"这一观念，在历史的发展过程中已经被绝对化。除了"自由诗"之"自由"，许多当代诗人几乎不知道诗歌还有什么别的形式可供探索。

对新诗对形式秩序的寻求和成绩，甚至是当代一些优秀的诗人对之的态度都颇值得人深思。有诗人这样阐述他的新诗传统观："中国新诗传统中我觉得最重要、最突出的一点，就是诗人的独立的艺术人格的获得。我认为这一点无论怎么强调都不过分……就是说，诗人不是以一种身份——体制的、文化的身份——与世界发生联系，而是以个体内在的生命和意识直接与世界相遇。"① 这样的说法是令人怀疑的，难得古代的诗人就没有"以个体内在的生命和意识直接与世界相遇"的？我想这样的观点是有代表性的。人们一提起新诗，马上想起的是五四新文化运动、是胡适、是郭沫若，想起的是郭沫若在《女神》中宣泄一个新的"自我"那种"自由"的精神。在这样的评价中，对诗的"（时代）内容"的评价代替了对诗的本体的评价。而一代代人对待诗歌只重"内容"、"精神"的评价方式，也导致了人们对诗歌本体要求的忽略。现代汉语诗歌在本体上的追求至少与变动中的语言（汉语）、形式、个体经验有关，是一个如何在这三者的互动关系中建立新的想象方式和象征秩序的问题。若仅仅"独立的人格"、"自我"、"精神"、"思想"这样的词汇来建设新诗，新诗事实上是回到了郭沫若的时代，只见"自由"，不见"诗"。如果丧失对"形式"的自觉，而只有的"自由"的"精神"（或曰"人格"），诗歌所面临的处境就是：为了"发展"，只能在"精神"的向度上不断翻新。这个不断翻新的结果就是：诗人为了写出"新"的诗，必须展露出新的"自我"形象，甚至可能这个"自我"形象可能并不是他们真的愿意这样展示的——"下半身"写作可能就是这样一种心理机制。他们的写作看起来与人性里的恶、俗的东西有关，与"诗"没有关系，但实际上正是新诗几十年来忽略本体向度的寻求、只在"内容"上求新的必然趋势。

"下半身"之后，又有更年轻的诗人兴起"垃圾派"。他们觉得"下半身"已经落伍，以诗歌展现肉感、性感仍然是一种"精神"，他们要以更"垃圾"的形式展示一种"新"的"诗"，其实是在诗歌里出示一种

① 西渡：《我的新诗传统观》，《新汉诗》2004年第二卷，第219页。

"新"的"自我"或人格。尽管这种"自我"或人格"新"得可怕,可能连写作者自己想想都不舒服,但为了诗歌"内容"上的新、更新、日日新,还有什么不可以干呢?

当代诗人不仅对新诗对形式秩序的寻求这一传统缺乏认识,在创作上,更谈不上以"以作品来建立新诗的形式"的艺术自觉。引人注目的"下半身写作",当然有"作品",其中一些诗人像伊沙、朵渔、尹丽川等本来就有一些不俗的诗作(但后来他们似乎更愿意为突出自己这个"流派"的特征而写作)。但除表达自己"诗歌最高的主旨、标准就是肉、性感"之类的宣言之外,"下半身"在诗歌形式与个体经验的较好的结合方面,缺乏令人信服的"作品"。即使我们不去猜测程光炜先生的"作品"的具体内涵,我们也知道他对"下半身写作"的批评、说他们没有"作品"的大概意思是:既然作为一个在中国当代诗坛一度引起普遍关注的诗歌群体,却没有真正意义上的"好诗","这是多么奇怪的现象"!

不仅是"下半身"写作这样激进的诗人群体,就是一些本身在形式上颇有造诣的诗人,对新诗的"自己的传统"也是充满误解。譬如,20世纪90年代以来中国诗坛在诗歌创作和诗歌批评方面均很出色的诗人臧棣就认为:"……'无韵诗'的概念,对我来说,它可能比'自由诗'的概念要好一些。也不妨说,'无韵诗'是我书写诗歌时的潜在的范式。我不认为新诗需要一种类似古代诗歌那样的普遍的形式。新月派的诗歌实践除了提供反面的教材外,我看不出有什么其他的意义。我们不该希望在现时代为诗歌发明什么永恒的形式。关于形式的唯一的道德就是看它是否有效。"① 以"有韵""无韵"来区分诗的形式和以"无韵诗"来称呼现代汉语诗歌,这似乎是不大妥,因为一段文字是不是"诗",从古至今单独以"韵"来对待,并不能区分。现代汉诗是不是就与"韵"彻底无关也不大好说,因为若这"韵"指的是诗歌内在的"节奏",那我们就不能说现代汉诗是"无韵诗"了。其实臧棣本人的诗非常有"韵"味。

---

① 臧棣:《假如我们真的不知道我们在写些什么……》,见肖开愚等编《从最小的可能性开始:中国诗歌评论》,人民文学出版社 2000 年版,第 286 页。

臧棣的好友，另一位当代诗人清平在回答"怎么考虑现代汉语诗歌的形式问题？新诗可能获得一种普遍的形式吗"的提问时说："任何语种的现代诗歌都不可能获得一种普遍的形式。古典诗歌的普遍形式的获得无论在东方还是西方都出自咏唱的需要和语言本身及对语言认识的局限。对于现代诗歌来说，可能的情形是，有一种或数种在分行、分节和顿挫等方面大致相近的叙述方式较受诗人的普遍青睐，比如现在较为流行的四行一节，三、四节为一相对独立单元的叙述体。在诗歌写作日益个人化，语言和思想的自由度越来越得到加强并呈现出广阔前景的今天，对诗歌形式的公共探讨已没有多少实际的意义。"① 可以看出，清平对当代诗歌的形式状况是非常了解的。但我们也知道，汉语诗歌在形式的追求大概不是在寻求"一种普遍的形式"，只能说是寻求与经验、意识、语言"合宜的形式"；现代汉诗不是在寻求一种普遍的形式，把"形式"体制化，而是为了寻求与现代"诗质"相适应的"诗形"。"诗形"本身也是在不断寻求改进的。当代诗歌的写作是不是随着"日益个人化，语言和思想的自由度越来越得到加强"就"呈现出广阔前景"？并且"对诗歌形式的公共探讨已没有多少实际的意义"？我们认为不一定。这样的诗观与"诗歌语言和思想就越自由越好"其实没什么区别。如果诗歌真的只要语言和思想的"自由"，那确实没有必要再讨论什么"诗形"的问题。但事实似乎不是这样。

与何其芳在 20 世纪 50 年代那样一个浓重的"反资本主义"意识形态语境中仍欲言又止地赞许徐、闻相比，当代中国这样一些优秀的诗人这样认为徐、闻的新格律诗的试验没有什么意义就值得反思了。确实，形式的合理性主要在于它对表达情思的有效性。但这里臧棣、清平等明显对新诗的形式寻求的传统有一定的误解：新诗是在寻求"永恒的形式"、"普遍的形式"吗？事实上，这些中国目前最优秀的诗人自身在创作中对诗歌的"形式"非常讲究。他们对新诗的形式追求的态度某种程度上反映了当代诗人对诗歌"形式"的缺乏艺术自觉的普遍性和对新诗对于形式秩序寻求的传统的误解与漠然。

现代汉语诗歌在当下的境遇中至少在"形式秩序的追寻"这一向度

———————

① 清平：《对西渡提问的一些问答》，臧棣、肖开愚、孙文波：《激情与责任：中国诗歌评论》，人民文学出版社 2002 年版，第 373 页。

上，无论是理论认识还是实践上的努力，都是令人忧虑的。重新回到新诗"自己的传统"，认识现代诗人在"自由诗"之外其形式寻求的价值；提倡当下的诗人，也当在自己的创作中，认识到"节奏是诗歌的灵魂"，有形式探索的艺术自觉，"以作品来建立新诗的形式"，这两点恐怕是值得提出的有效策略。

第十三章

不确定的"现实":现代汉诗写作与阅读的难度

现代汉诗的写作中,诗人对"现实"不同的理解,会带来不同的抒情方式;对"现实"不同的态度,会带来不同的文本效果。传统诗歌是"现实"的衍生物,而当代一些诗人像臧棣,其写作则是以想象、虚构为"现实",提供了一种可以称为"反诗歌"的文本。现代汉诗的写作和阅读上的难度在于何为"现实"、重新理解"诗和现实的关系"之类问题。

一 "现实":不同的理解

现代汉语诗歌,无论是写作还是阅读鉴赏,现在看来都是很复杂的事情。造成这种困难的一个重要原因在于诗人对"现实"的不同理解和把握。作为本原存在的"现实"到底是在场还是缺席,这不是理性的思辨能解决的问题,这只能取决于诗人自己在特定语境下的理解与相信。对"现实"的不同理解、不同态度决定了诗人的写作方式。当然,无论哪一种方式,都必得在语言当中展开。

从写作的方式上,确认"现实"作为本原的存在,往往产生出从"现实"衍生的个体情感经验的想象性的抒发,这种写作最大限度地丰富和发展了诗歌的传统功能——"抒情"。这种写作方式所产生的文本由于其情感经验的易于被理解往往容易为读者所接受。

而确认"现实"的缺席,认为只有虚构的现实才是真正的"现实"——这种对待现实的方式解放了诗人的想象和语言的传统功能,则造成了另外的诗篇。在语言的场域和限度内,诗人的意识、想象对作为本原的"现实"的缺乏所进行的无边"补充",诗人的语言和想象不再仅仅是"现实"的衍生之物,也成为"现实"本身,或曰诗人在诗歌中"创造"现实。这种写作方式改变了传统的"意识—情感或经验—语言"的抒情模式,它极大地拓展了诗歌的想象力,释放出语言本身在想象过程中的创造力,也把传统诗歌写作中意识与语言、情感经验与想象之间的单一对应关系改变为这些因素的相互生成关系。在这种写作方式中,语言不再是"现实"的象征性显现,而是不在之"现实"的不断填充。在意识、情感经验、语言等因素之间,诗歌写作追求是一种想象的自由,使诗歌的意蕴充满了复杂性和生成性。由于存在本身的复杂性和理解本身的语言性,我们就不能站在传统的诗歌必须是抒发个人情怀的角度怀疑这种新的诗歌写作方式的必要,也不能因为其造成的意蕴复杂、模糊而否定其审美价值。

理解了现代汉语诗歌在写作上的不同状况,我们在阅读与鉴赏时,也就应该以一种审慎的态度和企图去理解各种诗歌写作的复杂性的心态,而不仅仅是以阅读效果上的"懂"与"不懂"或诗歌本体意义上的"是诗"与"不是诗"来判断。

二 "现实":不同的态度

甚至,即使是确认"现实"作为本原的存在、从"现实"衍生的个体情感经验的想象性抒发的写作方式,也由于诗人对于"现实"的不同态度,也能造成不同的诗篇。2005 年,中国诗坛曾为云南诗人雷平阳的下面这首《澜沧江在云南兰坪县境内的三十七条支流》发生了激烈的论争:

澜沧江由维西县向南流入兰坪县北甸乡
向南流 1 公里,东纳通甸河
又南流 6 公里,东纳德庆河
又南流 4 公里,东纳克卓河
又南流 3 公里,东纳中排河
又南流 3 公里,西纳木瓜邑河
又南流 2 公里,西纳三角河

又南流 8 公里，西纳拉竹河

又南流 4 公里，东纳大竹菁河

又南流 3 公里，西纳老王河

又南流 1 公里半，西纳黄柏河

又南流 9 公里，西纳罗松场河

又南流 2 公里，西纳布维河

又南流 1 公里半，西纳弥罗岭河

又南流 5 公里半，东纳玉龙河

又南流 2 公里，西纳铺肚河

又南流 2 公里，东纳连城河

又南流 2 公里，东纳清河

又南流 1 公里，西纳宝塔河

又南流 2 公里，西纳金满河

又南流 2 公里，东纳松柏河

又南流 2 公里，西纳拉古甸河

又南流 3 公里，西纳黄龙场河

又南流半公里，东纳南香炉河，西纳花坪河

又南流 1 公里，东纳木瓜河

又南流 7 公里，西纳干别河

又南流 6 公里，东纳腊铺河，西纳丰甸河

又南流 3 公里，西纳白寨子河

又南流 1 公里，西纳兔娥河

又南流 4 公里，西纳松澄河

又南流 3 公里，西纳瓦窑河，东纳核桃坪河

又南流 48 公里，澜沧江这条

一意向南的流水，流至火烧关

完成了在兰坪县境内 130 公里的流淌

向南流入了大理州云龙县①

　　面对这样一首句式单一，词语"单调"，想象力"缺乏"的诗作，不

---

① 《诗刊》半月刊 2005 年第 20 期。

同的批评家发出不同的声音。不过,以诗人雷平阳的《小学校》、《杀狗的过程》等优秀诗作的写作为背景,我们大约能感觉诗人这首诗至少不是胡闹,应是一种"别有用心"的写作。在单纯面对文本的情况下,有批评家认为这首诗作为一种"事件"、一个文本的特例是可以的,但其危险在于若肯定这样的诗作,是否会造成一种诗歌写作的类型化?诗人臧棣则认为这种写法的价值正在于它的看似"笨拙",肯定它的独一性和创造性①。而有的批评家则从其他文类(如现代小说)寻找范例,指出这种以语言和形式的单一、乏味来整体隐喻存在本身的意义匮乏的做法并非雷平阳的首创,高度评价这首诗的意图实在令人不解。

　　其实从这首诗是否是现代写作史上的文本的独一性和首创性来讨论问题可能还没有触及问题的全部,就在诗歌文类中,其实早在1997年的时候,广州的"70后"诗人安石榴就有类似的诗歌写作——《二十六区》,幸运的是,安石榴在其2005年出版的著作中还专门谈及此诗②:

　　　　我从二区出发
　　　　经过三区
　　　　四　区
　　　　五　区
　　　　六　区
　　　　七　区
　　　　八　区
　　　　九　区
　　　　十　区
　　　　十一区
　　　　十二区
　　　　十三区
　　　　十四区
　　　　十五区
　　　　十六区

---

①　参见《尖峰岭诗歌研讨会纪要》,《诗刊》下半月刊2005年第10期。
②　安石榴:《我的深圳地理》,中国戏剧出版社2005年版,第108—109页。

十七区

十八区

十九区

二十区

二十一区

二十二区

二十三区

二十四区

二十五区

在二十六区一个小店门前

我与朋友喝了几瓶啤酒

然后动身回二区

经过二十五区

二十四区

二十三区

二十二区

二十一区

二十区

十九区

十八区

十七区

十六区

十五区

十四区

十三区

十二区

十一区

十区

九区

八区

七区

六区

五区

四区

三区

终于回到了二区

　　我们无法猜测,雷平阳是否从此诗受到启发,但这个问题似乎不大重要。诗人臧棣欣赏此诗的"笨拙",肯定它的独创性,固然不无理由。但我更愿意相信臧棣在另一处表达的对现代诗的阅读态度更适合来对待此诗,这不是耐"读"的诗,而是需要"细致地'观看'"的诗:"接触诗歌,不外乎两种方式:吟诗和看诗,古人偏爱前者,现代的人则多倚重后者……现代诗比古典诗要安静得多,更适合看。这里,'看'有两个基本含义:一、观察,即细致地'观看'诗人对文字所做的特殊安排。在现代诗中,文字的组织可理解为一种语言的表演;它追求的首要目标是意外、惊奇、新颖。二、联想,即通过'视觉想象'来把握诗的意义和意味。"[①] 尽管在文字组织上,雷平阳此诗和安石榴的《二十六区》相似,但对那些具体语词的"观看"的效果却很不一样。安石榴曾经居住在深圳宝安区,"宝安城区以区来划分,有近 100 个区,这一行政名义的划分方式至少造成了我的《二十六区》这首诗"。[②] 安石榴以一种数字化、简单化的诗行来抒写个体对这种现代城市管理体制的感受,诗行的单调无味对应着现代城市数字化生存的个体其贫乏的生活状况。安石榴此诗整体上是有意义的,但在诗的具体语词上,则没有雷平阳诗有趣。

　　雷平阳的抒写对象是一条经过处在国家边缘的少数民族区域的河流,他的语言材料完全区别于正规的汉语系统,那些稀奇古怪的河流名称本身就与常规的汉语系统形成了一种参照,促使读者不得不展开想象。这些少数民族地域名词往往有一种奇特的声音和意义效果,本身是有一定的"诗意"的。这首诗的意义主要在于对它的"观看","观看"诗人呈现出来的那些陌生的地理学名词,"观看"像地图上的水系一样绵延的诗行。诗歌传统的解读是寻求"意义"言说的模式——"声音"模式,"书写"只是"声音"的附属物。而这首诗,"书写"本身似乎就有充足的意

① 臧棣:《毛皮的寓言》,《特区文学》2005 年第 9 期。
② 安石榴:《我的深圳地理》,中国戏剧出版社 2005 年版,第 108 页。

义。这大概是这首诗值得读者"观看"的原因。

我们阅读一首诗，也不能只单纯看文本，若有条件了解文本产生的历史语境，也许会对文本多一些理解。据雷平阳自己的讲述，这首诗是热爱"云南的山山水水"的诗人一次旅行的结果，是一种蓄意的写作，是诗人对一种"现实"图景的敬畏："澜沧江之行，让我得以打开了滇南和滇西的山河画卷……人烟没有断绝，神灵还在头顶。那山河割据而又自成一体的天人生活图，那仿佛角落而又心脏巨大的村庄史，我被它们吓坏了，手中的笔，掉到了地上。我可不可以不动用任何修辞，可不可以也来一次零度写作？回答是肯定的。所以，10月26日，当我从云龙县城搭乘一辆夜行货车回到大理古城，风尘未洗，便在酒店的留言信笺上写下了这首《澜沧江在云南兰坪县境内的三十七条支流》。它的每一个数字、地名、河流名称都是真实的，有据可查的，完全可用做人文地理学资料……"①我们完全可以说，在这首诗的写作当中，"现实"如此强大，如此神圣，这种对"现实"的敬畏使诗人不得不放弃任何修辞，老老实实地"来一次零度写作"。诗作语言形式的简单背后是诗人内心涌动的朝圣心情。诗人试图以"现实"中本来就有的语词来呈现"现实"的本真样式，这既是一首诗的写作，也是一种表达心灵的行为。这首诗的意蕴可能更在文本之外。

对"现实"的敬畏心态产生出雷平阳这首看似简单的诗，而安石榴的这首《二十六区》虽也同样看似简单，但诗人对"现实"的态度却迥然不同。如果说雷平阳写作《澜沧江在云南兰坪县境内的三十七条支流》时对"现实"的态度是景仰的，没有任何修辞可以与此"现实"匹配。而安石榴在写《二十六区》时，则对"现实"是认同的，认同了"现实"的空虚、无聊，这似乎就是现代城市生活的实在状况，诗人抒写对这种状况的感受似乎只有一种方式：就是将贫乏还给贫乏，将单调还给单调。但无论是对"现实"的何种态度，两首诗的写作都有"行为"的意味，其意义已超出了单纯的文本。

将诗歌写作变成一种"行为"，这一事件本身反映的是语言的限度的显现和人对自身的限度的焦灼。对雷平阳来说，由于语言不能反映他心目中的"现实"，他干脆选择了最大限度地放弃修辞。对安石榴来说，他宁

---

① 雷平阳：《创作手记：我为何写作此诗》，《诗刊》下半月刊2005年第10期。

愿把这种诗歌写作当作一种游戏,在永恒的时间流逝面前,哪一种写作哪一首诗歌又不是游戏?——"《二十六区》……我把它当作行为诗歌,是因为最先确实是一种行为,也具有行为的意味,后来成为诗歌并最终被认为是我诗歌的名篇,多少有一点玩笑的意思。写作又何尝不是一场没有来由和没休止的玩笑!……在我这里,行为和诗歌都不是主要的,主要的是流逝的证明。"① 从现代人生存的艰难境遇看,有时关心诗人显得比关心诗作更重要。当然,这是另外一个话题。但有这种心情至少不会妨碍我们对一首诗的多种意味的把握。在安石榴这里,诗歌是缓解生存焦虑的一种方式。作为一个诗人,他时常感受到现实中的失落和绝望远比诗歌中强烈。对这样的诗人而言,有时文本不足以表达内心,必须有一些"怪异"的"行为"。这种"行为"也包含了一些独特诗歌文本的创造。对于《澜沧江在云南兰坪县境内的三十七条支流》和《二十六区》这一类的诗作,如果不是诗人纯属无聊的蓄意"创新"的话,也许我们单纯关心文本的意义结构还不如试图了解文本的产生语境和诗人的内心状况。这样我们对现代诗写作和阅读也许会多一些理解。

三　"反诗歌":以想象为"现实"

对于雷平阳而言,他的抒写"现实"的名作大概是《小学校》和《杀狗的过程》等,其中《杀狗的过程》更是叫人的心灵大受触动:

> 这应该是杀狗的
> 唯一方式。今天早上 10 点 25 分
> 在金鼎山农贸市场 3 单元
> 靠南的最后一个铺面前的空地上
> 一条狗依偎在主人的脚边,它抬着头
> 望着繁忙的交易区,偶尔,伸出
> 长长的舌头,舔一下主人的裤管
> 主人也用手抚摸着它的头

---

① 安石榴:《我的深圳地理》,中国戏剧出版社 2005 年版,第 108 页。

仿佛在为远行的孩子理顺衣领
可是，这温暖的场景并没有持续多久
主人将它的头搂进怀里
一张长长的刀叶就送进了
它的脖子。它叫着，脖子上
像系上了一条红领巾，迅速地
窜到了店铺旁的柴堆里……
主人向它招了招手，它又爬了回来
继续依偎在主人的脚边，身体
在颤抖。主人又摸了摸它的头
仿佛为受伤的孩子，清洗疤痕
但是，这也是一瞬而逝的温情
主人的刀，再一次戳进了它的脖子
力道和位置，与前次毫无区别
它叫着，脖子上像插上了
一杆红颜色的小旗子，力不从心地
窜到了店铺旁的柴堆里
主人像它招了招手，它又爬了回来
——如此重复了 5 次，他才死在
爬向主人的路上。它的血迹
让它体味到了消亡的魔力
11 点 20 分，主人开始叫卖
因为等待，许多围观的人
还在谈论着它一次比一次减少
的抖，和它那痉挛的脊背
说它像一个回家奔丧的游子①

　　这首诗以一个杀狗的具体场景刻画人性中的残忍，读者获得的是一种
直击内心的力量：人们既惊叹诗人在日常生活中观察的细致和在描述时语
言的精准、节制，也会因着诗人潜在地言说对自己的灵魂有一次审视。这

————————
① 《山花》下半月刊 2010 年第 1 期。

种直接从"现实"衍生而出的诗作中,诗人的情感、经验容易为读者所辨识,应当说意义较为明晰。确实如一些批评家所言的:充满"生命质感"。这种依赖"现实"中的情感、经验的写作方式为诗人所擅长,也为读者所熟悉,但更换一种方式,连传统诗歌写作的基石——"现实"经验都以幻觉和想象的方式出场,诗歌会到达怎样"不真实"的境遇,又怎样为读者所接受?你看这首《反诗歌》:

> 几只羊从一块大岩石里走出,
> 领头的是只黑山羊,
> 它走起路来的样子就像是
> 已做过七八回母亲了。
> 而有关的真相或许并不完全如此。
>
> 它们沉默如
> 一个刚刚走出法院的家庭。
> 我不便猜测它们是否已输掉了
> 一场官司,如同我不会轻易地反问
> 石头里还能有什么证据呢。
>
> 从一块大岩石里走出了
> 几只羊,这情景
> 足以纠正他们关于幻觉的讨论。
> 不真实不一定不漂亮,
> 或者,不漂亮并非不安慰。
>
> 几只羊旁若无人地咀嚼着
> 矮树枝上的嫩叶子。
> 已消融的雪水在山谷里洗着
> 我也许可以管它们叫玻璃袜子的小东西。
> 几只羊不解答它们是否还会回到岩石里的疑问。
>
> 几只羊分配着濒危的环境:

三十年前是羊群在那里吃草，

十年后是羊玩具越做越可爱。

几只羊从什么地方走出并不那么重要。

几只羊有黑有白，如同这诗首的底牌。①

　　这是臧棣2003年初的一首诗，诗歌抒写的直接对象是"从一块大岩石里走出"的"几只羊"，这本身就是一件"不真实"的事情，是一种想象的图景，而不是切实的"现实"图景。从这样一个非"现实"性的基础出发，诗歌能否完成一次漂亮的想象的旅程？臧棣似乎并不关心诗歌的"现实"基础，"不真实不一定不漂亮，/或者，不漂亮并非不安慰"，诗歌是一个想象的世界，想象力的自由与释放也许是一件重要的事情，"几只羊从什么地方走出并不那么重要"，重要的是诗人完成了一次想象的考验，像一次危险的说谎，他必须把这个谎言塑造得完美，他在诗歌中创造出一个虚虚实实的"羊"的图景（"几只羊"只是道具而已）。这是一种与"现实"经验的想象性言说这种传统诗歌写作方式逆向的写作，是一种"反诗歌"，是一种寻思诗歌写作的多种可能性的"元诗歌"。

四　重新理解"诗和现实"的关系

　　这种令人费解的"反诗歌"来自诗人独特的"现实观"。按照臧棣本人的陈述，他认为："不是现实定义诗歌，而是诗歌定义现实。""诗的现实最显著的，也是最可感的特征就是它不拘泥于任何实体。"

　　诗和现实的关系一直困扰着当代诗歌。人们常常习惯于从现实的角度去定义诗歌或看待诗歌。在某种意义上，可以说，人们在多大程度上接受诗歌是和它们在诗歌中能看到多少现实的影像是成正比的。诗与现实的同一性被认为是理所当然的。在这样的欣赏习惯里，诗就如同是伸向现实的一把筛子。而诗的好坏，则关系到筛子眼选多大的才算合适，以及晃动筛子时手腕的控制力量。人们似乎很愿意相信，

---

　　① 臧棣：《宇宙是扁的》，作家出版社2008年版，第126—127页。

从筛子眼中滤下的东西是诗歌的垃圾,而那些经由反复颠动最终留在筛子里的东西是诗歌的精华。或者说,那些渐渐在筛眼上安静下来的东西,才是对现实经验的新的组合。

　　与此相反的诗歌实践,意味着什么呢?意味着现实实际上需要诗歌来界定。假如真正的现实确实是人们所渴望了解的,那么,就像墨西哥诗人帕斯所说的,真正的现实是由诗歌来定义的。诗,主要的,不是用来反映我们在报纸上和电视上所看到的现实的。也不是回应我们在大街上的遭遇的,诗是对现实的发明。从诗的特性来看,我们也可以说,诗人的最主要的工作就是创造诗的现实。何谓诗的现实?简单地说来,它就是对称于我们的存在的诗意空间。这一诗意空间最显著的、也是最可感的特征就是它不拘泥于任何实体。①

　　这种"现实"主义应该说严重违反人们对"现实"的认识,实在是一种彻底的"唯心主义"。但诗歌作为一个想象的世界,作为人类自我意识和想象能力的拓展,作为一种写作方式,我们似乎不能这样简单对待。

　　雷平阳的诗歌写作是一种以"现实"为基点的想象性言说,而臧棣的许多近作,则是在想象的基础上的语言辨析与再想象,他在曲折的想象与语言行进中创造出一个新的"诗的现实"。这个"现实"只存在于诗歌的语言中,可能想象得到,但不可能到达,甚至语言也不能明确表达。在《巴尔的摩》② 一诗中臧棣写道:"我的诗中/有按动快门的声音。/我的意思是,诗,即使不是我写的,/也没有其他的底片。"诗歌反映现实恰如照相,"我的诗中/有按动快门的声音",但诗歌与照相不同的是,"诗,即使不是我写的,/也没有其他的底片"。诗歌给现实"照相"的特殊方式正在于它的想象性,所以它没有"底片"。面对陌生或"神圣"的事物,臧棣的心境更多是欣赏其新颖、以一种轻松愉悦的心态来对待这种陌生性,"现实"在他笔下不是言说的源头,而只是他许多"愉快的想法"的寄生地。在关于"现实"的言说中,诗人不是追踪"现实"图景,而是忠实于想象和语言的逻辑和轨迹,用一位批评家的话说,是"以意识和语言的互动打破了传统诗歌写作的情景关系,冲破了生活决定论的经验

_____

① 臧棣:《听任诗的内在引领》,《特区文学》2005 年第 4 期。
② 臧棣:《宇宙是扁的》,作家出版社 2008 年版,第 138—139 页。

主义美学，为现代汉语诗歌的写作展示了一种新的可能性。这是一种追求意识和语言的开放性和生长性，胜过追求文本经典性的写作"。①

这种不以"文本经典性"为目标，而追求内在多种可能性的诗歌写作，其代价一定是冲击了传统诗歌的阅读模式，使处在既成审美习惯中的读者产生抱怨。确实，我们这个时代对诗歌"读不懂"的抱怨太多。一些优秀的诗人由于写作方式的变化，其作品的内在理路变得复杂，必然首先成为读者埋怨和批判的对象。对现代诗的写作和阅读，我们要多一些敏锐的关注、多一些深度的关怀，而不是简单地以"情怀"、"思想"、"生命质感"、"个性"等词语来判定。这些词语都没有错，但它们只是写诗必需的前提，而不是判断一首诗是好是坏的标准。

---

① 王光明：《2002—2003中国诗歌年选·前言》，花城出版社2004年版，第8页。

第十四章

诗本体的忽略：一个当代诗命名的问题

一 "中间代"：问题的提出

2004 年以来，随着厚达 2550 页、收纳 80 余位 20 世纪 60 年代出生的诗人的诗作的《中间代诗全集》（上、下卷）的面世，无论人们赞成、反对抑或沉默、冷笑，"中间代"这一指称当代某一类中国诗人的专有名词，已为诗坛广泛谈论，似乎很快就顺利完成了自身的"经典化"过程。按照编者的意图，这本大书乃是"希望藉着本书的编选与出版为沉潜在两代人阴影下的这一代人作证。谁都无法否认这一代人即是近十年来中国大陆诗坛最为优秀出众的中间力量，他们介于第三代和 70 后之间，承上启下，兼具两代人的诗写优势和实验意志，在文本和行动上为推动汉语诗歌的发展做出了不懈的努力并取得了实质性的成果"。① 出于对"这一代人"诗歌实绩的珍视和对他们的沉默所作的回报，才华横溢的女诗人安琪激动地宣告，"中间代"的浮出历史地表，"是时候了"!② 而心境温和的抒情诗人黄礼孩，也认为"中间代"乃是"横空出世"，是"汉语诗歌的另一个时代"，虽是"一场迟来的诗歌命名"，却"将是一场迟来的胜利"。③

"做这本书是有野心的"，④ 诗人安琪和黄礼孩的"野心"应当是容易理解的。尽管将《中间代诗全集》自封为"中国现当代诗歌史进程中

---

① 安琪：《中间代：是时候了!》，安琪、远村、黄礼孩主编：《中间代诗全集》（下卷），海峡文艺出版社 2004 年版，第 2306 页。

② 同上书，第 2307 页。

③ 黄礼孩：《一场迟来的诗歌命名》，《中间代诗全集》（下卷），第 2314—2316 页。

④ 安琪：《中间代：是时候了!》，《中间代诗全集》（下卷），第 2306 页。

的六部重要选本"之一①，此举确实显示了编者们渴望进入文学史、分享"史"之权威的小小"野心"，但这"野心"我们也可以理解为一种爱心——毋庸讳言，到目前为止，支持"中间代"的文章已有不少（但未见得都能站得住脚）；而批评的声音自然也是随处可见（也未见得都能说出个所以然），但一个不能彻底否认的事实是：安琪、远村、黄礼孩的工作是极有意义的，其意义正在于——援用另一位诗人的话说，是在时间文本的边缘，"为沉默的诗人作些脚注"，② 20 世纪 90 年代以来，中国诗坛着实十分热闹，在"新生代（第三代）诗人"和所谓的"70 后"、"下半身"之间；在所谓的"民间立场"和"知识分子写作"诗人阵营之间，确实存在着许多"中间"的诗人、"中立"的诗人，"中间代"提法的意义正在于将这样一些诗歌作品确实不错、而又不为人所重视的长期以来默默写作的诗人们在热闹而又偏至的诗歌进程中显现出来，使人们不得不正视他们（及其作品）。无论如何，"中间代"的提法，暴露了当代诗歌史的某种权力遮蔽机制，显现出诗歌发展中的一些必须正视的"问题"。

当然，从诗歌发展的历史和诗歌本体建设的角度，我们看到安琪、远村、黄礼孩等诗人所作的这项工作并非完美得无可挑剔。许多正儿八经研究诗歌的专家对"中间代"提法大都持批判态度，但他们往往也仅止于不屑或冷漠，不能给人们提供很好的理由或有益的建议。倒是一向站在当代中国诗坛反面的诗人伊沙，其对"中间代"提法的意见颇值有意思："……我不明白我也身在其中的这代人何以'中间'？70 后诗人黄礼孩说：'我个人认为，70 后诗群戏剧性的闪亮登场是快速催生"中间代"的重要原因。'——如果我理解无误的话，他指的是'中间代'这个命名的催生而非其他。因为有了先确立的'70 后'，还有一个更先确立的'第三代'，所以我们就只好'中间'了——这不等于因为上有汉而下有

---

① 据《中间代诗全集》的封三，"中国现当代诗歌史进程的六部重要选本"按顺序，依次为"《中国新文学大系·诗集》（上海良友图书公司 1935 年出版/朱自清/编选）、《鱼化石或悬崖边的树·归来者诗卷》（北京师范大学出版社 1993 年出版/谢冕　唐晓渡/主编）、《朦胧诗选》（春风文艺出版社 1985 年出版/阎月君、高岩、梁云、顾芳/编选）、《后朦胧诗全集》（四川教育出版社 1993 年出版/万夏、潇潇/主编）、《中间代诗全集》（海峡文艺出版社 2004 年出版/安琪、远村、黄礼孩/主编）、《70 后诗集》（海风文艺出版社 2004 年出版/康城、黄礼孩、朱佳发、老皮/编选）"。而在封底的左上方，则有"中国现代诗编年史"字样，表明《中间代诗全集》只是编者出版现代诗歌的权威选本、建构一种"中国现当代诗歌史"的一部分。

② 黄梵：《为沉默的诗人作些脚注》，《中间代诗全集》（下卷），第 2360 页。

宋，所以唐就不该有自己的名字，而应该叫'中间'吗？出生于 1969 年的女诗人安琪说：'为沉潜在两代人阴影下的这一代人作证'、'他们介于第三代诗人和 70 后之间'——实际上也是对某种'先确立'的承认和接受。而我大不以为然的地方在于：'第三代'属于'先确立'，可'70后'是什么？——它属于诗学上的'先确立'吗？我怎么没有听说过？试想：与'90 年代诗歌'挂钩的是哪一代诗人？'第三代'的剩余者？'70 后'的早熟儿？那么还有呢？我想这是一个根本不需要回答的问题。一代人在长达十年的时间里写出了他们应该写出的作品之后，没有获得一个公有的命名，这不是挺爽的一件事吗？"①

　　这一批"大都出生于六十年代，诗歌起步于八十年代，诗写成熟于九十年代，他们中的相当部分与第三代诗人几乎是并肩而行"②的诗人，若是大部分既然与"第三代诗人""同行"，而"70 后"的提法在伊沙看来似乎又不能成立，因为它并没有"确立"什么（难道确立了硬邦邦的"下半身"）？也没有被谁"确立"。这样的话，"中间代"命题之所以提出的两个基础便值得怀疑：到底在什么"中间"？伊沙的提问也就颇能令人同情，"我不明白我也身在其中的这代人"何以就成了"第三代诗人"和"70 后"的"中间"？难道是因为一批没有赶上朦胧诗之后的"第三代"，又不服气后来的小小"70 后"诗人，自寻出路、自封名号吗？写诗本来就是个人化行为，历史给不给予一定的奖赏很难说，诗人的沉默本属正常。若是在"第三代"和"70 后"之间确实有一批沉默的优秀的诗人，他们真正的是那种卡夫卡式的作家，他们一定不大愿意在当代被喧嚣地拽入文学史的旋涡。伊沙的见解之于"中间代"提法的产生是解构式的，"一代人在长达十年的时间里写出了他们应该写出的作品之后，没有获得一个公有的命名"，其实这已经说明了问题，被湮没就是一种历史的奖赏，就是个人独立性的完成，这已经很"爽"。

　　不过，伊沙指认"中间代"命名乃是"荒诞"这未免太苛刻，这也不符合事实，如前所言，诗人安琪、远村、黄礼孩其实是以敏锐的眼光看到了"当代诗歌史进程"中的问题，"中间代"作为一种话语，是要为一部分诗人"说公道话"。诗人安琪、远村、黄礼孩他们之于当代诗歌史，

①　伊沙：《从这个略显荒诞的命名开始》，《中间代诗全集》（下卷），第 2353 页。
②　安琪：《中间代：是时候了!》，《中间代诗全集》（下卷），第 2308 页。

肯定有着一定的贡献。"中间代"提法的产生,最重要的问题不在于它本身的准确与否和对错与否,以及该不该产生,而在于为什么在当代中国的历史时代,会产生这一命名行为?这一针对某些特定诗人的命名其真正的问题在哪里?我们应当在对话与交流中对之做哪些商榷与补充?

二 诗歌命名的"历史"情结

首先说第一个问题。还是那句老话:"重要的不是话语讲述的年代,而是讲述话语的年代。"(米歇尔·福柯)"中间代"命名是在什么样的历史文化情境中成为可能的,它与中国诗歌的某种话语权力构成一种怎样的关系?和伊沙对"70后"提法的质疑一样,其实我们也可以对"第三代诗人"这一说法作些审视(后面我们再谈"70后"提法的问题):"第三代诗人"从何而来?是否完全合理?"第三代"也即"新生代"。"新生代"是相对于"朦胧诗"一代而言的,是对朦胧诗的承继与反叛、超越。那显而易见,朦胧诗人大约是"第二代"。那"第一代"呢?从当代诗歌的历史来看,可能是新中国刚刚成立时期为新中国热情讴歌的那一代诗人,包括何其芳、贺敬之、郭沫若、艾青等,他们的诗歌,抒写的是新的历史"时间"的"开始",是大写的"我"的"伟大的节日"。这一代诗人在当代的诗歌业绩主要是在1949—1966年,即中国文学最"政治化"的"十七年"时期,诗歌基本上"政治抒情诗"。① 也就是在这里,我们发现中国文学对诗人群体命名的问题。无论是"第一代"还是"第二代"、"第三代"("新生代"),"新时期"、"后新时期"、"晚生代"、"70后"、"80后"……我们的命名通常只在时间和历史上做文章,只对时间和历史负责,根本不触及诗歌内在的真实状况。而像"朦胧诗"这一针对一种新的诗歌形态的本体性的命名,众所周知,最初经历了多少谴责和论争,仿佛一场流血的革命!至于像"归来诗人群"这种既暗示一群饱经患难的诗人"归来",又暗示中国诗歌从政治到诗歌本体的"回归"的

---

① 这方面的诗歌解读,李杨的《抗争宿命之路——"社会主义现实主义"(1942—1976)研究》(时代文艺出版社1993年版)表述得最为精彩。"政治抒情诗"也是当代文学的一个"关键词"。(参见洪子诚、孟繁华主编《当代文学关键词》,广西师范大学出版社2001年版)

命名，则少之又少！

　　纵观当代文学史，"朦胧诗"之后的写作群体叫"新生代"或"第三代"，也叫"后朦胧诗"。"新生代"之后一点的作家们叫"晚生代"，因为他们比前者生得"晚"。而"晚生代"之后的命名就出了麻烦，总不至于叫"后晚生代"吧，干脆检查一下他们的户口本，终于发现了他们的共同点：都是1970年以后出生的孩子。那就叫"70年代出生的作家"吧，于是有了"70后"，这也接续了晚生代的另一命名："60年代出生的作家"。而现在的网络上，神童的传说不绝于耳，"80后"诗人自不必说了，"90后"诗人也有人在自然而然地评说了。

　　中国当代文学史上的命名似乎模仿了鲁迅小说《风波》，诗人们的命名与"出生"密切相关。鲁迅笔下的江南农村的习俗是人按出生下来时的斤两命名，如"九斤老太"、"七斤"这个不听话的小丫头……鲁迅的命名方式是称一个人的肉体的重量，这样的命名是因为那一群尚未受到精英启蒙的人们，一直过着"没有语言的生活"。所以在他们那里出现了命名的"贫困"，以至于有人慨叹："真是一代不如一代！"而我们这个话语繁茂得过剩的时代，命名方式依旧的简单：干脆，谁什么时间（年代）出生，就以那个时间（年代）命名。问题是：时间、年代能否标识个体诗人的本质？"中间代"和"70后"、"70后"和"80后"的界限在哪里？难道一个1969年底出生的作家和1970年1月出生的作家其心灵特征真存在着"时代"的差别？数字化、时间化的命名法则表面上存在这样一些明显的荒谬和疑惑，而内在上，却是中国文学一贯的某种精神以及部分中国诗人置身其中却对之的毫无觉察。

　　中国现代诗歌的诞生主要是以"新诗"的命名标识出来的（"新诗"之前是"白话诗"）。"新诗"是相对于旧诗而来。1919年胡适的《谈新诗》一文是"新诗"在理论上的确立，而随着1921年郭沫若的诗集《女神》的出版，则进一步确立了"新诗"的美学原则。众所周知，《女神》的胜利在于它自由、磅礴的想象，而此想象是建立在一种对于时间、历史的诅咒和憧憬的基础之上的。以《凤凰涅槃》为例，那种新时代/旧时代、新的自我/旧的自我、期待一个……来临/诅咒另一个……毁灭的暗示非常明显，诗歌想象的动力之源是现代性的时间、历史更迭（或曰"革命"）的憧憬。这也是闻一多极为赞赏《女神》之原因："若讲新诗，郭沫若君底诗才配称新诗呢，不独艺术上他的作品与旧诗词相去最远，最要

紧的是他的精神完全是时代的精神——二十世纪底时代的精神。"① 郭沫
若的诗为新诗提供了一个重要的标准:"时代的精神"和一个以"我"为
核心的抒情机制(古典诗歌的抒情主体"我"是竭力掩藏的,郭沫若许
多诗几乎每一句都是"我"为主语);再加上时人对西方自由诗的简单理
解,"新诗"其实形成了这样一种机制:诗必须是"新"的,而"时代的
精神"则是一个重要的指标,自我的情感和欲望的"本真"表露也是一
个重要方面,而诗之所以为诗的重要因素——句法、诗体等艺术形式,则
因对格律诗的简单拒绝和对自由诗的浪漫化理解,几乎完全失去。"新
诗"发展到当代,已无多少人在写诗时还注意语言、句法、诗体之于思
想情感表达的互动性这种形式上的自觉。"新诗"重要特征其实不在于
"诗",而在于它的"新",而诗歌好不好,事实上不在于其"内容"是
否新,而在于其语言、情思、形式融合得完美的那种"好"。写一首
"新"诗容易,写一首在语言、思想和艺术形式上均令人觉得"好"的诗
恐怕要难得多。

中国现代诗由于特定的历史环境(建构真正独立的民族国家的现代
性焦虑),诗歌的发展一直有偏于"新"而疏于"诗"的致命缺陷,这一
缺陷到了1942年《在延安文艺座谈会上的讲话》之后的新时期的中国文
学,发展得更是到了极致。1949年之后,诗歌完全是一个"歌唱""伟大
的节日"的时代精神,非常之"新",迎来了一个"政治抒情诗"为主流
的"十七年",迎来了语词和意象成为超级象征的"文化大革命"时期的
诗歌。朦胧诗一代人是对国家话语暴政的反抗,诗人们不愿再做国家话语
要求的、社会主义乌托邦允诺的"英雄",而是要回到个体"人"的抒情
本位,② 重建诗歌必需的个人的话语空间。朦胧诗人就像顾城那首著名的
短诗的题目《一代人》一样,确实是肩负重任的一代,他们是中国当代
文学的英雄,他们在80年代令无数人崇拜理所当然。政治抒情诗的写作
是依附于浪漫化的社会主义现实主义话语,是一种国家话语代替个人话语
的写作;而朦胧诗人的写作,则是对这种政治性写作的反抗。

但朦胧诗的写作同样是"政治性"的,那就是它是一种集体性的人

---

① 闻一多:《〈女神〉之时代精神》,《创造》周报第4号,1923年6月3日。
② 北岛在一首献给遇罗克的诗里写道:"……我并不是英雄/在这没有英雄的年代里/我只想做一个人。"(北岛:《宣告》)。

性解放和诗歌尊严的恢复的吁求来对抗那种国家话语对人性和诗歌本体的扭曲。朦胧诗的情感经验其实还是一种集体性的情感经验（即"一代人"的心声），个人化的情感总体来说还不够细腻；在对自我和诗歌语言的认识上，朦胧诗人还处在自发的阶段，未能深入探究。所以从诗歌本体的角度，朦胧诗的价值仍在于其"时代精神"；对于当代中国文学，朦胧诗的价值在于它修复了文学的社会功能（文学是个体心灵的表达，而不是国家话语的传声筒、冲向社会主义的号角），而不是回到诗歌的本体。

　　朦胧诗其实也肩负了一定的历史重任，随着"解放思想、实事求是"的政治新时期的到来，朦胧诗的价值正在于其提供了人性复归的思想解放的前提。文学上的这种变革事实上是政治意识形态的一种推论实践。但朦胧诗的命名却是本体性的，当初正是这种晦涩朦胧的诗歌甚至引起许多曾经很"现代"的诗人的反对（比如艾青），甚至有人认为这样的诗作妨碍人们进行现代化建设（比如署名"章明"的文章）。但朦胧诗的"时代精神"、集体经验随着改革开放的深入，随着国家、"人"的社会共同想象的由统一走向分裂，朦胧诗的诗学立场和美学原则遭到了接下来一群诗人的反对，人们将这一群诗人称为"新生代"，也即"第三代"。"新生代"的写作是一种以个体经验对抗朦胧诗的集体经验的写作，以破碎的自我对抗朦胧诗那个作为"一代人"的"我"，以口语化的方式戏谑崇高，在诗的语言和文本上，追求写作的"纯粹"，靠"写作"本身来深掘、发现自我与存在，甚至有"写作"大于"诗歌"的现象。① 正在这个意义上，"新生代"虽然同样肩负着共和国成立以来诗人一代否定一代的第三代使命，但恰恰是"时代的精神"最驳杂的，离统一的"时间"、"历史"想象最远，最接近诗歌本体的一次。

　　但无论是"后朦胧诗"还是"新生代"、"第三代"的命名都不能反映这一代诗人的诗学贡献和写作状态，对诗人的命名总是与时间、历史联系在一起，而将诗人真正的生长状态和向诗歌本体的探索程度搁置一边。"朦胧诗"对应的是政治上的具备一个想象的社会共同体的"新时期"，而"新生代"则对应这一想象共同体渐趋分裂的"后新时期"。"第三代"这一命名是与新中国成立以来有多少"代"诗人联系在一起，无形中还是将诗歌的功能和对诗歌的期待与国家意识形态联系起来。这种时间

---

① 参见臧棣《后朦胧诗：作为一种写作的诗歌》，《文艺争鸣》1996 年第 1 期。

性的命名也将诗人放入了"历史"之中。尽管诗歌本身已经滑入了自我和语言的深渊，已经在向往本体意义上的"诗"。尽管诗人本身很可能命运悲苦，甚至很可能已经穷困潦倒绝望自杀，但在他身后，人们仍然视其为文化英雄。

三 "新"诗逻辑的推论实践

"代"际命名与最直接的时间为标记，将诗人安放在历史的某个位置，使诗人获得一种参与"诗歌史进程"的幻觉。当代中国诗歌发展进程中这种一贯的命名方式是人们重历史时代而忽略诗歌本体的心态的表征。不是诗人们不追求诗歌的本体，而是通常将"新诗"理解为"新"的诗，直取其"新"而忘了更重要的主体——"诗"，这是五四以来中国诗人的一种"情结"。① 由于中国特定的历史境况，诗歌往往更愿意对"时代的精神"说话，而不是强调对"什么是诗"的追问。诗人更愿意知道自己在历史中的位置，而不思考自己的写作对诗歌的本体作出了什么样的探索。随着 20 世纪最后几年中国诗坛的大论争和网络的逐渐发达，今天的中国诗坛，知名的诗人无比繁多，而一首令人感叹的好诗却往往难得一见。这是一个"但见诗人不见诗"的年代。

整体上看，"中间代"诗人的年龄比"第三代"诗人要小一些，但又比"70 后"大得多，所以确实在时间链条的"中间"。这种命名明显是沿袭过去的方式：试图将一群"诗人"的位置在"历史"的进程框定出来。不过，这一次的命名有一个问题是：能否将"70 后"也算作可以和"第三代"相提并论的一"代"？正如伊沙所言，"'第三代'属于'先确立'"，也即"第三代"是当代中国特定的意识形态实践和诗歌本体的自律共同作用的结果，其自身也确实了确立了当代诗歌必需的要素：对自我、语言、文本的自觉意识。"第三代"作为一"代"是没有问题的，而"70 后"虽有一个响亮的名目，但正如伊沙所质疑的：它在诗学上确立了什么？

---

① 参见王光明《中国新诗的本体反思》，《中国社会科学》1998 年第 4 期。王光明认为"新诗"在自身的确立的过程中，形成了一种"唯'新'是举的历史情结"。

"70后"不是一个诗人群类的审慎命名，1969年、1981年出生的诗人是否就一定不能算入"70后"？十余年的年龄差距，诗人们的历史观念和诗学主张、语言能力差异甚大，不足以成为可以整体把握的一"代"。这一根据户口本的命名反映的是20世纪70年代出生的、受第三代诗人影响长大的年轻诗人在市场经济成熟之后的中国语境内的一种浮躁心态：不是追求自己在诗学上对前辈的超越，而是急于成立集团公司来最大限度地获得诗歌市场份额，诗写得好不好是次要的，关键是能否借着这个时代的文化传播机制满足这一代人的文化明星梦想。在"70后"诗人中，名声最大的群体恐怕要数"下半身"诗人。从诗人群体的命名的角度，不管他们的诗作如何，但在命名与诗歌内在状况的契合上，"下半身"无疑是成功的。这个"集体智慧的结晶"的命名很能表征这些诗人的写作趋向、实际精神，也容易给命定的目标一定的打击。这一点，"下半身"诗人自己也颇为得意。客观地说，"下半身"群体的某些诗人，从个体角度讲他们的有些诗作是不错的，但当个人化的诗歌的最高趣味乃是"性感、肉体⋯⋯"彻底放逐"诗意、思想⋯⋯"的主张成为一种向时代开炮的集团宗旨，这一群体就远离了"诗"，"下半身"写作就成为一场反对时代的资产阶级习气的现代主义式的与"艺术"沾边的行为，其文化价值不容忽视，但在诗歌建设上，他们并没有做出什么。以至于有批评家愤然：为什么有这样不见诗歌作品而诗人却大名鼎鼎的"流派"？

坦率地说，"下半身"写作在这个文化白领时代是值得同情和重视的。嘲讽令人牙齿发酸的大众化的"诗意"是一个知识分子应有的批判性，但可惜"下半身"诗人的批判的武器太不新鲜也不太高明。在向来出言谨慎的中国人眼里，沈浩波的诗与诗论集《心藏大恶》无异于最"另类"的文学宣言（一出版即遭禁止发行）。但事实上从中国诗歌的发展历史来看，类似于"下半身"的极端文学主张的出现，也不是罕见的事。如前所言，中国人对现代诗的认识是五四时期成形的"新诗"，"新诗"对今天的诗人差不多就是绝对的自由诗，就是思想的分行流淌，这样的话，诗就沦落为思想的分行排列的容器。很多人批判郭沫若，其实我们今天的诗歌很多还是郭沫若式的。我们的诗，值得分析的似乎就是其中深刻的"思想"、"时代的精神"，而"时代的精神"其实大多朝三暮四，单纯地珍视这类东西似乎不是谈论诗的方式，其他文类甚至非文学谈论

"时代的精神"可能会谈得更好。新诗只是"新"的诗，是不是语言、句法、诗体、意识、经验完美契合的一种艺术倒无人过问。长期以来，人们对诗歌的评判标准往往是其思想、精神的深刻性，对"现代诗"的理解同样是偏重于思想、意识的"现代"而不是"诗"的艺术完整性。由于诗歌特殊的审美机制（追求字句简约、凝练含蓄），诗歌也就成为追求和呈现新、异（其实不见得"深刻"）的"现代"思想、意识、经验的最佳场域。诗歌陷入或艰涩或平白、平庸的歧途也就不难理解。正是这种唯"新"唯"现代"是举的思维模式，使中国诗人在"第三代"诗人的杰出成就之后要想玩出更高的招成为难事。"下半身"写作包括后来的"垃圾派"其实是在这样一个文化语境下产生的：为了追求思想、精神的"新"，只好从人性尊严的最后一点儿底线下手，决心什么都可以放逐、废灭，可以彻底，再彻底一些。至于这些是个体真实的生命体验还是年轻的文化革命的幻想，不得而知。可以说，在只追求"新"不追求"诗"的道路上，中国诗人至今还在忘情地狂奔不已，这样的情形，产生"下半身"、"垃圾派"、更垃圾一点儿的派都是很正常的，一点儿也不异类。"下半身"、"垃圾派"这些所谓的异类，其实只是中国诗歌的"'新'诗逻辑"下必然发生的推论实践。

　　从这个意义上讲，对"70 后"命名的承认和高举，明显是"中间代"命名者对中国诗歌的历史劣根和当下病情的缺乏了解，同时还包含着实现自身梦想（也成为诗歌史上的"一代人"）的急于求成。"第三代"的成绩有目共睹，按照伊沙的话，是一种"先确立"，这大约是特定的历史时代和诗歌内在要求迫使诗人们在诗学上做出了非凡的成绩。而20 世纪 70 年代出生的中国诗人，确实有一些诗歌创作颇有成就的作者，但"70 后"作为诗歌"一代人"的命名、笼统某一种诗人群体、标举一种新的写作范式，一切都显得似是而非。将这样一个模糊的命名当真，当作自身行动的基石，实在不够审慎，也反映出命名者确立自身的历史位置的情结。这其中，虽然诗人们个个显得很前卫，其实最根本的意识还是中国诗人在写作上一如既往的"为时代代言"的历史情结（有些诗人即使是在写极端偏至的"自我"，其实骨子里还是认为这个"时代"是这样一个"自我"的时代），至于诗歌本体方向上的探寻意识，不能说诗人们没有，但这一意识是否在整个写作行为中处于最主要的、最前列的位置不得而知。重要的是，"新诗"近百年来，追求"新"轻视"诗"盲目追求精神、意识的"现代"将现代诗视为绝对的自由诗的诸多观念，已使当代许多诗人一提起笔，就先天丧失写作的"历史感"（T. S. 艾略特语）和对诗歌的本体意识（对汉语的不成熟和诗歌作为一种特殊文类其艺术形式相对稳定的自觉），即使许多诗人高举诗的"本质"，在具体写作中还是不能拿出有效的策略，说来说去其重心还是"诗人"怎么样，"精神"又如何。① 由于突出的是诗人在历史中的位置，而不是诗歌在自身历史中的演变，当代诗坛的命名运动热闹非凡，以至于有评论家不得不如是描述：前人刚"尘埃落定"，后辈便"抢滩注册"，而一批从前的旁观者、沉默者只好经过更艰难的努力，"带着一种迟到的无奈——多少有些被'淹没'的苦楚、缺少位置感的失落，以及多年苦熬，整体浮出水面的扬眉吐气……"② 这种描述的对象让人以为不是改革开放后的人们先富后富，便是某某朝代各类政治团伙的篡党夺权、阶级革命。如此的诗歌追求，要的是"适当时机、适当口号，连同配套运作"，至于"命名的精确度，现在已变得不那么重要了。科学也好，强制也好，它仅仅做为一种代码和符号，不致太离谱就得了"。况且我们还有这么好的自慰："历史看重的，主要是命名下的负载。"③ 不过事实可能没有这么简单。如前所述，如此的命名习惯其背后是"新诗"话语的某种权力。我们要的往往是以表征各样非常"现代"的"时代的精神"为价值的"新"的诗。诗人们要的是进入现代性意义上的直线发展的"历史"，寻找自己在此"历史"中的位置；而不是有限个体与永恒时间的拔河，探寻人性、语言与诗的奥妙，以语言和形式的自觉在诗自身的"历史"中留下自己"个人才能"的功绩。

---

① 女诗人安琪的诗歌写作颇有灵性与才气，在同时代的诗人中值得重视。她对诗歌的某些认识似乎有一定的代表性，值得商榷，同样值得人们重视："诗歌，作为呈现或披露或征服生活的一种样式，有赖于诗人们从中间团结起来，摒弃狭隘、腐朽、自杀性的围追堵截，实现诗人与诗人的天下大同"。〔安琪：《中间代：是时候了！》，《中间代诗全集》（下卷），第2307页〕安琪的话似乎为当下诗坛的运动频繁、派别纷起作了生动的注脚。

② 陈仲义：《沉潜着上升——我观"中间代"》，《中间代诗全集》（下卷），第2389页。

③ 同上。

四 "非代性"和个人化的写作

在"第三代"和"70后"这一"代"之间硬要来一个"中间代"，在当代中国诗坛并不是什么令人惊讶的事。虽然"中间代"的命名不能令人满意，不过他们的价值正在于他们提出了一个必须重视的问题：在"第三代"诗人之后或当中，确实存在一批与当时的主流诗坛保持距离而自寻出路且走得不错的诗人，他们的诗歌写作和"第三代"大不相同，与"70后"更是大相径庭。在《1998中国诗歌年鉴》之后纷纷扰扰的中国诗坛，这一群诗人的价值到底该如何评说？若是寻求一个能触及他们诗歌写作的某一大致共同特征的命名，怎样才算是合适？这些不能说全是庸人自扰的无聊话题。

朱朱、臧棣、余怒、刘洁岷、马永波、叶辉、杨健、森子、哑石、谭延桐、殷龙龙、树才、史幼波、周瓒、沈杰、安琪等，许多当代优秀的诗人皆生于20世纪60年代，他们中大都是20世纪90年代中期之后作品才为人瞩目，将这些诗人称为在"第三代"和"70后"之间的"中间代"看似可以成立，但想想他们中有的曾与"第三代""同行"，有的甚至根本就不想与"第三代"为伍、对一些"第三代"的代表诗人大不以为然（如对诗人于坚、海子等，甚至某些诗人既不喜欢于坚，也觉得海子有问题）；至于"70后"，他们大多根本不在乎——这样的话，认为他们是"第三代"和"70后"的"中间"就显得不大妥当。很明显，他们既自觉地将自己与"第三代"区别开来，也懒得与"70后"唱和或斗争，对于其中的大多数写作观念、风格特立独行的诗人，时间性的"代"际命名是不能笼统概之的，我们顶多是从他们非常个人化的写作内部看看他们为当代诗歌带来了什么样的基质，提供了哪些值得存留的技艺与品质，以及之于当代诗歌的生长他们的存在给予了我们什么启示……

在论及这一批诗人之时，有一个必要的诗学背景我们必须清楚，那就是他们大多虽与"第三代"诗人"同行"，但事实上各自的出发点是不一样的。"第三代"诗人以朦胧诗为背景而产生，朦胧诗是以人性的尊严恢复了诗歌写作的基点，而"第三代"诗人则以自我的破碎和语言狂欢、形式实验展现出对人性的深思和对诗歌、语言本体的自觉，让诗由从

"人"回到"诗"、回到"语言"。但无论怎样，朦胧诗和"第三代"都是"有诗可作"的年代，诗歌在时代的意识形态中仍有一定的位置和分量。而从"第三代"的边缘和20世纪60年代出生的诗人中分离出来的这一批诗人，他们的写作的旺盛期其实已在1993年之后，主要是在1995年之后，此时诗歌已经被放逐至时代的边缘，很多有名的诗人要么"下海"、要么自杀了，中国进入了一个崭新的经济就是一切的时代，一个看似无任何诗意可言的时代，毫无疑问，"第三代"诗人许多人的写作都是在反文化反崇高反价值反语言反……的动力下发生的，而1995年前后这一批诗人，他们的动力可能不是"反抗"，面对这样一个"权势"似乎不太明显的时代，他们面前更像是"无物之阵"。但看似"无物"，也可能是自由与丰富。缺乏明确的"反抗"目标，不再有读者公认的好诗或好诗人，甚至也不再有那么多读者关注诗歌，诗人回到了自己的内心，回到了变得更加复杂"权力"更加隐蔽的世界，写作的自由似乎变得更大了。这是这个贫乏的时代的诗歌的辩证法。

　　这是这一批诗人特立独行、处在"第三代"和60年代出生的诗人边缘的主要原因，他们在一个非诗的年代展开自己的诗歌。除了写作内在的历史背景不同之外，即使在"第三代"诗人的阵营之中，出于诗人的个性和对诗艺的探索，他们中许多人其实有意地与"第三代"诗人保持距离。像近年来成绩斐然的南京诗人朱朱，其实他一直与南京的诗人们保持着距离。对于《他们》等著名的诗人群体，朱朱似乎并不愿意置身其间。在《清河县》、《皮箱》、《灯蛾》、《枯草上的盐》等一系列作品中，表现一种对"自我"的深刻寻思和内心图景的深度呈现。他优雅而节制的想象、情境，深刻或凝重的思想，在不动声色的平常言语当中呈现得非常从容。读朱朱的诗，让人想象这个作者似乎是一个远离世事又是无所不知的人。"强大的风/它有一些更特殊的金子/要交给首饰匠。/我们只管在饥饿的间歇里等待，/什么该接受，什么值得细细描画。"（《枯草上的盐·厨房之歌》）诗人就像这个首饰匠，在饥饿中等待岁月馈赠的黄金。可以说，朱朱的写作为当代诗坛提供了一种在诗体、语言和自我方面默默探索的范例。

　　在北方，和《倾向》诗人群体、在北京的一些著名诗人保持距离的恐怕是臧棣。迄今为止，"第三代"诗人中，臧棣很早就对海子的诗歌写作表达了合理的疑义。对笔者而言，诗人臧棣对于当代诗歌的价值至少有两点，而这两点，和这个时代关系不大，都是关乎诗歌的本质。第一就是臧棣的诗歌写作是一种新的诗歌写作范式。通常的诗歌写作，诗歌是个体的经验、情感思想的想象性表达，这无可非议，但在臧棣的诗歌中，我们会发现，经验与想象、想象与理智在语言当中形成一种互动关系，这种互动关系使诗歌不再与经验对称，而指向了更复杂的"不可言说"的世界。他的写作不是被动地为恢复"经验"、还原"现实"而作，而是在"写作"的"意识"中吸纳"经验"、想象"现实"的一种主动的心智活动，给人们带来了对现代汉诗的主体的意识与经验、语言与经验等关系的重新认识。

在一篇著名的文章中臧棣阐述诗歌其实也是一种"知识"："诗歌是关于想象力的特殊知识。"在其他的诗人那里，想象可能是诗的"内容"，而在他这里，想象却成了语言运作的"机制"，他的诗里有一种"想象的逻辑"：在"想象"的（"现实"）基础上再想象、再对之作评价、将想象进行得更深、将对事物的考究推得更远更戏剧化……"人死后，鸟继续飞着。/我看着这幕情景。/情景消失后，鸟仍然飞着。/我将关心这样的事情。//维特根斯坦是一只鸟。/以前他不是，但现在是。/以前，人死后，有很多选择，/但很少有人倾向于变成一只鸟。//当然，我也可以这样交代——/以前，我是一只鸟，但现在/我是一个看鸟飞过头顶的人。/飞翔多么纯粹，像冰的自由落体。//我继续这样看下去/正如维特根斯坦继续巧妙于/一只鸟的名字。空间多么美妙，/就仿佛空间也死过一回。"（《纪念维特根斯坦》）这里的"纪念"（意识）就是一种"想象"，其对应的不是"真实、实在"的"经验"，诗歌的重点在于与"自我"进行对话的"想象"，而是在"想象"的基础上的再叙述，再想象。这里，形成了一种意识、经验与想象的纠缠。最后两段特别妙："……以前，我是一只鸟，但现在/我是一个看鸟飞过头顶的人。/飞翔多么纯粹，像冰的自由落体。//我继续这样看下去，/正如维特根斯坦继续巧妙于/一只鸟的名字。空间多么美妙，/就仿佛空间也死过一回。""飞翔"能成为固体，成为一块自由滑落的冰，实在是诗人的想象力的奇妙。而为什么"空间多么美妙，/就仿佛空间也死过一回"呢？这句话的美感、韵味从哪里来的？我觉得，这里有一个隐含的智性结构，前面的诗行已经显示："人"—"死"了—"变成""鸟"；而飞翔的空间与"鸟"多么相像；所以，"空间"也像"人"一样，是因为"死过一回"，才获得了如

"鸟"一样的"美妙"。诗人在此处理的是一个常见的主题"死"，但"死"这里却获得了如"鸟"一样的轻盈和美妙，没有一般文学中常见的沉重。这可能是臧棣的思想与写作的一种特色。对生存有一种戏剧化、轻盈的观察眼光，不去以沉重的意识去限定对象的意义与价值，而是以一种开放的心性来发现事物的多种可能性。由于写作不是单纯的依赖经验、情感，而是经验、情感、想象、理智、意识等元素的多方互动，臧棣使诗歌不再成为一种名词性的工具，而是使诗歌成了动词性的一种能力。你读他的《液体弹簧》、《陈列柜》、《细浪》等诗就会有这种体会，如此普通、乏味的事物，在他手下竟然能成为美妙的诗篇。正是对诗歌写作的一种新的认识，使臧棣似乎有了一只点石成金的指头，再无聊、卑微的事物，都能成为诗。1964 年出生的臧棣，说要将他的《未名湖》系列延续至第 64首，笔者非常相信他的能力，倒不是因为那湖有多丰富，而是臧棣将诗歌变成了一种能力，那些事物、景象只不过是陈述经验、展开想象和理智辨析的机缘，而不是"表现"的目标。

　　另外一点就是臧棣对诗歌写作本身的自觉意识。在"咏物诗"、"静物诗"、"地理诗"、"抒情诗"、"现代诗歌史"等一系列关于诗的"诗"中，臧棣要以一种所谓"元诗歌"的"新的方式揭示什么是诗歌"。在写作的过程中诗人的意识指涉"诗歌写作"这一状态的本身，使诗歌写作中的意识与经验、意识与语言、经验与当下、语言的象征功能与存在的本真状态的纠缠更加复杂，在写作中将诗人运用特定语言把写这一状态也写进诗歌，使诗歌文本的维度更加复杂了，仿佛镜中之镜。诗歌在表面上看是"晦涩"了，但其实内里更有意味。"元诗歌"的写作反映了诗人对诗歌写作的自觉意识，诗人不再是作为存在万物的代言者和命名者在说话，也不是语言的占有者和使用者。诗人乃是一个对事物的神秘保持着足够敬畏、对事物的平凡保持着足够好奇、对语言的难以捉摸保持着高度警觉的发现者。诗人是在小心翼翼地辨析、想象万物与语言的复杂关系。诗歌便是一种在语言中重新"发现"世界的艺术。

　　同样是 1964 年出生的湖北诗人刘洁岷，他对于现代诗歌的意识主要在"汉语"的维度上。以他为首所创办的诗歌民刊《新汉诗》，其意大约在于为当代诗坛呈现一种新的汉语诗歌。在这里边，"汉语"、诗的语言本身是写作中非常值得关注的。你读他的《当前程序》，你会发现初步阅读只能给你一头雾水，诗歌大意不是很容易把握。突兀的意象、飞跃跨度很大的联想，对于读者的习惯思维是一种煎熬。我们若是急于寻出刘洁岷诗歌的"主题"或"思想"，一定会受到他的语言方式的阻碍。在他的语言方式里，语言似乎不是为了表达情感或思想，是后者的工具，而是为了凸显自身的意义。"一匹渴睡的唐三彩跪于幽暗的博物馆/汽车驶过大街，侦察员/沿地平线寻找蟑螂/画中临窗的女子，散发出香气//啊，'美妙的月光在海面荡漾'/你发觉你踏在波浪的电梯上/秘书们，正不停地记着笔记/你在秋天的公园拾到一页公文//上面，一只翠绿的小虫子粘附着/那么你被判定为焦虑的，踌躇的……""当前程序"？诗人是不是在做一次写作的实验，并不追求写作的整体性的意思表达，而是抓捕在思想中与思想同步暗涌的意象与语言，将其呈现出来，以期达到表现人的内心或对世界的想法的真实性与现场感？似乎是没有联系的意象，莫名其妙的感叹，突如其来的插入的旁白……诗歌似乎是意识流小说，叫人不得要领。我怀疑"当前程序"至少有两层意思：一个是诗歌中所喻指的当前的人生与社会的某些现象与规则；另一个就是针对诗歌写作本身，即诗人试图表现当前写作这首诗这个行为的"程序"本身。

"……一个褪色、飘散的汉字有可能具有/两个或两个以上的意义，而一条河流/在你与你恋人身旁/拐弯，看来是不无原因的……"诗歌的结尾似乎还有玄学的意味。但人的内心就是这样芜杂，世界就是如此的晦暗不清又处处显出暧昧的象征。语言的意思完全可以在诗歌中被独立出来，而不仅仅成为思想的附庸。同样的情况也可适用于意象。意象本身也当具有独立的意蕴。世界如此破碎，以人狭隘的理想来整合复杂的生存可能会写出意思完整的篇章，但不一定切近真实。从这个意义上讲，刘洁岷的诗可能在阅读上给读者造成了一定的阻碍，但对于诗人自身，他对世界和人性的真实，却在一步步切近。在刘洁岷看来："诗歌是对语言世界的发明或重新发现，既不是在模仿实在之物也不是为了表现梦幻遐想，而是一种旨在揭示内心生活和语言内在奥秘的艺术。"

刘洁岷的诗歌至少呈现出两种风格，一种是《当前程序》这种意识驳杂、语言尖锐突兀的诗作，在此人们收获的是对词、对写作、对经验表达本身的自觉省思，作品虽晦涩但不失实验性。而在对经验的陈述上，刘洁岷还有另一种风格的诗作，那就是以长诗《桥》为代表的。就像这个题目一样，这类诗给人一种从容、连接彼岸的深度意识。很难说"桥"是一个隐喻，通过叙述这个司空见惯的建筑物来达到对人生的一种暗示，如生与死之间的通道、此岸与彼岸之间的连接等。这个"桥"就是"桥"本身，是时间中的一座建筑物，也是个人历史中的重要空间。在个体复杂的记忆和经验世界里，"桥"是桥下的一个旋涡，将许多宝贵的记忆、经验急卷起来进入了诗歌写作的深渊，使这些事物被泛起又瞬间消失。"那时我是在桥头等人/四周一片寂静//只有烧柴油的驳船（甲板上/挂满了刚刚洗净的衣服）/散着臭味，慢吞吞地/从桥下驶过/一只公猫在水上转悠/……""桥"从一个本质匮乏的时间开始，反向进入我逝去的人生："在桥上，无论是这一头/还是在通向外地的那一头/从小我就以为，我必将——//成为另一个人，会/提着一个特别的箱子/去看到自己也不敢相信看到的/一些东西……""桥"超越我的现在进入我的未来，到一个没有结束的终点："老了，一种负伤的感觉/眼睛直勾勾盯着一块水面/浮油和泡沫//老了老了，老得更接近于那个/雾中破碎的小镇//几句间断、不真实的对白，黑白照/照片中那个漆黑而有睡意/与你同名的孩子//但只要离开那桥足够的远，就能/听到自己光着小脚丫在桥面/跑来跑去的声音。""桥"似乎是一个没有起点和终点的旅程（我突然渴望翻身上马/裸着身子在桥上驰骋/——一座由光组成的桥//你可以同时见到这景象：树、雨、日出和日落/与数字快速集结的城区）。诗人没有把"桥"固定为什么意象或限定在什么样的境界之中，倒在最后将"桥"虚化为一道可以凌空观看世界的"光"，能让人（在写作中）获得暂时的快慰，却又显得不大可靠。结束句"还有午夜，一艘船卡在/两栋临近的高楼之间"更像是对写作的艰难的讽喻。"桥"这一事物在诗人的笔下得到了非常个人化的想象和重构。无论是《当前程序》还是《桥》，刘洁岷展示出一个60年代出生的诗人在诗歌实验上的先锋性，又表现出这个年代出生的诗人在陈述经验上的语言的伸缩有度、叙述速度的控制、想象的节制与从容，从这个意义上说，刘洁岷的诗其实是极有风格的，不过这种风格是通过他极具个人化的写作来完成的。

在60年代出生的中国作家中，有一位诗人是不可不提到的，那就是蛰居江城安庆的诗人余怒。因其写作的"个人化"和职业、身份的普通，诗人于坚竟然将其视为"中国的卡夫卡"，不管这种赞誉是否名副其实，但余怒独特的诗歌写作给人的印象无疑是深刻的。余怒对当代诗歌的贡献在笔者看来就是他的"身体修辞学"。长久以来，当代诗人对于"身体"的描述要么陷入对"感觉"在语言中无边的延宕，要么简单地将"身体"

的"感觉"归之为"性感",很少有人能够将"身体"的独特"感觉"和语言表达像余怒那样以诗歌尖锐而准确地对接。"我卡在4:30和4:31之间。/这么短的脖子,被卡住,只能作为/一般性身体的体现,一个鳞片。/这么短的时间。/这一分钟是自由的,是季节性的。//假如4:30的一个逃犯/4:31没有找到门栓,我就与他/交换这一分钟。/然后销声匿迹。/这一分钟是能动的,但我卡着。//假如是门,就是铁门。/4:31是铁打的。我饿了,有人/代替我出去。/被一只苹果卡着,不能反悔。/这一分钟的奴隶,只服从一分钟。"① 这里大约是写永恒时间中的人突然对时间的自觉意识。在某一分钟里,人对时间的突然思考和找不到答案这种复杂的感觉,仿佛被卡住了脖子。在这一分钟,人既是自由的,他可以是思考时间的主体,但又是不自由的,在时间的永恒流逝中,人又是无能为力的"奴隶"。这首诗将人被某一时刻"卡住"的感觉描述得如此真切,将一个无形的"时刻"叙述得如此形象、生动。读余怒的诗歌,你会为自身的某种身体感觉在他的诗里得到隐秘而准确的表达而嫉妒万分。很明显,余怒的写作是极端个人化的,但其诗作对读者来说又非不知所云。对于大多数的人,身体的许多特殊感觉一旦发生,你只能感受,不能表达,就如同一个死结,你知道它的存在,但不能以语言解开,而余怒的诗歌,却常常做着"解开身体的死结"这种工作。

以翻译著称的诗人马永波的诗作有些确实透出对西方文化的熟谙。《伪叙述:镜中的谋杀或某故事》、《默林传奇》这些诗作对东西方文化语言、典故的运用恰到好处,使这些长诗在实验性、叙述性的同时充满了智慧的转折和阅读的戏剧性、趣味性。在《小慧》、《眼科医院:谈话》、《电影院》等诗中,马永波显示出他以长诗把握经验现实的能力。他的长诗一方面是充沛的激情,另一方面是足够的材料,这材料由一连串叙述性的场景构成,这些场景是历史的,也是写作中的想象,又是在此想象中的继续生长和机智的思忖。虽是长诗,但却因处处表现出作者对细节处的精妙想象和叙述的智慧,读起来并不觉得冗长、晦涩。如此多的长诗和轻盈、机智又不失凝重与丰富的叙述,使马永波的诗歌在当代诗坛显得别具一格。和马永波作品的"西化"和长度形成对比,诗人叶辉的作品大多

① 余怒:《这一分钟》,引自《红豆》2003年第2期,同期刊载的余怒的《债》、《溺水者》等诗亦值得解析。

是以乡村意象或自然意象为陈述和想象的机缘，他的作品可以说多为短诗。但是篇幅的长短并不能决定诗歌的容量和重量。叶辉在诗歌中往往寥寥数语，就能呈现出一个令人惊讶的生存真相或生命感悟。"一只蚊子在玫瑰中练习它的/穿透力。灯光带着失落收回去如同此刻/湖面上一个人收他痛苦的网//白发苍苍的人正温习课本，在别的房间/电话铃持续鸣响，不是没有人/一个哑巴他不敢去接//情人们用树干上的水洗净/面庞，整个森林的泪水。而某个声称/掌握自己命运的人睡在床上//户外的月色下，一些胡乱堆放的石块/它们既非废墟，也非建筑/它们只是一些态度。"（《态度》）像这样短而有巨大的隐喻力量的诗作叶辉还有很多。我们虽不能一一将诗中的意象解释清楚，但短短的诗行对人生各种复杂境遇的曲折表达还是令人感佩的。而最后一段，则是个体内心对事物的强力投射，难以言说的内心和月色下凝重的景致成了相互阐释的关系，非常耐人寻味。对诗歌的事业无比认真的杨健同样有许多精练的短诗，其中《暮晚》一诗颇为人称道："马儿在草棚里踢着树桩，/鱼儿在篮子里蹦跳，/狗儿在院子里吠叫，/他们是多么爱惜自己，/但这正是痛苦的根源，/像月亮一样清晰，/像江水一样奔流不止……"很明显，诗人对于生命的思忖与他的信仰有关。但表达的方式仍然是诗的，以简洁的意象说话，情境纯净而开阔，仍不失为一种个人化的生命诉求和表达。毫无疑问，除了上述诗人之外，当代诗坛在写作上非常个人化的 60 年代出生的诗人其实还有很多。限于篇幅，不再一一列举并阐述。

五 "中生代"：一个可能的命名

综上所述，本章所论及的 60 年代出生的中国诗人，以及收纳在《中间代诗全集》中其他一些诗人，至少从写作的精神背景、诗学立场和个人化的追求两个方面，我们可以认为，将这些人从历史的时间链条上划分为"第三代"诗人和"70 后"的"中间"是不合适的。他们的写作，各自的艺术追求、思想精神的驳杂、区别是难以用"代"来命名的。重要的是，60 年代出生，如此大的时间期限，其间出生的诗人在思想意识和写作技艺上的差异是不言自明的。这样，一个诗人到底是一九六几年出生的就并不重要，根本不能因其在一九六几年出生就算是"中间"的一

"代"。对于诗人来说，起码的素质是要考察其写作起始时间、早年代表作出现的时间，因为这个时间与时代深处的精神变异息息相关。在这个意义上，我们认为这一批诗人的写作的初步成长期基本是在 1990 年、大多是在 1995 年前后展开的，他们的写作动力可以说是没有动力的动力，那就是不同于朦胧诗人和"第三代"诗人的宣告或反抗模式，而是在一个诗意缺乏的年代回到自己的内心、回到语言和诗歌的本体之处寻觅，于是他们的写作留下了各种形态的个人化，为当代诗歌的语言、艺术形式、经验的呈现从各个向度贡献了自己的探索。唯有在"写作背景"和个人化追求这些方面，他们的写作才有共同性可言。可以说，他们不是某一"代"人，而是某一"种"人。这样的话，大多被收纳进"中间代"的诗人，其实最不合适成为"一代"，对他们的命名应该不能是直线时间意义上的某一"代"。

在这个意义上，我觉得湖北诗人、诗刊《新汉诗》的主要创办者刘洁岷提出的一个折中的命名方式倒显出一定的合理性。[①] 刘洁岷认为对于这一批独特的 60 年代出生的中国诗人，与其用"中间代"命名，不如称为"中生代"。有意思的是，此前，批评家陈仲义先生也提及"中生代"，陈先生认为这两个命名其实差不多："设想，如果早先有计划提出'中生代'，我想也是可以成立的。历史看重的，主要是命名下的负载。"[②] 看得出，陈先生的"中生代"不过是"在中间生出"的意思，他的使用也是不自觉的。但是诗人刘洁岷却是在另外一个意义上自觉地使用这一名词。"中生代"首先是一个地质学的名词，其意为 2.5 亿年至 6500 万年前的一个地质年代。据研究，当时，地球的气候温暖湿润，一年中季节变化小，气候分带不明显，赤道不那么热，极地不那么冷，两极不结冰。在这种气候下，自然环境特别适合动植物生长。爬行动物此时最为活跃，其中最令人激动的就是恐龙的繁盛。鸟类和哺乳动物也开始出现并发展。被子植物在这一时期也开始出现并发展。这样的话，由于地质年代的久远，"中生代"之于当代，就不是一个现代性意义上的时间比拟，而是一种隐

---

① 早在《中间代诗全集》刚刚出版之时，本人诗作也被收入其中的刘洁岷就曾与安琪、张桃洲等诗人、批评家系统地阐述过"中生代"这一概念。应该说，刘洁岷对中国一部分 60 年代出生的诗人的写作的考察及如何命名的思考，不在"中间代"命名提倡者之后。

② 陈仲义：《沉潜着上升——我观"中间代"》，《中间代诗全集》（下卷），第 2389 页。

喻。鉴于"中生代"的气候的适宜和动植物的开始出现，这个词对于当代时间，意味着环境的自由度和生命的勃勃生机。若将当代中国诗歌的发展比拟为不断变化的"地质"，那么这一"地质"、"生态"最理想的需求之一就是有类似"中生代"的环境和活跃的生命。这样，"中生代"就不是一个"代"性的命名（虽然有"代"字），而是一种"品质"、"性质"意义上的命名，这就意味着某些诗人所出现的精神背景、诗歌理想和诗艺追求的一些共通性。这种个人化的诗歌理想和诗艺追求之于当代诗歌是一种必需的气候、品质。他们被称为"中生代"，不是在历史时间的意义上在某某"中间"生出，而是在远离"时代的精神"、关注自我和语言及两者之间关系的意义上对诗歌本体的追寻中生出。它强调的是诗人所需要的一种精神和诗歌写作所需要的一种品质，而不是写作者所期望的历史时间中作为"诗人"的位置或诗歌能言说哪一个时"代"的企图。可以说，"中生代"兼有"中间代"的意思，但强调了"中间代"缺乏的东西。"中生代"的命名与部分"中间代"诗人直接相关，但重点不是突出历史时间中许多诗人渴求的自己属于那一"代"的"代"，而是强调一种与诗歌本体的探寻有关的写作的性质、精神，这是一个"非代性"的命名。

当然，一切的命名都是蹩脚的，鉴于语言和诗歌的神秘、人性的复杂，不可能指望这一命名能涵盖上述诗人。只是，在已经出现的命名中，这一命名显得更合理，更有说服力。

第十五章

"典律"建构:沈奇的现代汉诗"诗学"

一 "诗学":批评话语背后的忧心

在当代汉语诗坛,批评家沈奇给人的印象颇为另类。在 20 世纪 90 年代的中国开始涌现出来的诗歌批评家当中,沈奇的文字与现代学术论文的普遍风格大有差异。且不说他常常自己创造或喜欢运用一些生僻的词汇(如"典律"、"收摄"、"拓殖"等),单就文风而言,他似乎并不追求现代学术评论的缜密、谨严和儒雅,而是直接阐述个人对文本的具体理解,不掩饰自己的情感判断,追求心灵对诗作或时代的切入。他的文章,使人读起来常有读一般的学术论文难有的快感。他敢于陈明自己的观点,对现代诗的点击往往也直指要害,他的许多诗论,有的甚至不合现代学术文章的理路,但却给人留下了急促、精练和锐利的印象。在当代中国诗坛,远居西北长安的沈奇,是一个剑走偏锋的独行侠。

1999 年,沈奇的诗评文章《秋后算账——1998:中国诗坛备忘录》①再度刊发于这年《诗探索》的第一辑,此文从新诗发展的历史脉络和当前诗坛的不合理状况出发,对当时汉语诗坛的既成秩序提出质疑,并呼吁汉语诗坛应重视《他们》诗人群体的写作,应"重返民间"。积蓄已久的批判意识和旗帜鲜明的写作立场使此文也成了不久后爆发的"盘峰论争"的导火索之一。单就"秋后算账"这个气势逼人的题目而言,我们也可

---

① 首刊于《出版广角》1999 年第 2 期。本章所引沈奇的文字,无特别说明的话,皆引自《沈奇诗学论集》(Ⅰ)"诗学·诗潮·诗话"卷,《沈奇诗学论集》共有Ⅰ、Ⅱ、Ⅲ卷,Ⅱ、Ⅲ卷分别为"大陆诗人论评"和"台湾诗人论评",中国社会科学出版社 2005 年版。本章着重谈论沈奇的诗歌观念,所以重点引用的是第Ⅰ卷。

以看到沈奇诗歌批评追求那种直击现场、敢于吐露一己直言的锐利文风。而次年,沈奇的《中国诗歌:世纪末论争和反思》[1]再次延续了《秋后算账》的风格和立场,这两篇文章,是沈奇诗歌批评生涯中对当代汉语诗坛投下的两枚最重的深水炸弹,也可能是那场世纪末诗歌论争中"民间立场"的反对派们最难以忍受的两次责难。沈奇,作为一个批评家,从此给人的印象是以于坚、韩东、伊沙等人为代表的"民间立场"诗歌写作的代言人。

虽然这些文章为 20 世纪末的沈奇谋得了许多名声,但事实上,在沈奇的批评文字中,像上述两篇文章这样的论争语气和现象批判的文字并不多见。沈奇的大多数批评文字,绝大多数是在读他心仪的诗歌或发自己对"现代汉诗"的感慨,偏重于诗人诗作和诗歌本体的论说(使用和认同"现代汉诗"这一概念本身就反映了沈奇对汉语诗歌的本体意识)。真实的沈奇可能是,他并不想替哪一种诗歌写作立场代言,在论战当中,他的参与只是想结束论战:"结束目前不无虚妄与意气的论战,回到真正有益于团结、有益于建设性的对话与反思当中去;回到我们出发的源头上去;回到我们诗性生命的初稿上去……"[2] 与本章相关的是,《秋后算账》这类文字并不能代表沈奇的诗歌观念和文本批评的全貌。四处出击的"批评"话语之后是体系化的"诗学"立场。作为一个有自己风格的批评家,沈奇身上最值得关注的还是他的诗歌理想和诗学路径。

从这个意义上说,沈奇对当代诗坛"知识分子写作"的批判尽管语气激烈,激赏"民间"诗人时也偶有偏颇之语,但有一种忧虑始终是他言说的内在背景。这种忧虑源自沈奇的"诗学"主张。沈奇真正关心的是,这种虚妄的论争可能忽略了真正的诗歌本体的建设。这种诗歌本体的向往,是沈奇诗学的一个核心,或者说根本。沈奇将之称为"典律":

> 我所说的这个典律,是想我们新诗百年这样一种历程,能不能从中抽离出一种诗之为诗的美学元素,列出一个元素表来。这个元素表不等于一个固定的形式,而是指必须要有一些可以通约的、基本的诗性的特征,或者叫诗性的因子。这些因子组合在一块儿,它就具有这

---

[1] 首刊于《诗探索》2000 年第 1—2 期合刊。

[2] 沈奇:《中国诗歌:世纪末论争和反思》,《沈奇诗学论集》第 I 卷,第 233 页。

种基本的诗性。不是像现在，怎么样写来，只要分行都成，这是个问题。当年就有学人指出，新诗新诗，只有新没有诗。①

新文学以诗为旗，几乎在百年中国文学发展的每一转折处，都扮演着开路先锋的角色。一切有关美学、哲学、文化的先锋性命题，无不率先以诗为载体而折射、而实验、而导引。或许正是这种不堪重负的角色促迫，加之唯新是问的运动情结，使得新诗一直难以回返自身艺术本质与特性的确立，长期处于失范的、变动不居的状态中，以至我们今天还在讨论有关新诗标准的问题。新诗似乎越来越成了一种随遇而安的写作，不但远离古典诗质的源头，甚至连自身发展中所积累的一些传统，也随生随扔，便总是只剩下当下手边的一点"新"。因此，有关新诗危机的提醒与追问，一直未曾中断过。究其因，最根本之处在于形式的失范与典律的涣散。②

二 "典律"：现代汉诗的本体想望

作为汉语诗歌的现代形态，"新诗"一经发生，其开始就像沈奇所说的那样，背负着沉重的现代性历史使命，文以载道，诗亦然，这是历史的必然选择，但新诗在历史的过程中，作为一种特殊的文类，其特殊的言说方式往往在诗人现代性个体经验的言说中被忽略，不同历史时期诗歌确实反映了无数的"新"的时代精神，而作为文类上的"诗"到底是什么，直至当代才有人开始反省。"新诗"当初的发生乃区别于"旧诗"而言，而一首好诗，一首诗给人的感动，似乎并不在于其是新还是旧。这样就出现一个问题：一首好诗的标准是什么？诗歌在本体意义上有什么属性？面对当代汉语诗坛的意见分歧和写作迷途，一个优秀的批评家必得回到这些基本的问题上来，必得在历史的脉络中以个人化的反省为时代的写作指点迷津。可以说，沈奇诗学的一个出发点——汉语诗歌的"典律"的寻求，之于这个时代人们对诗歌的认识和诗歌写作本身，有着极为重要的意义。

20世纪末，确实有少数的批评家开始意识到"新诗"的属性是否就

---

① 沈奇、李森：《典律、可能性与优雅的诗歌精神》，《沈奇诗学论集》第Ⅰ卷，第274页。
② 沈奇：《我们需要怎样的新诗史》，《沈奇诗学论集》第Ⅰ卷，第26—27页。

是"新"、"新诗"是否就是绝对的"自由诗"这些关乎诗歌本体的问题。老诗人郑敏先生、海外的叶维廉先生和内地的王光明先生,先后对新诗的当代处境都提出了自己的疑问和思考。尤其是王光明先生,不仅大胆提出自己的观点——应以"现代汉诗"概念代替传统的"新诗"概念,而且在谈论问题的具体实践中提炼出一种可靠的诗学路径:"如今的现代汉语诗歌,已经从古典诗歌中独立出来,不再是新不新的问题,而是好不好的问题;也不再是'横的移植'或'纵的继承'的问题,而是能否从诗的本体要求和现代汉语特点出发,在已有实践基础上,于分化、无序中找到规律,建构稳定而充满活力的象征体系和诗歌文类秩序的问题。现代汉语诗歌的归宿,不是被世界性现代化的宏大叙事分化瓦解,而是要以现代经验、现代汉语、诗歌本体要求三者的良性互动,创造自己的象征体系和文类秩序,体现对中国伟大诗歌传统的延伸和拓展。"① 这一路径即谈论百年汉语诗歌的历史演变,应当在一种以"现代经验、现代汉语、诗歌本体"三者为核心的互动、生成的思路中进行。这样的谈论方式,才能既不偏重于某一方面,从而使我们对现代汉语诗歌的认识要么走向"现代"主义的感觉、情绪的偏至,要么走向纯粹语言和形式的极端实验。

沈奇同样意识到这个问题:"当年作为形容词的'新'(以区别于旧体诗),今天已成为动词的'新',以此为大,新个没完⋯⋯但怎么变,作为诗这种文体的本质特性不能变,或者说,怎么变,也须有界限的变。"② 作为一个敏感于诗歌本身、置身于诗歌写作"现场"的批评家,沈奇的一个出色之处还在于他对当代汉语诗歌表面繁荣内里空虚的真实状况有着具体而深刻的认识。他对当代汉语诗坛的剖析,叫人信服而又忧惧:"从表面看,今日新诗依然热闹非凡,局面盛大。但支撑这局面的几根柱子,恐怕迟早是靠不住的。一是靠长期中小学教科书和官方诗坛所共谋的所谓新诗教育所形成的诗歌传统,维持着一个相当大的谱系,且因携带现实功利的诱因而生生不息。但因其先天不足的审美取向,早已是沙滩上的堡垒,仅存其形而已。再就是大量诗歌青年的前仆后继,簇拥造势,成为创作和阅读最基本的支持。但我们知道,这种支持最终只是支持了支

---

① 王光明:《现代汉诗的百年演变》,河北人民出版社 2003 年版,第 640 页。

② 沈奇:《重涉:典律的生成》,《沈奇诗学论集》第 I 卷,第 10—11 页。

持者本身，一种量的重复，自产自消费，归属于时代而难归属于世界。真正有意义的支持，来自于那些成熟心智的认领，那些具有历史感和苛刻眼光的专业性阅读，那些艺术殿堂的'美食家'，爱挑剔的追随者。就此而言，新诗很难说有多少自信。有意味的是，当这两种支撑都行将摇摇之时，又平生了网络的热闹，有如一支强心针，一下又活色生香起来。但明眼人心里清楚，那更是靠不住的一束光柱，它照亮的是诗的消费（包括将写作也转化为一种消费），而非创造；它可能引发一场最为诱人的诗歌普及运动，但也必然同时导致一场诗歌艺术品质与创造力的空前耗散。"①

导致这一状况的原因在于："新诗的危机一直存在于它自身内部：根性的缺失与典律的涣散"，"典律，即根性。今日中国之诗坛，真该大声疾呼一声'把根留住'才是。汉字、汉语、汉诗，是现代还是古典，总有其作为一门特殊的语言艺术之基本的品性所在……既然大家都认同诗不在于说了些什么，而在于它不同于其他艺术门类的特别的说法，就得研究这说法经由汉语的说，又该有怎样的特别之处……百年新诗，轰轰烈烈，但到今日读旧诗写旧诗的仍大有人在，甚至不少于新诗人众，不是人家老旧腐朽，是留恋那一种与民族心性通合的味道。新诗没少求真理、启蒙昧、发理想、抒豪情、掘人性、展生命以及今日将诗拿来见什么说什么，但说到底，比之古典汉诗，总是少了一点什么味道……"② 如果说将当前诗坛的危机归之于写作者对诗之为诗的"典律"意识不强是沈奇大胆提出的问题的话，那么，将诗之"典律"与"语言"和"汉语"紧密联系在一起，则是他出示的一种具体的寻思"典律"、建构现代汉诗本体特征的可能的策略。

"诗的活动领域是语言。因此，诗的本质必得从语言之本质那里理解。然后我们清晰地看到：诗乃是对存在和万物之本质的创建性命名——绝不是任意的道说，而是那首先让万物进入敞开域的道说，我们进而就在日常用语中谈论和处理所有这些事物。所以，诗从来不是把语言当作一种现成的材料来接受，相反，是诗本身才使语言成为可能。诗乃是一个历史性民族的原语言（Ursprache）。这样，我们就不得不反过来要从诗

---

① 沈奇：《重涉：典律的生成》，《沈奇诗学论集》第Ⅰ卷，第10—11页。
② 同上。

的本质那里来理解语言的本质"①。海德格尔的哲思启示我们:诗的本质与语言的本质是合一的。要探究诗之"典律",追寻诗之"本体",汉语的诗与诗的汉语必得要联系起来谈论。从诗与语言之关系的角度谈论"典律"的建构,沈奇的诗歌本体想望可谓深得诗之真谛。但也正是在这个地方,沈奇出示的语言方案与汉语诗歌的"现代"要求("经验"的复杂性要求艺术形式的复杂性)之间有一定的矛盾。这种矛盾性一方面显示出沈奇的诗学话语对现代汉诗问题根本性的把握;另一方面也为我们提供了一系列极有意义的话题。对这些问题的谈论,使我们能够获得对现代汉诗的语言、形式等本体问题更深的认识。

三 "简约":汉语诗歌的"正根"?

沈奇在分析汉语诗歌中那种作为"典律"的"基因"(即前面说到的"诗性的因子")时说道:"现代汉诗是用现代汉语写作的,其西化的成分很重,但它毕竟是汉语,并没有完全同古典诗语的语言基质'恩断义绝',还是有不少一脉相承的'基因'可言的。"这些"基因"他概括为五点:"1.简约性:言简意赅,辞约意丰,少铺陈,不繁冗,以少总多,不以多为多;2.喻示性:意象思维,轻逻辑,重意会,非关理,不落言诠;3.含蓄性:非演绎,非直陈,讲妙语,讲兴味,语近意邈;4.空灵性:简括,冲淡,空疏,忘言,重神轻形;5.音乐性:节奏,韵律,抑扬,缓急,气韵生动。"②

这五点当中,2和3应是诗歌语言运作的基本模式,确实是古今中外诗歌必须做的。5强调的是现代诗也应当有的形式感,自由诗虽没有严谨的格律,但内在的节奏还是要讲究的。可以说,2、3和5分别是对现代诗的诗质和诗形的规定和要求。本章认为值得推敲的是1和4。先说4,"空灵性",到底是哪一种空灵性?是王维、孟浩然的空灵还是徐志摩、戴望舒的空灵?古典诗的空灵是不是由于特定的历史境况(农耕文明、

---

① 〔德〕海德格尔:《荷尔德林诗的阐释》,孙周兴译,商务印书馆2000年版,第47页。

② 沈奇:《现代汉诗语言的"常"与"变"——兼谈小诗创作的当代意义》,《沈奇诗学论集》第Ⅰ卷,第46页。

自然田园生活等）和特定的语言状况（古代汉语的单音字可以独立成义、古典诗歌的灵活性句法等）所造成的美学效果、在现代性的境遇下是不是普遍适用？缺乏"空灵性"的诗作是不是就不能算好诗？

沈奇大约也意识到这一点，也承认上述因子中"不少成分与现代诗的本质（现代意识与现代审美情趣）要求相去甚远，乃至十分隔膜，已无必要'守护'"，而需要守护的是什么呢？就是1，在沈奇看来，"作为诗之所以为诗这一门艺术的语言品质……同时又不失为汉诗语言的指纹所在"的，作为"汉诗语言的'底线'的，是第一义的诗美元素"的一个典律、特质，就是"简约"。并且从简约性出发，沈奇认为"正如简约是汉语诗歌的正根，小诗其实也是汉语诗歌的正根"，对 20 世纪"二十年代小试牛刀而倡扬一时，此后便未再举盛事，更乏善讨论"的诗歌形态——"小诗"十分赞赏与留恋（沈奇：《现代汉诗语言的"常"与"变"》，《沈奇诗学论集》第Ⅰ卷，第 49 页）。

沈奇还注意到汉诗之美，一个重要的特性在于"中西语言本质的不同，即结构性语言与非结构性语言的差异"，他以古典诗歌为例，譬如"大漠孤烟直"，这"一句诗，从原诗结构中抽离出来，依然可视为一首诗，有独立的意义，如日本的俳句，可改排为：大漠/孤烟/直"，"怎么排，这一句诗都是可独立存在的一首诗。甚至可以倒过来看，同样成立——直烟孤漠大"，"分行排列可为：直烟/孤漠/大"，"与原诗句意境不差，还另有一些意味和情趣。当然，这不是一个普遍现象，但也足以说明一些问题。一句诗，不依存于原诗结构而存活，有独立的生命，而这诗句中的词（字），居然同样不依赖于原诗句的结构而存活，分离出来后，也还有自己独立的生命，是以可重新组合，这在西方诗歌中是难以想象的。"①

沈奇对中西诗歌的这一特性的把握是对的。事实上，这还不是真正的"中西语言本质的不同"，毋宁说是中西诗歌句法的不同。在古典诗歌中，像"大漠孤烟直"这样可以脱离原诗结构（语境）也意义自足、三个实词可以随意排列的诗句其实非常普遍。这正是古典诗歌的一个特性之一：即古典诗歌的"非连续性"句法，这一句法与西方诗歌的连续性句法最

---

① 沈奇：《现代汉诗杂记——读瞿小松〈音乐杂记〉共鸣》，《沈奇诗学论集》第Ⅰ卷，第69—70 页。

大的差别是句中的"基本核心句"不明显,① 实词可随意组合产生不确定的诗意。古典诗歌诗句的非结构性尚不是汉语语言的本质,这种诗句的成因才是汉语语言的一个本质:古代汉语,尤其是特定形式的诗歌(往往为律诗)中,单音节的字可以独立成义,可以独立形成意象。譬如,在一首五言律诗中,一句诗一个单音字和两个双音节的词语就可以构成,如"大漠孤烟直"。古典诗歌在历史形成的过程中,为寻求特定诗形,并在初唐确立了律诗的形式,无论是五言五绝、七言七绝,绝大多数诗作都会省略虚词(时态词、数词、代词等),只保留实词,所以造成诗句的意象关系灵活而复杂,想象力也十分丰富。相对于现代汉语诗歌的绵密与繁复,古典诗歌的词语"简约"而意蕴丰厚是自然的。

但问题是,这种论断只能是"相对"的,从上面的论述我们应该看到,不能绝对地说"简约是汉语诗歌的正根","简约性"是汉语诗歌的重要特征,但一定针对是古典诗歌的。应该说,我们不能将古典诗歌的特性作为一种标准来要求现代汉诗。

四 现代汉语:能否回到古典形态?

汉语诗歌作为一种言说方式,在晚清之际就出现了现代性的个体经验的表达的危机,焦虑的转型之际的文人、诗人们艰难地寻求新的言说方式,改变作为传统言说方式的主要模式的诗歌是首先要攻克的难题。民国初年留学美国的胡适、赵元任等就已开始使用在西方语言特征参照下的作为现代语法的"文法"概念,之后回国倡导"建设的文学革命论",要建设汉语新的言说方式,"须讲究文法"一直是必要条件。这一"文学八事"的核心条目是胡适、赵元任等现代知识分子在中西语言比较的背景下对汉语在现代境遇下的"转换"的审慎建议,并不仅仅是一种激进的文学革命策略。从晚清文学中我们可能看到,尽管晚清的文学中也已经出现大量的新名词、新事物,但由于文学形式的不能冲决,文学的"意境"也一直似"新"还"旧"的状态,这个事实反映出仅仅变换语言平面上

① 对中国古典诗歌的句法特征的研究可参阅[美]高友工、梅祖麟《唐诗的魅力》,上海古籍出版社 1989 年版。

的符号系统是不足以更新汉语的言说方式的；而胡适等人开始尝试的以"白话的字"、"白话的文法"来写诗，其意义并不在于更换了汉字的符号系统（文言和白话之间的界限事实上并不是那么容易区分），实际上是从内在上转换了汉语的句法结构，借鉴西方文法，使汉语的句法结构产生出新的形态，也促使汉语在"现代"的境遇中获得了新的语义生成方式，从而使汉语在一个新的历史时期能够作为一种新的说话方式与西方现代性的思想、文化资源相接通。

王力先生就曾总结出现代汉语和古代汉语相比的那种趋向"严密化"[①] 的特征，某种意义上就是汉语句法在表意上的趋向"定向（定位）、定时、定义"，追求表意的精密，当然，这样一来在言说的效果上也带来了许多问题，尤其从诗的角度，现代汉语的文本可能就很难做到古诗词那样"辞约意丰"。"中国古典诗里，利用未定位、未定关系，或关系模棱的词法语法，使读者获致一种自由观、感、解读的空间，在物象与物象之间作若即若离的指义活动……在文言的句法里，景物自现，在我们眼前演出，清澈、玲珑、活跃、简洁，合乎真实世界里我们可以进出的空间。白话式的解读里（英译亦多如此），戏剧演出没有了，景物的自主独立性和客观性受到侵扰，因为多了个突出的解说者在那里指点、说明……"[②]

以中国古典诗歌的"高度的语法灵活性"来批评白话诗的句法转换、白话诗的"文法化"、严密化等问题，这一批评实践肯定是有意义的。古典诗的"语法"作为一种诗歌写作方式，应是汉诗写作的一种极为宝贵的"传统"。不过，这一"传统"也只是"资源"，而不是唯一的评判效果与好坏的"标准"。中国旧诗、近体诗的美学效果确实是迷人的，但晚清至五四的诗歌写作状况表明这种诗歌形态其接纳现实经验的局限也是明显的。在现代性的境遇下，面对汉语的"现代"和个体经验的"现代"，"文言特有的'若即若离'、'若定向、定时、定义而犹未定向、定时、定义'的高度的语法灵活性"是否仍然可以作为汉语句法变换的唯一参照？古典诗歌的辞约意丰、言尽意远、空灵疏淡等美学形态未必就是评判现代汉语诗歌的必然要求。现代汉语诗歌的写作不可能回到古典诗歌形态，它

① 王力：《汉语史稿》，中华书局 2004 年版，第 553—558 页。

② 叶维廉：《中国诗学》，生活·读书·新知三联书店 1996 年版，第 18—19 页。

必得在严密、繁复的言辞中寻找新的诗意。在特定历史语境中发生的现代汉语,是一种并不成熟、不纯粹的语言形态,其内在混杂了多种文化形态和言说方式,但这种不纯粹性、芜杂性未必不能带来诗意的言说效果。现代汉语不可能回到古代汉语的状态。现代汉诗也不可能回复到古典诗歌的"简约"。现在的问题是必须在新的语言形态中寻找新的诗意生成机制。

沈奇是在面对汉语诗歌的现代言说困境之时提出建构汉诗的"典律"的,这无疑对汉诗写作的当下境况非常具有正本清源、引导归正的理论意义,但在建构的方案上,沈奇在其诗学言论中屡屡表现出的对古代汉语和古典诗歌的修养与艳羡使人不免产生疑问:"现代"的汉语能否回到古典的状态,言说"现代"个体经验的诗能否以古典诗歌作为参照?沈奇的诗学透露出一种对汉语的"迷思"(Myth、神话、神话式的人和事物),他的诗学里对汉诗的语言有一种矛盾的态度:一方面认为"百年文化变迁已经形成了我们无法抽身他去的语言处境,我们再也无法握住那只'唐代的手'……只能站在现代汉语的土地上发言";现代汉诗也是一种"在路上"的状态:"语言在使用中必然要不断突破原有系统,突破语言规律而不致被冻结,使语言在艺术直觉中不断自我超越,这正是诗的本质所在……长期纠缠于诸如传统与现代等所谓'基本问题'(实际已成'不良问题'),不如回过头,体认现代汉诗就是'在路上'的这一最根本的本体特征。"[1] 另一方面沈奇在对一种作为"母语"的语言形态的认领方面,又有将汉语本质化、将古代汉语、古典诗歌"神话"化的趋向(顺便提及,令人尊敬的郑敏先生的诗学言论也有这种倾向)。

很显然,在同时代的诗歌批评家中,沈奇对诗作的感受力和诗学修养都是相当优秀的,他所提出的重涉现代汉诗的"典律"问题和对现代汉诗"语言"本身的重视,都是当前诗歌写作中所缺乏的与诗之本体有关的必要的意识。不过,在对待"典律"和汉语的态度上,沈奇似乎对现代汉语的历史性、开放性、生成性注意不够。对于现代汉语的态度,也许我们需要注意这样一个问题:"现代汉语是从历史化、本质化的汉语中寻求其美学形态和表现策略,还是从开放的、发展变化的现实中探寻其诗歌的可能性?如果承认现代汉语本身也是汉语的一种形态,已在古今并包、

---

① 沈奇:《拓殖、收摄与在路上——现代汉诗的本体特征及语言转型》,《沈奇诗学论集》第Ⅰ卷,第164—165页。

中西合璧中自成现代体系并保持着开放性,那么,它与中国古典诗歌和西方现代诗歌,在诸多方面就可以相安而不必排斥。"①

应该说,关于现代汉语诗歌的本体话语的建构必得以"语言"为中心来谈论,在对"现代诗歌"的谈论中切入"汉语"是一种关乎诗歌本体的态度。但这个"汉语",不应是某种本质化的、形态、特征都已经确定的汉语,而是一种在古典与现代、西方与中国之间不断交换、不断丧失、不断更新的新的"汉语"。它在历时性上与古汉语有着牵连,有强烈的"互文性"。在共时性上又是现代历史进程的产物,融合了西方的知性、逻辑性而现代人的理性精神,具备了"现代性"。这是"现代"汉语。从诗歌的角度,"简约性"可以是现代汉诗的一种美学形态。但不能仅以简约性为"最根本的语言传统"。②

其实,现代汉语的发生与现代性的历史语境是不可分的。我们不可能脱离近现代以来中国特殊的文化语境来谈论语言。既然"语言是存在之家"(海德格尔语),语言与存在是不可分的。语言的形成也必与生存的真实体验密切相关。现代诗人的现代经验和表达与寻求这表达的语言是双向互动的。"经验"寻求"语言"的表达,"语言"也在"经验"的丰富中得到意义的积淀与更新。语言的变迁反映了社会历史的文化地形图,所以,不可能在脱离现代人复杂的生存经验的背景下谈论诗歌的语言变迁和表现策略。

五 "本体"探寻:在经验与形式之间

现代汉诗中的"现代",其义一是具体的历史语境;二是个体生存独特的"现代经验"。谈论现代汉诗,必得谈论"现代经验"。不同历史时期的诗歌问题,无非特殊的个体经验没有合适的语言、形式来言说的问题,是"经验"与特定艺术形式之间相互寻求、相互生成的问题。脱离现代个体经验的独特性,来要求现代汉诗及其语言当以什么风格为根本,这就会遮掩诗歌写作内部的许多问题。一个明显的例子就是沈奇前面对

---

① 王光明:《现代汉诗的百年演变》,河北人民出版社 2003 年版,第 459 页。

② 沈奇:《现代汉诗语言的"常"与"变"》,《沈奇诗学论集》第Ⅰ卷,第 46 页。

"小诗"的看法。

五四初期,胡适等人倡导的"诗体的大解放"虽然变革了诗歌的句法,但诗歌的句法绝不是五言七言变成了自由诗、由整齐的句式变成"长短不一"的句式那么简单,它牵涉的是主体经验与艺术形式相互牵制的复杂问题。初期白话诗面临的问题是:由于诗体的"解放",但旧的抒情方式没有脱离,新的抒情方式尚未建立,实际上诗歌中的"自我"还是在旧形式的束缚之中。初期白话诗其实处在除操练口语之外诗意难以为继的状态。很多诗作实际上是散文的分行,一些颇有韵味的诗作也往往篇幅短小。虽然诗歌的好坏不是以长短来区分,但诗歌太短小,流于瞬间印象的记录、缺乏复杂经验的形式转化毕竟不是好事。

也就是此时,五四前后的中国诗坛开始流行一种叫"小诗"的诗歌形式,这是一种讲究即兴抒发瞬间感觉、印象、领悟的短小诗体,实际上也是自由诗的一种。胡怀琛的《小诗研究》讲了"小诗"在中国诞生的原因,除了"日本短歌"和"泰戈尔的诗"的外在影响之外,第三个原因似乎更值得我们重视(尽管在他本人这只是并列的原因):"因为从诗体解放以来,一切的束缚都没有了,自由自在做诗,而一刹那间所得的零碎的感触,三五句便说完了,而在新诗里,又不容多说许多无谓的话;所以这三五句写了出来,自然而然成了一首小诗。"① 既然是"新诗",没有格律束缚,就不应当做一些类似格律诗里为了格式完整而硬凑诗句的事,但是其抒情方式还是属于那种"突发的思绪或意象一下子抓住了一个人的注意力而产生的突发的感应或敏锐的洞见",这种抒情方式与篇幅、形式限定的律诗形式相结合便显得自然,而在接近口语、以说话的方式作诗的现代诗的写作中,则显得不适应。现代诗里自由的语言、松散的形式可能更适宜于个人化的感觉、想象的抒写,凸显个人对"现实"更细致、更复杂、更敏锐的洞见。它将古体诗对意象、意境的要求转移到诗歌整体境界的营造,并非强调突发、顿悟、一两个精妙的意象或诗句的写作方式,形式上要求的也不是对仗、押韵方面的语音之美,而是自由诗的无韵,但又注重情感"节奏"的内在"形式"(情感思想的"节奏"是现代诗的灵魂)。在不能脱离旧诗词做法的影响,又尚未学会适应口语、自由诗的新的写作方式之时,许多诗人自然又退缩到旧的写作方式当中。旧

---

① 胡怀琛:《小诗研究》,商务印书馆 1924 年初版,第 46 页。

体诗有"寻章摘句"的传统，一首诗常常以一二句为人称道，"到了律诗和绝句的格式规定以后，一首诗中，硬装上去的句子越多。在作者往往只得了绝句的三四句，然不得不凑两句，以便成一首全诗；或只得了律诗的一联，不得不凑六句，以便成一首全诗"。① 可以说，"小诗"的"新诗"初期的盛行，反映的是"新诗"写作的内在困窘。难怪梁实秋批评冰心"小诗"集的《繁星》和《春水》时说："……一首长点的诗总是多数单纯诗意连贯而成的。诗的艺术也就时常在这连贯的工作里寻到发展之所。我说像《繁星》《春水》那样的诗最容易作，就是因为那些'零碎的篇儿'只是些'零碎的思想'经过长时间的收集而已……'零碎的篇儿'，也不是绝对不可作的，但是我们应该知道，这是一种最易偷懒的诗体，一种最不该流为风尚的诗体。"②

本章无意提出一种与沈奇对"小诗"的评价截然相反的观点。只是提醒一个事实：我们在关注现代汉诗的本体形态的建构时，不能脱离特定历史语境中的个体经验的复杂性以及与之相关的艺术形式，这两者是相辅相成的。汉语诗歌体式从《诗经》、《楚辞》到初唐、盛唐到晚清到五四，诗歌句法、体式的变革无法离开经验表达的困厄与艺术形式的变迁这个相互生成的问题。我们在当下为现代汉诗寻求合理的"典律"，也就不能脱离历史语境中复杂的个体经验，不能脱离汉语的生成性、开放性来谈论问题。古典语言形态、古典诗歌的美学效果，都只能是一种作为"资源"的传统，而不是作为一种"标准"的评价体系。

事实上，作为一位当代汉语诗坛十分优秀的批评家，沈奇的诗歌批评有时候也会显得很矛盾。在他推荐和激赏的诗作中，大部分都是形式比较短小、语言精练、风格隽永、意境空灵的。并不是这些诗不好，而是让人很难相信：这样一位喜欢"简约"、"古典"的批评家，也曾经写出过较早高度评价于坚的《0 档案》、《飞行》的经典论文，他对伊沙的评价虽一意孤行，但还是有独到的看法，使伊沙作为一个写作者在当代诗坛的存在意义一再地被彰显。③ 在我们看来，尤其是像于坚的《0 档案》、《飞

① 胡怀琛：《小诗研究》，商务印书馆 1924 年版，第 58 页。

② 梁实秋：《〈繁星〉与〈春水〉》，《创造》周报 1923 年第 12 号。

③ 《沈奇诗学论集》第 Ⅱ 卷收有于坚专论，包括《飞行的高度——论于坚从〈0 档案〉到〈飞行〉的诗学价值》、《隆起的南高原——论于坚》）和伊沙专论（包括《斗牛士或飞翔的石头——初读伊沙》、《伊沙诗二首点评》、《与唐诗对质——评伊沙长诗〈唐〉》）。

行》这样的诗歌文本,不是"简约"、不是传统的诗歌美学可以界定,这些文本完全在创造一种新的现代汉语诗歌的形式,是现代经验和汉语诗歌艺术形式之间的一次实验性的融合,带来了非凡的美学效果、意义震慑和"诗学价值"。沈奇在对待这些诗歌文本时有着敏锐的眼光和精准的文本分析。事实上,沈奇对于现代汉诗的许多优秀文本有着良好的直觉,他的诗学理论有些部分是建立在他对汉语、诗歌的艺术直觉的基础上的,但在印象直击式的批评中,对汉语、诗之本体的许多问题的深入、细致的考察也就暂时被搁置。

　　在对具体文本的分析和对待现代汉诗"典律"的向往之间,沈奇的诗学呈现出了一定的矛盾。也许,我们需要的是再深入思考当前语境中现代汉诗的"典律"问题。需要的是将复杂的现代个体的经验、汉语的生成性和现代汉诗新的诗意生成机制结合起来谈论问题。现代汉诗新的诗意生成机制确实可能如沈奇所说,还是处于一种"在路上"的状况。既然如此,我们现在所做的,也许不是敲定何为现代汉诗的"典律",而是开放"典律"的含义,在具体的问题中展开这一话题,为现代汉诗的诗意生成寻求更多的可能性。

第十六章

"汉语诗学"、"中国诗学"与"现代汉诗"：新诗批评中的"本体反思"话语

新诗到底是什么？应该如何写作和鉴赏？"本体"形态的现代汉语诗歌（以下简称"现代汉诗"）到底怎样？现代汉诗的生成机制和审美效果如何实现？……这些问题难有终结的答案但又不能停止追问。长期以来，中国内地文学对诗歌的意识形态的功能性需求，既遮蔽了自身对诗歌本体话语的建构，也拦阻了海外学者在这一问题上已经取得的成果的传播。20世纪80年代中后期，随着政治意识形态氛围的宽松和学术研究的逐渐专业化、规范化，学界对于现代诗歌本体话语建构的需求和努力也渐渐鲜明。在对"新诗"进行本体反思的话语建构中，台湾的叶维廉先生（1937年生，1963年赴美）以其《中国诗学》等著作引人注目，促使人重新看待新诗的成就与问题。而内地40年代"中国新诗派"的女诗人郑敏先生（1920——　），在20世纪末，带着诗人的敏感和对诗歌本身的责任，也发表了一系列反思新诗的论文。除郑敏之外，20世纪90年代以来对现代汉诗展开本体追问的还有王光明（1955——　）等内地学人。这些学人从不同的立场出发，对"新诗"提出了许多有意义的问题，对现代汉诗的本体形态的建构提出了一些有效的方案。郑敏先生一般用"汉诗"、"汉语诗"、"新诗"来指称百年现代汉诗。我们不妨称她对中国诗歌的言述为"汉语诗学"。叶维廉先生则以他的"中国诗学"颇负盛名。而王光明先生，则因为自20世纪末一直提倡以"现代汉诗"概念对20世纪中国诗歌作"本体反思"而引人注目，他对新诗的"现代汉诗"眼光，在笔者看来，是新诗批评的一种范式转型。

这里我们谨对郑敏、叶维廉、王光明诸先生对中国古典诗歌、对

"新诗"（现代汉诗）的态度等问题作些探讨，以期在"本体反思"及本体话语的建构方面获得对现代汉诗的更深的认识。

一　郑敏"汉语诗学"的理论来源

郑敏先生的"汉语诗学"立足于"汉语"，首先从索绪尔的结构主义语言学观点出发提醒我们，在人与语言的关系中，语言不是仅仅被使用的"工具"，"语言"大于"人"；她还多次提及海德格尔的话："是语言'说'人，不是人'说'语言"①，强调语言的非工具性和语言在文化中的无意识积淀②。由此，她激烈批判五四一代人尤其是胡适、陈独秀对中国诗歌传统的割裂态度。

郑敏的"汉语诗学"首先从结构主义的语言观入手。按照索绪尔（Ferdinand De Saussure，1857—1913）的语言学理论，"时间在保证语言的延续性的同时又对其施以另一种全然相反的影响，即语言符号的或多或少的变迁……在变中旧的本质不变是主要的，对过去的否定只是相对的"③。索绪尔将语言的演变归结为社会力量在时间中的发展，而不是人的愿望所能要求的，在语言、使用者和时间的三者关系中，应该是语言在使用者之上，它对使用者有决定权；时间独立于二者之外，但作用于二者之间的关系④。在郑敏看来，胡适、陈独秀们在白话文运动中恰恰颠倒了语言和使用者之间的关系，忽视了语言发展的自身规律，人为地使语言在变革中失去了大部分的历史积淀和文化精华，使以现代白话文为工具的现代诗歌在意蕴上缺乏母语的无尽韵味。从结构主义语言学的角度，胡适、陈独秀们只重视"言语"（Parole）而忽视"语言"（Language），只注意

---

① 海德格尔的原话是："语言自己说话"、"……［语言］不是人弄成的。相反，人是……出于语言的言说而成的。"海德格尔：《语言》（德文），第12、27页。参见陈嘉映《海德格尔哲学概论》，生活·读书·新知三联书店1995年版，第314、316页。

② 参见郑敏《诗歌与文化——诗歌·文化·语言》（下），收入郑敏论文集《诗歌与哲学是近邻——结构—解构诗论》，北京大学出版社1999年版。

③ 见麦可·兰编《结构主义导论》，转引自郑敏《结构—解构视角：语言·文化·评论》，清华大学出版社1998年版，第112页。

④ 同上。

到语言的共时性而忽视历时性，片面追求语言的口语化、句法简单、通俗易懂，将语言的交流活动简化为简单的概念传达，而忽视语言对话中丰富的社会、文化和心理内涵。从"本文"的内涵和历史性来说，"本文"间存在复杂的"互涉"的现象，即"互文性"（或"本文间性"），"新诗"一味求"新"，割断与旧诗的关系，但是，旧诗中的语言不可能被剔除得一干二净。词语之间同样存在这种"文本间性"，能指和所指在意指过程当中经常不断变换。"杨柳"、"梅花"、"雪"这些词语，即使作为能指出现在"新诗"中，但其在古诗词中的所指之义，仍然在发挥着对"本文"的影响作用。由此，郑敏认为胡适、陈独秀的诗歌改革，"这种从零度开始用汉字白话文写诗的论调，为白话文的发展带来了很大的障碍。使它虽是一次成功的政治运动，在文化上却因拒绝古典文学传统，使白话与古典文学相对抗而自我饥饿、自我贫乏"①。

郑敏先生对新诗改革者的批判态度另一理论依据同样来源于西方，即法国哲学家德里达（Jacques Derrida, 1930— ）的"解构主义"理论中的"文字学"。德里达为颠覆西方文化传统的"逻各斯中心主义"，即"语音中心主义"，从东方尤其是中国的文字中寻求理论资源。他认为西方思维、语言的"语音中心"问题在东方的象形文字特别是汉语这里，情况出人意料。在《论文字学》中，德里达讲述了黑格尔、莱布尼兹等人对象形文字的关注。由于象形文字自身负载意义，"汉语是音义结合体，最初的汉字是形义结合体"②。黑格尔说："阅读象形文字就自为地成了聋子的阅读和哑巴的书写。可以听到的或时间性的东西，可以看见的或空间性的东西，各有自身的基础，并且他它们首先具有同样的价值；但在拼音文字中只有一种基础，并且保持特定的关系，即有形的语言仅仅作为符号与有声的语言相联系。"德里达写道："文字本身通过非语音因素所背叛的乃是生命。它同时威胁着呼吸、精神，威胁着作为精神的自我关联的历史……威胁着实体性，威胁着这个在场形而上学的别名。"③ 德里达由此认为，相对于拼音文字中的"声音/文字"二元对立模式，汉字颠倒

① 郑敏：《结构—解构视角：语言·文化·评论》，清华大学出版社 1998 年版，第 122 页。

② 朱炳祥：《中国诗歌发生学》，武汉大学出版社 1999 年版，第 313 页。

③ ［法］雅克·德里达：《论文字学》，汪堂家译，上海译文出版社 1999 年版，第 34—35 页。

了这个二元对立的等级秩序。汉语的思维在他看来不是"语音中心"而是"书写中心"。

　　郑敏在这里表现出这样的思路：在批判新诗与传统的割裂状况时，她采用的是"结构主义"的语言理论，强调语言中的"语言（'结构'）"与"言语（'活动'）"之关系。而在为传统汉语诗歌的优越性寻求合法性的时候，她又偏向于"解构主义"理论，以"解构主义"的"文字学"理论对汉语的认识为依据，强调"新诗"必须重视汉语的形象、直观的美学特征，甚至有强调汉语"本身就具有诗意"的意思。

　　郑敏在对同一种语言的分析采用了两种互相"对立"的西方语言理论，着实耐人寻味。从"结构主义"到"解构主义"，在西方的语言学、哲学理论发展脉络中，这个线索固然是可以理解的①。但是，我们必须注意到：在结构主义语言学观念中我们看到的必须珍视的中国古典诗歌的"传统"，正类似于西方"在场的形而上学"中的"意义"那"有权势"的"结构"，正是"解构主义"所要颠覆的。解构主义的"书写"正是要推翻这"传统"的"声音"，从而让语言得以释放。难道，在我们传统的汉语诗歌中，"结构"的存在与"解构"的力量、"文化、历史"的"声音"与不断异延、播撒、意义不确定、唯有"踪迹"式的"书写"如此相安无事？郑敏先生的诗学在此可以启发我们思考一些更深的问题。

　　郑敏先生对新诗的批判态度的第三个理论来源，是美国语言学家范尼洛萨（Ernest Fenollosa，1853—1908），范尼洛萨在去世前（1908）所写

---

　　①　"解构主义"本来就是"后—结构主义"。在索绪尔的"能指—所指"关系对应的语言学中，"语音"是语言的本质（在"声音"的差异性中"意义"才能被显明）。在语音（说话）和书写这一对立面上，说话（言说）是语言的本质，"书写"是其衍生物。德里达认为这是一种"逻各斯中心主义"，这是一种认为存在着关于世界的客观真理的观念，这一观念包含着对"中心"的固执，由此形成一系列的对立（真理/谬误、实在/虚构、本质/表象、意义/语言等）。在语言中，当意义统治着言语，而言语统治着文字时，就建立了语言的形而上学的等级秩序。这一秩序成功掩饰了意义的非确定性和语言指涉自身、文本互涉等现象，它的确定性乃想象的虚构。但是以这一秩序为基础的哲学、科学却假装直接地理解世界，设定它们关于真理、本原的一切研究的"在场"，都能在日常语言中被把握。这是一种"在场的形而上学"。解构主义的任务就是要颠覆这一秩序，破坏语言的"能指—所指"、"声音—书写"的结构模式。解构主义认为"声音"与"书写"的地位是平等的。汉语在德里达看来，由于其特定形象、直观性，具有"书写"的特征，本身就是意义，不依赖"声音"。

的《汉字作为诗歌的媒体》一文①，比德里达的《论文字学》早半个多世纪，该文专门对汉语和拼音文字作了比较，极为赞赏汉语作为诗歌媒体的优点。此文比德里达的"文字学"更为"充沛、热情"地赞颂了汉语的直接的诗意，为郑敏提倡"新诗"要向传统的汉语诗歌学习的理论提供了更为有力的说明。

Fenollosa 认为：（1）和西方拼音文字符号的约定俗成相比，汉字的形成很特殊，"……汉字的表记却远非任意的符号。它的基础是记录自然运动中的一种生动的速记图画"②。（2）汉语的语法无比灵活，是英文语法、句式所不能企及的，"中文动词之美是：它们可任意是及物或不及物的，没有自然而然不及物的动词"③。"中文本无语法"④。（3）汉字的隐喻性。就像"明"字的意义与"日"和"月"相关一样，"几乎每一个汉字都是这样一个包容性的字……甚至代词也泄漏出动词比喻的奇妙秘密"⑤。郑敏先生也根据此文总结道："汉字充满动感，不像西方文字被语法、词类规则框死"；"汉字的结构保持与生活真实间的暗喻关系"；"汉字排除拼音文字的枯燥的无生命的逻辑性，而是充满感性的信息，接近生活，接近自然"⑥。

由此，Fenollosa 认为："中文以其特殊的材料，从可见的进入不可见，其方式与其他古代民族所用的完全一样。这种过程就是隐喻，用物质的形象暗示非物质的关系。"中文能从"图画式的书写中建起伟大的智力

---

① E. 范尼洛萨所撰《汉字作为诗歌的媒体》，见 D. 阿伦（D. Allen）与托曼（W. Tall-man）编《美国新诗学》（*The Poetics of the New American Poetry*），第 13—15 页，美国纽约，1979。参见郑敏《结构—解构视角：语言·文化·评论》，郑敏：《结构—解构视角：语言·文化·评论》，清华大学出版社 1998 年版，第 90 页。国内的中文译文题为《作为诗歌手段的中国文字》，作者译为"费诺罗萨"，见［美］伊兹拉·庞德《庞德诗选：比萨诗章》，赵毅衡译，漓江出版社 1998 年版，第 229—256 页。1994 年第四辑的《诗探索》也刊发了《作为诗歌手段的中国文字》一文，作者译为"厄内斯特·费诺罗萨"。

② ［美］欧内斯特·费诺罗萨：《作为诗歌手段的中国文字》，见［美］伊兹拉·庞德《庞德诗选：比萨诗章》，赵毅衡译，漓江出版社 1998 年版，第 234 页。

③ 同上书，第 239 页。

④ 同上书，第 242 页。

⑤ 同上书，第 243—245 页。

⑥ 同上书，第 246 页。

构造"①。立足于"现代语言的贫血症",面对汉语的形象性和丰富的隐喻功能,Fenollosa 激情洋溢地批判西语而赞美中文:"我们的先祖将比喻累积成语言结构和思维体系。今日的语言稀薄而且冰凉,因为我们越来越少把思想往里面放。为了求快求准,我们被迫把每个词的意义锉到最狭小的边缘。大自然看上去越来越不像一个天堂,而是越来越像一个工厂。我们满足于接受今日俗人的误用。衰变后的词被涂上香料在词典里木乃伊化只有学者和诗人痛苦地沿着词源学意义在摸回去,尽其所能地用已被忘却的片段拼凑我们的词汇。这种现代语言的贫血症,由于我们语言记号的微弱粘着力而日益严重。一个表音词中几乎没有任何东西可以显示其生长的胚胎期……在此,中文表现出优越性……一个词,不像在英语中那样越来越贫乏,而且一代一代更加丰富,几乎是自觉的发光。"② Fenollosa 赞叹:汉字和中文句子,"这里已经体现了真实的诗"③。

Fenollosa 此文在 1918 年经庞德(Ezra Pound)整理发表,庞德对之评价甚高,称赞其"不是一篇语文学的讨论,而是有关一切美学的根本问题的研究"④。并启发了庞德写作"意象派"诗。

二 郑敏诗学对"新诗"的启示

在一些西方人眼里,象形的汉语如此直接地对应着"诗意"、逼近着"真实",而在中国,汉语的这些特质似乎并未得到正视。郑敏强调对语言的改革,不能"在政治改革的热情的指使下,忽视了语言本身的特性与客观规律","变革只能是相对的(如简化字形),若想抛弃汉语的根本象形、指事、会意等以视、形为基础的本质,将其强改为以听、声为基础的西方拼音文字,无异是一次对母语的弑母行为"⑤。

郑敏先生由此强调汉语诗歌一定要重视传统,从传统中汲取文化资

① [美]欧内斯特·费诺罗萨:《作为诗歌手段的中国文字》,见[美]伊兹拉·庞德《庞德诗选:比萨衡章》,赵毅衡译,第248—249页。
② 同上书,第246页。
③ 同上书,第229页。
④ 郑敏:《结构—解构视角:语言·文化·评论》,第76—77页。
⑤ 同上书,第11页。

源，强调新诗与古典的连接。现代诗在"意象"、"诗歌时空的跳跃"、情感的"强度与浓缩"、心理上的"时空的转变与心灵的飞跃"、"用字"、"境界"等方面完全应该向古典诗歌借鉴、学习。①

出于对汉字的"所内涵的思与形的美"的推崇，郑敏先生经常为新诗无法被书法家所"书写"而感到遗憾②，为拼音文字的冷漠、抽象而汉语更具有动感、直观性而自豪③。在她的诗意述说中，汉语（汉字）本身离"诗"越来越近。

但郑敏同时对那种"汉语形象美学"崇拜的现象又心怀警惕。1996年的时候，郑敏强调，汉语诗与汉字之间，整体是仍然是"诗"大于"字"的，它们之间，"有一种'潜文本'的朦胧联系和诸多'文本间'的联想。但诗大过这一切，大过有形的文字。使得诗更丰富的是那无形无声而不停来去于诗与字间的踪迹运动，它活跃了诗的生命。汉字的强烈的暗示功能，触发联想，使诸多潜文本的片段溢出字面，这形成读者与文本间的一种场，它之所以不可言传，只能感受和领悟，是因为任何概念化都会将其框限在技术化的文本分析内。中国诗歌，由于其汉字的象形特殊性，这种无形的场与其境界有很强的联系，境界不在字中，而在诗的整体上……"④ 但是如何在这"诗的整体上"体现出汉语的本身具有的形象之美，仍然是悬而未决的问题。

三　郑敏诗学带来的问题

作为一个1920年出生的现代著名诗人、诗论家，郑敏先生一直在今天都在为现代汉诗的良性发展不断寻求策略，她的理论探索精神和人格魅力都是让人赞叹的。从语言的"结构"特性出发，强调诗歌与民族传统

---

① 参见郑敏《中国诗歌的古典与现代》，收入其论文集《诗歌与哲学是近邻——结构—解构诗论》。

② 郑敏：《结构—解构视角：语言·文化·评论》，第388页。

③ 同上书，第79页。

④ 郑敏：《余波粼粼："字思维与中国现代诗学研讨会"的追思》，该研讨会乃1996年11月在北京西郊召开。见谢冕、吴思敬主编《字思维与中国现代诗学》，天津社会科学院出版社2002年版，第97—98页。

的传承关系；从汉语的特性出发，强调汉语（汉字）与诗之间的天然关系，郑敏的汉语诗学体现了她对现代汉语诗歌独特的本体反思。

但郑敏的汉语诗学所带来的问题也是显而易见的，譬如，是否还可以追问如下问题。

第一，新诗要吸纳传统，如何吸纳？传统是什么？

第二，胡适、陈独秀的诗歌策略没有历史和文本的合理性吗？

第三，汉语（汉字）是不是本质上就是"诗"？

第四，汉语写的现代诗歌，所使用的汉语是"本质"上的汉语还是一种在历史中不断开放、吸收、改变的汉语？是"古典"汉语还是"现代"的汉语？

第五，范尼洛萨、庞德等西方学者对汉字的认识有没有偏见与误识？汉字的直接的"诗"性、汉语"已经体现了真实的诗"这样的观点也是值得商榷的。

第六，德里达对汉字的理解有没有误识的地方？我们的汉语有没有"语音中心"问题？①

人类学的研究都一直在谨慎地对待德里达的所谓"颠倒"，因为这里面尚有许多问题非常值得澄清。在我们这里，我们也需追问：汉语确实有"形/义"结合功能，但这是"最初的汉字"还是历史的汉字？今天的汉字其"形"的功能还是那么丰富、直接以至于可以强烈地干预诗歌的"思维"吗？但我们轻易认同汉字为一种直接呈现"真实"、"意义"的书写文字，本身就具备"诗性"，是不是有语言上的民族主义倾向？

---

① 对于中国的一个诗人，写诗，尤其是古体诗，恐怕有这样过程：首先是酝酿，倾听"历史"、"心灵"的声音，然后再"书写"。所谓"眼中之竹—胸中之竹—手中之竹"的意指过程，几乎是一个符号化的"声音—书写"模式。所谓"熟读唐诗三百首，不会吟诗也会吟"。这里至少有两个问题：1. 熟读，即一定的认知、审美结构的形成。2. "吟诗"，即倾听一个"声音"，然后在腹中反复酝酿，再"书写"出来，"书写"行为完全是"声音"的附庸。写过古典诗词的诗人都有这样的体验，一首格律诗，可以在心中默想"出来"，待到写在纸上的"写出来"，只是一个次序的问题。而一首新诗，你可能只有一个大致的情感、经验、思想，你要在心中把它写"出来"，几乎是不可能，你必须进入"书写"状态才能实现它的成型。所以我们认为，汉语诗歌的写作状态可能同样存在"语音中心"的问题。而当代一些所谓先锋的诗人以下意识的"能指自由滑动"的方式写出的作品，往往落入难以解读的境地，很难说是"诗"。

四 叶维廉"中国诗学"的西方资源与中国本位

相对于郑敏先生，海外的叶维廉先生其"中国诗学"更富有哲学深度。如果说郑敏的哲学立场是以解构主义的策略以"返回"的方式接近中国语言的诗性传统，其目的在于纠正"新诗"在语言上与传统的断裂和诗意的丧失；那么叶维廉对"新诗"的批判则是从追溯中国诗的原初状态开始的。叶维廉的学术研究其最终目标并不是为"新诗"提供什么建设性的意见，而是在东西方哲学、美学、诗歌的比较中寻求一种"诗学的汇通"，一种跨中西文化的共同的文学规律。

叶维廉以胡塞尔—海德格尔（主要是海德格尔）的现象学策略、中国道家的文化观为基本视角来考察语言与存在本真之间的关系问题①：语言能不能直逼存在的本真？（或者说"存在如何在语言中本真地呈现"？）语言以何种方式逼近存在的本真？只有在语言具备了这样的可能性的基础上，然后才有真正的"诗"。叶维廉认为在以道家文化为灵魂的中国古典诗人身上存在这种语言与存在本真的合一。古典诗人特殊的观物立场（"以物观物"），并由之发生的语言策略（"言无言"），产生出独特的"中国诗"，并由此对中国现代诗提供启示。叶维廉的目的显然不主要在更正"新诗"的偏颇，而是一种在诗歌范围内的对于东西方文化"范式"（在叶维廉那里被称为"模子"）的比较，考察哪一种文化"范式"更能在语言中逼近存在的真相。他的"中国诗学"也许还可以称为"中国诗歌哲学"。他以一种"迂回"的方式肯定了中国古代诗歌。

叶维廉的"中国诗学"明显带有与柏拉图、康德、黑格尔以来传统的"西方诗学"的对抗性。他反对的就是以西方的这种以"知性"为特色的文化范式来削足适履地评价中国的文化、美学形态，力图在东西方文化之间寻求共同的文学规律和能够汇通的诗学方法。他20世纪五六十年

---

① 叶维廉虽不认为"现象学和道家思想完全一致"，"但，无可否认的，互照的方法可以使我们至少认定一个重要的汇通，即是，他们都对先人不信赖原真世界事物自现自足的作法表示质疑。"见叶维廉《批评理论架构之再思》，《寻求跨中西文化的共同文学规律——叶维廉比较文学论文选》，北京大学出版社1986年版，第44页。

代因为身在台湾，后来又去了美国，在东西方语言、文化之间，怀抱对母语的眷恋，很早他就开始进行中西方诗歌的比较，认为中国诗歌独特的美学特征是英语语法无法翻译出的。① 可以说在当代华人学者中，对现代汉诗作本体反思的，叶维廉几乎是最早的。他的比较文学论文集《寻求跨中西文化的共同文学规律》1986 年才在内地出版，进入内地学界。他从哲学、美学的角度，从中西不同的"观物"方式和文化表达形态入手来谈论诗歌的方式，让人耳目一新。

"我们张目四看，我们看到万物，或万物呈现于我们眼前，透明、具体、真实、自然自足。它们自然如此，无需我们解释而且能自生自化。然而，有人不断提出下列的问题来：我们（观物者）是谁？观（观物到认知）是什么？万物（所观对象）是什么？这些问题的提出，正意味着询问者（那些困于辩解的思想者）已经不能信赖他们对万物之为万物的最初直觉（那自然的、未受辩解所困的反应）。事实上，当他们如此问的时候，我们实在是提出下面这个问题来：在何种情况下可以产生可靠的真知？从柏拉图到康德到黑格尔以后的许多思想家，都试图对这个问题提出种种答案。对原是透明无碍的事物加以种种的审视、重新审视、界定、重新界定、阐说、重新阐说；这样，他们每人都创造了新的语言的替身来取代具体的事物。继之而来的，这个做法还肯定了（1）观物者是秩序的赋给者，真理的认定者；（2）理性和逻辑是认知真理的可靠工具；（3）主体（观者）是拥有了先验的综合知识的理力（柏拉图所认定的知智；康德的超验自我）；（4）序次性的秩序和由下层转向高层的辩证运动；（5）抽象存在比具体存在还重要。"但古代的中国人不是这样，"尤其是道家，接受万物之为万物自然的印认，物各自然、自然而然。他们反而对质疑本身质疑，而随之而起的，是对命名、类分、囿届提出质疑，同时否认人为的假定可以成为宇宙的必然，否认语言能完全表呈现实，否认人是宇宙万物的最高典范。这一个立场所提供的，是要重获事物指义前的原真状态，利用'非言之言'，使读者与事物之间处于一种'若即若离'的关系，使观物者（作者）把读者带到透露着意义的事物的边缘便立刻隐退，

---

① 1960 年叶维廉发表的《静止的中国花瓶》一文，研究艾略特如何打破西洋惯用语法，达到了某些中国诗中的效果。见《比较诗学·序》，《叶维廉文集》第一卷，安徽教育出版社2002 年版，第 23 页。

好让读者能直接目睹物象的运作并参与完成这一瞬的美感经验"①。

"这一瞬的美感经验"正是中国诗要呈现的"具体的经验"。叶维廉认为中国诗的美学是一种"具体经验的美学","具体经验"就是未受知性的干扰的经验。所谓知性，即语言中理性化的元素，使具体事物抽象化、概念化、失真化的思维程序。叶维廉抛开先验的思想哲学观念重新进入事物的本质存在的诗学企求，在这里我们实际看到了叶维廉的"中国诗学"的西方源头——现象学。现象学"最著名的口号就是'面向事情本身'（zu den Sachen sellbst），从否定方面来讲，这个口号意在排除不加反省偶然拾来的各种哲学概念框架，这些框架原为探索事质而设，后来却硬结得阻碍了我们探入事质的眼光。"② 对于胡塞尔（Edmund Husserl, 1859—1938）现象学是，"事物与本质的不可分割性"，要求理论家们进行"本质的还原"③。用海德格尔（Martin Heidegger, 1889—1976）的话说，就是"放弃以往的思想，而去规定思的事情"④。

五 中国诗的语言策略与美学效果

正是在这里，叶维廉认为中国诗的美学源头和西方诗歌的知性特色相比，明显不同，对事物和存在有一种阻断任何先验思维、判断的"现象学还原"的特性：

◎超脱分析性、演绎性→事物直接、具体的演出。/◎超脱时间性→空间的玩味，绘画性、雕塑性。/◎语意不限指性或关系不决定性→多重暗示性。/◎连接媒介的减少→还物自由。/◎不作单线（因果式）的追寻→多线发展，全面网取。/◎作者融入事物（忘我）→不隔→读者参与创造。/◎以物观物→物象本样呈现→物象本身自足性→物物共存性→齐物性（即否认此物高于彼物）→是故

---

① 叶维廉：《批评理论架构之再思》，《寻求跨中西文化的共同文学规律——叶维廉比较文学论文选》，北京大学出版社1986年版，第43—44页。

② 转引自陈嘉映《海德格尔哲学概论》，生活·读书·新知三联书店1995年版，第50页。

③ ［德］胡塞尔：《现象学的方法》，上海译文出版社1994年版，第172页。

④ ［德］海德格尔：《面向思的事情》，商务印书馆1996年版，第76页。

保存了"多重角度"看事物。/◎连接媒介的减少→水银灯活动的视觉性加强。/◎蒙太奇（意象并发性）→叠加美→含蓄性在意象之"间"。①

"以物观物"和灵活的语法、表现功能使语言和存在能并时性、并发性的同时"出场"。这一存在的"敞亮"，在叶维廉的笔下就是中国古代诗歌的"水银灯效果"："……那就是诗人用以观察世界的出神的意识状态。在这种出神状态中，时间和空间的限制不再存在，诗人因此便能将这一刻自作品其他部分及这一刻之前或之后的直线发展的关系抽离出来，使得这一刻在视象上的明彻性具有旧诗的水银灯效果，在这种出神状态中……诗人具有'另一种听觉，另一种视角，他听到我们寻常听不到的声音。他看到我们寻常所看不见的活动和境界。'"② 叶维廉"中国诗学"的专门术语"水银灯效果"，与海德格尔的现象学中"现象"二字的意思极为类似。在使"存在者"得以"敞亮"的意义上，两者极有关联性。③

叶维廉对中国诗的独到解释让我们几乎也感到了他的诗学的"水银灯效果"，传统的"意境"理论总是不能满足我们对中国诗的审美需求，我们知道一首诗的美，但总是不知道为什么美，叶维廉的诗学一下子将我们的诗学观念照亮。他的著作中有许多独特的文本分析，我们仅看一例，譬如他对晚唐诗人温庭筠的《商山早行》里"鸡声茅店月，人迹板桥霜"二句的解读："……在真实世界里，一所茅屋，一个月亮，如果你从远处平地看，月可以在茅屋的旁边；如果你从高山看下去，月可以在茅屋下方；如果从山谷看上去，月可以在茅屋顶上……但在我们进入景物定位观看之前，这些'上'、'下'、'旁边'的空间关系是不存在的；事实上，景物的关系会因着我们的移动而变化。文言文常常可以保留未定位、未定关系的情况，英文不可以；白话文也可以，但倾向于定位与定关系的

---

① 叶维廉：《从比较的方法论中国诗的视境》，《叶维廉文集》第一卷，第72页。

② 叶维廉：《中国现代诗的语言问题》，《中国诗学》，生活·读书·新知三联书店1992年版，第254页。

③ 据海德格尔词源学考证，现在通译为"现象"的希腊词 phainomenon 来自动词 phainesthai，动词 phainesthai 本身又来自动词 phaino，而 phaino 的前缀 pha 就是光明、明亮者、使事物在其中显现自身的场所等意思。"现象整体指的就是大白于天光之下的一切。"参见陈嘉映《海德格尔哲学概论》，第50—51页。

活动。'鸡声茅店月，人迹板桥霜'就是没有决定'茅店'与'月'的空间关系；'板桥'与'霜'也绝不只是'板桥上的霜'。没有定位，作者仿佛站在一边，任读者直观事物之间，进出和参与完成该一瞬间的印象"。①

西方哲学思维通常"以我观物"，中国道家文化强调"以物观物"。由于观物立场和语言策略的不同，中国古典诗在与人与物的自由关系上、在字词的灵活性上、文本与读者之间的关系上保留了自己的特性。有自己的语法："若即若离、若定向、定时、定义而犹未定向、定时、定义的高度的灵活语法，仿似前面所谈到的'距离的消解'（如无需人称代名词所引起的'虚位'，如没有时态变化所提供的'刻刻发生的现在性'，如无需连接元素所开出的'自由换位'，及词性复用及模棱所保留语字与语字之间的多重暗示性）……"② 从而也有了一种奇妙的阅读效果："读者在字与字之间保持着一种自由的关系……一种'若即若离'的解读活动，在'指义'与'不指义'的中间地带，而造成一种类似'指义前'物象自现的状态……仿佛是一个开阔的空间里的一些物象，由于事先没有预设的意义与关系的'圈定'，我们可以自由地进出其间，可以从不同的角度进出，而每次可以获致不同层次的美感。我们仿佛面对近似水银灯下事物、事物的活跃和演出，在意义的边缘上微颤。"③

六　叶维廉对"新诗"的批评与建议

叶维廉从现象学和道家思想出发的对西方知性思维的批判，对中国古典诗人"以物观物"方式的肯定，对中国古典诗能够达到"指义前"物象自现的真实境界的赞叹，都使我们对中国古典诗歌的认识进一步接近了诗的本体，他的"中国诗学"给中国现代诗带来的启发也是极为重要的。在《语言的策略与历史的关联》、《中国现代诗的语言问题》等论文中，叶维廉提出，中国现代诗应从以下几个方面向古典诗借鉴、学习。

---

① 叶维廉：《中国古典诗中的传释活动》，《中国诗学》，第17页。
② 叶维廉：《言无言：道家知识论》，《中国诗学》，第58页。
③ 叶维廉：《中国古典诗中的传释活动》，《中国诗学》，第17页。

第一是"观物的偏向",现代诗也应学习"以物观物"的方式,而不是郭沫若式的"自我夸大狂"、"过早乐观"、"批判社会"、"认同危机"等文学方式。

第二是"语言本身的问题",在这里叶维廉提出了一个重要的诗学概念"因境造语"。"……诗在造意造语的过程中都需要某种程度的发明,没有发明性的诗语易于弛滞,缺乏鲜明和深度,但这种发明性必需以境和意为依归,即所谓'因境造语','因意造语',一旦诗人过于重视语言,而变成'因语造境',而以'语境'代替'意境',便是语言之妙的走火入魔,但一般来说,中国人重实境,不容易任'语境'升堂。现代诗中的失败作品,便是让'语'控制了意"①。

第三是诗歌中经验与时空的飞跃。

第四是"玄思的感觉化"问题。在这几个方面叶维廉都极为推崇卞之琳的诗,以卞诗作为现代诗的正面范例。

第五是必须考虑诗歌的读者(听众、隐含读者)的问题。叶维廉在此倾向于诗歌的戏剧化的声音(诗人虚构一个角色和另外的虚构的角色说他们能说的话)和抒情性的声音(诗人自言自语或无言),叶维廉最讨厌诗歌叙事的声音(诗人对一人或对所以发言),现代文学的叙事的声音很容易落入现代性民族国家的权力话语之中,变成明显或潜在的抽象说教,或理性化或感伤主义,缺乏诗意。

七 郑敏、叶维廉诗学的共通性及问题

可以说郑敏与叶维廉的诗学有相通的地方。他们都是以中国诗的语言为本体来谈论诗歌,确实抓住了诗歌的核心问题。郑敏从解构主义理论和西方学人对汉语的激赏中寻求理论依据,努力证明汉语的优越于西方语言的"语音中心"的"书写"特征。试图以古代汉语的丰富的形象性、"直接"的诗性、古典诗歌的余味无穷、意蕴深厚来为新诗的不健全寻求弥补的良方。

---

① 叶维廉:《中国现代诗的语言问题》,《中国诗学》,第269页。

　　叶维廉在中西诗学的比较当中，批判了以西方思维模式为基本"模子"的文化上的"西方中心主义"，他的批判立场在中国道家美学那里找到了充足的合法性——从道家"以物观物"的审美方式中诞生的中国诗，能够避免西方"知性"思维对真实的遮蔽，中国诗（古典诗）能够达到"指义前"的真实世界，能够呈现关乎存在的"具体经验"，读者面对一首诗，存在的真实图景呈现在他面前，有一种令人震惊的"水银灯效果"。叶维廉以中国古典诗歌的优越性批判了西方的知性诗学，阐明了中国古代诗歌特殊的传释方式及由其带来的对"真实"的现象学式的呈现。由此，他也对五四以来的中国现代诗提出了极为有益的批评和建议。

　　郑、叶二位先生均没有离开诗歌的语言之本体维度，从各自的诗学路径探讨诗歌"是什么"、"该如何存在"的问题，力求为发展中现代诗提供可行的参照。有意思的是，他们虽然出发点和路途不尽相同，却都走向了对中国现代诗的批判和对中国古典诗学传统的维护。

　　与此同时，郑敏、叶维廉二位先生的诗学主张所带来的问题也非常值得我们思考。至少在以下几个方面，现代汉诗的思维方式和语言策略与他们的诗学构成了冲突。

　　第一，"以物观物"的思维方式和语言策略固然有可能全面传达事物、存在的真相，但这一古典的"混沌"、"圆融"的思维方式适不适合现代语境？自18世纪的启蒙运动以来，人的理性的高张是现代社会的明显特征，现代汉诗诞生于这样的情境，现代汉诗的观物方式、语法结构与人的理性精神是分不开的，理性（知性）此时恐怕没有东西方之分。如何能实现现代汉语里那"'指义前'的真实"？叶维廉的"中国诗学"带来的问题是现代语境下难道我们还要用古典的思维方式来写诗？其"中国诗学"帮助我们明白了中国古典诗的美学根源，为我们留下了对传统诗歌无尽的自豪和今不如昔的遗憾，但面对现代诗，叶维廉能够首肯的并不多，他也没有提出详细而切实的"拯救"策略。

　　第二，语言已经衍变。我们今天谈论诗歌只能是在现代汉语的背景下来谈论。现代汉语与古代汉语区别甚大。古代汉语多为单音字，单音字的意思能够自足，所以在语言当中其灵活性是非常大的，而现代汉语多为双音字，双音字在语句当中其语法受到了极大的限制，没有古汉语的灵活性，我们现在要思考的恐怕是该怎样让现代汉语这样戴着"镣铐"也能跳出诗意的"舞蹈"。

第三，对于郑敏先生的汉语（汉字）诗学，我们必须认识一个现状，汉字在今天，其"书写"已经变成"印刷"，汉字本身的丰富含义在消失，单独的汉字很难出示诗意，必须是整体的汉字的具有文学性的排列、组合才有诗意产生。就是写作一首诗，我们强调字本身的诗意，这是很难的，诗歌毕竟不是书法。字的意思也必须通过在诗歌中的恰到好处才能充分展现出来。所以，在现代汉语语境里，不是汉语（字）能提升现代汉诗，而是优秀的现代汉诗能丰富我们母语的含义。

第四，非常值得一提的是：汉语中汉字"形"与"义"的结合的特性，我们除了赞美之外有没有反思、难道这只有"积极"的意义吗？的确，古汉语中很多字保持了"字"的独立性，没有"音"，很多字是以"形"见"义"的。不像西方语言较早地完成了"音"与"义"、"形"（本身无自足的意义），"音"与"义"的关系密切。让语言较早地成为思想的工具。但这对于文学，所造成的影响也是值得我们思考的，并不仅仅唯称赞为是。早期汉语诗歌中的"歌"大于"诗"，正因为很多"歌"是无法用只有"形"的汉字表达出来。在思想情感、"诗歌"变成"语言"的过程中，汉语还需要付出比别的民族语言更多更大的努力。有学者认为，也正是这个原因，导致了中国的诗歌在"叙事性"上极为不发达①，当别的民族产生"荷马史诗"这样的鸿篇巨制的时候，我们的诗歌还是"断竹，续竹，飞土，逐肉"②的三二字句。

---

① 汉字与中国诗歌"发生"的问题很值得研究，从人类学的研究来看，早期汉语的"形"之特性和音律的繁多、讲究也导致了中国诗歌在追求叙事性上的困难——"文明时代之初，民族语言已经形成，这个时期的诗歌语言水平之高，只要看一看直接记录英雄时代神话的荷马史诗《伊利亚特》和《奥得赛》便可以知道。而中国诗歌看不到像荷马史诗那样的鸿篇巨制，相反简单到只有三二语词，这简直不堪设想。以往的一些研究者一说到这个问题，往往归结为神话的历史化，这诚然不错；但也许还有另外的深层原因，就是方块汉字对于汉语的制约……汉字既要考虑到自身的排列整齐的审美特征，也要考虑到汉语中的音律。于是就有一个协调文字的整齐美与语言音律美之间的关系问题，其中方块汉字的均衡整齐审美要求使汉字诗歌的四句成为早期汉字诗歌的主导形式。"见朱炳祥《中国诗歌发生史》（第九章："汉字诗歌——中国诗歌发生的完成形态"）。

② 《吴越春秋》所记载的黄帝的《弹歌》。

八 一种参照:"现代汉诗"的眼光

无论是郑敏先生还是叶维廉先生,似乎都有一个倾向:在谈论中很容易将"语言"、汉语本质化,对语言的历史性、开放性、生成性没有给予足够的重视。我们对待新诗的语言——"现代汉语"该有怎样的态度?

首先,同样倡导对新诗的"本体反思"[①] 的王光明先生认为:"现代汉语是从历史化、本质化的汉语中寻求其美学形态和表现策略,还是从开放的、发展变化的现实中探寻其诗歌的可能性? 如果承认现代汉语本身也是汉语的一种形态,已在古今并包、中西合璧中自成现代体系并保持着开放性,那么,它与中国古典诗歌和西方现代诗歌,在诸多方面就可以相安而不必排斥。"[②] 新诗的初期形态是白话诗,从当初的"白话"到今天的以"普通话"为主流的语言,新诗至今都是在与一种未定型的语言——现代汉语相依存。在"现代诗歌"中切入"汉语",这个"汉语"不是本质化的、形态、特征都已经确定的汉语,而是一种在古典与现代、西方与中国之间不断交换、不断丧失、不断更新的新的"汉语"。它在历时性上与古汉语有着牵连,有强烈的"互文性"。在共时性上又是现代历史进

---

① 王光明在《中国新诗的本体反思》(载《中国社会科学》1998 年第 4 期)一文中,从诗歌本体立场出发,反思了"新诗"的观念形态及其发展过程中的偏颇。文章认为,"白话诗"的贡献在语言变革方面,"新诗"是与"旧诗"相对的概念,它虽然对 20 世纪的诗歌建设作出了较大的贡献,但较难显示诗的性质与价值。中国诗歌的写作应当立足现代汉语形态,在解构与建构双重互动中,寻找自己的形式和表达方式,让规则与手段在诗歌文类意义上建立起诗人与读者的共识。由是,该文认为"有必要提出'现代汉诗'这一现代中国诗歌的形态概念,取代含混的'新诗'概念。现代汉诗作为一种区别于古典诗歌的文学形态,意味着正视中国现代经验与现代汉语互相吸收、互相纠缠、互相生成诗歌语境,反思白话诗运动、新诗运动的成就与局限,从自发走向自觉的诗歌建构活动。它与现代中国小说、现代中国散文等文学形态学概念相近,但为了避免将现代诗等同现代主义诗歌的习惯所指,又略有区别。这不是一个具体的诗歌文类概念,或许它仍然是一个过渡性、临时性的概念,但这个诗歌形态学概念有利于我们面对经验与语言的真实,纠正新诗发展中的历史偏颇,以诗的本体自觉和语言自觉,走向成熟的现代诗歌美学和形式美学建设"。2003 年,54 万字的《现代汉诗的百年演变》由河北人民出版社出版。这是一部"想把'新诗'的讨论具体化,拟用'现代汉语诗歌'这一文类概念与 20 世纪的中国诗歌现象展开对话"(《现代汉诗的百年演变》,第 7 页)的力作。
② 王光明:《现代汉诗的百年演变》,第 459 页。

程的产物，融合了西方的知性、逻辑性和现代人的理性精神，具备了"现代性"。这是"现代"汉语。

其次，此"汉语"与现代性语境是不可分的。谈论现代汉诗一直不离"现代性"话语。我们不可能脱离近现代以来中国特殊的文化语境来谈论语言。既然"语言是存在之家"（海德格尔语），语言与存在是不可分的。语言的形成也必与生存的真实体验密切相关。现代诗人的现代经验和表达与寻求这表达的语言是双向互动的。"经验"寻求"语言"的表达，"语言"也在"经验"的丰富中得到意义的积淀与更新。语言的变迁反映了社会历史的文化地形图①，所以，不可能在脱离现代人复杂的生存经验的背景下谈论诗歌的语言变迁和表现策略。

还有，无论是"中国诗"、"汉语诗"、"现代汉诗"，还是"古典诗歌"、"白话诗"、"新诗"，我们所谈论的对象始终没变，那就是"诗"。"诗言志"② 没有变，"诗缘情"③ 没有变，"赋、比、兴"④ 没有变。无论名目怎么变，谈论的方式怎么变，"诗"的本质仍然在那里。还是乔纳森·卡勒说得好，当诗歌"……就这样写在纸上，周围静悄悄的空格让人感到不知所措"⑤。那个让人"不知所措"又心驰神往的"本体"才是值得我们再三谈论的。

"新诗"的成就至今可能还是不能让人满意，但我们必须对新诗的问题与不足有一定的"历史意识"（T. S. 艾略特语）。对于胡适、陈独秀的白话诗运动以及由此开始的中国现代诗，叶维廉先生是带着极大的遗憾"返回"到中国古典诗歌中去寻求诗的本体，郑敏先生则是激烈批判、几

---

① 英国著名文化批评家威廉斯（Ruymond Williams，1921—1988）有一种很有意思的批评方法："关键词"方法，他注重从语言的变迁来审视文化的变迁，将语言的衍变视为"一种特殊的地形图"，他在《文化与社会》中以"工业（industry）"、"民主（democracy）"、"阶级（class）"、"艺术（art）"、"文化（culture）"五个词为"绘制这幅地图的主要依据"。"在我们现代的意义结构中，这些词的重要性随时可见。它们的用法在关键时期发生变化，是我们对共同生活所持的特殊看法普遍改变的见证。"见［英］雷蒙德·威廉斯《文化与社会》，北京大学出版社1991年版，第15页。

② 《尚书·尧典》："诗言志，歌永言，声依永，律和声。"

③ ［晋］陆机《文赋》："诗缘情而绮靡，赋体物而浏亮……"

④ 汉代之《毛诗序》云："《诗》有六义焉：一曰风，二曰赋，三曰比，四曰兴，五曰雅，六曰颂。"

⑤ ［美］乔纳森·卡勒：《文学理论》，李平译，辽宁教育出版社、牛津大学出版社1998年版，第25页。

至彻底否定，这种态度值得商榷。而王光明先生则始终认为胡适他们对中国诗歌的"革命"是必需的，而且是高明的。中国诗歌发展到晚清，已经形成一种"权势的结构"，无法容纳新的生存经验，晚清诗歌的价值正在于它"醒目地彰显了古典诗歌体制与现代语言经验的矛盾与紧张"①，在现代性的语境中，不断发生的现代经验是"新"的，而诗歌的语言和形式仍是"旧"的，"诗界"无论如何"革命"，都是"旧瓶装新酒"，诗歌的彻底"革命"不可避免。胡适的革新为什么是高明的？因为"胡适的革新方案是一个直取要塞的方案"：从语言体系入手，彻底与旧语言断裂，推广"白话诗"；从形式结构入手，尽量摆脱旧诗词、旧格律的限制，努力实践"自由诗"。"从'白话诗'到'新诗'的运动彻底动摇了古典诗歌赖以延续的两个根基，改变了中国诗歌近千年来在封闭的语言形式里自我循环的格局，让诗歌写作重新面向了长期淡忘的口语资源和陌生的西方语言形式资源。"②

但是，"破坏者往往很难成为一个很有成就的建设者"，胡适一代人所遗留的问题也同样严重。第一，由于"白话"作为一种现代的语言体系还不成熟，本身如何发展及如何用"白话"写诗正是一个需要漫长的实践来探索的问题。第二，当时颇受倡导的"作诗如作文"的诗歌作风，确实推动了白话文运动，但是混淆了诗歌与散文的界限。第三，时代精神的强力牵引的"求解放"的现代性心理需求，许多人忽视了中国传统诗歌中诸多可转化、再生的资源，普遍把目光投向西方，对西方的文化精神及其形式的理解非常简单化、浪漫化。在不断把五四神话的现代性历史语境中，"率真"地表现"自我"和"自由"的诗歌形式成了衡量新诗的两大标准。"新诗"由此形成了"唯'新'情结"，很容易进入一种"恶性循环"：总是以内容的物质性来替代对诗歌本体意义的空无的反思。无寻求现代"诗质"和"诗形"的建构诗歌本体形态的自觉意识。

但我们不能因为这些问题而全面否定胡、陈的"新诗"革命的历史功绩。恰恰相反，我们现在必须要认真对待他们所遗留下来的问题，对这些问题的纠正与解决，正是"新诗"能够良性发展的关键。

---

① 王光明：《现代汉诗的百年演变》，第61页。
② 同上书，第10—11页。

余　论

我们如何认识新诗？

一　对新诗的理解

新文学的发生、新诗的诞生大约也已 90 余年。若从时间上抠，一般认为新文学是以 1917 年 1 月《新青年》第 2 卷第 5 号胡适（1891—1962）《文学改良刍议》的发表为开端，而第一首新诗，一般认为是 1917 年 1 月出版的《新青年》第 2 卷第 5 号上胡适的"白话诗"《蝴蝶》，但严格来说，新诗更早的"第一首"可能是胡适 1916 年 7 月 22 日写的《答梅瑾庄——白话诗》。不过，在胡适的《谈新诗》（《星期评论》双十节纪念号，1919 年 10 月）一文发表之前，新诗一般被称为"白话诗"，"白话诗"是新诗的初期形态。说 2009 年是"新诗九十年"也没有多大错。

新诗是相对于中国古典文学中的主要文学形态——古体诗、近体诗（律诗）而言的，其最明显的特征是：在语言上它是白话文，在形式上它是自由诗。谈论诗歌我们抓住语言和形式这两个特征是非常必要的，不过也要看到诗歌发生的根本——特殊的个体经验，因为诗是一种经验、语言和形式相互寻求、三方互动的艺术。从"新诗"所在的历史境遇看，与此相关的分别是：个体的现代的现实境遇，汉语所必须面临的现代转换和诗歌传统形式与现代经验的冲突。新诗即诞生于这三者的纠缠与互动中。

"新诗"这一概念标明了其与古典诗歌的差别，但我们也应看到，这一概念有时并不能很好地谈论晚清以来中国诗歌的问题的复杂性。"新诗"是与"旧诗"相对的，这一命名无法指涉诗歌的本质和价值；在诗歌的写作实践中，"新"和"旧"的因素、现代和传统的东西，并不是意识形态中的对立关系，而是转化、交换关系；"新"的诗不见得是"好"的诗，"旧"诗的方法也未见得不能在"新"诗里使用。严格地说，新诗是一种现代汉语诗歌，它至少涉及三个方面的特征或问题：它是"现代"的，是用不成熟的"现代汉语"写的，但无论怎么写，它的目标都是"诗"，所以现在，我们谈论新诗时常以"现代汉诗"的理念来观照，其原因在于"现代汉诗"概念强调了论诗不可或缺的三要素：现代（经验）、汉语、诗歌。①

二　新诗的来源

　　所以，我们考察新诗的产生，首先当然要追溯到个体经验面临剧烈变化的那个晚清以来的"现代"语境，以及现代中国知识分子在其中所感到的既有语言和文学形式言说经验的困难。晚清诗歌也有革命与求新，但其义不在于"诗界革命"同人在文化层面上多大程度地为中国输入了"欧洲之真精神真思想"，也不在于《清议报》、《新民丛报》等报刊上的诗作是否成功地"以旧风格含新意境"，更不在于南社的干将们将古典诗艺发挥至多么娴熟的境界，而在于类似于黄遵宪那种在"旧风格"和"新意境"之间彰显各种内在矛盾的诗歌写作。晚清诗歌面对的是诗人之于新现实的言说诉求，但是在旧有语言符号系统和形式秩序的规约下，这种言说诉求的实现显得极为困难。这是晚清诗歌最大的矛盾，它表现在具体的写作中是"新意境"（现代经验、意识）与"旧风格"（传统诗歌体式）的冲突，是"有新事物"与"无新理致"的不协调，是以流俗语口语为诗和"以文为诗"与古典诗的阅读"程式"、句法、章法之间的矛盾。这些矛盾使晚清诗歌怎么看起来都是"旧瓶装新酒"，不能给人真正的"新"的感觉，与真实的现代经验，还是很隔膜。

　　一个常见的例子是，诗歌写到晚清，常常给人有相似之感。作者和读

---

　　① 所以，"现代汉诗"概论的提出绝不是时髦，毋宁说此概念对新诗研究有"范式"转型之意义——它是一种机制：这种机制唤醒你对新诗更合理的认识。对那些很少意识到新诗是一种现代汉语诗歌（谈论新诗最好要有对"现代"、"汉语"、"诗歌"等基本范畴的多重素质）的人，此概念是必要的启蒙。

者很容易就会陷入审美程式化的"陈言套语"当中，这种陈套语往往与个体生存的真实情状相差甚远，难以传达真正的现实经验，使诗歌停留在"文胜质"的层面，个体经验被文学的程式化所放逐。这已是旧体诗写作的一个普遍问题，所以在《文学改良刍议》中胡适说："今之学者，胸中记得几个文学套语，便称诗人。其所为诗人处处是陈言滥调，'蹉跎'，'身世'，'飘零'，'虫沙'，'寒窗'，'斜阳'，'芳草'，'春闺'，'愁魂'，'归梦'，'鹃啼'，'孤影'，'雁字'，'玉楼'，'锦字'，'残更'，……之类，累累不绝，最可憎厌。其流弊所至，遂令国中生出许多似是而非，貌似而实非之诗文。"①

另一个有趣的例子来自胡适在美国留学时的朋友胡先骕（1894—1968），他也是白话文、白话诗最主要的敌人，他曾作词一首，表留学生涯中的思乡之情，全词如下：

> 玉楼飞渡天风远。悠扬乍低还住。风拨频挥，鸾丝碎响。无限幽情低诉。愁魂黯停。听急管哀筝。和成凄楚。一曲梁州。天下游子泪如雨。
>
> 荧荧夜灯如豆。映幢幢孤影。凌乱无据。翡翠衾寒。鸳鸯瓦冷。禁得秋霄几度。幺弦漫语。早丁字帘前。繁霜飞舞。袅袅余音。片时犹绕柱。②

胡适注曰："此词骤观之，觉字字句句皆词也，其实仅一大堆陈套语耳。'翡翠衾'，'鸳鸯瓦'，用之白香山长恨歌则可，以其所言乃帝王之衾之瓦也。'丁字帘'，'幺弦'，皆套语也。此词在美国所作，其夜灯决不'荧荧如豆'，其居室尤无'柱'可绕也。至于'繁霜飞舞'，则更不成话矣。谁曾见繁霜之'飞舞'耶？"③ 此词写的是作者夜晚听到邻室弹"曼它林（violin，小提琴）"时的感受，一个人留学海外，夜闻小提琴的天籁之音，当思绪万千，人的情感经验最为丰富复杂。诗中作者的孤独、感伤之情是可以理解的，胡适嘲笑的也不是诗的"内容（精神）"，而是

---

① 胡适：《文学改良刍议》，《新青年》1917年1月1日，第2卷第5号。

② 胡先骕：《齐天乐·听邻室弹曼它林》，《南社丛刻》第15集，1916年1月。

③ 胡适：《文学改良刍议》，《新青年》1917年1月1日，第2卷第5号。

诗的写法。整首诗写作时间大约是1915年、1916年，20世纪初，欧美的工业化就已达到一定程度，巴黎万国博览会的辉煌灯火和纽约的摩天大楼都是"现代"化的标志性硬件，钢筋水泥的美国楼房绝不是中国古典式的"玉（宇琼）楼"，电气化的夜晚也不会"荧荧夜灯如豆"，留学生宿舍恐怕也不会如中国古代建筑可以"映幢幢孤影。凌乱无据……袅袅余音。片时犹绕柱"。在这里，胡先骕的写作就呈现出这样的问题：从他的诗词的语言、意象来看，诗中的情感经验没有任何的当下性，他个人化的言说和1000多年前的唐宋诗人所表达的哀怨、孤独没什么区别；但事实上以他当下的经验来说，他的诗歌言说则完全是失败的，这里面没有他的情感经验的"个体性"。

五四前后的胡适新一代知识分子，正是站在晚清诗歌的矛盾性的起点上，认定了"用白话替代古文"① 的语言革命目标，认定必须真正地更换诗歌的语言符号系统，由此甚至不惜偏激地将文言定为"死文字"（以胡适等人对于文言文的认识，这当然只是策略性的革命主张）。但是，更新诗歌的语言符号系统，这在晚清时期诗人们也曾努力过，用流俗语、口语、"白话"不一定就能写出"新"的诗，因为制约晚清诗歌写作的还有一个内在的古典诗歌艺术成规。这个成规既使梅光迪、任叔永等人坚守什么是诗、什么不是诗的古典诗歌审美"程式"，也使胡适看到了更新汉语诗歌言说方式的突破口：那就是胡适从白话诗词中确立了新的诗歌阅读"程式"，并立志以"作文"的方式"作诗"②，以讲求"文法"③ 等手段从诗歌内部真正更新汉语诗歌的传统规则。由此我们可以说，晚清诗歌由于受到自身审美"程式"和形式成规的制约，虽在局部上接纳了许多新事物、新名词，但只是部分地更新了诗的语言符号系统，没有触及诗歌整体的言说方式；而胡适的以白话为诗、以"作文"的方式为诗，却是触动了汉语诗传统的语法结构，带来一种新的诗歌体式。

---

① 胡适：《逼上梁山》，原载1934年1月1日《东方杂志》第31卷第1期。后收入1935年10月15日良友图书印刷公司出版《中国新文学大系·建设理论集》，第10页。

② "诗国革命何自始，要须作诗如作文"。胡适：《依韵和叔永戏赠诗》，《胡适留学日记》，商务印书馆1947年版，第790页。

③ 1915年6月6日，胡适在日记里首次以"文法"来谈论中国诗歌（胡适：《词乃诗之进化》，《胡适留学日记》，第660页）。至此，从胡适的文章里可以看出，有无"文法"一直是他对待语言和文学的一种重要尺度。

三　新诗的目标

胡适力求以"说话"的方式作诗，虽使汉语诗歌的传统韵味大大丧失，负面意义不可避免，但却建构了一种新的诗歌语言体系和言说方式。由于诗是传统文学中最坚固的"壁垒"，中国古典文学的经典作品基本上是诗歌体式，革新了诗，几乎革新了全部。诗的言说方式的更新，对更新汉语言说方式这一现代性的宏伟目标，自有事半功倍之效。

胡适说："白话作诗"，"不过是我所主张'新文学'的一部分"，他的目标是解决中国传统的语言形式与现代经验脱节的问题，寻找适应"现代"的汉语言说方式，文学不过是他的"实地试验"的最佳场域，"白话诗"则是检验"试验"到底能取得多大成功的重要尺度。事实上，"白话"只是胡适的文学革命的工具，是他个人"从中国文学演变的历史上"寻得的"中国文学问题的解决方案"，是文学形式的革新的基点，唯有通过文学形式的革新才能使中国语言文学能够接通现代性的思想、经验，"白话"不是胡适倡导文学革命的最终目标，其最终目标乃是通过白话文运动来实现一种合理的民族共同语——"国语"的发生。"我们所提倡的文学革命，只是要替中国创造一种国语的文学。有了国语的文学，方才可有文学的国语。有了文学的国语，我们的国语才可算得真正国语。国语没有文学，便没有生命，便没有价值，便不能成立，便不能发达。"①

通过建设"国语的文学"来实现"文学的国语"，这是胡适一代人的梦想，我深以此梦想为是。语言必得在文学中锤炼、锻打，而诗歌就是最好的熔炉，这是诗歌对一个民族的语言的意义。

其实诗歌有什么用? 其能做的事或首先要做的事，就是隐约地或直接地改变一个民族的语言，然后是在这种语言中改变一个民族的"感受性"，最终使那个民族的人有点诗意，像个"人"。胡适的目标与方式与现代大诗人 T. S. 艾略特的想法是大体符合的："诗的最广义的社会功能就是，诗确实能影响整个民族的语言和感受性……在某种程度上，诗能够维护甚至恢复语言的美，它能够并且也应该协助语言的发展，使语言在现

---

① 胡适：《建设的文学革命论》，《新青年》第 4 卷第 4 号，1918 年 4 月 15 日。

代生活更为复杂的条件下或者为了现代生活不断变化的目的保持精细和准确……"① 因着这些原因，诗人该做什么或能做什么？艾略特说："诗人作为诗人对本民族只负有间接义务，而对语言则负有直接义务，首先是维护，其次是扩展和改进。"②

五四时期，胡适的文学革命策略、郭沫若在诗集《女神》中确立的现代"自我"（旧诗中不明显）的形象和"自由诗"的形式，基本上奠定了新诗的言说方式和独特体式。他们的勇气、智慧、激情、意志力和对文学的态度是令人敬佩的。我曾经看到一种论调，说"从《尝试集》来看，中国当时的诗歌就像一个傻瓜一样"③，这只能说是一种"傻瓜"论调。

四 新诗的问题

诗歌通过改变语言来改变一个民族的感受力，一切的"革命"都当在这其中发生。说虽这样说，但由于五四以来中国特殊的历史境况，以及在这种境况中知识分子对民族危亡的忧患深重，对于诗歌功能的急切诉求，新诗总是偏离"诗"的轨道。新诗的"新"，在历史中演进为一种价值尺度，人们渐渐把经验、意识、感觉、思想等层面的东西的新异作为诗歌好坏的标准（现在多少人仍然如此），而忽略了诗是这些层面与语言、形式纠缠、互动的结果。

有学者认为，对新诗的认识与期待自五四以来，"逐渐演变为唯

---

① 艾略特：《诗的社会功能》，《艾略特诗学文集》，王恩衷编译，国际文化出版公司 1989 年版，第 245 页。

② 同上书，第 243 页。

③ 广州、海南的诗人评论家们开会，认为新诗 90 年至少这后 30 年已经非常伟大："现代人已经把诗意挖到一个很深很深的地方，每个人都有一类诗意，一种诗意，这怎么是平平仄仄能够装得下的呢？怎么会是前六十年诗歌那个小容器装得下呢？现在这些人没有看到中国新诗对中国这个民族内意识的挖掘。""我们民族每一个灵魂的角落，不同的层面，都被现代人表现出来了。反对他的人，正是没有这种灵魂的分层，灵魂还是铁板一块，是毛泽东的灵魂，是阎锡山的灵魂，当然不会认识到诗歌的这种广阔性。"见平行网的帖子《于坚、多多、王小妮、李亚伟、雷平阳、徐敬亚、谢有顺谈"中国新诗 90 周年"》，网址：http://my.ziqu.com/bbs/665701/messages/69913.html。

'新'是举的历史情结。它最大的特点是对'时代精神'的膜拜，在现代性的寻求中衍生出两种表面相克、实质相通的现象。一是对新现实的迷思，诗歌不仅反映而且作为促使'行动'的力量，直接参与了 20 世纪中国革命的历史进程，在革命中完成了自身的换位：这就是批判与抒情的分离和诗歌革命到革命诗歌的转移。二是'现代化'的迷思，对西方意识形态、语言形式和表现策略缺乏从自身经验和语言根性出发的深刻反思，在西方现代主义思潮的影响下，片面追求意思的复杂性和表达的复杂性"。①

所以"九叶"诗人陈敬容在 20 世纪 40 年代曾说："中国新诗虽还只有短短一二十年的历史，无形中却已经有了两个传统：就是说，两个极端，一个尽唱的是'梦呀、玫瑰呀、眼泪呀'，一个尽吼的是'愤怒呀、热血呀、光明呀'，结果呢，前者走出了人生，后者走出了艺术，把它应有的将人生和艺术综合交错起来的神圣任务，反倒搁置一旁。"② 这是新诗长期存在的弊病，但在新诗 90 年的历史中，尤其是三四十年代，也浮现出卞之琳、穆旦、冯至等杰出的诗人。笔者从来不认为当代新诗的成绩上超越了现代时期。

从现代到当代，新诗的最大问题是什么？对当代诗歌问题极有洞见的诗人、学者臧棣说："自现代以来，诗歌文化的自主性一直受制于历史势力的裹胁。诗歌的工具化日益严重。昔日，人们要求诗服从政治，充当历史的工具，而今，又要求诗歌参与对神话的清除。现代人为诗歌设定了一个文化政治任务，就是诗歌应该积极地卷入到现代的祛魅运动之中。不仅参与其中，还要充当祛魅运动的先锋。而诗歌的祛魅又被简约地归结成反乌托邦、反神话、反浪漫主义。祛魅就是回到日常经验，回归到常识，回归到普通人的身份。也许，从诗歌与题材的关系上，从诗歌与修辞习性的关系上看，这些主张都有自己合理的出发点。但我觉得，当它们成为一种文学时尚后，却也造成了对诗歌的基本使命的遮蔽。日常经验只是诗歌写作的起点之一，它不应该是排他的。我们书写诗歌，阅读诗歌，体验诗歌，最根本的目的不是想通过诗歌获得一种生活的常识，而是渴望通过诗歌获得一种生命的自我超越。诗歌文化真正萦怀的是生命的境界。诗歌是

---

① 王光明：《中国新诗的本体反思》，《中国社会科学》1998 年第 4 期。
② 默弓（陈敬容）：《真诚的声音》，《诗创造》1948 年第 12 期。

一次关于人生境界的书写行动。"①

当代诗歌摆脱了政治、历史、文化的重负,又回到了一个自愿的幼稚园时代,把常识当超越,以简单为满足,反复剔除诗歌写作与生命关联中的神圣性、神秘性和复杂性,忽视诗歌写作的难度,也嘲笑这种难度意识。此类情形,在"梨花体"事件、网络上铺天盖地的论坛、江湖上层出不穷的民刊等在这方面均会让你印象深刻。

五 新诗的未来

在当代中国,诗写得晦涩一点、技艺复杂一点就会遭到诟病②,曰:看不懂;诗写得知识分子习气一点更会遭到嘲笑:"仿佛外国诗、翻译诗。"诗歌不培养它的读者,难道要按着读者需要来确定生产什么样的诗歌?臧棣是"华语文学传媒大奖·2008年度诗人"的获得者,但他亦是这个时代遭非议最多的诗人,喜欢者非常喜欢(他的诗里有卓越的想象和技艺,以及随之而来的独特的生命感觉),讨厌者提起他常极为愤激(正是他这种"饶舌"的写作推动了的"晦涩"、"知识分子写作"的不正之风)。他在获奖后的访谈中说到他对诗歌的认识和新诗的未来:"没有对生命的超越性的关注,就不会有真正的诗歌。诗歌不会在任何意义上赢得大众。因为没有一种所谓的大众需要诗歌去赢得他们。如果诗歌赢得了大众,那么诗歌就失去了它的自我。诗歌是为个体生命的尊严和秘密而准备的……学会尊重诗歌,对每个人都有好处,也对整个文化自身的品性和活力有好处。新诗的未来在于我们有没有能力创造出一种强健的诗歌文化。因为优秀的诗歌,我们早就写出了。卞之琳早在30年代就已经写得

① 臧棣:《执着于诗是我们的一次传奇》(获奖演说),《南方都市报》"华语文学传媒大奖特刊",2009年4月12日B22版。

② "中国当代诗歌的最大的政治正确是'民间'……在当代诗歌的政治正确中,如果一个诗人推崇技艺,那么仅仅是从诗人写作涉及最古老的词语手艺这方面去发言,也会被乌合之众唾弃为形式主义者,或是舍本逐末地将技艺置于生命之上的匠人。当代诗歌文化在某些方面秉承了新诗历史上对技艺的反智主义立场。这同样同一种浅薄的诗歌政治有关:因为在任何场合下,诗人谈生命的本真都不会错,而且还会显得很放达豪迈。而谈诗歌技艺,则马上会陷入到对具体问题的关注,而且很容易流入趣味之争。"臧棣:《如果诗歌赢得了大众,它就失去了自我》(访谈),《南方都市报》"华语文学传媒大奖特刊",2009年4月12日B23版。

如此出色了。但为什么在我们的文化语境里，他的身影一直是作为一个半大不小诗人而出现的呢？这不是他的问题，这是我们文化结构本身的问题。"① 笔者想这里臧棣批评的可能是我们这个时代的诗歌太迁就所谓的"大众"。我们的文化结构以及此结构中的人，对诗歌而言，可能智商偏低。比迁就大众更重要的是，我们要培养有一定诗歌素质的读者。

在写作上缺乏难度意识，这可能是当代新诗一个非常醒目的问题。太多人在写，谁都觉得自己可以写诗，谁都可以成为诗人。另外可能还有：在阅读上太追求"一针见血"的效果，追求诗歌中有一种快速击打我们、让我们感动的东西。前者带来写作上的速成、高产，满足的是一个人的文学欲望（谁都有幻想自我和现实的权利），文学当然谁都可以玩，对于那些并不追求玩得如何专业的人来说，这种状况无可厚非；后者则让我仍不满，因为这里边有对诗歌写作的错误认识，因为诗歌写作的机制是复杂的，其意蕴亦是复杂的，我相信好诗是需要耐下性子、带着对人性、语言和诗歌形式的极大敬畏去读的，哪有那么多的好诗，一拿到我们面前，我们就会如看戏一般，听几嗓子就高叫一声好？这种认识只会使一些诗人写诗越来越追求天启、灵感与激动，将写诗弄得很神秘、很被动，而忘了写诗是一件复杂的事，他需要的不仅是个人独特的意识、感觉、经验、思想，还需要技艺的研习、修辞的操练。甚至，经验上的深刻与广阔，不需要广博的阅读和一定的文化吸收能力？

在当代中国很多诗人看来，英国诗人、批评家艾略特（T. S. Eliot，1888—1965）的话简直是疯话，他竟然说什么"对于任何一个超过二十五岁仍想继续写诗的人来说"，"历史意识几乎是绝不可少的"，这种意识"迫使一个人写作时不仅对他自己一代了若指掌，而且感觉到从荷马开始的全部欧洲文学，以及在这个大范围中他自己国家的全部文学，构成一个同时存在的整体，组成一个同时存在的体系"。"这种历史意识同时也使一个作家最强烈地意识到他自己的历史地位和他自己的当代价值。""从来没有任何诗人，或从事任何一门艺术的艺术家，他本人就已具备完整的

① 臧棣：《如果诗歌赢得了大众，它就失去了自我》（访谈），《南方都市报》"华语文学传媒大奖特刊"，2009年4月12日B23版。

意义。"① 当代诗人中,像西川那样有意博览群书、广泛涉及各种文化经典、试图通晓欧洲和自己国家的"全部文学"的②,大约很少。当代诗人中,像臧棣这样有意以自己的诗歌写作改变人们对诗和写作的观念,同时在每一个历史时期都能准确地把握诗歌的转向,"强烈地意识到他自己的历史地位和他自己的当代价值"的③,大约很少。而当代诗人中,认为自己的诗歌最厉害、"本人就已具备完整的意义"的,已经不少(关于这一点,似乎已不用举例)。

"从人的成长来说,我们一生都在学习关于生命的技艺。在非洲草原上,小猎豹的成长也离不开对捕杀技艺的学习。技艺本身其实是生命力的一种体现。同样的道理,在诗歌领域,作为诗人,我们也必须终身磨炼我们的技艺。这是最起码的责任。其实也没什么大道理好讲的。在这个问题上,我曾多次引用庞德的话:技艺(技巧)是考验诗人是否诚实的唯一的手段。在诗歌这一实践类型中,技艺是诗歌是否诚实的唯一的保障。在我看来,诗歌文化维护的是一种人类的感受力。而要有效地传达这种感受力,展示这种感受力,都离不开对技艺的锤炼。"④ 如前所言,诗歌要做的事是在语言的创造中改变、看顾一个民族的感受力,在这里,臧棣说到这种感受力是离不开技艺的锤炼的,因为技艺本身其实是生命力的一种体现。对于新诗的未来而言,我们没有理由不希望诗人认真对待诗歌写作,改变对诗歌的观念。"现代汉诗"理念、诗歌与现实的关系⑤、在写作中有难度意识和操练技艺的意识等问题,都是应当重视的。

---

① [英]托·斯·艾略特:《传统与个人才能》,《艾略特文学论文集》,李赋宁译,百花洲文艺出版社 1994 年版,第 2—3 页。

② 我说的是"试图",人虽不可能做到,但这是一种必要的意识。西川诗文录《深浅》(中国和平出版社 2006 年版)中《鸟瞰世界诗歌一千年》等文章再次给我这种印象。

③ 我个人认为臧棣在不同历史时期都有相应的诗歌写作变化和出众诗歌评论对当代诗歌给人们以启示性的认识。评论方面,像被广泛引用的论文《王家新:承担中的汉语》(《诗探索》1994 年第 4 期)、《后朦胧诗:作为一种写作的诗歌》(《中国诗选》,成都科技大学出版社 1994 年版)、《诗歌:作为一种特殊的知识》(《文论报》1999 年 7 月 1 日)就分别谈到了朦胧诗写作中的个人转型、后朦胧诗写作的根本特征、90 年代历史语境中我们对诗歌的认识等重要问题。

④ 臧棣:《如果诗歌赢得了大众,它就失去了自我》(访谈),《南方都市报》"华语文学传媒大奖特刊",2009 年 4 月 12 日 B23 版。

⑤ 当代诗人许多人太依赖对"现实"作题材或主题性的分享或消费,或专注于将诗歌作为现实/生命/生活……的一种投射,而忽视了诗歌的功能可以在感觉和想象中创造一种新的"现实",或者说诗歌本身就是一种"现实"。

附 录 一

汉诗写作的精魂:台湾当代诗

　　由于众所周知的原因，20 世纪五六十年代真正围绕诗歌本体来从事汉诗写作的基本上是台湾诗人，在内地文学普遍政治化的年代，台湾的文学却相当繁盛，出现了许多至今我们仍崇敬不已的杰出诗人：纪弦（1913— ）、覃子豪（1912—1963）、吴兴华（梁文星，1926—1966）、余光中（1928— ）、洛夫（1928— ）、痖弦（1932— ）、郑愁予（1933— ）、商禽（1930— ）、叶维廉（1937— ）等等。当内地的文学家为文学和政治的关系斗争得你死我活之际，台湾的文学家谈论的是现代主义的偏颇、民族经验的必要及诗之本体形态如何等问题。同样是争论，但由于更多的时候台湾诗人是在诗歌本体的向度上展开，他们收获的自然是许多令人触动、影响至今的作品。可以说，在朦胧诗出现以前，当代汉语文学中真正激动人心的风景在台湾。

　　在众多优秀的台湾诗人中，由于个人的阅读经历和审美偏好，我只能说自己较为熟悉其中几位，之所以熟悉，也确实是因为对他们的写作方式和诗歌意趣深感喜爱。并且这种个人喜好也随着时间的变化而变化，就近期而言，由于阅读的增多和了解的较为深入，我对台湾当代诗人中印象最为深刻的要数商禽。最早接触商禽是因叶维廉的《中国诗学》一书，叶先生在该书《中国现代诗的语言问题》一文中引用商禽、痖弦、洛夫和管管等诗人的诗作来谈论现代诗。其中商禽的诗作最多，在叶先生看来，商禽诗歌独特的语言方式为现代诗由古典向现代的转换提供了杰出的参照。商禽诗的语言和形式均令人震惊，在语言上他不入寻常理路，想象依附于日常情境但思路独特；在形式上他不拘于分行，似散文诗体但比散文诗深邃、奇妙，你读这首《无质的黑水晶》：

"我们应该熄了灯再脱；要不，'光'会留存在我们的肌肤之上。"

"因了它的执着么？"

"由于它是一种绝缘体。"

"那么月亮吧？"

"连星辉也一样。"帷幔在熄灯之后下垂，窗外仅余一个生硬的夜。屋里的人于失去头发之后，相继不见了唇和舌，接着，手臂在彼此的背部与肩与要相继亡失，腿和足踝没去得比较晚一点，之后，便轮到所谓"存在"。

N'etre pas。他们并非被黑暗所溶解；乃是他们参与并纯化了黑暗，使之，"唉，要制造一颗无质的黑水晶是多么的困难啊"。

这里的光是打着引号的"光"，这里的"黑"也许不是指黑暗与污秽，诗人要表达的意思也许是在当下的历史情境中，要拒绝各种思想、文化之"光"的照耀，寻求一种纯粹的（无质的）生活状态多么困难。当然，这只是我给读者的一个参考，此诗也许还有另外的含义。"中国旧诗中至为优异的同时呈现的手法固然是我们应该努力的目标，然而中国旧诗，也有其囿限。这种诗抓住现象在一瞬间的显现（epiphany），而其对现象的观察，由于是用了鸟瞰式的类似水银灯投射的方式，其结果往往是一种静态的均衡。因此，它不易将川流不息的现实里动态组织中的无尽的单位纳入视象里。这种超然物外的观察也不容许哈姆雷特式或马克白式的狂热的内心争辩的出现……"① 然而，从英语文法借鉴了语法结构的"白话"诗，又容易落入"精密"和"说理"的陷阱，容易破坏"诗意"，如何让现代诗既有古典诗歌"同时呈现"的效果，又能传达现代人磅礴、复杂的内心？这就需要以"白话"为语言形态的现代诗有古典诗那样的语言方式（意象并列呈现、拒绝逻辑秩序、警惕分析性倾向等），在思路与语言上都不入常理，破坏白话的分析性倾向，在破坏与迥异中言说生存的深处隐秘图景。虽然是叙述体，但是一种"假叙述"（pseudo-dis-cur-siveness），虽看似平常，但却是一种"假语法"（pseudo-syntax）。商禽为人们所称道的《长颈鹿》即是这样的文体与语法：

---

① 见叶维廉《中国诗学》，生活·读书·新知三联书店 1992 年版，第 253 页。

那个年轻的狱卒发觉囚犯们每次体格检查时长的逐月增加都是在脖子之后他报告典狱长说："长官，窗子太高了！"而他得到的回答却是："不，他们瞻望岁月。"

仁慈的青年狱卒，不识岁月的容颜，不知岁月的籍贯，不明岁月的行踪；乃夜夜往动物园中，到长颈鹿栏下，去逡巡，去守候。

在这种莫名其妙、似是而非的语言与叙述中，蕴藏着诗人对生存的痛彻体味，也显示着诗人对现代语言与诗体的自由与超越。商禽 15 岁从军，近 40 岁以小小上士退伍，之后颠沛流离，干过多种苦工杂役。尽管如此，商禽据说一度差点儿获诺贝尔文学奖。能否获此奖无关紧要，读过商禽《鸡》、《逃亡的天空》、《灭火机》、《跃场》等诗作的人，会认为这些怪异的诗作是汉诗中的上品。

痖弦（王庆麟）亦是我喜爱的诗人。他的名作《盐》（1958 年 1 月 14 日）曾经深深击中了我。我从来没有见过这样的想象、这样的叙述和这样的意象连接：

二嬷嬷压根儿也没见过托斯妥也夫斯基。春天她只叫着一句话：盐呀，盐呀，给我一把盐呀！天使们就在榆树上歌唱。那年豌豆差不多完全没有开花。

盐务大臣的驼队在七百里以外的海湄走着。二嬷嬷的盲瞳里一束藻草也没有过。她只叫着一句话：盐呀，盐呀，给我一把盐呀！天使们嬉笑着把雪摇给她。

一九一一年党人们到了武昌。而二嬷嬷却从吊在榆树上的裹脚带上，走进了野狗的呼吸中，秃鹫的翅膀里；且很多声音伤逝在风中，盐呀，盐呀，给我一把盐呀！那年豌豆差不多完全开了白花。托斯妥也夫斯基压根儿也没见过二嬷嬷。

此诗虽然不是通常的分行排列，但没有人会认为它是散文或散文诗，因为没有这么费解的散文或散文诗，也没有这么意趣深邃而精妙的散文或

散文诗。痖弦生性温和，学养很深，言语谈吐优雅而幽默，2005 年 11 月
我有幸与痖弦及其女、《香港文学》主编陶然等 5 人同游桂林、阳朔，曾
谈及这首诗，他当时提示我注意宣统年间"那串红玉米"：

> 宣统那年的风吹着
> 吹着那串红玉米
>
> 它就在屋檐下
> 挂着
> 好像整个北方
> 整个北方的忧郁
> 都挂在那儿
> ……
> 你们永不懂得
> 那样的红玉米
> 它挂在那儿的姿态
> 和它的颜色
> 我底南方出生的女儿也不懂得
> 凡尔哈仑也不懂得
> ……

这两首诗语言、形式和风格均不同，但《红玉米》（1957 年 12 月 19
日）的题旨也许和"二嬷嬷压根儿也没见过托斯妥也夫斯基"相通，和
艾青的《北方》、和穆旦的《在寒冷的腊月的夜里》等诗作的题旨相近，
在感叹一个民族的历史苦难，不同的是，痖弦在此重点言说的是现代中国
的苦难的独特性，言说了此苦难的难以体味、难以言说。痖弦先生诗艺精
湛，惯于创新，他的许多诗作也反映出他对自我与时代深切的凝视与关
怀。长诗《深渊》（1959）有萨特之《存在与虚无》与 T. S. 艾略特之
《荒原》的双重意蕴，曾震撼台湾诗坛，多人模仿；《如歌的行板》（1964
年）曾引起轰动，亦有多人模仿。也许，痖弦是当代汉语诗人中一个最
值得效仿的范例，因为他对现代诗的语言和形式、对中国之"现代"语
境有强烈的自觉意识。

提起当代台湾诗坛，人们往往会把洛夫和余光中的名字联系在一起，这一方面因为他们确属当代台湾最优秀的诗人行列，另一方面也因他们的作品在内地的传播较广（以前在大学的不单列"台湾文学"的当代文学教材中，"台湾诗歌"部分往往只有他们的作品）。但对于我而言，他们两个的名字在一起是因为这两个人在诗歌写作上风格的相对与那些有意义的论争。1961 年 2 月，余光中完成组诗《天狼星》，余光中曾说："'天狼星'当时对我是一种象征，因为天狼星是天上最亮的恒星。新诗在现代化的过程中，是纷纭而杂乱的，我想抓住一些比较永恒的东西……"①

在台湾诗歌高举现代主义的氛围中，余光中试图寻找诗歌写作中某种"永恒的东西"，这一"永恒的东西"不以现代主义的求新求异求险为价值期求，也不因民族化的情感经验、诗歌体式而获得价值，它与现代汉语诗歌的本体形态的探寻有关。《天狼星》发表后，随即引来洛夫的批评长文《论余光中的〈天狼星〉》。洛夫一方面肯定《天狼星》表现出了"追求博大的倾向以及惊人的创造力"，另一方面又认为它缺乏现代哲学的背景，未能体现现代艺术虚无与荒谬的精神，同时在表现上也失之"面目爽朗，脉络清晰"，总之是"皈依于古典主义的崇实爱智精神而稍偏向于象征主义的空灵思想，但仍摆脱不了浪漫的抒情"②。针对洛夫的批评及与之相关的现代诗的一些问题，余光中便写了《再见，虚无!》一文进行反批评，认为洛夫是"主义至上"，"亦步亦趋于超现实主义的理论之后，要使完整的破碎，和谐的孤立，透明的浑浊"，还是需要回来哺育曾经倡导的民族诗型③。

对于今天的我而言，在洛夫和余光中之间，我更欣赏余光中在诗歌写作中与那种"虚无与荒谬"的崇尚说"再见"的态度，好的艺术包含这些，但又不止于这些，且一定会超越这些。余光中的诗歌写作及对新诗的批评，有一种自觉于现代汉语和诗歌本体形态的意识。他不简单认同西方的语言形态，不盲目崇尚西方的现代主义文学方式，对传统文化有一种批判继承的自觉，由此，他的文学写作与批评对一个从事现代汉语诗歌写作或批评的人比洛夫的文字更有益。

---

① 陈芳明:《回望〈天狼星〉·余光中谈〈天狼星〉》，台北:《书评书目》1976 年第49 期。

② 洛夫:《论余光中的〈天狼星〉》，台北:《现代文学》1961 年第 9 期。

③ 余光中:《再见，虚无》，《蓝星诗页》，台北:1961 年第 37 期。

对现代语文的警醒和对汉语传统的深谙，使余光中提醒我们：朱自清绝非现代"散文大家"，朱自清的散文可谓那种冗长烦琐俚俗的欧化白话文的典范，《荷塘月色》更是"浪得盛名"①。余光中的对现代语文有多篇批评文章，让我们这些长期使用"现代汉语"的人醍醐灌顶：我们在长期的积习中已丧失汉语多少美妙的趣味与深厚的传统！余光中虽以一首《乡愁》为国人所熟知，但他的《天狼星》、《敲打乐》、《双人床》、《白玉苦瓜》等诗也许更好。并不是《乡愁》不好，而是此诗如今的影响一再为两岸意识形态语境所放大。而同样在一个宏大的意识形态语境（冷战时期的战争环境）中产生出的诗作《双人床》（1966），似乎更能显示出余光中诗歌的趣味与才情：

> 让战争在双人床外进行
> 躺在你长长的斜坡上
> 听流弹，像一把呼啸的萤火
> 在你的，我的头顶窜过
> 穿过我的胡须和你的头发
> 让政变和革命在四周呐喊
> 至少爱情在我们的一边
> 至少破晓前我们很安全
> 当一切都不再可靠
> 靠在你弹性的斜坡上
> 今夜，即使会山崩或地震
> 最多跌进你低低的盆地
> 让旗和铜号在高原上举起
> 至少有六尺的韵律是我们
> 至少日出前你完全是我的
> 仍滑腻，仍柔软，仍可以烫熟
> 一种纯粹而精细的疯狂
> 让夜和死亡在黑的边境

① 余光中：《论朱自清的散文》，黄维梁、江弱水编选：《余光中选集》第四卷《语文及翻译论集》，安徽教育出版社1999年版。

发动永恒第一千次围城

唯我们循螺纹急降，天国在下

卷入你四肢美丽的旋涡

 诗歌不是公众的文化表白，而是独特的个人经验与生命想象，由个人的经验化的感觉和想象从内部通往世界，使之虽为个人独白但亦为更多人感知。《双人床》无疑是一场从大多数人都刻骨铭心的性爱场景出发的想象，将"战争"、"政变"、"革命"、"死亡"与超越"天国"的多重题旨重叠在一场繁复、美妙的性事之中，让人深感诗人以个人私生活想象言说公共的时代场景、死亡恐惧和永恒之寻求的高超技艺和丰富意蕴。"……天国在下/卷入你四肢美丽的旋涡"诸语，将性爱的痉挛、亢奋与个体对当下和死亡的超越和对永恒的瞬间占有叙说得生动、恸人。

 与对《双人床》的喜爱相应，我更喜欢写作长诗《长恨歌》的洛夫，不是他那首著名的长诗《石室之死亡》不好，毫无疑问，《石室之死亡》中那种险峻、新奇的诗意也是激动人心的，那种以对死亡的向往和想象来超越当下与历史的现实、文化禁锢也是有力的，只是对我而言，我更愿意文学的言说、诗歌的创造性言说发生在语言、诗歌体式和文化的历史脉络之中，如 T. S. 艾略特所说的一个成熟的诗人应该具有："历史意识"，"这种历史意识迫使一个人写作时不仅对他自己一代了若指掌"，而且感觉到几千年来的世界文学"以及在这个大范围中他自己国家的全部文学，构成一个同时存在的整体"①。在此"整体"语境中发生中的文学，才更有丰富的意蕴与趣味。

 那蔷薇，就像所有的蔷薇，
 只开了一个早晨
 ——巴尔扎克

 一

---

① T. S. 艾略特：《传统与个人才能》，《艾略特文学论文集》，李赋宁译，百花洲文艺出版社 1994 年版，第 2 页。

唐玄宗
从
水声里
提炼出一缕黑发的哀恸

……

三

他高举着那只烧焦了的手
大声叫喊：
我做爱
因为
我要做爱
因为
我是皇帝
因为
我们惯于血肉相见

四

他开始在床上读报，吃早点，看梳头，批阅奏折
盖章
盖章
盖章
盖章
从此
君王不早朝

五

他是皇帝

而战争
是一摊
不论怎么擦也擦不掉的
黏液
……

　　"……从/水声里/提炼出一缕黑发的哀恸",独特的想象、生动的形象,"哀恸"在此具体而美丽。"我是皇帝/因为/我们惯于血肉相见",战争与性爱的双重隐喻。连续的"盖章"意象与诗行的有意排列,一种有趣的暗示。"战争/是一摊/不论怎么擦也擦不掉的/黏液",即是时代的实情,也是对生存的厌恶感。这是一首在玩味之中妙不可言的诗作,但它绝不仅仅是一次对历史掌故的玩味,它在对私人生活的想象中言说了特定时代的自我命运与生存焦虑,在历史文本(白居易的古诗)和现代文本(现代汉语诗歌)的对照中锤炼了现代的语言、锤炼了现代的诗人对情感的把握(不再滥情,而是经验化的言说情感、知性地言说情感),它既有身处历史脉络之中的互文趣味,又有两种语言形态相比较的新鲜,更有诗人的当下感觉、经验的独特言说。毫无疑问,洛夫不愧是当代内地最有影响力的诗人之一。

　　最后我要提及的诗人是叶维廉,虽然我们对他的诗歌的研究并不多。有学者曾指出:"叶维廉的诗,是台湾现代派诗人中最难懂的,尤其是他早期的诗,常常使读者望而却步。"① 遗憾的是,直至今天,叶维廉的诗还是很少受到关注。也许,是因为叶维廉的"中国诗学"太过醒目,遮盖了人们对他的诗作的关注。叶先生的诗学告诉人们中国诗的杰出之处在哪里(与道家文化"以物观物"的认知方式有关),现代诗写作需注意哪些问题,对他的诗学的钦佩使我信赖他的诗歌创作,我相信他的诗歌的难懂绝不是偏执的现代主义文本实验,而是在现代汉语、诗歌体式和复杂的个体经验三者之间的语言、形式寻求,是有意为之的。现在,我们需要探求他到底要做什么和已经做出了什么。叶维廉的诗不是写得多完美,而是他写作中的实验性,他很多诗作,自由、随意、先锋,我们虽不能尽解,亦能感受到大家风范,兹举一首他写的"儿歌":

————————

① 古继堂:《台湾新诗发展史》,人民文学出版社1989年版,第264页。

跳影子的游戏——给蓁，Iris 及 Barbara①

锋寒的冬天：阳光透明得可以砸碎，每一片草叶都像是反影，霜白刚刚溶化，这是微湿空朗的南加州的冬天的早晨。

三个七八岁的女孩子，穿戴着母亲藏在阁楼好一些时日的纱衣，浅苹果绿和浅紫石英的色泽如指挥棒引带着鸽鸽的飞翔，在泥黄的建物之间——

杜鹃花说：跟着我爸爸走吧，我们来玩跳影子的游戏。燕子花就扬着纱衣踏过杜鹃花旋舞的影子，金雀花就唱

The cow jumped over the moon. . .

The dish ran away with the spoon. ②

那时一串黑鸟飞越皎然的山岭。

跟着，杜鹃花也跃过燕子花的纱衣飘拂的影子，金雀花就唱：

Jack be nimble

Jack be quick

Jack jump over the candlestick③

然后杜鹃花说：金雀花，轮到你跳过我爸爸的影子了。但杜鹃花的爸爸行走如风，双手捧着一个硕大无朋的鼎，金雀花说：影子太快太大了我跳不过去。燕子花就唱：

Jack fell down and broke his crown

And Jill came tumbling after④

燕子花对着长长的横卧着的建物的影子迟迟不前，杜鹃花和金雀花都停止了旋舞，纱衣在阳光里静了下来，杜鹃花就唱：

Here we go round the mulberry bush

The mulberry bush, the mulberry bush

Here we go round the mulberry bush

---

① 叶维廉：《叶维廉文集》第 6 卷，《四十年诗（上）》第四辑《醒之边缘》，安徽教育出版社 2002 年版，第 139—140 页。

② 叶维廉注："文内所唱的都是英美小孩熟知的歌。"此处可译为："奶牛跳过月亮…盘子和勺子逃跑。"

③ 此处可译为："杰克很敏捷/杰克速度快/杰克跳过了烛台。"

④ 此处可译为："杰克摔倒摔坏了他的王冠/吉尔在后面跌跌撞撞地过来。"

On a cold and frosty morning①
三个女孩就绕着建物的影子飞旋，唱着，舞着，笑着影子——

　　山岭皎然，空气明净，草色清新，所有的车辆都在远方……
　　突然：孩子们，午饭了，快回家！
　　对着垂天的建物的影子，她们瞿然停住，你看看我，我看看你，
呆了一阵，就鱼贯地进入了影子回家去。

1970 年元旦麋鹿脉

　　这首诗也许并不被研究者重视，但我觉得可以一读，在中英两种语言
文化之间，在儿童的天真游戏与"垂天的建物的影子"之间，在儿歌的
意蕴与现代诗的建构之间，此诗有一种难言指向"现代"生存的悲剧意
蕴。叶先生早期的长诗均采用"赋格"形式："赋格（Fugue）"是西方音
乐中的一种，没有主旋律，没有和声，由两个平行的曲调组成，既可独立
演奏，又可一起合奏。由此可以看出诗人在以独特的语言、形式整合现代
人复杂的生存经验的独特用心。他的第一首长诗即名《赋格》。他曾说：
"当痖弦第一次见到我的时候，他第一句话说：我们一定要把叙述性剔
除。"②"叙述性剔除"和复杂的形式实验及他对常规语法、对"白话"
分析性倾向的警惕，使他的诗作令人费解在所难免，但我要说，他的诗和
他的诗学理论一样，对于现代汉诗写作，是一种有益的资源，尤其是对于
当下缺乏必要的规范、过于"自由"的汉语诗歌写作，更是。
　　个人的喜好只是个人的。篇幅所限，另外一些优秀的诗人也无法再详
述。之所以提及这些当代台湾诗人，从文本的角度，我认为他们的许多诗
作是当代汉语诗歌的精华；从他们对诗歌的态度和写作上的探寻看，他们
的精神、意识是汉诗演进必要的魂魄，他们的写作，可以是内地诗人的很
好的借鉴。

---

　　①　此处可译为："我们绕着桑树丛转/桑树丛，桑树丛/我们绕着桑树丛转/在一个寒冷霜冻
的早晨。"
　　②　叶维廉：《叶维廉自选集·附录》，转引自古继堂《台湾新诗发展史》，人民文学出版社
1989 年版，第 265 页。

附录二

诗能干的事:影响一个民族的语言和感受性

2009 年 3 月 26 日，海子离世 20 周年之日，武林大会一样，海子墓前那片荒凉的山冈上，人山人海，除官方邀请、组织的人员之外，还有江湖上无数自发前来纪念海子的诗人，除安徽外，甚至还有来自江西、山东、江苏等省的大学生已经在此待了数日（有的已待了一个星期）。一个人死后享有如此殊荣，似乎死亦足矣；一个诗人死后如此，是否证明其诗作的不同寻常、成就卓越？

纪念海子的事情已经持续多年，据海子家人透露，20 年来，几乎每天（每月?）都有人来海子墓前祭奠。陈超在一篇文章里说到，他有一次"到山区看望教育实习的学生。当我走进太行山褶皱里一所中学，我听到高一年级教室传出'面朝大海，春暖花开'朗朗的诵诗声。海子的诗歌入选中学《语文》必修课本已近十年。现在，海子已成为继朦胧诗之后当代最有影响的一位诗人（不是'之一'），他的诗作得到了精英知识分子与大众的一致认可，甚至跨出文学领域，他成为人文知识分子们'回忆八十年代'的理想主义的一只精神屋宇尖顶上的'风信鸡'。无论是出于对现实焦虑的曲折的宣泄，还是精神文化意义上的怀旧，海子都成为非常重要的精神镜像或参照。"① 也有人说起一些房地产商做海景房的广告时，也很熟练地运用海子名句"面朝大海，春暖花开"。海子诗歌的"有用"，几乎到了在某些人看来难以忍受的地步。

海子生前好友、诗人西川先生在当日的"中国·海子诗歌研讨会"上说："海子在他的诗歌里，给我们获得了一种描述中国、想象中国乃至

---

① 陈超：《海子 20 年祭：大地? 太阳? 这是个问题》，原载《中华读书报》，网址：ht-tp：//www. chinanews. com. cn/cul/news/2009/03 - 26/1620000. shtml。

想象世界的方法。"相对于此前学术界和诗歌界对海子的解读和批评,这是个新鲜的说法,也是一个有说服力的说法。① 大约在 1983—1989 年,短短的几年时间里,海子以其独特的想象力和火山喷发一样的热情创造了 200 多万字的作品,这些作品中,有一种独特的想象"中国"、描述"中国"的热爱与才情,海子的诗中有一个令人有深切感喟的社会转型期的"中国"。海子的诗歌之"用",可谓大矣。

有意思的是,海子的诗在他生前欣赏者并不多,他在有分量的刊物上发表的诗歌不是挚友强力推荐,就是沾了女友的光;甚至在一次"幸存者俱乐部"的诗会上因一次诗坛前辈的批判而郁闷之极;据尚仲敏、杨黎的回忆,当年海子背着一书包诗稿到成都与四川诗人们论诗时,四川诗人大多怜悯地看着这个外省青年,有些人心里说的是"这是个傻×"。海子的诗歌用当时许多人的眼光来看,毫无用处。

不过,这也应了英国诗人艾略特(T. S. Eliot,1888—1965)说的话:"我认为假如一个诗人很快就赢了大量读者,那倒是一个相当可疑的情况:因为它使我们担心这位诗人实际上并没有什么新东西,他给予人们的不过是他们已经习以为常的东西,也就是他们已经从前一代诗人那里得到过的东西。但是诗人在他那个时代应该适当地拥有少量读者,这是很重要的:永远应该有少数能鉴赏诗的先行者,他们独立,并在一定程度上超过他们自己的时代,或者随时准备比常人更快地吸收新异的事物。"②

海子的成就和今天的影响让我想起艾略特说的什么是"诗的社会功能"——

我所说的诗的最广义的社会功能就是,诗确实能影响整个民族的语言和感受性,尽管随着它本身卓越性和活力的不同,它影响的程度也不尽相同。

请不要把我的话理解为:我们使用什么样的语言完全取决于诗人。文化的结构实际上要复杂得多。事实上,诗的质量同样依赖于人

---

① 在此次发言中,西川说到目前学界"关于海子的诗学研究还没开始,目前虽有很多纪念海子的文章,但很多都停留在'情感'的表达上,对海子诗歌成就的真正探讨还未真正展开"。

② T. S. 艾略特:《诗的社会功能》,《艾略特诗学文集》,王恩衷编译,国际文化出版公司 1989 年版,第 244 页。

们使用语言的方式：因为诗人必须从周围人们实际使用的语言中提取他自己的语言，并用来作为他创作的材料。如果语言不断改进，他将获益不少；如果语言逐渐衰退，他必须加以最大限度的利用。在某种程度上，诗能够维护甚至恢复语言的美，它能够并且也应该协助语言的发展，使语言在现代生活更为复杂的条件下或者为了现代生活不断变化的目的保持精细和准确……①

我想说海子诗歌成就首先是在"语言"的层面上造就的，如西川说的：海子在那个时代不追逐时髦的求知方式、广阔的阅读视野和他个人独特而强大的文化转换能力。这个人在写诗上我认为是确有天才和奇异的禀赋的。而在接受的过程中，海子诗歌独特的"语言"又会影响人的"感受性"。

以海子的诗歌为例，这里我们还可以看到现代汉诗合理的生成状态和发挥其"社会功能"的方式：经验（"感受性"）、语言和形式（诗歌这一特殊文类的本体特征）三者的互动。"经验"的变动是社会层面的，"语言"和"形式"的变化是诗歌写作层面上的，后两者由前者发出，前者又在后两者之中变动。这大约是诗与社会之关系的一种简略而合理的描述。

诗歌有什么用？应当说其能做的事或首先要做的事，就是改变一个民族的语言，然后是在这种语言中改变一个民族的"感受性"。诗人该做什么或能做什么？艾略特说："诗人做为诗人对本民族只负有间接义务，而对语言则负有直接义务，首先是维护、其次是扩展和改进。"② 其原因正在于前面所说的，"诗能够维护甚至恢复语言的美，它能够并且也应该协助语言的发展，使语言在现代生活更为复杂的条件下或者为了现代生活不断变化的目的保持精细和准确"。

除了在"语言和感受性"上发挥其隐约的功能外，我不知诗歌还能做什么。当然，你也可以说，诗不是可以写写雪灾表达地震吗？不是还可以表达我们对灾区人民的感情吗？有那么多的"地震诗"，我听武汉的一

① T. S. 艾略特：《诗的社会功能》，《艾略特诗学文集》，王恩衷编译，国际文化出版公司1989年版，第245页。

② 同上书，第243页。

位诗人说，2008 年有关地震的诗集据统计有 500 本之多！（其中获国家某某奖的有 5 本，因为他编辑的是其中一本）此等事情还是用艾略特的话来回应吧："诗人用以宣扬社会、道德、政治或者宗教观点的诗。他们往往会因为不喜欢诗中的某些特定的观点而断言那不是诗，正如另外一些人常常因为某个东西恰好表达了他们喜欢的观点，而认为那就是真正的诗一样。我要说的是，诗人是否用他的诗来宣扬或者攻击某个社会观念这无关紧要。"这个时代有各种各样的诗人，有各种各样的诗，诗歌看似着实发挥了不少的"功能"，但是，"我们也许会在考察了所有这些诗的功能之后，仍未触及诗的功能是什么这个问题。因为这一切都能用散文来表达"。它们未见得就是"诗"。①

---

①　T. S. 艾略特:《诗的社会功能》,《艾略特诗学文集》,王恩衷编译,国际文化出版公司 1989 年版,第 240 页。

后　记

　　用"现代汉诗"的概念代替传统的"新诗"来谈论现当代诗歌问题，总有不少前辈和同行对此表示异议或不屑。但我想说的是：这真不是在概念上追新逐异，更不是不尊敬"新诗研究"这个现代文学传统的研究方向。我们只是在表达一种对"新诗"的认识，与这种认识相应的是不同的看待诗歌问题的角度、方式和目标，新的诗歌评价话语系统。对当代新诗批评而言，"'现代汉诗'的眼光"，有范式的意义。

　　继博士论文《"现代汉诗"的发生：晚清至五四》（中国社会科学出版社 2014 年版）之后，这是我又一本以"现代汉诗"为题的小书。第一本整体上是理论性的，倾力谈论"'现代汉诗'的发生"这个诱人的题目，当然，我的叙述只是浅尝辄止。现代中国的诗歌，怎么就从文言文变成了白话文？从律诗变成了一种自由诗？探讨"新诗的发生"，既是新诗研究领域的入门功，也是使一切诗评话语大有力量的内功。我像江湖上贪心又愚钝的小毛孩，有幸研习了一点这门功夫，从此，每逢遭遇一些诗歌问题，总是不由自主地以这种功夫来与之比画比画。相对于第一本的理论性，这一本偏重于实践性——那些所谓的理论不是为建构自身，而是一种诗评的角度，是看历史与问题的"眼光"，它也可以有效地打量文学的世界。我为自己连续有两本专著是以"现代汉诗"为题而感到高兴。我也在期待那第三本。

　　说到底，我们的工作只是为了更好地理解诗歌，只是不断提醒自己：诗为什么是诗？使文学成为文学的本质特性是什么？我们总是认为：诗不能光从"经验"的范畴（如情绪、感觉、经验、思想、精神、灵魂、生命……）来看；文学之所以是文学，不决定于"经验"、"……哲学头脑……思想力量……人生观……神学或宗教……"（T. S. 艾略特：《莎士比亚和塞内加斯多葛派哲学》，1927 年）；"经验"是如何在"语言"和

"形式"之中被转化、被表达的……三者之间的那个互动生成的效果，这才是诗让人觉得有趣味有感动的真正根源。

非常感谢武汉大学文学院的领导与师长们，没有你们的支持与厚爱，就没有这本小书的顺利出版。

再一次感谢我的导师王光明先生，跟他读博士几年之后，我的诗歌批评路数大大改变，我的招式和功力，都蒙他传授。

再一次感谢我的妻子和孩子，她们对我的爱，使我对生命的认识不断加增。没有她们，我的人生可能会在一种所谓的自由中沉沦至死。

感谢我身边的亲人和朋友们，彼此之间的关爱，使我们的生命像葡萄树上的枝子纠结在一起，生命因为你们，悲欣交集，果实累累，枝繁叶茂……

由于学识、精力有限，这本小书的错漏浅薄之处一定不少，这里还望读者诸君不吝赐教，且多多谅解。

宋光启

2014 年 7 月 8 日